脱走王と呼ばれた男

DAVID M. GUSS
デイヴィッド・M・ガス
花田知恵訳

第二次世界大戦中21回脱走した捕虜の半生

原書房

1920年代半ば、ハイランドに出かけたときのアレスターと両親のダンカンとアニー。

19歳の頃のアレスター。1928年、ケアンゴーム登山に向けて。

1928年、スコットランドのグレンコーにあるアオナッハ・ダブの岩壁を登るアレスター。

J.P.ミュラーの『我が方式』の表紙にはギリシア彫刻によく見られる題材、アポクシュオメノスが載っている。「拭う者」と呼ばれ、肌かき器を使って身体の泥や汗を拭うアスリートを現している。

1933年、ベルリンのグルーネヴァルトにあったドイツ・スタジアムでヒトラーに挨拶するゴットフリート・フォン・クラム男爵。（Getty/共同）

（上）イギリス陸軍アレスター・ロリマー・クラム中尉、1940年。

（下）第8軽騎兵隊、ジャック・プリングル大尉。

戦時中、第35捕虜収容所に改装されたパドゥーラのサン・ロレンツォ修道院の大階段。

パドゥーラの職員。前列、右から左へ、ルジーニ・グリマルディ少佐、収容所所長ゴーリ中佐、氏名不詳の訪問中の将軍。中段の右端、タッジャのモンシニョール、ティニヴェッラ司教。将軍の後ろに立っているのが、収容所の医者でグリマルディの義弟のフランチェスコ・カリエッリョ大尉。最上段の左からふたりめがカプチン会修道士で収容所通訳のヴォルペ師。

1932年の絵はがき。ガーヴィ要塞とその下の町、レンメ川が写っている。

現在のガーヴィ要塞のようす。著者撮影。

横（西側）からみたガーヴィの稜堡「メッツァルーナ」。©Propix/Dreamstime.com

ガーヴィ要塞の下の収容棟と中庭。

バック・パーム　(トンネル掘りたちの肖像)

チャズ・ウース　(トンネル掘りたちの肖像)

ピーター・メッド　(トンネル掘りたちの肖像)

マイケル・ポープ（ポペット）
(トンネル掘りたちの肖像)

ボブ・パターソン　（トンネル掘りたちの肖像）

アレン・ポール　（トンネル掘りたちの肖像）

下の中庭から見たクリフトンの部屋の窓。失敗に終わった脱走はここから屋根にあがった。

ジョージ・クリフトン

1943年10月、スウェーデンに着いたコリン・アームストロング（中央左）とトミー・マクファーソン（中央右）。両端にいるのは、ポーランドから彼らの逃走に同行した兵卒のジム・ヒューストンとジョン・グランシー。

1943年10月、脱走してスイスに入国したガース・レジャードと仲間の脱走者。左後がレジャード、隣はA.カム中尉。前列がJ.M.リー中佐（左）とN.E.ティンデール＝ビスコー中佐。

1944年5月、エジプトを新婚旅行中のバック・パームとファーナンデ・シャコール。

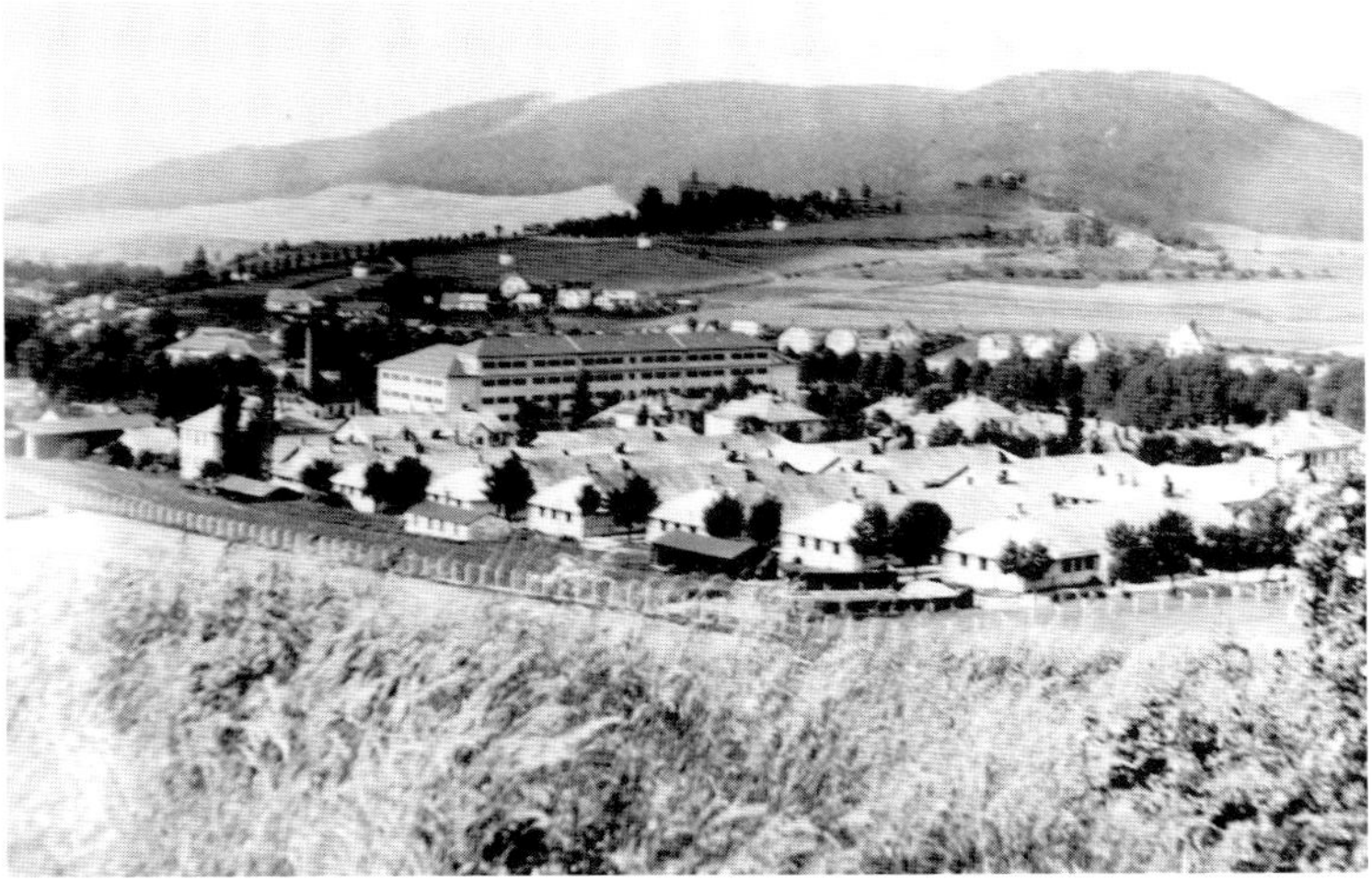

メーリッシュ・トリュバウにあった第8将校捕虜収容所。手前が将校用のコテージ、その奥の4階建ての建物が「ビスケット工場」。

ドイツが1944年7月に配布を開始した「脱走はもはやスポーツではない」と警告したポスター。

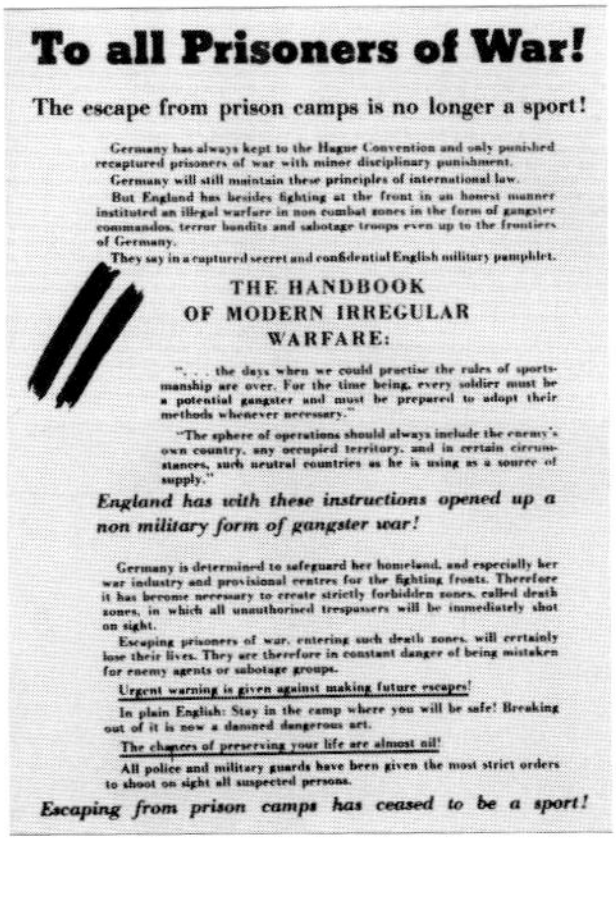

To all Prisoners of War!

The escape from prison camps is no longer a sport!

Germany has always kept to the Hague Convention and only punished recaptured prisoners of war with minor disciplinary punishment.

Germany will still maintain these principles of international law.

But England has besides fighting at the front in an honest manner instituted an illegal warfare in non combat zones in the form of gangster commandos, terror bandits and sabotage troops even up to the frontiers of Germany.

They say in a captured secret and confidential English military pamphlet,

THE HANDBOOK OF MODERN IRREGULAR WARFARE:

". . . the days when we could practise the rules of sportsmanship are over. For the time being, every soldier must be a potential gangster and must be prepared to adopt their methods whenever necessary."

"The sphere of operations should always include the enemy's own country, any occupied territory, and in certain circumstances, such neutral countries as he is using as a source of supply."

England has with these instructions opened up a non military form of gangster war!

Germany is determined to safeguard her homeland, and especially her war industry and provisional centres for the fighting fronts. Therefore it has become necessary to create strictly forbidden zones, called death zones, in which all unauthorised trespassers will be immediately shot on sight.

Escaping prisoners of war, entering such death zones, will certainly lose their lives. They are therefore in constant danger of being mistaken for enemy agents or sabotage groups.

Urgent warning is given against making future escapes!

In plain English: Stay in the camp where you will be safe! Breaking out of it is now a damned dangerous art.

The chances of preserving your life are almost nil!

All police and military guards have been given the most strict orders to shoot on sight all suspected persons.

Escaping from prison camps has ceased to be a sport!

デイヴィッド・スターリング。SASの帽子をかぶっている。

1920年代、セルビアのロイ・ウェイドソン。

1941年、ティットモニングの第7D将校捕虜収容所のヒュー・マッケンジー（右からふたりめ）

IL COMANDANTE
del Presidio Militare Tedesco di Livorno

NOTIFICA

Chi aiuta prigionieri di guerra inglesi viene severamente punito.

Chi consegna questi alle truppe germaniche o da informazioni tali da poterli fermare, riceve un premio di:

Lit. 5000

e una assegnazione supplementare di generi alimentari e di tabacco.

Livorno, 17 settembre 1943.

DALLMER - ZERBE
COLONNELLO E COMANDANTE

イギリス人の戦争捕虜を助けた者は罰せられ、通報した者には賞金が与えられるとした告知。休戦後に脱走したオーブリー・ホイットビーは逃げているあいだにこれを取っておいた。

プラハの元ペチェク邸、ゲシュタポ本部。

J.G.ゲイズ。戦時中の日付のない写真。

トミー・〝トージョー〟・ウェダーバーン（右からふたりめ）。陸軍砲兵隊第57中隊の同僚と。

列車から飛び降りる捕虜。J.F.ワットン画。

1945年4月初旬、東へ移動する第9A/Z将校捕虜収容所の捕虜。空からの攻撃に備えて「PW」と書いたシーツが用意され、数人の将校がそれを肩にかけて運んでいるのがわかる。

ドイツのバート・エーンハウゼンにあったイギリス軍司令部。

SASの帽子をかぶったアレスター・クラム、1946年。バート・エーンハウゼンにて。

戦後の指名手配ポスターのジェラルド・ファン・ズーコ。ジェラルド・マルセル・サリンジャー、別名スコウ、別名「大尉」あるいは「医師」ファン・ズーコ、とも書かれていた。

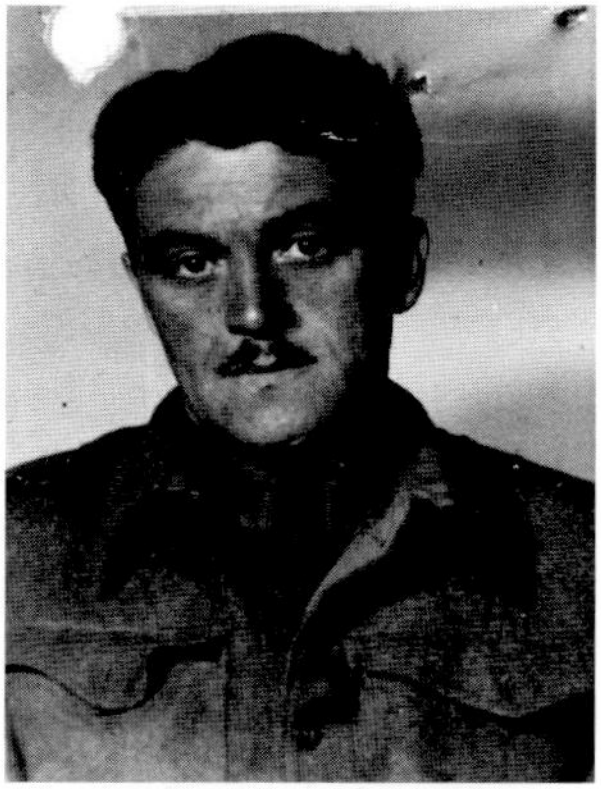

アンソニー・ソマホフ。1951年、ナイロビで行われたアレスターとイザベルの結婚式にて。

1946年、アレスターと出会った年のイザベル・ニコルソン。

ウェディング・ケーキに入刀するアレスターとイザベル。後ろの壁にはピッケルが飾られている。1951年6月13日、ナイロビのハイランズ大聖堂にて。

1951年、ケニアのアレスター。

1951年、新婚旅行中、セーリングを楽しむアレスター。

1951年、新婚旅行中、ドロミテ・アルプスの最高峰、マルモラーダ山を登るアレスターとイザベル。

脱走王と

呼ばれた男

第二次世界大戦中21回脱走した捕虜の半生

目次

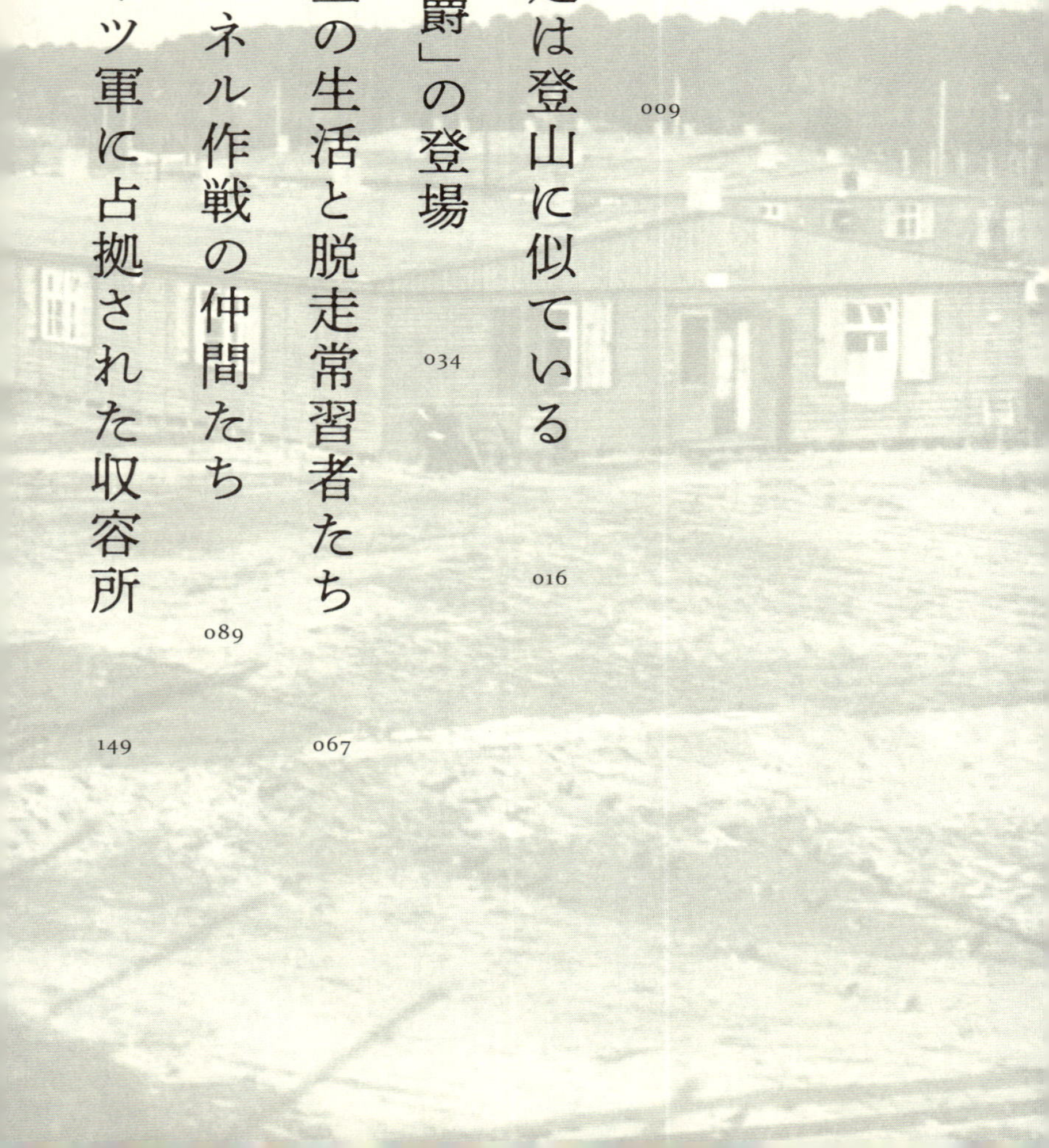

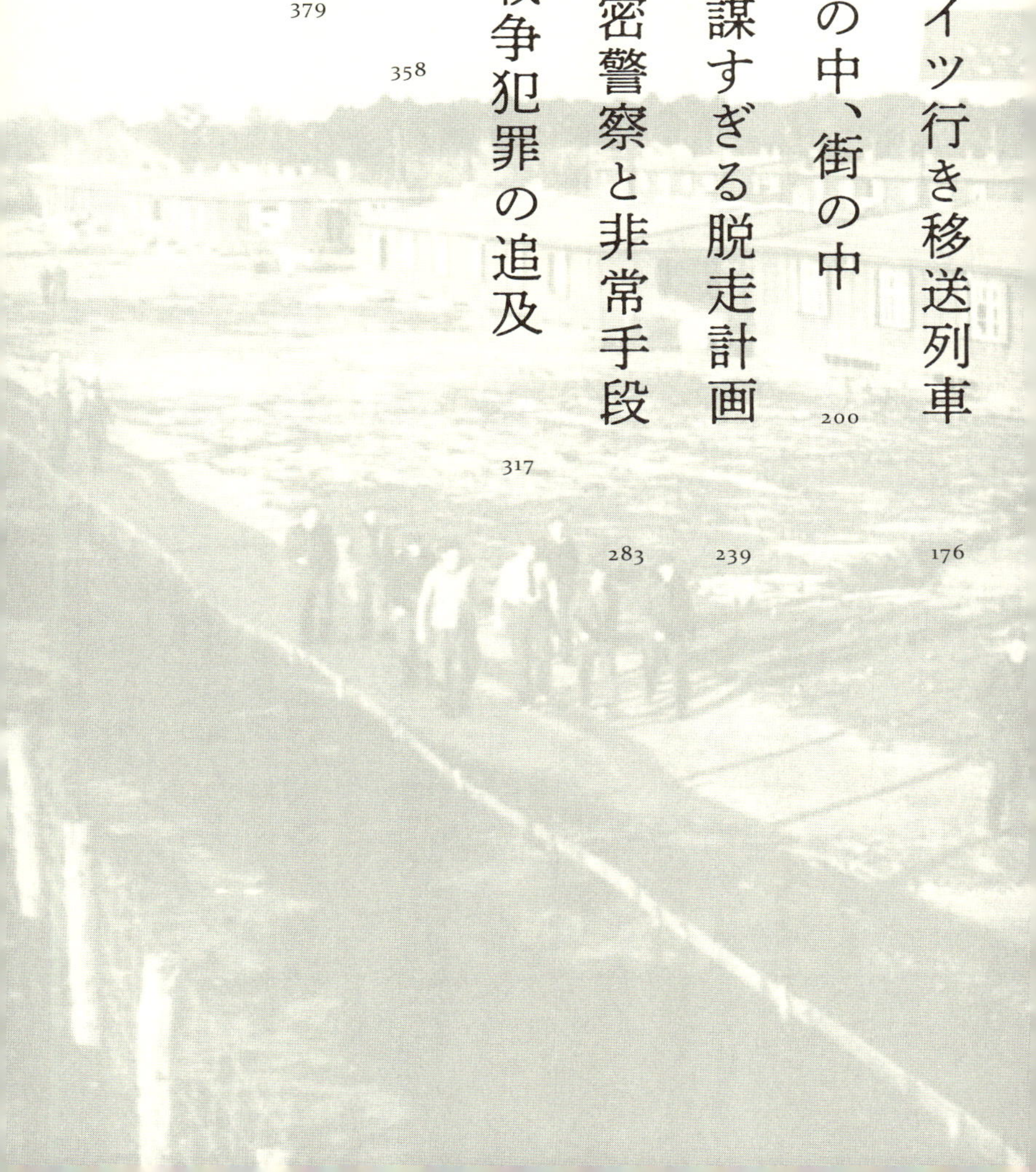

ンガリー
ルーマニア
セルビア
黒海
ブルガリア
ドイツ占拠
アルバニア
トルコ
ギリシア
ドデカネス諸島
（ドイツ占拠）
クレタ島
キプロス
デルナ
トブルク
ベンガジ
シディ・レゼグ
キレナイカ
エジプト
ドイツとの国境
その他国境
捕虜収容所

インスブルック
オーストリア
ブレンナー峠
スイス
シュピッタル
ドロミテ・アルプス
インドラ
ボルツァーノ
フランス
マッジョーレ湖
ミラノ
ヴェネツィア
クロアチア
ガーヴィ
フォンタネッラート
ジェノヴァ
カステッロ・ディ・ヴィンチリアータ
リグリア海
アドリア海
イタリア
グラン・サッソ
イタリア占拠
キエーティ
コルシカ島
スルモーナ
スペイン
ローマ
モンテネグロ
カプア
スペイン要塞ラクイラ
ナポリ
パドゥーラ
サルデーニャ島
ティレニア海
バレアレス諸島
メッシーナ
メンフィ
パレルモ
カステルヴェトラーノ
シチリア島
プラタニ川
シラクーザ
アグリジェント
ラカルムート
マルタ
アルジェリア
チュニジア
トリポリ
タルフナ
リビア
イタリアと地中海
0 100 200マイル
0 100 200 300キロメートル

1938年までのドイツ国境
大ゲルマン帝国
その他の国境
捕虜収容所
強制収容所
ゲシュタポ本部
オストラント
帝国委員管区
ケーニヒスベルク
ダンツィヒ
東プロイセン
トルン
将校収容所
ビヤウィストク
ヴィスワ川
ワルシャワ
ウッチ
ウクライナ
帝国委員管区
ポーランド総督府
カトヴィツェ
クラクフ
ニスコ
オストラヴァ
リヴィウ
トランス
ニストリア
スロヴァキア
チェルニウツィー
ブラティスラヴァ
ハンガリー
ルーマニア
ブダペスト
0
100
200マイル
0
100
200
300キロメートル

ドイツと
中央ヨーロッパ
1943年
北海
デンマーク
スウェーデン
コペンハーゲン
バルト
第1空軍基幹収容所
ハンブルク
商船隊および
海軍北収容所
エルベ川
ラーフェンスブリュック
強制収容所
ヴェーザー川
アムステルダム
ベルゲン・ベルゼン
強制収容所
オランダ
ハノーファー
ブラウンシュヴァイク
将校収容所
ベルリン
ルッケンヴァルデ
第3基幹収容所
ポーゼ
バート・エーン
ハウゼン
ケーテンヴァルト
ヴァーレンドーフ病院
ヴァールブルク
第6将校収容所
ハルツ山地
ドイツ
ブリュッセル
フルダ
ノルトハウゼン
ロスラ
ザーガン
第3空軍基幹収容所
ライプツィヒ
ベルギー
シュパンゲンベルク
将校収容所
ドレスデン
ライン川
ローテンブルク
将校収容所
コルディッツ
将校収容所
フランクフルト
ペチェク邸
プラハ
メーリッシュ・トリュバウ
将校収容所
ズデーテンラント
スリーコフ
ベーメン・メーレン保護領
アイヒシュテット
将校収容所
ブルノ
シュトラスブルク
パッサウ
モースブルク
基幹収容所
ドナウ川
リンツ
エルザス
ウィーン
ミュンヘン
フランス
ザルツブルク
ブリュック
チューリヒ
オーストリア
スイス
シュピッタル
基幹収容所
マリボル
イタリア
ザグレブ
ミラノ
クロアチア

はじめに

私はアレスター・クラムに会ったことはないし、たとえ会えていたとしても、本の主役になることを彼が喜んだかどうかわからない。彼は非常に内向的な人だったし、寡黙《かもく》で控えめで、経験した多くの冒険を人に伝えることにまったく興味を示さなかった。とはいえ、戦後まもなく書き始めた手記など、紙の記録を一応、残してはいる。だが、それさえも容易には人を寄せつけないものだった。鉛筆で書かれたそれには句読点もほとんどなく、単語同士がつながっており、おそらくすべてを記録しておきたいという衝動に駆られて書いたのだろう。脱走の手引書として出版を考えた痕跡も見られた。ある箇所にはこうある。「本書は鉄条網からの脱走を試みた一個人の記録であり、先の戦争のヨーロッパにおける脱走の背景をできるだけ正確に記録するためのものであり、ここに記す大胆な試みは、多くの連合国軍兵士が経験した典型的な事例である」。もちろん、アレスターの経験はまったく典型的ではなかったし、結局彼はこれを出版しようともしなかった。大きめのレポート用紙や安物のノートに書くだけ書くと、まとめて封筒に入れてそれきり読み返さなかった。

六〇年後に私がそれを発見したときはページが飛んでいたり、破れていたり、順序が入れ替わったりしていた。そのほとんどが読解不可能であり、テキサスにいるアマチュアの暗号研究者の助けを借りても、読み解くのに数年かかった。私は解読が終わるかなり前から、とっさの思いつきではなく、彼の物語は私が伝えなければならないと強く思っていた。アレスター・クラムの名を知ったのは子供の頃だ。脱走を描いた物語を一二歳のときから手当たり次第に読み始めたのだが、彼は度々登場する伝説的な存在だった。私が本を読み、本が好きになり、やがて研究者になったのも、そこに始まる。このジャンルの本は、同じ年頃のイギリスの子供向けには豊富にあったが、私はアメリカに住んでおり、『大脱走』や『トンネル脱走作戦』など、特に有名な図書以外は数えるほどしか手に入らなかった。

そんなとき、力になってくれたのが、〝尻《バッツ》〟という信じがたいニックネームをもつ数学教師だ。彼は長年、ルイス・キャロルの稀覯本をイギリスから取り寄せており、私の欲しい本も注文リストに加えてくれた。たいていのものが翌日配達を約束するインターネットで買えるこの時代、待望の小包が大西洋を船で渡って手元に届いたときの、このうえない喜びは思い出すのも難しい。私はまもなく著者に手紙を出すようになり、質問したり、ほかにおすすめの本はないか尋ねたりした。なかでもパトリック・リードは特に親切で、『コルディッツ大脱走』の手に汗を握る体験をつづってくれた。リード自身も前の戦争の脱走物語を読んで育った人だったため、私の趣味をよく理解し、気配りの利いた長文の返事に本や写真を同封してくれることもあった。

その後、大学へ進学した私は、ヴェトナム戦争が始まると軍事にかかわる物事一切への関心をなくした。私は詩を書き、芸術を学び、オリノコ川源流の先住民族とともに暮らし、南米の神話に関する本を書き、人類学者になった。教職と研究に追われ、脱走について再び真剣に考えるようになるまでには長い年月が流れた。それは地元の図書館を訪れたときのことだった。第二次世界大戦と脱走に関する図書を陳列した、デューイ一〇進分類法でいう「940・54」の棚の前にふらっと立ち寄った。驚いたことに、私の知らない新しい本がたくさん並んでいた。戦争直後に書かれた第一世代の書籍とは違い、それらは近年一線を退いた人か、死ぬ前に自分の体験を記録しておきたいと思った人によって書かれたものだった。私は棚からトミー・カルナンの『走るキツネのように自由』を取り出し、読み始めた。すると、懐かしい友がいるトンネルや列車の中にたちまち引き込まれ、変装と巧みな逃げ口上の世界に没入した。

　私はパトリック・リードに連絡を取ろうと思った。最後に手紙を出してから二五年が経っていたが、私は近況を伝え、彼のこれまでの厚意に礼を言いたかったのだ。だが、残念ながら、もう遅かった。彼は数年前に七九歳でこの世を去っていた。こうした事情を経て、脱走物語に対する私の興味が再燃した。私は新しい本を何冊か読み、なかには素晴らしいものもあったが、「男爵」つまりアレスター・クラムに関する物語はなぜか見あたらなかった。「第二次世界大戦の脱出王ハリー・フーディーニ〔奇術師。一八七四―一九二六〕[1]」と呼ばれたアレスターは、彼自身の勘定で二一回脱走し――少なくとも脱走を試み――捕虜の脱走回数としては最多の記録をもつ。アレスターについて私が知っていたのは、詳細なＭＩ９〔イギリス軍情報部第九課〕の報告書、ジョージ・ミラー著『ツノのある鳩』、ジャック・プリングル著『終点、コルディッツ』の記述に限られていた。それでもなお、アレスターのような偉業を成し遂げた人なら、文書か録音テープなどで、なにかしらの記録を残しているはずだと思った。

　アレスターは一九九四年に亡くなっていたが、妻のイザベルはその一二年後のいまも生きているのではないかと考えた。驚いたことに、アレスターが一九三〇年に入会したスコットランド山岳クラブへの手紙ひとつで答えが出た。それでわかったのは、イザベルはエディンバラに住んでいて、重い関節炎をのぞけば、比較的健康ということだった。そして、予想どおり、アレスターは戦争中の自分の行動を詳述した手記を残しており、それらはすべて、山岳クラブの書庫に保存されていた。クラブからは、私がそれを好きなだけ調べるのはかまわないが、読めるような代物ではないからあまり期待しないようにと釘を刺された。また、ほかにも私が興味をもちそうな品々が大量にあるということだった。そして、二〇〇七年の八月、エディンバラ・フェスティヴァル・フリンジに合わせて私は妻ケイトとともに同市を訪れた。

私たちはこの都市がすっかり気に入り、フェスティヴァルを大いに楽しんだが、それよりなにより心を奪われたのはイザベルだった。聡明で機知に富み、あらゆることに対して途方もない斬新な見解をもつ彼女は、特別に近しい身内に接するような温かさで私たちをストックブリッジの家に迎えてくれた。それから九年間、私たちはたびたび手紙や電話をやり取りし、できるだけひんぱんに訪問し、本当の家族のようになった。そして、その間ずっと、イザベルだけが知っているアレスターの話を聞くことができた。故郷パースでの生活、戦争中の話、戦後ドイツで戦犯を追ったこと、アフリカのマウマウ団、世界各地のふたりで登った山の話など、イザベルほどのすぐれた案内役はいなかった。それに、彼の物語がついに広く伝えられる日が来たと、彼女ほど喜んだ人もいなかった。彼女は私たちと初めて会ったあと手紙に記している。「アレスターは控えめな人でした。それでも、夫のことはもっと知られるべきだと思っていましたから、まもなくそれがかなうと思うと、ほっとします」[2]

イザベルはアレスターのことをいろいろ語ったが、なかには本当に彼が打ち明けたのだろうかと思う話もあった。夫婦のあいだで、おしゃべりなのは彼女のほうであり、彼は数多の冒険については語りたがらない、孤高の人だった。「夫は一匹狼で知られていましたし、私は彼の沈黙を尊重していました。彼が心を開いて打ち解けたら、彼のことが理解できるのです。でも、本来彼はとても内向的な人でした」[3]。皮肉にも、こうした特徴は、成功する脱走者に不可欠な資質としてパトリック・リードが挙げるものと一致する。

なぜなら、人は脱走すれば孤独を抱えるからだ。追われる動物の孤独だ！　そして、脱走者は疲れや飢えから、仲間恋しさのあまり自首を考えるときがある。たとえそこに他の捕虜しかいないとしてもだ。そのとき、大いなる疑問が浮かぶ。おまえは群れで生きるのか、それとも孤独に耐えられるのか？[4]

アレスターが何度も脱走を試みたのは、なにも独りになりたかったからではないだろうが、それがうれしい副産物であったのは間違いない。それに、彼の脱走がなぜ、どれも山歩きに変わっていったかの説明にもなっている。他の脱走者は列車やバスを利用したが、アレスターは毎回好んで歩き、そこに山があれば登った。逃走中、一九三〇年代に主にガイドとして登った山にまた登っている。彼はやがて登山と脱走をよく似た行動と見なすようになる。ふたつの類似点は、あらゆる帰属意識を絶ち、恐怖を克服し、解放のカタルシスに達することだ。そうして初めて、人は自分の能力の限界を知る。それは、恐怖に駆られての変貌であり、アレスターが言うには、いろいろな方法で達成できる。「我々は執着という鉄条網のなかの囚人である。欲望と恐怖の番人が我々を自由から遠ざけている。贅沢《ぜいたく》、安心、生への渇望、自惚《うぬぼ》れは誰もがもつ精神の拘束である」と彼は記している。

アレスターは、二〇代に没頭した精神的な探求をあきらめなかった。イザベルが幾度か認めたように「彼は矛盾していました。彼の法曹家としての一面は、非常に合理的です。それなのに、霊感的《スピリチュアル》な面ももっていました」。[5]ふたつとも密にからみあって彼の手記に現れ、アレスターは冒頭でそれをほのめかしている。「これは個人の体験を率直に記したものだが、洞察力ある人は魂の成長の過程を間接的に体験することができるだろう」

　ケイトと私はアレスターの苦難の道のりをたどり、数年かけてヨーロッパ各地を訪ね歩いたが、それもまた巡礼の旅となった。彼と同じように、まずシチリアから始め、カステルヴェトラーノとラカルムートを訪ねた。そこの相互扶助会の老人たちはいまもカルロや曹長のことを憶えていた。そこからパドゥーラに渡り、ジョージ・ミラー同様、サン・ロレンツォ修道院の偉容に圧倒された。ガーヴィ訪問は一度では足りず、アンドレア・スコットや〈ガーヴィ友の会〉の人々から多大な協力を得た。ボルツァーノとドロミテ・アルプスに寄ってブレンナー峠を越え、ミュンヘンをぐるりと回って、プラハまで行った。プラハでは、かつてのペチェク邸に設けられたゲシュタポ資料館をクルファネク大佐の案内で見学し、胸をふさがれた。現在も刑務所として使われているパンクラーツに入るのはさすがに無理だった。メーリッシュ・トリュバウ〔現モラヴスカー・トジェボヴァー〕の、かつて第八F将校捕虜収容所だった施設は現在、軍士官学校となっているが、そこの職員が大歓迎してくれた。そこから車で少し行くと、一九四四年五月にアレスターとジム・ゲイズが助けを求めたスリーコフ村がある。以前と少しも変わっていない。白馬が二頭と、燻製《くんせい》肉を作っている男性がひとりいるだけで、ほかに誰も見かけなかった。最後に訪ねた土地のひとつが、歴史ある温泉保養地バート・エーンハウゼンだ。アレスターは戦後の数年間をそこで、戦犯追及の任務に携わって過ごした。この街では占領から六〇年以上経ったいまでも、上辺はつくろっているがその下に恨みがくすぶっていることに私たちは驚いた。

　この旅に私を連れ出し、アレスターのまれに見る体験を語るうえで必要なものを与えてくれたアレスター自身に感謝する。脱走物語に浸って五〇年、これほど素晴らしい贈りものはなかった。同時に、本書のためにあれほど協力してくれたイザベルが刊行を見届けられなかったのがとても残念だ。彼女は二〇一六年一月に九六歳で亡くなった。私たちが知り合ってすぐに、イザベルはスコットランド山岳クラブの文書保管係、ロビン・キャンベルに手紙を送り、次のように書いている。「アメリカ人の教授にアレスターの物語を委ねてよかったのだと思いましょう」。その信頼と友情はこの長大な企画を進めるあいだ、ずっと私を支え、大切な宝物となった。

第一章

脱走は登山に似ている

クリスマス・イヴに飛行機で到着したとき、彼は冬の数日を海辺で過ごすのを楽しみにやってきた普通のイギリス人旅行者のように見えた。たしかに、シチリアはアレスター・クラムがいつかは行きたいと常々考えていた場所だが、それがこのようなかたちで実現するとは思いもよらなかった。つい四週間前、シディ・レゼグの戦いで燃え上がる戦車のあいだを縫って進んでいるとき、彼は爆発で意識を失った。ドイツ軍は彼と三名の兵士が敵の動きを追うために使っていた砲兵観測所を突破した。それは、七ヶ月間包囲されていたトブルク守備隊を解放するためにイギリス軍が開始したクルセーダー作戦[1]四日目のことだった。シディ・レゼグにある枢軸国の飛行場攻撃に始まったこの戦闘は、それから何日も一進一退の攻防が続いた。一九四一年一二月上旬にようやく収まったとき、結果的に史上最大規模の機甲戦となり、クルセーダー作戦は連合国側初の勝利となった。両陣営の損害は甚だしく、特にロンメルが最後の決死の攻撃を開始してからは激甚だった。アレスターの持ち場が侵されたのもこのときで、彼は死んだと思われて置き去りにされた。

　気がつくと、ドイツ・アフリカ軍団のぶかぶかの軍服を着た十代の少年が彼をのぞき込むように立っていた。片手で彼の肩を揺らしながら、もう片方の手にはしっかりとルガーを握っている。「負傷《ファーヴンデタ》しているのか？」と大声で繰り返す。「怪我しているのか？ どこか怪我をしているのか」。アレスターは自分でもよくわからなかった。ヘルメットは大きく凹《へこ》み、耳鳴りとひどい頭痛がして、ものが二重に見えるのはそのせいかもしれない。それから、少年よりわずかに年上のドイツ兵が、たった一言の台詞《せりふ》を言うためにずっと舞台の袖で控えていた役者のように登場し、ギムナジウム仕込みの英語で「お前の戦争は終わった」と得意げに言った。しかし、アレスターはまもなく気づくのだが、「自分ひとりの戦いが新たに始まっていた」

北アフリカ戦線で枢軸国に捕らえられた者はすべて、イタリアが管理する取り決めになっていたため、三日後、アレスターはイタリア側に引き渡された。いずれにしろ、イタリアは、表向きはまだ戦闘継続中だった。それに、ヒトラーが新編成のドイツ・アフリカ軍団を送り込んだのは、イギリス軍のリビア侵攻に対抗して南の同盟国を支援するためであり、捕虜を管理するためではない。しかも、捕虜をはるか彼方のドイツまで運ぶよりは、地中海の短い距離を移送するほうが、簡単で費用もかからない。ただ不幸なことに、イギリス軍が不注意に護送船を魚雷で攻撃したため、移送中の捕虜に多くの犠牲者が出た。

アレスターはベンガジ港で乗船する前にすでに二回の逃亡を試みていた。そのうち一度は、デルナで鉄条網をくぐっているときに見つかり、あやうく撃ち殺されるところだった。その後、三〇〇名の捕虜とともに港まで歩かされ、イタリアの駆逐艦に乗せられ、船首楼に閉じ込められた。換気が悪く、暗く、燃料の有毒な臭いが漂うその空間は、たとえ人数が半分になったとしても窮屈《きゅうくつ》だった。天井で鋼鉄の蓋が閉じられたとき、攻撃されたら助からないだろうなとアレスターは思った。心配なのは、連合国の潜水艦だけではなかった。港一面に小島のように点在する沈没船のあいだをすり抜けたと思ったら、嵐に遭遇した。船は大波にとらえられ、横転するかと思うほど激しく左右に揺さぶられた。少なくとも、甲板の下にいる者は皆、そう感じた。ほぼ全員が船酔いし、うめき、嘔吐し、とうとう床全体が悪臭を放つ黄色い液状のものでおおわれた。赤痢《せきり》に罹《かか》っていた兵士の排泄物と混じり、船が傾くたびに彼らは汚物をかぶった。ナポレオン戦争の恐ろしい監獄船にたとえる者もいれば、それよりさらにおぞましい中間航路にたとえる者もいた。

それでも平気だった数少ない例外のひとりが、オーストラリア人の海の男、「行商人」とも「海賊」とも呼ばれる先任将校、〝船長《スキッパー》〟・パーマーだ。巨体の変わり者、鷹揚《おうよう》で自信家のパーマーは、トブルクの封鎖線を出入りして有名になった。実際、包囲された部隊に手際よく物資を補給したため、ドイツ軍が彼の首に懸賞金をかけたほどだった。彼の功績がさらに驚異的だったのは、それをイタリア人から奪った三本マストの帆船《スクーナー》で敢行したことだ。一九一六年、彼は同様の船でイングランドに向かう途中、ドイツ軍に沈められ、三日間救命ボートで漂流したこともある。イギリス海軍に勤めたあと、中国に渡り、そこで沿岸を行き来するスクーナーで働いた。再び軍服を着ることになった彼は、積んできた経験を生かす役に就いた。奇襲部隊を上陸させ、スパイを迎えに行き、封鎖線をかいくぐり、武器や禁制の酒をひそかに運び入れるのだ。「海賊」と呼ばれるのにはそれなりの理由があり、彼はこのあだ名を自分の髑髏旗と同じく、えらく気に入っていた。捕虜になる前にひと暴れする者がいるとしたら、それはスキッパー・パーマーだ。

甲板下の状態が早々に悪化したため、イタリア人は鋼鉄の蓋を開けて、一度に一〇人ずつ、甲板に出すようになった。船を乗っ取ってマルタ島へ行こうとパーマーが計画を持ちかけたのはそのときだ。甲板には二丁の機関銃が据えられていたが、常に人が配置についていたのはダブルバレルの一丁だけだった。二丁目の、半甲板の下に据えられたほうは、大きなカンバス地の防水布にすっぽりとおおわれていた。パーマーは自分がいちばん危険な役を引き受けると言い、ダブルバレルの機関銃が据えられているブリッジ襲撃組の指揮は任せろと言った。アレスターが入ることになった別の組は二丁目の機関銃を奪い、それで船自体を制圧するのだ。問題は、充分な数の健康な人間を集められるかどうかだった。アレスターの見たところ、その時点で敏捷《びんしょう》に動ける者は二〇人もいなかった。多くの病人や半病人のなかに、レスリー・ヒルという若い砲兵将校がいたが、彼はそのときの全体に行き渡っていた惨《みじ》めさを軽々しく次のように言い表している。「陸軍の兵士である我々のようなタイプは船酔いでなんの役にも立たなかった。自分も含め全員を乗せたまま駆逐艦が沈没してくれたほうがましだと思っていた」[2]

問題は船酔いだけではなかった。パーマーが自分の計画への支持を集めようと兵士たちのあいだをまわって話し始めると、彼の副官で南アフリカ陸軍のマッコーリー大尉がついてきた。パーマーが自分の構想を語り終えると即座にマッコーリーが、それは自殺行為とまではいかないが危険すぎると言って否定し始める。パーマーは激怒し、おまえは敵に味方する第五列員かそれ以下の人間だと非難した。もし、パーマーが銃を持っていたら、マッコーリーを撃ち殺していただろう。「あのばか野郎が完璧な逃亡のチャンスを台無しにした」と彼はのちに述べている。[3]だが、すでに適時を逃していた。何かよからぬことが起きていると察したイタリア兵は武装を追加し、警戒を強めた。嵐がますます激しくなったため、結局リビアに引き返すことになり、今度はトリポリの波止場に着いた。パーマーはまだ腹を立てていたし、彼があのような機会に恵まれることは二度となかった。ドイツで列車から飛び降りて片腕を失ってから一年後の一九四四年九月、彼は本国へ送還された。

トリポリの波止場で待っていたトラックに乗せられ、捕虜たちは南のタルフナへ運ばれた。それから三週間、臨時の野営場にこもり、シラミをとったり自分の腹が鳴るのを聞いたりして過ごした。多くの者は空腹のあまりベッドから出る力もなく、そうでない者は捕虜になった実感がようやく湧き始め、ショックで鬱《うつ》状態になっていた。砂漠を二四〇キロ歩き続けた末に捕まったマイケル・ロスは、そのときの落胆と絶望感を次のように記している。「私は罪悪感に苛《さいな》まれ、完全に無駄な存在でしかない我が身を恥じた。私は突然役立たずの、ほぼ無用の人となり、運がよければ生きて解放されるその日まで、食事と寝るところを与えられるだけの寄生虫になったのだ」[4]。アレスターも、捕虜となった肉体的、精神的ダメージに気づいていた。当時三二歳だった彼は、大半の仲間よりも年を取っていたし、エディンバラで弁護士業を営んでいたことから、座業の人と誤解されるかもしれない。実際には大違いだった。子供の頃から毎日きつい運動を欠かさず、登山と長距離走を趣味とするイギリス陸軍砲兵連隊のアレスター・クラム中尉は、頑健な身体をもっていた。捕虜になると一時的なショックで動かなくなる者もいたが、アレスターはいっそう決意を新たにするばかりで、手記に次のように書いている。

捕虜となった最初の数ヶ月は士気の低下に見舞われる。絶え間なく機敏に活動していた生活から一転して、退屈でまったく何もしない毎日を送ることになる。最も耐えがたいのは、その不毛な日々がいつまでも続くように思えることだ。この戦争が当分のあいだ終わりそうにないのは誰から見ても明らかであり、捕虜生活がこの先何年続くのだろうと、それはかり考えてしまう。恐ろしいことに、倦怠感と必死に戦わないかぎり、拘束生活は必然的に意欲、心、精神に悪影響を及ぼす……この無益な年月の先には、明るく忙しく奔放《ほんぽう》な世界へ、しっぽを巻いた負け犬として戻る恐怖があり、おそらくその世界は、先に進み、経験を積んで成功している人々に合わせて激変している。希望、夢、勇気は砕け散って苦い塵《ちり》となり、容赦なく内側から己を蝕《むしば》む。体力の低下、精神の荒廃、士気の喪失といった真の恐怖の前には、屈辱や肉体的苦痛などたいしたことはない。いっときでも屈服しなかった者は、すべてを取り戻したいという激烈な衝動に駆られる——脱走という、残された最後の手段を使って。

一二月二四日、傷病兵運搬車隊が到着し、捕虜たちはそれに詰め込まれてトリポリに戻され、そこでサヴォイア爆撃機に乗せられた。マルタ島のイギリス空軍を警戒して、水面ぎりぎりの超低空飛行だった。目的地は小さな町、カステルヴェトラーノ。オリーヴとヨーロッパ有数の考古遺跡であるセリヌンテ〔ギリシア名、セリヌス〕の遺跡で有名だ。カルタゴに略奪され、その後、地震で破壊されたセリヌンテは、シチリアにあっても典型的な古代ギリシアの植民都市だった。捕虜たちは村の中心にある一七世紀の修道院に収容された。もともと〈パオラの聖フランチェスコのミニム会〉のために建てられた修道院で、イタリア統一運動の時代に空っぽにされ、その後、兵舎、学校、難民収容所と変遷し、いまは捕虜収容所となっていた。クリスマス・イヴに新しい囚人が到着したときもまだ、神聖なるものの雰囲気を強烈に醸《かも》し出していた。数週間ぶりにまともな食事にありついた捕虜たちは聖歌を歌い出し、司祭が静かに並んだ兵士たちに聖体を授けた。ロウソクのやわらかな明かりのもと、色褪せた壁画がきらめき、生気をおびると、誰もが心を打たれた。床に敷かれた分厚い藁《わら》の寝床のせいもあって、アレスターを含めた多くの者は改めてキリスト降誕の意味を感じさせられた。

朝、空気はひんやりと澄んでいて、植物や花々の香りに満ち、タルフナや不毛の砂漠で過ごしたあとの身にはありがたかった。とりわけ素晴らしいのは、遠くにそびえる山々が見えることだった。「あそこまで行けたら、もう大丈夫だ」とアレスターはのちに記している。四歳で初めてケアンゴーム山地のクライゲラヒに登ったときから、山は彼にとって安息の場、癒しと再生の場であった。あるいは、次のようにも書いている。「山登りは終わりの手段だ。その終わりとは始まりでしかない」。[5]一四歳の頃には単独でハイランドの山々を登り始め、まもなくアルプスにも登るようになる。地元の新聞は彼を有名人として扱い、彼が偉業を成し遂げるとその都度、詳しく報じた。一九二八年の冬に動けなくなった登山者二名の救出を試みたこと、吹雪のなかマッターホルン登頂に成功したこと、アルプスでホワイトアウトの状況下、ケンブリッジ大学クラブを導いたこと、スコットランドのマンローを全制覇したこと、パースに青少年山岳会を共同で創設したことなどだ。そんな彼も、エヴェレストに登る機会はなかなか得られなかった。一九三九年の遠征隊に加わりたいと思っていたが、戦争勃発で失われた多くの夢と同じく、その望みも消えた。

　アレスターにとって、山登りと収容所脱走は密接に結びついていた。彼の脱走の多くは、山登りとその技術を取り入れたものだったが、それだけでなく、登山も脱走も似たような感情的、精神的変化を彼にもたらした。彼はそれを「言葉にできない知覚の向上。意識的に求める覚醒への入り口」と表現した。到着してすぐに脱出経路が思い浮かんだカステルヴェトラーノは完璧な例だった。昔の厨房《ちゅうぼう》を通り抜けたところにある便所は、修道院の奥の隅にあった。星空が覗くその屋根は、あってないようなものだった。そして、後ろの壁は、高さ四メートルはあったが、アレスターのような岩登りをする者には好都合の突起や足がかりがたくさんあり、彼なら楽々とよじ登れそうだった。壁の向こう側には、長いあいだに積もった土が山になっており、その落差は二・七メートルに縮んでいる。最初の数日間は、その周辺を見張る哨兵がひとりいた。それから、退屈だったのか、寂しかったのか、あるいはただ単に寒かったのか、哨兵は建物内に移動し、便所に出入りする人間を暖かい厨房から見張るようになった。

アレスターは自分の計画を誰にも、スキッパー・パーマーにも話さなかった。仲間に話せば、気でも違ったかと言われる確信があった。実際、自分でもそう思っていた。民間人の服もないし、身分証明書も地図もコンパスもない。食糧はチョコレート少々とナツメヤシの実が五〇〇グラムほどあるだけ。計画では、まず山に向かって歩き、四、五日、南に進んだのち海岸を目指し、そこで漁船を盗み、二〇〇キロ離れたマルタ島へ渡るつもりだった。カステルヴェトラーノに到着して四日後の一二月二八日には、彼はいつでも行ける準備ができていた。気づかれずに便所に忍び込むのに時間を要した。哨兵は誰か来るたびにドアを開けてやり、彼らが出てくるまで用心して待機していた。アレスターは物陰にたたずみ、ゆうに一時間以上、辛抱強く待った。とうとう哨兵が交替した。新しい哨兵は背の低い肥満の兵卒で、便所へ行く人の往来を見張るよりも、ストーヴで手を暖めるほうに熱心だった。哨兵がよそを向いているあいだに捕虜たちが出たり入ったりした。アレスターは素早く長身の将校の後ろについた。ふたりが一緒に便所に入るとき、一七二センチの彼の身体は隠れていた。ドアが閉じられた。すぐに彼は壁をよじ登り、それを越えた。地面に飛び降りた音は誰にも気づかれなかった。犬たちが吠えたが、それでも見つからなかった。彼は身をかがめて道路を渡り、夜の闇に消えた。

一〇分後、小さな谷に着くと、たちまち力が湧いてきて、険しい石灰岩の崖をよじ登った。登り切った先には延々と広がるオリーヴの林があった。一本一本のこぶだらけの樹は――なかには樹齢一〇〇〇年を超えるものもある――互いに注目を浴びるのを競い合っているようだ。それに見とれている暇はなく、アレスターは全力で走り出した。やがて、熟した実をつけたオレンジの林があり、彼は壁を越えてから初めて、足をとめて休んだ。追っ手が来ないか耳を澄ましながら、立ったままでオレンジを次から次へと二〇個以上、食べた。そこから少し行くと、有刺鉄線と先の尖った葦の群生、深い藪など、何重にも守られたベリス川に出た。浅瀬を歩いて渡りたかったが適当な場所が見つからず、しかたなく泳いで渡った。夜明けが迫っていたが、山まではまだ一六キロもあり、彼は日中を過ごすため、廃屋になっていた納屋に潜り込んだ。ずぶ濡れで、寒くて、疲れ切り、身体の震えがとまらなかった。それでも、彼は自由の身だった。

　地面に近いところを飛ぶ複数の探索機の音で目が覚めた。脱走が成功した証だと思うと、元気が出てきた。日が沈む頃、彼は行動を開始し、小さな町、メンフィを避けて海岸沿いに歩いた。一日の仕事を終えた人々が毛布を頭から被って農園や果樹園から出てきた。アレスターは要領よく彼らに合流し、同じように毛布を被った。この新しい変装の下で安心していたところ、彼を自分の恋人と間違えた若者が、そっと彼に呼びかけた。「マリア、可愛いマリア。待って、待ってくれよ」。アレスターは足を速めたが、恋にのぼせた若者がしつこく追いかけてきた。道が峡谷をまわり込んでいるところにくると、アレスターは道からそれて斜面に向かった。「私は岩だらけの斜面を素早く横切った。恋い焦がれる者の熱が冷めるほどの急斜面だった。あの若者は、敏捷な恋人のことをなんと思っただろう。私は逢い引きの約束をぶちこわしたのかもしれないが、私に追いついて正体を知ったら、彼はもっとショックを受けただろう」

　やがて彼は古い石畳の道に出て、それを雪線までたどった。すでに真っ暗闇で、何も見えなかった。空腹で寒くて、一刻も早くどこかに潜り込みたかった。そのとき、アレスターは脱走者の多くが経験する奇妙な感覚にとらわれた。ひとりではないという感覚、何かより大きな力、大きな存在に導かれているという感覚だ。[6]窪地に埋もれるように建っていた石造りの小屋にたどりつけたのは、そのおかげかもしれない。扉から大きな桶が吊りさがり、なかにはクリームの分厚い膜でおおわれた新鮮な牛乳が入っていた。彼は顔を突っ込んで飲んだ。小さな男の子が扉を開け、彼を小屋に招き入れた。ふたりは身を寄せ合って暖をとりながら夜を明かし、朝になると老人が現れた。イギリス軍の軍服を着たままのアレスターだったが、自分は部隊からはぐれて道に迷ったドイツ兵だと称した。驚いたことに、老人はドイツ語ができた。先の戦争中、オーストリアで捕虜になっていたそうだ。ムッソリーニの話題になると老人は地面につばを吐き、足で踏みねじった。そのあと、さらに男がふたり、大きなパンの塊とオリーヴを少々持って現れた。老人はチーズを作り、拳大の塊にまとめた。そして、それをアレスターの掌のうえに置き、グラスに入った濃い色のワインをすすめた。男たちは話すときも用心深く、聞き取れないように小声で話していた。男たちが食べ物を分けてくれたのは、考えがあってそうしているというよりも、習慣からだった。彼らは金を受け取らず、アレスターがナチス式の敬礼をして別れを告げたときも、ほとんどそっぽを向いていた。窪地を半分ほど登ったところで、振り返ってみると、誰も彼を見送っていなかった。

アレスターは丘陵地の上の方を歩き続け、ときどき羊飼いを見かける以外、誰にも会わなかった。羊飼いたちは洞窟に住み、頭のてっぺんからつま先まで羊の皮を身にまとった、孤独を好む人々だ。羊の皮は寝具にもなり、扉の代わりにもなる。彼らは羊の乳を飲み、羊のチーズを食べる。人間よりも羊の群れといるほうが気が楽で、パンパイプで音楽を聴かせたり、自分の手や顔についた塩を舐《な》めに羊が寄ってくると、奇妙な羊語で呼びかけたりする。アレスターが近づこうとすると、彼らはさっと身を隠した。とはいえ、アレスターも〝霧の子〟、ハイランドの男だ。父はカランダー出身のブキャナン姓で、古くはロブ・ロイとマグレガー一族にもつながる。彼らこそ、山の霧の中から現れては、牛を盗み、家を奪った盗人どもに復讐を果たした男たちだ。

夕暮れが迫る頃、彼は斜面を駆け下り、畑仕事をしていた若者に声をかけた。今度もまた、道に迷ったドイツ兵だと称した。汗と泥にまみれ、様々な素材をつぎはぎした服を着た男は、宿を提供してくれた。彼の石造りの小屋は前日に泊まった小屋とそっくりだったが、それよりも暗く、もっと強烈な悪臭がした。暗さに目が慣れると、そのわけがわかった。火のそばに座っている老人と少年のほかに、多くの動物がそこにいたのだ。数匹の犬と鶏、雄牛が二頭、ロバ一頭、山羊までいた。

彼らはオリーヴ、イチジク、パンを食べ、強い赤ワインを飲んだ。それから、アレスターが驚いたことに、老人が彼のほうを向いて尋ねた。「英語、わかるか？　あんたはイギリス人のように見える」。アレスターはドイツ訛《なま》りを心がけながらゆっくりと言葉を発し、学校で「すこーしだけ《リートル・ビート》」習ったと答えた。それから老人は、いま暮らしているこの土地を買うために、何年かニューヨークに出稼ぎに行っていたと語り始めた。アメリカは好きだったが、必ず故郷に戻ると約束していたため帰らざるを得なかった。イタリアがこんなことになるとわかっていたら、ぜったいに帰ってこなかっただろうと、いまは後悔している。

持っていた金《きん》は全部没収された。妻の宝石もだ。いまでは穀物も油もワインも取りあげられる。丘の上のここはまだ平穏だけど、下の俺たちの村には憲兵《カラビニエリ》やファシスト党の黒シャツ隊がいる。俺たちは働きずくめで、土地は肥えているのに、手元に残るのはわずかで、靴も服も貴重だ。独立したほうが豊かになるとたまに思うこともある。俺たちは音楽と余暇とワインが大好きな陽気な人間で、この土地に愛着をもっている。俺たちは兵士じゃない。こっちにしてみれば、イタリア統一は敗北だ。俺たちは北部の人間とは違う。あちらは高慢ちきで偉ぶっていて、残酷で不誠実だ。こっちにも諍《いさか》いはあり、傷つけ合うこともあるが、それは血の気が多いせいだ。シチリアの女はみな、長靴下にナイフを隠しているよ。でも、戦争は大きすぎて俺たちにはわけがわからない。頼むから、もう放っておいて欲しい……どう思うかね、だんな？　あんたはこれまでに会ったドイツ人とは違う気がするけど。

アレスターは動物の群れが起き出す前の夜明けに小屋を出た。午前半ばには、両側が垂直の壁になっている隘路《あいろ》が連なるところにきた。二番目の隘路に進むと、そびえ立つ岩の尖塔が見えた。登りたいという衝動は抑えがたく、多少の後ろめたさはあったが、気持ちを優先するメリットのほうに分があった。「私は東側の壁面を登った。もちろん、これは狂気の沙汰だ。私はひたすら先を急がなければならない身だった。だが、その頃の脱走はまだ愉快な冒険であり、後々のように重大な危険をはらんだ決死の試みではなかった」

それは、連合国にとって忘れてしまいたい年である一九四一年の最後の日、大晦日のことだった。谷底に続く道は新年を祝いに町へ向かう人々でいっぱいだった。オレンジの林で長い昼寝から目覚めると、アレスターは人の流れに加わった。まもなくふたりの若い男に呼び止められ、身分証を見せろと言われた。アレスターは、ドイツ兵はイタリアの民間人に身分証を見せる必要はないと告げた。そして、お前たちこそ身分証を見せろと、きつく言い返した。「なに、持っていないだと？　では、ドイツ軍の本部へご同行願おうか」。これで出しゃばりの若者たちを撃退することはできたが、アレスターは彼らがすんなり嘘を受け入れたかどうか不安だった。

その頃になると、夕食時のどの家に近づくかを決める習慣ができていた。たいていの場合、彼は招き入れられ、寝床を与えられた。寝床といっても、多くは藁《わら》を積んだだけのもので、しかもその家の家族や家畜と分け合うのだった。どれほど貧しくとも、どれほど物や金に困っていようとも、イタリアの農民はあまりにも気前がよく、誰もが必ず彼を家に入れてくれた。

翌日、長く、狭い谷間をとぼとぼと登っていると、人が住んでいるとは到底思えないボロ家があった。齢《よわい》を重ねた果樹と棘《とげ》のある梨の木に囲まれたその家は恐ろしく傾いており、風が吹けば簡単に倒れそうだった。家の前に、同じように齢を重ねた小さな男が壊れかけた椅子に座っていた。老人の妻はビヴォーナの親戚を訪ねて留守にしており、老人は話し相手ができてうれしそうだった。老人は大きな深皿に入ったパスタとパンとワインを振る舞ってくれた。食後にはこれも彼が作った強い酒、マルサーラを飲んだ。その頃にはあたりはすっかり暗くなり、夜の冷気が降りていた。火のそばに寄って初めて、アレスターは老人の顔の美しさに気づき、驚いた。地形図のように、尾根や谷間がくっきりと刻まれていた。老人はアレスターの家族について知りたがった。ドイツにいる親兄弟はどうしているのか、会えなくて寂しくないか？　ひとりっ子のアレスターは、このときとばかりに理想の姉を創造し、架空の親戚の作り話をした。老人は満足したようで、黙って火を見つめたあと、北欧女性と性の抑圧と戦争の原因について自説を披露し始めた。

若い男は金髪女に夢中だ。だが、それはそこにないものがあると思い込んで追いかけているだけだ。欲情の邪悪な力。彼らは「冷感症」という点にそそられるのだが、そのよそよそしさをはぎ取ってみても――それにかけては、ここの血気に逸《はや》る若者たちよりうまくやれる者はあまりいない――そこにあるのは無関心だけだ。俺が若かった頃、ひとりの黒髪の女にみんな夢中だった。陽が当たると青い炎が燃えているように見える漆黒の髪だ。彼女はこのシチリア・ワイン同様、激しくて強かった。だが、彼女を満足させられなければおおごとだ。女の受け身の精力が嫉妬に変わる。愛のためなら彼女は人殺しもする。ここの女たちは子供の頃からナイフを身につけているし、それにもし女から逃げたりしたら女の家族に血の復讐《ヴェンデッタ》をされる。まあ、試しにやってみるといい。逃げてもどこかの暗闇でカミソリのように鋭いナイフが「スパッ」とくるんだ。ところで、あんたの国の女たちはどうだ？　どんな感じだ？　だいたいみんな金髪だと聞いているが。その、なんというか、あんたたちドイツ人は自分たちの女があまり熱くならないから、戦争に興奮を求めるよりほかにない。イギリス人も同じだ。向こうの女たちがここの女たちみたいだったら、ずっと家にいたいと思うだろうに。

ふたりは油と泥でつるつる滑る一台のベッドで一緒に寝た。毛布も一枚しかなく、そのすり切れた布を一晩中、奪い合った。アレスターが出発の支度をしていると、老人がプラタニ川を渡るのは難しいかもしれないと教えてくれた。最近、橋が流されたそうだ。アレスターは彼に礼を言い、アグリジェントに向かって歩き出した。アグリジェントもセリヌンテと同じく、古代ギリシア人が流入した大ギリシアの植民都市のひとつだ。この植民で古代イタリアは永遠に変わった。アレスターは海岸線に沿って点在する小さな漁村のどこかで船を奪い、マルタ島へ渡ろうと考えていた。しばらく行くと川の瀬音が聞こえた。川は三〇メートル下の狭い峡谷を流れていた。そのとき彼は山羊の通り道を歩いていたのだが、突然、男が滑り降りてきて、あやうく突き飛ばされそうになった。大晦日に彼を呼び止めた二人組とは違い、今度のはムッソリーニのファシスト党の民兵組織の正式な隊員、黒シャツ隊だった。男はアレスターに身分証を見せろと言い、アレスターが自分は所属部隊に戻る途中のドイツ兵だと言うと、笑った。

「おまえはドイツ人なんかじゃない。おれはスペインで戦った。おまえはイギリス人《イングリッシュ》だ」

それについて、アレスターは正直に答えた。「いや、違う」

「いいから、一緒に来るんだ」黒シャツは精一杯、威勢を張って怒鳴った。ところが、まもなくこの勇猛な捕獲者は高所が苦手という弱点をさらけだした。道幅が三〇センチ程に狭まったところで、イタリア人は怖がってパニックになった。片側は深い谷、もう片側は垂直の壁という状況で彼は必死にアレスターにしがみついた。馬鹿なやつだ。こうなればアレスターは手を振りほどいてひょいと押すだけでいいし、実際アレスターがそうすると、男は道の縁から谷底に転落した。

アレスターは先を急ぎ、かつて石橋が架かっていた地点を通り過ぎた。作業員の一団がその横に新しい橋を架けるために忙しそうに働いていた。ありがたいことに、すでに臨時の渡り板が設置されていた。誰にも見られず急いで渡り終えると、安心できる山のなかにすぐに戻ることができた。もう一週間以上歩き続けており、逃亡中によく体験する神秘的な領域に日ごとに近づいていた。自由の高揚感、危険に対する恐れ、脱走者の酔うような感覚、自然のなかにひとりでいると感じられる混じりけのない臭いと音、身体の酷使に加え、飢えと睡眠不足から起こる譫妄《せんもう》状態――それらがひとつになると「感覚のさらなる高い領域」への道が切り開かれる。山登りの喜びに達する道と同じだ。

彼は大麦や小麦の種を蒔くために耕されたばかりの畑を横切った。ポピー、フェンネル、ノラニンジンの花が咲き、遠くには黄色い花の絨毯が広がり、故郷が思い出された。アーモンドの木も花をつけ始めたところで、繊細な芳香が谷間に満ちていた。さらに上に行くと、オレンジの木でいっぱいのところに出たが、梯子《はしご》にのぼっていた若い娘に声をかけられ、急いで逃げた。女の黒髪は陽光を浴びて青い炎のように輝いていたし、彼には見えなかったが女はストッキングにナイフを忍ばせているに違いない。彼は老人の忠告を憶えていた。「第一級の血の復讐の、第一の敵になる前に、私はすでに問題を充分抱えている」。ついに彼は尾根に達し、そこから廃墟となった修道院の庭に入った。空気は爽やかに澄み、視界いっぱいに海が広がっていた。遠くにマルタ島が見えた。彼はそれが見えるとは思っていなかったので、水平線に島が浮かんでいるのを見てとても驚いた。このとき初めて、脱走に成功すると自信を持った。

海に到達するのにさらに二日かかった。最初の晩は廃屋の床で寝た。朝から嵐の中を歩き通し、凍えた身体で腹を空かせて海に着いたのは午前一時だった。強風が吹き荒れる海岸に人影はなかった。ローラーに載せたボートを二隻見つけたが、二隻とも鍵がかけられ、分解してあった。マスト、帆、舵、オールは五〇〇メートル離れた小屋のなかだ。アレスターはそのドアも確認したが、やはり施錠されていた。ボートを海に出すのもひとりではできない。しかも、問題はそれだけではなかった。イタリアは非軍事用船舶に規制を設け、海に出られる時間帯と海岸からの距離を制限していた。二〇キロ沖にいるところを発見された船は警告なしに沈められる。子供の頃、パースでヨットの操縦を習ったアレスターはざっと計算してみた。六ノットで、日の出が五時の場合、最初の偵察機が飛ぶ頃、三二キロ沖にいるはずだが、これでは簡単に見つかる。それに食糧の問題もあった。この二日間ほとんど何も口にしていないし、マルタに着くまでの備蓄もない。彼は山に戻って食べ物をかき集めることにした。そのあと、また海岸に戻って二隻のうちのどちらかで海に出るのだ。

空は雲におおわれたままで、雨が肌を刺す冷たいみぞれに変わると、道は真っ暗になった。頭がぼうっとして、いまにも飢え死にしそうで、こんなときには判断力が鈍って間違いを犯しやすいのだと用心した。一時間後、荷物を運ぶラバの列の鈴の音が聞こえた。彼がようやく追いつくと、ラバ追いは――小柄な男で、歯がないために何を言っているかほとんどわからなかった――死ぬほど怯えた。だが、なんとか交渉の末、男はアレスターを「家」に連れて行くことに同意した。少なくともアレスターはそう理解した。彼らは一晩中進み、翌日もラバ追いだけが知る山羊道をたどって目的地へ向かった。石畳の坂道を苦労してのぼって小さな町に着いたときはもう暗くなっていた。アレスターは意識が朦朧《もうろう》とし、大きなレンガ造りの建物に入っていったときも特に何も思わなかった。中に入り、明かりがついてはじめて、自分が警察署の真ん中に立っているのに気づいた。

拘束される理由はないと激昂《げっこう》したふりをし、ただちに解放せよと迫った。私がドイツ兵だということがわからないのか？

「コゼンティーノは、たしかドイツ語ができたんじゃないか？」と誰かが言った。「あいつは、ブダペストでウェイターをしていたんだ。あいつを呼んでこい」。まもなく、四〇代ぐらいの長身痩軀の男が注文のグヤーシュを運ぶように急いでやってきた。彼のドイツ語はメニューに載っている言葉に限られ、アレスターと懸命に会話したあと、たしかにこの男はドイツ国防軍兵士だとみんなに請け合った。

念には念を入れ、彼らはセカンド・オピニオンを聞くために地元の学校の校長を起こし、連れてきた。校長のドイツ語はウェイターのそれよりひどく、いったい彼は子供たちに何を教えているのだろうかと皆が思った。

それから曹長がパレルモに電話し、「一七二センチ、金髪、縮れ毛、青い眼、血色良好、運動選手のように引き締まった身体」と復唱しながら、うなずいた。片手で受話器をおおい、彼は顔をあげ、満面の笑みを浮かべて発表した。「この男は脱走したイギリス兵の人相風体と一致する」。これにはアレスター以外の全員が歓声をあげた。ワインとケーキが運ばれてきて、地元のサッカーチームが優勝したようなお祭り騒ぎとなった。ラカルムートでこのようなことが起こったのは初めてだったのだ。

第二章

「男爵」の登場

イギリス人将校が奇跡のように現れたという話は、あっという間にこの小さな鉱山町に広まった。朝には、籠いっぱいに果物や菓子を詰めてやってきた女たちがラカルムート警察署の前に列を成した。誰もが彼をひとめ見たいと集まっており、どういうわけか親しみを込めて「うちらのイギリス人」と呼ぶようになっていた。最初にやってきたのは、逮捕のきっかけをつくったラバ追いだった。よそ行きに身を包んだ彼はアレスターに謝り、許しを請いたかったのだ。もしイギリス人だと知っていたら、彼を警察に引き渡しはしなかった。だが彼がドイツ人だと称するので、脱走兵に違いないと思って突き出したのだ。

ほとんどの訪問者は、彼が大皿に盛った食べ物を次から次へと平らげるのを驚きとともに眺めるだけで満足した。ところが、なかには願いを叶える魔法の力をもったサンタがやってきたとでもいうように、彼の膝に子供を座らせたがる人もいた。午前一〇時頃、イタリア陸軍の地区司令官が黒のフィアットで到着した。多くのイタリア人同様、安全な収容所を出て戦場に戻りたがる者がいることに彼も驚いていた。[1]「どうして脱走なんかするんだ？」。アレスターは度々訊かれた。「命の危険があるのに。収容所にいて、食べて、飲んで、寝ていればいいじゃないか。どのみち戦争が終われば国に帰れるんだ。生きていれば母親に会えるし、そのうち恋人もできる。死んでしまったら、なにもかもおしまいだ」

地区司令官は、彼の計画について厳しく問い詰めた。シチリアからどうやって脱出するつもりだったのか？　どこを目指していたのか？

大切な秘密を打ち明けるように、アレスターは小声で答えた。「シラクーザ」

「それから？」

「泳いでギリシアへ」

これにはイタリア人も呆れて声を荒げた。「どうかしてる！　そんなことは不可能だ。ギリシアは何百キロも離れているんだぞ」

「参ったな」アレスターは恥ずかしそうに言った。「狭い海峡があるだけだと思っていた」

その晩、彼は地下に連れて行かれ、窓のない小部屋に暖房も明かりもなしで閉じ込められた。それまで丸二週間逃亡生活を続けており、再び捕まった当初のショックは尋常でない食欲を見せることで鈍らせていたが、それがいまになって全力で彼に襲いかかっていた。


自由の喪失をなによりも強烈に感じるのは、重い扉が閉じられ、錠やボルトが収まるところに収まり、足音が遠ざかり、静寂と孤独に包まれるときだ……再び捕まるのはつらいが、緊張から解かれた安堵感が先にきて、絶望に苛まれるのはあとになってからだ。そのときになってようやく、これまで何日も、四六時中、あらゆる筋肉を酷使し、神経を使い、極度に緊張した生活をしていたことに気づく。きわめて強い衝動に突き動かされ導かれる身体と脳は、山や川、岩、藪、天候などによる物理的困難に対してエネルギーと活力がどんどんわき上がるのを感じる……別人になりすますために別人のように考え、話し、一日中、その役になりきってきた。素晴らしいのは自分を取り戻すことだ。休息し、頭を空っぽにする。それから、我に返って苦しむ。そのあと、堪《こら》え性のない探究心が再び目覚め、房のなかを歩きまわり、探る。空しい探求。

彼はパレルモへの護送を担当する憲兵《カラビニエリ》の到着を待って四、五日、ラカルムートに滞在した。その間に失った体重を取り戻し、町の多くの人々と仲良くなり、曹長の一家とは特に親しくなっていた。ジェノヴァ出身の美しい妻と四人の子供たちはたびたび警察署を訪れた。なかでも、ませた九歳のカルロをアレスターはかわいがった。曹長は、戦争が終わったら息子を英国に行かせたいが迎え入れてくれるかとまで訊いた。彼の出発は涙と抱擁で見送られた。ポケットにはこっそり予備の携帯食糧が入れられ、カルロは駅に着くまで彼の手を離さなかった。列車が動き出したとき、曹長は叫んだ。「もう脱走するなよ。あんたにもしものことがあったら、カルロになんて言えばいいんだ」

パレルモにはそんな温かさはなく、何度かの長時間の尋問のあと、ようやく旅が再開して彼はほっとした。今度は護送要員がしっかり増えていた。前は憲兵ふたりだったのが五人に増え、全員が三角帽にマントをはおり、剣を帯びた華麗な出で立ちだった。危険な脱走捕虜というアレスターの評判ができつつあった。陰気で退屈な旅が始まった。少なくともナポリ湾に着くまではそうだった。片側に息をのむような美しい夕日、もう片側に同様に素晴らしいヴェスヴィオス山の絶景を見ていると、アレスターは一瞬、捕虜であることを忘れ、ヨーロッパをグランドツアー中の若い貴族の気分を味わった。

一行の目的地は、ナポリから北へ四〇キロのカプア。その不毛の水はけの悪い土地に通過収容所が設けられていた。数千人におよぶ捕虜のほとんどは、北アフリカ戦線で捕らえられた将兵だった。供給過多の新参者の落ち着き先を見つけるのに手間取り、長期滞在に不向きなこの収容所におおぜいが足止めされていた。図書館も劇場も、運動場もなく、ただ寒くて湿気が多く、窮屈で、空腹で、退屈なところだった。赤十字の小包も届いたが、それらは大切な宝物として扱われ、中身が取り出されるのは特別な機会に限られた。多くの捕虜は身体が弱ってベッドから起き上がることもできず、かといって南京《なんきん》虫やシラミがたかって安眠もままならなかった。誰も彼もが鬱状態だった。マイケル・ロスは「カプアはこれ以上ないほどひどい場所だった」と語っている。[2]アレスターはそこを「泥だらけの陰気な収容所」と言い、カステルヴェトラーノの仲間とここで再会して驚いた。彼らはアレスターが脱走した翌朝、ここに移送されてきていたのだ。

このあいだまで一緒だった仲間たちが痩せ衰えて弱っていた。彼らはベッドがぎっしり並んだ木造の平屋に詰め込まれていた。寒さが厳しかった。便所は屋外で、食事は極端に貧しかった。小さな困難にもめげず、私はよく食べ、日焼けして、丈夫で、脱走する意気込みは前にも増して強かった。カプアは簡単にそれができそうだった。屋根型鉄条網、暗い照明、間抜けな歩哨など好条件がそろっていた。私がぐずぐずしていたのは三つの要因による。食糧がないこと、強風やみぞれ、目を開けていられない豪雨などの悪天候、そして、土地鑑がないことだ。

アレスターは拘束による精神の破壊をかつてないほど心配した。とはいえ、なかにはエリック・ニュービーのように、皮肉にも、捕虜になって初めてそれまでになかった自由が与えられたと、ありがたがる者もいた。なにもかも世話してくれる。義務もないし、決断もしなくていい、金を払う必要はないし、仕事もしなくていい。ニュービーによれば「我々の多くは、戦争中であろうが、戦後であろうが、あんなに自由になれたことはない。もし自分の国で投獄されていたら、社会の非難にさらされただろうが、捕虜にはそのような非難もない。国の人々にとって、我々は同情を寄せる対象だった」[3]

アレスターは、こうした責任感と自覚の欠如こそ、活力を殺《そ》がれ、「いつの間にか目標を失う」原因と考えていた。ライフル旅団の中尉、ジョージ・ミラーも同様にこれを懸念し、最悪の場合は「収容所の中のあらゆること、収容所の外のあらゆることに関心を失う。気分が澱《よど》み、沈み、ふさぎ込んだ」[4]と述べている。そして、しまいにはベッドから起き上がることもできなくなる。アレスターは、こうした無気力にあらがうには、脱走のことを考えるのがいちばん確実で強力な武器になるとすぐに気づき、精神と身体を鍛える独自の厳しい養生法を加えればなおさら効果的だと考えていた。彼は地図を調べ、書き写し、捕虜にドイツ語を教え、警備兵からできるだけ地域の情報を聞き出すことに時間を費やした。また、食事の度に多少でも一部を残して、かなりの食糧を蓄えた。自制すればそれ相応の見返りがあり、精神上、好ましい結果が得られる、と彼は述べている。

彼の身体調整法は、天候にかかわらず、毎朝七時三〇分に始まった。その時間になると、服を全部脱いで「ミュラー体操」と呼ばれる一連の運動を行うのだ。今日ではほとんど忘れられているが、J・P・ミュラーはかつて、ハンス・クリスティアン・アンデルセンに次いで有名なデンマーク人と言われていた。退役軍人でサナトリウムの検査官だったミュラーは、ストレッチや屈伸、スクワット、腕立て伏せ、足あげ、上体起こしなどを組み合わせた一五分でできる簡単な体操を考案した。そして、最大の効果を得るために、これを裸、あるいは「できるだけ空気に浴することのできる服装」で行うように推奨した。しめくくりに、頭からつま先まで身体全体を強く摩擦するこのミュラー体操で治らない病気はないとされ、一九一六年の《タイム》誌の広告は次のように謳《うた》っている。

　ミュラー体操を行うことによって非常に多くの男女が、消化不良、腹具合の不調、神経の病気、肥満、痩せすぎ、喉や肺の痛み、尿酸の問題等が改善されたと言い、実際に若返ったと喜びの報告が寄せられている。[5]

一九〇四年に出版された『我が方式——健康のための日に一回、一五分の運動』は世界的なベストセラーとなり、たちまち二五カ国語以上に翻訳された。特に熱心な信奉者にフランツ・カフカがいて、彼は一日に少なくとも二回、窓辺で素っ裸になってミュラー体操をした。イギリス陸軍は第一次世界大戦中、この体操を取り入れ、塹壕《ざんごう》の中で兵士にやらせた。ミュラーはやがてロンドンに移り、『我が方式——女性用』『我が呼吸法』『一日五分』『道徳、性交、幸福』といったタイトルの多数の本を出版した。妻とふたりの息子に先立たれると、モースゴー近くの湯治場に隠居し、心霊術とオカルトに傾倒して余生を送った。長生きするだろうという予想に反し、一九三八年、気管支炎をこじらせて七二歳で生涯を閉じた。

　アレスターがいつミュラー体操を知ったのかは定かではないが、おそらく山登りが好きになり、身体を鍛えたいと思った十代の頃だろう。エディンバラ大学に入学したときにはすでに熱心にこの体操を実践していた。大学時代、彼はクロスカントリーやトラック競技で複数の最優秀賞を獲得したうえ、八〇〇メートル走では一時期スコットランドの記録保持者でもあった。一九三三年、チームの副部長になったとき、学生新聞は「クロスカントリー気質」の見出しで彼のプロフィールを載せ、ミュラー体操についても触れている。

クロスカントリーの走者としてわれらの副部長の真の優秀さは、優れた登山家のスタミナと持久力に加え、並み外れた加速力を備えていることと、素晴らしい訓練を絶対に欠かさないことに起因する。じつに、クラムほど健康な人はいない。彼はたしかに生命力を発散している。ミュラーは彼にとっては神であり、午前七時に厳かに始まるその体操は聖なる儀式であり、その様子は、寝ぼけ眼《まなこ》で覗き見する部外者にはよく知られている。彼はまた、伝道師のような情熱をもって周囲に驚くべき影響を与えている。[6]

アレスターはカプアではこの習慣を増強し、ミュラー体操のあと二キロ走り、それから冷水に浸したスポンジで身体を摩擦した。彼とともに捕虜となった者なら誰でも憶えているのは、彼が裸になって身体をねじりながら勢いよく全身を擦っていた様子だ。ジョージ・ミラーは終戦直後に書いた回想録『ツノのある鳩』でそのときの異様な光景を解説している。「最初の頃、クラムが身体を擦り始めると、外野がはやし立て、ときにはひどいことを言う者たちもいた。彼はまず足先から擦り始め、順に上へ上へとうなじまで擦っていくが、その動きはどことなくなまめかしかった」[7]。脱走者としてのアレスターの名声が高まると、見物人は口には出さなかったが、彼を見直した。彼が一四日間、シチリアじゅうを歩いた話はもう伝説になっていた。彼がまたやることはわかりきっていたので、次はどんな手を使うのだろうと誰もが思った。彼のことを「偏執的」[8]

と言う者もいれば、「脱出芸の奇術師」[9]と称える者もいた。そして、いつの間にか「男爵《バロン》」の呼び名が定着した。

この称号は戦前ドイツの最も有名な運動選手、ゴットフリート・フォン・クラム男爵にちなむ。一九〇九年七月、アレスターより一ヶ月先に生まれたフォン・クラムは、一九三〇年代、国際テニス界の花形だった。皆のあこがれの的であり、背が高く、誰もが魅了される気品ある物腰の人だった。全仏オープンを二度制覇し、ウィンブルドンでは三年連続で決勝進出を果たした。彼の最も記憶に残る試合は、一九三七年の男子の国別対抗戦デヴィス・カップで起こった。アメリカのドン・バッジ相手に、四対一でリードしていながらファイナルセットで逆転負けしたが、これはテニス史に残る素晴らしい試合だったと言われている。[10]そしてこの試合がプロ・テニス選手としてのフォン・クラムの絶頂期でもあった。それまでナチスは、入党を拒む彼を大目に見ていた。彼の国際的名声が政権への無言の抵抗よりも価値があると考えていたからだ。それに、彼は国の英雄でもあり、逮捕するにはあまりにも人気が高く、広い人脈もあった。彼が見逃されていた状態は一九三八年三月、突然に終わり、マナセ・ヘアプストという名のユダヤ人俳優と同性愛の関係をもったと訴えられ、さらに彼のために違法にパレスティナに送金したとして起訴された。フォン・クラムは五ヶ月の刑に服し、その後、スウェーデンに移住した。しかし、戦争が始まると祖国に戻り、東部戦線での功績により鉄十字章を授与されている。戦後、閉鎖的な環境ではあったが、テニスを再開し、四〇代半ばまで現役選手だった。

もちろん、人がアレスターの新しい称号の由来を知っていようがいまいが関係なかった。彼のドイツ系の苗字が着想になったかもしれないが、それで男爵と呼ばれたわけではない。彼を「男爵」にしたのはその実績だった。エイドリアン・ギルバートが述べたように「捕虜の世界では、脱走する者は軍のエリートだった」[11]ならば、アレスターが高貴なあだ名を与えられたのは当然だ。そして、彼の次の行き先は、たしかに男爵に相応しいものだった。

カプアに到着して数週間後、アレスターはいきなり明朝六時に出発して移動すると告げられた。前の脱走の懲罰のためにアブルッツォ州のラクイラに移されることになったのだ。彼を連れに来た護送兵二名は愚鈍で、彼がまた逃げると心配もしていないようだった。アレスターは足を引きずり、満足に歩けない風を装い、彼らの警戒をさらにゆるめた。わざとらしい演技だったが、それでもうまくだませたようだ。彼のように悲鳴をあげたり呻《うめ》いたりする者が逃亡を企てているとは想像できない。半時間もすると、護送兵たちは熟睡していた。アレスターのほうは興奮して居眠りするどころではなかった。乗っていたのは古い列車で、なかは寒かった。暖房はあったとしても、ずっと前から故障していた。他の乗客たちはあらかじめ厚い外套を着込んだり、毛布を肩からかけたりしていた。アペニン山脈に入ると、猛吹雪になった。護送兵のいとこである車掌がやってきて、そっと背中を叩いた。ラクイラには行けない、と彼は言った。この先の線路に大きな雪の吹きだまりができている。このようなことは前にもあった。別の列車がこっちに向かっているが、それに乗り換えるには長い距離を歩かなければならない。このイギリス人は大丈夫か、と彼は尋ねた。足が不自由だと聞いているが。

一時間後、列車がきしみ音を立てて止まった。全員が荷物をまとめるために一斉に立ち上がり、ちょっとした混乱が生じた。車掌のいとこが先を争って進むいっぽう、もう一人の護送兵は外の様子を見るために席を移動した。アレスターはそっと立ち上がり、他の乗客の陰に隠れて車輛の別の端へ向かった。そして、乗客たちが順に手を借りて列車から降りている側とは反対の側から飛び降りた。身体が沈んだ瞬間に、これはまずいと思った。積もった新雪は深く、適切な靴かスキー板でも履かなければ遠くへは行けないだろう。だが、すでにここまで来てしまったのだから、もうあとにはひけない。雪はまだ降っていて、視界は悪い。これが味方するのを願いながら、一〇〇メートル先にある林を目指して丘を登った。ほんの少し進んだところ、背後で慌てる声が聞こえた。彼はすでに腰まで雪に埋まり、登るにつれて雪はさらに深くなるようだった。そのとき護送兵たちが、止まらないと撃つぞと怒鳴った。だが、状況に影響はなかった。彼は完全に雪に足をとられ、身動きできなくなっていたのだ。幸いにも、護送兵たちも銃に弾をこめるのを忘れていた。

結局、彼らは新しく来た列車にたどりつき、凍えた身体がほぐれると、護送兵はアレスターの急激な回復に驚いたと言った。彼の足はもうすっかりよくなっているみたいだ。ふたりはまだ気づいていなかった。そして、彼に取引をもちかけた。ライフル銃に弾を装填《そうてん》するのを忘れたことを黙っていてくれたら、彼の逃亡についても報告しない。いいだろう、とアレスターは大きなパンの塊とチーズを受け取りながら言った。

彼らが夜遅くに着いたとき、城は幽霊船のように霧の中から現れ、その大きな〝舳先《へさき》〟は町並みから突き出ていた。ラクイラの一六世紀のスペイン人領主によって建てられたその城は、四つの巨大な稜堡《りょうほ》に囲まれた、権力と恐怖のシンボルだった。元の住人が去ったのはだいぶ昔だが、いまも「スペイン要塞」と呼ばれ、当時と変わらず威容を誇っていた。アレスターも圧倒されながら水がしたたる巨大な城壁を見上げていた。だが、彼の感動はすぐにふたりの護送兵に断ち切られ、「行こう《アンディアーモ》」のひとことで先へとうながされた。風と雪が渦を巻くなか、深い壕を渡り、分厚い扉を抜けると、そこは別世界だった。

一分の隙もない注文仕立ての軍服に身を包んだ大尉が彼を迎え、背の高い椅子や銀製のシャンデリアを備えた羽目板張りの部屋へ招き入れた。「さあ、どうぞ、火の側へ」と彼は完璧な英語で言った。「長旅でお疲れでしょう」。たばことワインを勧められたとき、アレスターは相手が第一次世界大戦の英国戦勝メダルをつけているのに気づいた。チョコレートかビスケットのほうがよろしいでしょうか、と大尉は訊いた。食事を注文するつもりだった軽食堂はあいにく、もう店じまいしてしまったので、とも言った。

そこから彼は収容所所長のもとへ案内された。長身、整った顔立ち、白髪交じりの黒髪。階級は大佐だが、名門大学の学部長と言われてもしっくりくる。アレスターは「ジュネーヴ条約に厳密に則り」三〇日の禁固刑を言い渡されている、と彼はイタリア語で愛想よく言った。

「うそみたいだ！」――アレスターは案内された自分の部屋を見て言った。カプアにいる仲間たちが最悪の住環境に耐えているというのに、彼が懲罰のために送られた収容所は会員制のクラブのようだった。タイル張りの床に暖炉がついた部屋は、どんな状況においても豪華だが、家具や造作を含めると一層ぜいたくだった。小さな机や引き出し付きの箪笥《たんす》、アンティークの大型衣装箪笥が趣味よく設《しつら》えられ、なにより素晴らしいのはスプリング・マットレス付きの大きな四柱ベッド。そして脇にはナイトテーブルとランプまでそろっていた。ご丁寧にも、用事を頼める世話係もいるという。

最初の数日間、彼はジュネーヴ条約に定められている一日に二時間の運動以外は自室に閉じこもっていた。ところが、イタリア人将校たちが彼と話したがったので、まもなく彼のひとりきりの時間は減った。イタリア人たちはワインやその他の品々を持って彼の部屋にやってきた。たいてい夜八時頃現れ、暖炉の前に座って夜遅くまで話し込んだ。皆、家族に会いたがっていた――母、子供、妻、親友のほか、馬を恋しがっている者もいた。三二歳で安定した収入のあるアレスターがいまだ独身なのは理解できないと皆が口をそろえて言った。しまいには、イギリス女が冷たいせいだという、おなじみの見解に落ち着くのだった。

政治の話題はなるべく避けていたが、時が経つにつれ、彼らのうち反ファシスト派は自分たちの考えを吐露するようになった。ある将校によれば、アブルッツォ人はムッソリーニが大嫌いだった。その将校はアレスターに金をくれるようになり、さらには彼が脱走後に頼れそうな人々の住所を教えてくれた。ローマの連絡先はエディンバラ出身の哲学教授の妹で、アレスターもよく知っている人だった。こんなことしかできなくて申し訳ないと将校は謝ったが、彼はそれだけでも充分危険を冒していた。彼や彼と同じ意見の人々は戦争の潮目が変わるのを望んでいた。一九四二年二月にはそれが期待できたが、実際はそうならなかった。ロンメルはすでにベンガジを奪還し、エジプトに向けて進撃していた。ドイツはクリミア半島を横断し、ヴォルガ川に迫っていた。ビルマは日本軍に侵攻された。そして、負け戦として大打撃となったのが、つい最近のシンガポール降伏だ。

アレスターには警備兵がひとり張りつき、彼がどこへ行くにもついてまわったが、まもなく日中なら自由に部屋を出入りできるようになった。彼が特に気に入っていたのは、アペニン山脈の最高峰、グラン・サッソの壮大な景色が望める胸壁を歩くことだった。最初の一週間が終わったとき、囚人がひとり加わった。非常に変わった軍紀違反で三〇日の禁固刑を言い渡されたイタリア空軍中尉だ。彼がスポレートで自転車に乗った若い女性ふたりの上をかすめるように飛行したために、空襲警報が発令されてしまった。「恋の情熱のなせる技だ。懲罰にはあたらない」と彼はうそぶいた。イギリス人の叔母がいてポーランド系のシチリア人であるマルチェロは、ラテン系の色男を風刺したような人物だった。背が高く、大きな白い歯、二層のポマードで後ろになでつけた黒髪、「人生におけるひとつの関心は女性」。彼はアレスターにこれまでに口説き落とした女たちの話を長々と語り、ラクイラで刑を務めるあいだにさらにその人数を増やす方法を見つけた。

毎日、一七歳か一八歳の娘たちの数人の集団が笑ったり、おしゃべりしたりしながら、近くの学校へ通学するために城の前を通り過ぎた。チャンスと見れば絶対に逃さないマルチェロは警備兵のひとりから双眼鏡を借り、壕の向こう側へラブレターを投げるようになった。この愛すべき少女たちのなかに、焦げ茶色の髪のとびきりの美少女がおり、いつも赤い帽子とおそろいのスカーフを肩にまとっていた。名をジゼラといったが、アレスターは「赤い人形」を意味する「ラ・バンボーラ・ロッサ」と呼んでいた。やがて、アレスターもラブレターを送るようになり、ジゼラは喜んで返事を寄越した。いっぽう、マルチェロはナネッラという名の痩せた金髪娘に夢中だった。彼の愛の告白は見境がなくなり、真下に部屋がある所長から、もっと静かにやれと怒鳴られた。大佐は恋愛を禁じはしなかった。ただ、声がうるさいと文句を言っただけだ。

マルチェロはとうとうナネッラと壕のなかで会えるように警備兵を説き伏せた。アレスターも、ラ・バンボーラ・ロッサと一緒にどうかと気を利かせてくれた。こうして何回かじかに会うようになり、やがてある日、ジゼラがアレスターを一晩家に泊めてもいいと誘った。それには民間人の服が要るし、暗くなってから城を出るなら、なおさら必要だと彼は告げた。

「大丈夫」と彼女は言った。「兄は北アフリカに行っているの。兄のスーツを貸してあげる」。だが、別の問題もあった。アレスターはすぐにでも脱走するつもりだったのだ。

一階下の蝶番《ちょうつがい》式の小さな窓のことは前にマルチェッロから教えてもらった。アレスターならあの窓を抜け、胸壁をよじ登り、兵舎のあいだを抜け、壕に架かる跳ね橋まで行ける。彼は脱走経路を探っているときに新しい軍服が保管されている部屋を偶然見つけ、一式盗んでおいた。アレスターが城に到着したあと、ここは新兵の集合場所にもなっていた。見慣れない顔がひんぱんに城を出入りしているので、彼が早朝に歩いて行っても怪しまれないだろう。彼は自室のドアの蝶番を外し、真夜中に出発する計画を立てた。まず、窓から出て、胸壁を登り、眠っている警備兵の横を通り抜け、軍服に着替え、午前六時までに橋を渡る。現金、頼れる連絡先、防寒着を用意できたし、背嚢いっぱいの食糧もある。うまくいけば目的地スイスまで無事にたどり着けるだろう。だが、陽気がよくなるまで待たなければならない。

兄の服を用意していたジゼラは焦れていた。アレスターはいつまで待たせるのかしら？　危険な目に遭わせたくないと彼が気遣ってくれるのはうれしいが、彼には大丈夫と何度も言ったはずだ。とうとう彼女は座って長い手紙を書き始め、自分の気持ちや思い描いているふたりの将来の生活をつづった。城に着いた頃、彼女は捨て鉢になっていて、突飛な行動に出た。アレスターもマルチェロも見当たらないので、門まで歩いて行き、手紙を渡してくれと門番に頼んだのだ。たまたまそこに居合わせた英国戦勝メダルをつけた大尉が手紙を預かった。

その日の午後、アレスターの部屋が調べられ、盗んだ軍服が見つかった。結果的に窃盗罪で裁かれ、一般の刑務所で一年の刑を言い渡された。だが、ムッソリーニがちょうど政権二〇周年を祝して大赦を与えたため、彼が刑に服することはなかった。以後、アレスターの部屋の前の見張りは増やされ、彼が部屋を出られるのは収容所所長に会うときだけになった。相変わらず叔父のような、教授のような所長は、アレスターの子供じみた行いにはがっかりしたと穏やかに言った。そして、ユーモアを交えたのかどうかわからないが、アレスターはもう充分罰を受けたので、明日、別の収容所へ向けて発つのだと告げた。

列車がナポリに到着してようやく、アレスターは行き先を知った。パドゥーラ——ヘラクレスも訪れたという伝説が残る大昔に拓《ひら》かれた農村だ。もとはコジリナムと呼ばれ、その後、カルトゥジオ会の修道士たちがマラリアの沼地——新しい名前の由来〔沼地を意味するラテン語paludemからdとlの転換があり、Padula〕——から水を抜いて開墾した。一四世紀初頭にやってきた彼らは、ヨーロッパ最大の回廊をもつ巨大な修道院も建てた。鉄格子の上でゆっくりと焼かれた殉教者にちなんで名付けられたこのサン・ロレンツォ修道院は、一八八二年に国の史跡に指定されており、のちにユネスコの世界遺産にも登録される。ここの捕虜の多くはカプアから直接移送されてくる者が多いが、この壮麗な建物には彼らも目をみはった。ニュージーランド歩兵旅団のトム・ストレイカー少佐は、新しく開設されたこの第三五捕虜収容所に入って元気が出たと皮肉を述べている。「入り口をくぐると、我々は気分が高揚するのを感じた」[12]。ケンブリッジ大学で建築を学んだジョージ・ミラーはもっと率直に感動を表している。「私は長旅と到着後のうんざりするほど厳しい検査で疲れ切っていたが、パドゥーラの修道院の巨大な回廊に足を踏み入れたあの瞬間こそ、捕虜としての二〇ヶ月間で二番目に素晴らしい経験だったといまも思っている。最高の瞬間は捕虜生活が終わったときだ」[13]

修道院は牢獄として利用するのに多くの点で最適だった。すでに都合よく二つの区画に分かれ、それぞれが当初の目的と同じような役割を担った。前面に迷路のように複雑に配置された執務室や礼拝堂、厨房、貯蔵室は平修士たちの生活の場であり、奥の回廊で完全に閉ざされた生活を送る修道士たちの境界になっていた。一四歳前後でここに入る修道士のほとんどは、独房で生涯を過ごす以外の道がない長男を除く貴族の息子たちだった。彼らが暮らすのは、中央に噴水のある、ガラスにおおわれた巨大な中庭を縁取る二四の房のひとつだ。食事は狭い開口部から差し入れられ、ひとりで取る。祈りを捧げる以外、話も一切禁じられた。部屋を出るときは、頭巾をかぶり、顔を伏せた。二階は、高さ六メートルの天井と、内側にガラスのない窓が並ぶ広い廊下になっていた。湿気が多く、暑過ぎるか寒過ぎるかのどちらかだったが、修道士たちがときどき身体を動かせるように歩廊となっていた。その運動もひとりで行った。

修道士がひとりずつ暮らしていたそれぞれの房は、大尉以上の階級の将校が八人まで暮らせる続き部屋に改造された。残りの、少なくとも四〇〇人は仕切りのない歩廊に入れられた。わずか六〇センチ間隔でベッドと棚が置かれ、プライバシーもないし、うるさかった。実際、元捕虜たちがいちばんに思い出すのがいびきであり、夜ごと耳を聾《ろう》するひどい騒音に安眠が妨げられた。一階と二階は大理石で作られたふたつの大きな螺旋《らせん》階段で結ばれ、同様に巨大なドーム天井があった。階段に沿うように大きな窓がいくつもあり、曲がる度に別の風景が望める。ヴァッロ・ディ・ディアーノの高原、小麦とトウモロコシの畑、その脇で草を食《は》む家畜、果樹園とオリーヴの林、アペニン山脈の麓の花畑、その上に広がるパドゥーラの町並み、赤い屋根とバルコニーの洗濯物。捕虜たちにとって、以前の住人であった修道士と同様に、窓は別世界へのただひとつの出入り口だった。階段の向こう側にある運動場をのぞいて、彼らは完全に回廊に閉じ込められていた。

「男爵」がやってきたという噂はたちまち広まり、まもなくアレスターの最初の信奉者が現れた。第八軽騎兵連隊のジャック・プリングル大尉はなるべく早く脱走しようと考えており、その相棒を求めていた。アレスターは他人と組んでの脱走は考えたことがなかった。彼は根っからの一匹狼だ。たしかに、彼のことで人々がまず思い出すのがそれだった。ガーヴィ収容所でアレスターと出会ったトミー・マクファーソンが彼について聞かれたときの答えは典型的なものだ。「アレスターときたら、もうそれは別の話だ。彼は非常に内向的で、独立独歩の人なので、彼のことをよく知る人などいないと思う」。[14] それでも、アレスターはたいへん愛想がよく、おもしろい話が聞きたいときは彼のところへ行けばよかった。だが、友人は少なく、その全員が登山仲間だった。そのひとり、銀行員の息子、エドワード・マコノヒーは一九二八年、アレスターとともにケアンゴームの山中で雪に埋もれて瀕死のトーマス・ベアードを発見した。彼の無二の親友はケネス・マクドゥガルといい、一九三〇年代は常に行動をともにしていた。イギリス生まれでアメリカとスコットランドで教育を受けた、通称ドゥガルは動物学者で獣医師でもあった。アレスターにフランク・フレイザー・ダーリング〔生態学者で環境保護の先駆者〕とその実験的共同体を紹介したのも、この屈強な登山家で夢想家のドゥガルだった。一九四四年、第一特殊任務部隊「悪魔の旅団」に属していたドゥガルが南フランスで殺害されたとき、アレスターにとっては兄を失ったも同然だった。

　アレスターが誰かと連れだっての脱走をまったく考えていないのは、ジャックにもわかっていた。「私が真剣だということを彼に理解してもらう必要があった」と彼は述べている。[15] すでにアレスターはドイツ語、フランス語、イタリア語ができ、この土地に詳しく、人並み外れた身体能力もあり、単独で行動するのには何の支障もない。逃亡中は素早い決断がいかに重要かを彼は知っていたので、誰かと組めば協議に時間を取られはしないかと心配していた。アレスターの信頼を勝ち取るまでには時間がかかったが、ジャックが前に一度脱走を試みた実績があり、修道院から脱出するひとつの計画を立てていたことが後押しした。加えて、アレスターは自分よりも流暢に、よいアクセントで話すジャックのイタリア語に感心した。なによりも、ジャックが自分と同じくらい真剣で、固い意志を持っているとわかったのが大きい。「この計画の完璧な補完。冷静、用意周到、無謀ではないが、どこまでやれるか、ぎりぎりの限界を見極める能力」。アレスターは、ジャックならいけると判断し、こうしてふたりはパートナーとなり、友人となった。

アレスターとは違い、ジャックはサンドハースト王立陸軍士官学校出の職業軍人で、戦争前にエジプトに派遣されていた。映画俳優のようにハンサムで、非の打ち所がないマナーに、鉛筆のように細い口髭をたくわえた彼はエロール・フリンやデイヴィッド・ニーヴンがよく演じる若くて威勢のいい騎兵隊の将校そのものだった。それこそ、彼が成長期にいつも夢見ていた姿だ。彼はマサチューセッツ州ボストンにあるエリート層向けのプレップ・スクール、ベルモント・ヒルに通った。そこからハーヴァードに進学したが、長くは留まらなかった。彼はポロ競技をやりたかったし、帝国に行きたかった。彼は血筋がそうさせるのだと言うが、事実、シカゴ生まれで母はアメリカ人といっても、父はアウター・ヘブリディーズのマッケンジー家に連なるサー・ジョン・プリングルの長男だ。彼の祖父、サー・ジョンは医学の学位を取るとジャマイカに移住し、アミー・レヴィと結婚し、土地を買い始めた。一九二三年に没するまでに購入した土地は一五万エーカーを超えていた。それが一世代ですべて失われたのだった。

ポニーを何頭か所有し、ポロに夢中だった若き中尉、ジャックは自分の資金がみるみる減っていくことに気づいた。誘惑の多いカイロを出なければと思い、ナイジェリアの王立西アフリカ辺境軍の支援にまわりたいと転属を願い出た。意欲的な若い将校にとって、これは最悪のタイミングだった。彼が出発した日に戦争が勃発し、九ヶ月後にイタリアが参戦するまで、彼はすべてが裏目に出ると感じ、苛立っていた。新しく編成された装甲車連隊に配属され、ケニアからアディスアベバまで進撃し、指揮能力と勇敢な行為に対して戦功十字勲章を授与された。それからエジプトに戻って第八軽騎兵連隊に復帰した。まもなくクルセーダー作戦が開始され、気がつくとシディ・レゼグの戦いのなかにいた。そして、アレスターと同日、同所で捕虜となった。だが、ふたりの行路はパドゥーラまで重ならなかった。それまでジャックは、イタリア北部のレッザネッ口にある「こぢんまりした非常に美しい宮殿」[16]に収容されていた。南に移送されると聞き、列車がローマの近くを通るとわかると、彼は逃亡のチャンスだと思った。けんか騒ぎを仕組んで護送兵の注意をそらし、彼は窓から飛び降りると、すぐに女物の服に着替えた。そして、何気ない風を装い、急停車した列車を通り過ぎた。護送兵たちが慌てて彼のすぐそばを駆けていった。万事順調と思ったその瞬間、彼のズボンのいっぽうの裾がずり落ち、彼は再び捕まった。

アレスターとジャックはうまが合った。言い争いも喧嘩もすることなく、両者とも脱走するという熱い思いに取り憑かれていた。彼らはほとんど休まず、絶えず相手を鍛えた。ふたりとも几帳面で、細かく、完璧主義で、疑り深く、常に前向きだった。一四世紀に建てられた修道院には隠し扉や秘密の通路があちこちにあるに違いないと考え、少なくとも緊急用の脱出路が一本はあるはずだとの確信のもと、ひとつずつ探っていった。「この修道院にはイタリア人も知らない出口があるに違いない」とジャックは記している[17]。そして、彼らはなんとしてもそれを見つける気でいた。

我々は一ヤードごとに調べ始めた。窓という窓から外を覗き、すべての壁をこつこつと叩き、下水道の経路を突き止め、警備兵の日課を把握し、修道院を取り囲む耕地を見張り、そこで働く農民の動きを観察し、目に入るすべての人々の動向と建物の構造をできるだけ頭にたたき込んだ。我々はイタリア人の警備隊が住んでいる付属の建物内部はどうなっているか、執務室はどこにあるのかを聞き出すために警備兵に話しかけた。徐々にこの場所の全貌をとらえ、知り得たことは絶対にほかに漏らさなかった。

多くの捕虜たちはふたりのことを頭がどうかしていると思っていた。有刺鉄線に囲まれ、投光器と機関銃を備えた警備兵に全方向から見張られている修道院は脱走を完全に不可能にしている。そのうえ、仮に回廊から脱出できたとしてもイタリアから出るのはもっと難しい。休戦が結ばれた一九四三年九月までにそれに成功したのはたった六人だった。[18] 三方を海に囲まれ、一方には高い山が立ちはだかり、脱走者はドイツにいるよりもはるかに大きな困難に直面する。地形の問題だけではない。イタリア人のほうが観察が鋭いと誰もが感じていた。収容所内ではより優秀な警備兵、外ではより警戒心が強く危険な民間人となる。休戦後、脱走したエリック・ニュービーは一般人の信じがたい洞察力に恐れをなしたとまではいかないが、正直言って感服した。

収容所からの脱走に成功してもイタリアでは移動が非常に難しい。イタリア人は服装の細かな点や同国人の仕草に非常に敏感で、おそらくヨーロッパのどの人種よりも鋭く、脱走捕虜がいつも使う巧妙な言い逃れや変装は、ドイツ人ならうまくだませても……イタリア人だと特別に鈍いタイプにも全然本物らしくないと疑われるのが落ちだ。逃亡中のアングロ・サクソンがほかの旅行者に好奇の目で見られたら最後、プロの役者か、流暢なイタリア語の使い手でもない限り、そこでおしまいだ。[19]

最終的にふたりはジャックの最初の案を採用した。ここしばらく、村から作業員がやってきて、小さいほうの中庭のひとつで壁の修復にあたっていた。アレスターとジャックがそこまで行けたら、あとは二番目の外壁をよじ登れば脱走できる。近くに歩哨が配置されていたが、作業員は毎日、正午になると昼休みをとる。彼らはバケツや道具をその場に残し、イギリスの従兵が働いている付属の厨房を通り抜ける。ジャックとアレスターは石工になりすまし、本物の作業員が昼休みを終えて戻ってくる直前に小さな中庭に入る。最初の壁を乗り越えたら、作業員たちが騒々しい音を立てて気をそらし、その隙にふたりは二番目の壁を越えるという計画だ。いったん外に出たら、あとは家路につくふたりのイタリア人を装う。

これはパドゥーラ初の脱走であり、先任将校ケン・フレイザーは、ふたりに相応の現金と身分証を用意するよう手配した。ふたりは自分たちに必要のない赤十字支給のたばこと交換して、すでに充分な食糧を蓄えていた。ついに決行の日が来て、正午になるのを座って待ちながら緊張が高まっていったとき、ふたりは互いを値踏みした。「私たちはそれぞれ、相手がどのように振る舞うだろうかと考えていたと思う」とジャックは語る。「私は恐れる必要はなかった。アレスターは完全に冷静で、石工たちが昼食を取りにいくあいだ厨房に隠れながら、ふたりともその状況を楽しんでいた」[20]。そして、いよいよ外に出るというとき、コックのひとりが機転を利かせて彼らに小麦粉を少々振りかけ、いかにも働き者の石工に見えるように仕上げた。警備兵は居眠りをしているようで、ふたりが道具を拾い上げて壁の反対側へ向かっても別段気にもとめなかった。注意をそらすために作業員たちが立てる音を聞きながら、ふたりは急いで中庭を横切り、古木のふくらんだ幹の陰に隠れた。あっという間に壁を越え、修道院の敷地の南端にある数エーカーのトウモロコシ畑に潜り込み、先を急いだ。そして、開いていた木の門を抜け、町を貫く環状の道路に出た。途中、道路工事の小集団がいて、ふたりが近づくと手をとめてにらんできたが、ふたりは堂々とイタリア語でおしゃべりを続けた。作業員全員の顔を知っている現場監督はただちに不審に思った。修道院から脱走したイギリス兵だと怪しんだわけではなく、彼らの大きな荷物が闇市場にかかわる者を思わせたからだ。ジョージ・ミラーは、彼らの長靴のせいでばれたと主張す

[21]る。現場監督に目をつけられた靴以外はすべて完璧だった。長靴のせいか、荷物のせいかわからないが、結局ふたりは逮捕され、身体と荷物を調べられ、夜になる前に修道院に戻された。

収容所所長はゴーリという名の、威張り腐ったトスカーナ人だった。肥満体の禿頭で、人前に出るときはいつも変な金髪のかつらをつけていた。これをかぶると、乱痴気パーティー用に度々連れてくる若い女たちに、より好かれる気がするのだ。もちろん、捕虜たちはそんなことはひとつも知らなかった。彼らから見たこの中佐は、仰々《ぎょうぎょう》しい、ただの気まぐれな人物だった。いま愛想よくお世辞を言っていたと思えば、次の瞬間、逆上する。「忌々しいクラム」が修道院に連れ戻され、捕虜を前に説教をしていたゴーリだが、激昂のあまりその最中にかつらが飛んだ。これには一同大爆笑だった。アレスターとジャックは、中央当局で事件の検証が行われるあいだ、一週間懲罰房《クーラー》で過ごすことになった。

懲罰房は、それまでアレスターが暮らしていたすきま風の入る二階の廊下よりもはるかに快適だった。もともと修道院の応接室として使われていた区画にあり、明るく、机ひとつと椅子数脚があり、多少のプライバシーが保てるゆとりをもってそれぞれのベッドが置かれていた。とりわけ素晴らしいのは、両側にある鉄格子の窓だった。前側の窓は、右手にある正門の出入りを見張ることのできる戦略的によい位置にあった。それに、通路の反対側にある警衛所と兵舎もよく見える。一週間、注意深く観察を続けて得た知識はたいへん貴重で、親しくなった警備兵たちから聞き出した情報と合わせると、特別に得がたいものとなった。

ふたりは〝クーラー〟を出るとすぐに、次の脱走の準備にかかった。収容所所長の発表によれば、ジェノヴァ近くのガーヴィという町に近々、新しい懲罰収容所ができるそうなので急がなければならない。今度の収容所はラクイラとは違い、捕虜は地下の穴蔵で暮らし、日の光を見ることさえかなわない本物の「地獄の収容所」ということだ。あるいは、このように脅しておけば皆、脱走する気をなくすだろうと思ってイタリア人がそう言っているだけなのかもしれない。当然、アレスターとジャックは移送者リストの上位にいた。第一陣が出発するのは一週間以内と噂され、緊急性が増した。懲罰房に入っていたあいだに集めた情報からある計画を思いついたが、それにはまだ確認したい点も多く残っていた。そこで、アレスターが偵察を行い、中庭や教会堂が複雑に入り組んだイタリア兵居住区の迷路を抜けるルートを探すことになった。

起点は聖具室だ。この細長い部屋には、司祭の祭服や祭具などを収めた木製の棚が並んでいる。奥の壁の中央、高さ四、五メートルのところに、無施錠の楕円形の窓があった。アレスターは、ジャックともう一人の将校に身体を持ち上げてもらい、窓の下の渦巻き装飾をつかんだ。そこから楽々と懸垂《けんすい》して窓を抜け、向こう側の廊下に音もなく降りた。またここに午前六時きっかりに戻ってこなければならない。その時間なら警備兵の見まわりが一時間途切れる。どこかで身動きできなくなり、戻れなくなった場合、点呼は四八時間までならなんとかごまかせる。それを過ぎたら、あとは彼があきらめて自首するか、この際、脱走してしまうかのどちらかだ。

ゴム底の靴を履いた彼は足音も立てずに廊下を歩き、警備兵や将校の眠る区画を通り過ぎた。彼らのいびきがおかしくて、収容所の通訳で闇取引の担い手であるヴォルペ神父を覗き見したいというたずら心が起きたが堪えた。廊下の端、彼とジャックが最近まで閉じ込められていた房の前で右に曲がり、修道院長の住居の庭に隠れた。予想した通り、回廊へ向かう憲兵の集団が通り過ぎた。少し待ってから、警備兵の食堂へ進み、テーブルの上に料理やパンの残りが放置されたままなのを見て驚いた。短い階段をのぼり、最初の脱走のとき潜り込んだ畑が見える窓まで来た。蜘蛛の巣を払いのけ、明らかに何年も開けられていないのがわかった。窓枠をつかみ、できるだけ音を立てないように揺すっていると、外れた。丈夫なロープがあれば、この窓は使えると彼は思った。それでもまだ、すぐ先にある高さ四、五メートルの壁をよじ登る必要がある。来た道を戻るとき、外側の中庭に通じる主な出入り口が開いていて番兵もいないことに気づいた。投光器の数は不充分で、簡単に避けることができる。彼は暗がりを移動し、半分も行かないうちに右手に小門があることに気づいた。最後の壁を乗り越えるには梯子が必要だが、窓を抜けるよりはこっちのほうがいいと彼は思った。「ルートが決まった」

修道院の菜園まで来たが、まだ午前一時だった。五月の暖かい夜で、空には三日月がかかっていた。彼は手を頭の後ろで組んで寝転び、星空を見上げた。そのとき、あたりに蛍《けい》が飛びかい、薔薇やその他の春の花々の濃厚な香りが漂っているのに気づいた。この希有な経験を彼は生涯忘れなかった。

私は横になってくつろぎ、この長い歴史のある美しい場所で圧倒的な静けさと穏やかさに包まれて眠った。振り返ってみると、私が最も鮮明に記憶しているのはあの時のことだ。心が洗われ、満たされた私は、寝転んで瞑想状態になりながらも、意識のどこかであの完璧な夜の調和を賛美していた。煩わしく惨めな捕虜生活のなかに、このような思い出をもっている者は幸せだ。

楕円形の窓の下にはジャックが待機しており、彼の足をつかんで降ろした。アレスターが報告を終えると、ふたりはできるだけ早く出発することに決めた。最初は七月まで待つつもりだった。その頃になれば作物も実り、大地の恵みで食いつないでいけるからだ。だが、そんな猶予はなく、彼らがガーヴィに移送される日は数日後に迫っていた。

待つのはたいへんな苦痛で、行動しているほうがずっと楽だとアレスターは常々そう言っていた。

私はひどく興奮していた。いつになく緊張していた。冒険は望むところだ。自分の得意なことに見合っていると思うが、内心、私は危険を恐れていた。想像する危険は実際よりも大きく見えるものだ。暑い日差しのもと、ジャックと座って話しながら、ときには期待に胸を躍らせながらも、肌を刺す寒気を感じ、スタートの合図を待つ競走馬のように、緊張で汗が噴き出してくるのだった。ジャックも同様に耐えていた。私たちの考え方は、静かに暮らし、学び、話す人々とは違う。私たちはときどき彼らをうらやましく思った。食糧不足、劣悪な環境、燃料や水の不足、些細《ささい》な言い争いや食い違いといった目の前の課題に追われている彼らのことを。私たちは彼らより高みにある、もっと刺激的なところで生きている気がする。危険を顧みない者にとって生きることほど価値があり、意味のあることはない。

新しい収容所への移動開始まで残り四八時間を切ったとき、ふたりは行動を開始した。偽造の得意なオーストラリア人が彼らの身分証に最後の仕上げをしているあいだに、背嚢に荷物を詰め、各々のベッドで彼らの代わりに寝る従兵二名に話をつけた。このときになって初めてアレスターは予定の脱走ルートを詳細に記した地図をフレイザー大佐に渡した。彼らが成功したら、翌日の晩、さらに三名の将校が同じ経路で脱走する。それから、ふたりはひそかに貯蔵室に潜り込んだ。二時間そこで待ってから出発だ。ぼんやりした明かりのもと、古いマットレスや没収された制服の梱包に囲まれて座っているうちに、今度はアレスターが相棒の値踏みを始めた。「ジャックの神経はヴァイオリンの弦のようにぴんと張っていたが、音が合っているかどうか弾いて試すこともできない。奇妙な振動は徐々に小さくなり、やがて彼は落ち着いた。彼の心は、水面のさざ波が収まるように穏やかになった」。出発の時間だ。

ふたりが音を立てずに通路に飛び降りると、壁際に長さ三メートル半ほどの梯子が寝かせてあった。アレスターはこれを運ぶのは面倒だと思ったが、ジャックが持って行きたがったので、そうした。真夜中までに、修道院長の庭にある薔薇の茂みにたどり着き、憲兵が時間通りに巡回に来たときも安全に隠れていた。梯子を持って角を曲がったり、イタリア人用の食堂に入ったりするときは、荷物を梯子にくくりつけていたので余計に難儀した。ジャックは、椅子に座って窓の外を見張っていた二名の警備兵の背後を、梯子を持って通過したと語っている。アレスターは、ふたりが壁をよじ登っているときに警備兵が現れたと、それとはまた別の危機一髪を記録している。ジャックが梯子の中程にいて、てっぺんにいるアレスターに荷物を手渡していたときだった。いきなり扉が開き、警備兵が入ってきた。ジャックは暗がりに溶け込み、アレスターは体操選手のようにのけぞり、ふくらはぎで壁からぶらさがった。警備兵は何か見たのかも知れないが、それを見なかったことにした。

ついにアレスターが下見のときに見た小門までできた。そこを抜けると、あたりを探るために二手に分かれた。と、突然、犬が吠えながら現れ、アレスターはここでおしまいだと観念した。犬は長いあいだ、吠え、うなっていたように感じた。彼が座って、来るべき攻撃を覚悟していると一斉に明かりがついた。それでも何も起こらなかった。彼がイタリア語で猫なで声でささやきかけていると、吠え声は段々とおとなしくなった。しまいに彼が棒きれを見つけて壁の向こうへ放り投げてやると、「わん」と最後に一声吠えて犬はどこかへ行ってしまった。一五分後、ジャックが現れた。彼は脱出口を見つけていた。ふたりは前にも通った畑を横切り、外壁を乗り越え、梯子をトウモロコシ畑に隠した。午前三時になるところだった。あと二時間もすれば日が昇る。計画では、まず徒歩で北方のポテンツァへ行き、ローマを経由して列車でマッジョーレ湖へ、そこから歩いてスイスに入る予定だった。

ふたりは急いで修道院をまわり込み、左に村を見ながら東のマッダレーナ山塊を目指した。最初のうちはラバの道をたどっていたが、家畜を連れた農夫が現れるようになったので道から逸れた。藪は深く、険しい箇所もあった。山登りの経験がないジャックにとっては容易ではなく、深さ一五〇メートルはある谷を見下ろす岩壁《バットレス》を横切るときはたいへんだった。ジャックは、アレスターからいくらか助言をもらったが、それでもついていくのがやっとだったと語っている。

膝を少し曲げたままで歩けと言われた。そうすれば、登るのが格段に楽になるそうだ。だが、膝を曲げようが曲げまいが、彼があまりに速く進むので、ついていくのに必死だった。彼は荒海を行く小舟のように私の前をどんどん進み、休息することはまるで頭にないようだった。[22]

アレスターがジャックに同情して休憩を取ったときは、もう昼近くになっていた。ふたりはチョコレートを少し口にしたあと、荷物にもたれ、燦々《さんさん》と降り注ぐイタリアの太陽を存分に浴びた。季節は春から夏に変わろうとしており、どこを見ても野の花が咲いていた――野バラ、ブルーベル、ポピー、アザミ、見たことはあるが名前がわからない小さな黄色い花。トカゲもたくさんいて、彼らの足元をすばしっこく走り抜けた。谷間の平野を見下ろすと、遠くにマッチ箱のようなサン・ロレンツォ修道院があり、これが見納めだと思った。というか、そう願った。

ふたりは北側の斜面につけられた乗馬道をたどっていたが、やがて不眠の影響が出てきた。脱走のアドレナリンを燃料にここまで三六時間眠らずに歩いてきたが、もう限界だった。ふたりは松の木に囲まれた目立たない場所を見つけ、交替で睡眠をとった。旅を再開してまもなく、羊の群れに行く手を遮られ、その羊飼いと顔を合わせた。最初は怪しまれたが、労働者だと告げると、その話は信じてもらえたようだった。ジャックは北部のサヴォーナ出身のイタリア人、アレスターは新しい飛行場で働くことになったドイツ人ということにした。彼らはパンとチーズを分け合い、この先の道がどうなっているかを話題にした。次の村に着いたときにはすでに暗くなっており、一晩過ごす場所を探したが見つからず、しかたなく葡萄《ぶどう》畑の中で寝た。

翌日の晩、パドゥーラによく似た農村マルシコに着いたときも同様にすべきだった。油断していたのか、そんな時間には誰も外を出歩いていないだろうと安易に考えていたのか、どちらにしても、まずいことになった。どの通りを行っても、じろじろ見られた。その視線から逃れようと当てずっぽうに歩いているうちに、曲がりくねった道と袋小路でできた迷路の奥深くに入り込んでしまった。洗濯物が干してある中庭を通り抜けたと思ったらポンプ小屋があり、次に搾乳場があった。犬たちが吠え、明かりがともり、窓が開かれた。ようやく大通りに戻ったが、そこで三人の私服警官と鉢合わせした。きびすを返し、一番近い路地に入ったが、その先は行き止まりだった。男が現れ、何かお困りですかと言った。ジャックは別の町への道順を尋ねた。そして、口から出任せに適当な経緯と地名をとうとうと述べた。男は、彼らが道に迷ったのだと考え、大通りまで道案内すると言って譲らなかった。断りようがなかった。大通りに戻ると警官たちはまだそこにいて、ふたりを見ると駆け寄ってきた。「ストラニエリ！」と彼らは叫んだ。「外国人だ！」

アレスターたちは新たにこの土地に派遣された労働者だという話をいま一度、語った。彼らの身分証はもっと詳しく調べる必要がある。落ち着いて話ができる近くの酒場までご同行願えますか？　店に入ったとたん、警官たちは威圧的になった。アレスターの写真はどうもおかしいし、イギリス軍が橋やダムを爆破するために工作員をパラシュート降下で送り込んでいることをおまえたちは知っているか？　しかたない。アレスターはジャックのほうを向き、荷物を降ろし、ドイツ語で言った。「隙を見て逃げるぞ」。警官はドアににじり寄り、店員の若い女は木の樽の後ろに隠れた。そして、アレスターは「私はドイツ人だ。イタリア人にこのような扱いを受ける謂《い》われはない」と怒鳴り、両手で人を払いのけながら表に向かった。警官のひとりにつかまれそうになったが、簡単にその手を振りほどいた。ジャックはアレスター以外、誰も外に出すまいと、ドアの前に立ちはだかった。アレスターが逃げられたのはこの高潔な自己犠牲のおかげだ。

「落下傘兵だ！　敵だ！　気をつけろ」と誰かが叫び、警報が発せられた。アレスターはすぐ後ろに群衆の騒ぎを聞きながら路地と中庭の迷路に再び入った。垣根を跳び越え、穀物畑に潜り込んだ。遠まわりして谷の平地に降り、追っ手を振り切ったと思ったとたん、武装した巡視隊に出くわした。とっさに川の反対側へ戻り、森や藪におおわれた斜面を夜通し登った。山狩りの人数が増え、発砲音や怒鳴り声が聞こえた。彼は藪に戻るしかなく、そこに伏せて隠れ、その日の残りを過ごした。

いっぽう、ジャックは尋問のために警察署へ連行された。イギリス軍の奇襲部隊員と決めつけられ、手錠で椅子に固定され、白状しろと迫られた。「おまえはスパイだ」と彼らは怒鳴り、質問する度に彼を殴った。「ほかのやつらはどこだ？」「全部で何人いる？」「おまえの使命はなんだ？」。イタリア人たちがそれを知りたがったのは、一九四一年二月にイギリス軍が初めてイタリア爆撃を行ったからだ。「コロッソス作戦」と名付けられたその軍事作戦で、パドゥーラの北にあるカリトリの水道橋を破壊するために三八名の空挺部隊が降下潜入した。作戦は成功したが、隊員全員が捕まり、その大半はアレスターやジャックと同じ収容所に入った。それからしばらくのあいだ、イタリア南部は敵の動きを監視する特別な部隊を編成し、厳戒態勢を続けた。

数時間の激しい尋問のあと、イタリア人たちはロープをもってきて、ジャックを屋上に引っ張っていった。「おまえは何者だ。正直に言え。さもないと、ここから投げ落とすぞ」と彼らは脅した。ジャックはこれ以上嘘をついてもアレスターの助けにはならないと思い、パドゥーラの捕虜収容所から脱走してきたイギリス人将校だと認めた。

アレスターのほうは、日没を待ってから再び歩き始めていた。酒場に食糧を全部置いてきてしまったので、空腹と疲労が身にこたえた。このような極限状態に追い込まれるとよく経験することだが、やがて彼は森から不思議なものが現れるのを目にするようになった。ただ、今度のは事故につながるものでもあった。

高い尾根にある鞍部《コル》を歩いていたのを憶えている。太古の幽玄の森の、月光を浴びた亡霊の樹木を抜けていくと、広い川があり、河畔からそそり立つ丘の斜面に、塔や幻想的な中世の石造りの建物が密集した、おとぎ話に出てくるような町並みがあり、そこを迂回したことも憶えている。そして、闇のなか、弱っていく身体を引きずるようにして延々と続く葡萄畑を歩いていたことも憶えている。葡萄の木の列、針金で支えられた木の列、石組の段畑の縁。私はひとつの段から幅三〇センチの細長い草地へと跳んだ。だが、そこは地面ではなく草の葉におおわれた排水溝だった。片方の足が深くはまった。私は前のめりに転んだ。鈍い音がし、膝に激痛が走った。私は溝に足をとられたまま、身動きできずにうつむいて石の段にしがみついていたが、やがて手を使って這い出ることを思いついた。足は折れてはいなかったが、膝の関節を動かすと耐えがたい痛みがあった。私はそれから二ヶ月のあいだびっこを引き、足が完治するまでには八ヶ月かかった。

彼は足を引きずりながらさらに段畑を進み、それから丘の斜面を転がるようにして下まで行き、淀んだ小川に出た。傍らにセイヨウミザクラの木が生えていた。彼はその実を両手で何度かむしって食べ、ようやく満足してごろりと横になったとたんに眠りに落ちた。目が覚めるとすでに夜が明けており、驚いてあたりを見まわすと、そこはジャガイモと小麦の植わった畑だった。両方を食べてみたが、苦味とじゃりじゃりした不快な舌触りに閉口した。

その晩、彼は別の町でもまた道に迷った。マルシコと同じように、迷路から出ようとすればするほど、出られなくなった。高さが三〇メートルはある、激流に架かった鉄の管を渡ってようやく出られた。それから、北に向かい、怪談の舞台のような不気味で暗い松の森に入った。イバラと蜘蛛の巣を払いのけるため、両手を顔の前にかざし、触覚のように使って進んだ。濃い灰色の煙の渦が立ち現れ、霊鬼の如く身をくねらせているのを見て彼は目をこすった。ここはいったいどこだ？　しばらく行くと、地面に大きなくぼみがあった。そこは炭焼人の野営地だった。近くに彼らの小屋もあり、簡単に中に入ることができた。小屋にはパンとチーズ、それにパスタもあった。散弾銃とライフル、中身が詰まった弾薬箱も見つけた。だが、銃は使い道がないので食べ物だけ盗った。伐採作業に忙しくて気づかずにいた炭焼人たちは、小屋に戻って泥棒にあったのを知った。叫び声、捜索隊、一、二発の銃声、そして静寂。

そのときまでにアレスターは首尾よく洞窟に隠れていた。だが、盗みの件が伝わったら、彼を探すためにさらに多くの人が出てくるだろう。犬を連れた捜索隊の一部はすでに近くまで迫っており、誰もが皆、パドゥーラから逃げたお尋ね者を捜していた。捕まらないでいるためには、ただちに移動しなければならない。だが、彼の膝は完全にこわばって腫れており、それは難しい。彼は洞窟でヨガ行者のように座り、ジャックとともに脱走したこの一週間を振り返った。

いまとなっては私には夜も昼も意味はなく、暖気と冷気の入れ替わりに過ぎない。焼き払われた広大な土地に甘い野イチゴが一面に実っていたのを見つけたことを憶えている。そこで満腹になるまで食べ、眠り、起きてまた食べた。ある晩、高台の縁から丘の斜面を振り返ると、丘と自分とのあいだに、信じがたいほど濃い紫の幕が降りてきたのを憶えている。バジリカータ高原の北端にある岩の尖峰から山に向かって少し南の、森林や牧草地からさらに上に行ったところ、牛の鈴の音が聞こえた。私は小さな黄や赤や青の山野草、リンドウ、サクラソウ、野バラに囲まれて座り、幾重にも連なる紫がかった灰色の山並みを眺めていた。一時間、ひとりで瞑想にふける幸福、それだけでも来た甲斐があった。

その午後、干し草を運ぶ荷馬車の上に立っていた兵士が、藪に隠れていた彼を見つけた。犬が放たれ、アレスターは手を尽くしたが、追い払うことはできなかった。それから、軍曹が片膝をついてライフル銃を藪に突っ込み、ただちに出てこなければ撃つぞと言った。二四時間後、彼はパドゥーラに戻り、ジャックと同じ懲罰房に入れられた。ふたりは最初の脱走の罰として一ヶ月の禁固刑となり、そのあり余る時間を使って次の脱走計画を練った。今度は列車から飛び降りるのだ。どうにかして護送兵を眠らせたあと、ジェノヴァとローマのあいだのどこかで。

彼らは七月中旬にガーヴィに向けて出発した。列車の窓をすべて開けておかなければ、暑くてたまらない時期だった。アレスターは膝の痛みのせいで睡眠薬が必要だと医者に訴え、いまではびん一本分を貯めていた。ローマを過ぎた頃、アレスターは上等のキャンティに睡眠薬の錠剤を溶かし、護送兵がレモネードを選ぶ場合に備えてそちらも用意した。彼らはワインを選んだ。そしてアレスターたちは荷物を膝に抱えて座り、待った。リヴォルノの手前、護送兵のふたりはついに船を漕ぎ始めた。まず、ローレンツという名の大柄な南アフリカ人戦闘機パイロットを最初に行かせた。アレスターが二番手で、窓から身を半分乗り出したとき、交替の護送兵が突然、現れた。アレスターは引き戻され、ライフルの銃床で殴られて床に転がった。どうやら男爵のガーヴィ行きは避けられないようだった。

第三章

要塞の生活と脱走常習者たち

アレスターは弁護士だ。ジュネーヴ条約の詳細についても知っていた。それによると、独房に拘置するのは一度に三〇日が限度とされ、彼はパドゥーラでその上限まで務めたところだった。ふたつの懲戒罰を連続して科す場合、少なくとも三日間はあいだを開けること、と定められていた。ところが、ジュゼッペ・モスカテッリはそんな規定はおかまいなしだった。「おまえたちは将校ではない。下劣な犯罪者だ」と怒鳴り、ふたりを狭い房に押し込んだ。アレスターはこの収容所所長の残虐性も、気分屋なところも生涯忘れなかった。しょっちゅう癇癪《かんしゃく》をおこしては金切り声をあげるので、「コウモリ」のあだ名はそこからきていると言う者もいたが、それよりも、憲兵《カラビニエリ》の黒い制服の一部として彼がまとっていた大きなマントからそう呼ばれたとする説のほうがもっともらしい。背が高く、筋肉質で、いかにも職業軍人らしい物腰のモスカテッリ――陰ではマスカットをもじったあだ名「ジョー・グレープス」で呼ばれていた――は、アレスターが生まれる一年前の一九〇八年に軍人となった。いまや五二歳になるこの大佐は横柄さを絵に描いたような人物で、身だしなみには一分の隙もなく、胸一杯に勲章をつけ、ぴかぴかに磨いた長靴で要塞のなかを偉そうに歩き回っていた。勲章のいくつかは一九一一年のリビア戦争の、その他は一度ならず負傷した世界大戦のときに授与されたものだ。熱心なファシスト党員でもあり、要塞をこの第五捕虜収容所に改修する作業を監督したのもモスカテッリだった。

アレスターはガーヴィに到着してすぐに四〇日間、独房に閉じ込められた。最近の脱走の分が三〇日、残りの一〇日は、彼の手紙の内容が侮辱罪にあたるとされ、加算された。すべての手紙は検閲されていたが、表現によっては起訴相当とみなされた。たとえば、イギリス陸軍戦車連隊のピーター・ジョスリン大尉は手紙に書いた文言を撤回するのを拒否したためにガーヴィに送られた。アレスターの場合は、イタリア人将校の振る舞いが「非紳士的」であると書いたとして、モスカテッリ大佐に接見したその場で起訴が認められた。

懲罰房は上の中庭の奥の角にあり、まったく日の差さない小さな窓がふたつあった。窓の上部はアーチ形に大きくせりあがり、地下牢の雰囲気を醸し出すのに役立っていた。この要塞の大部分と同じく、それぞれの監房は岩を穿《うが》って作られていた。夏は蒸し暑く、冬は寒くて一日中ベッドから出られなかった。年中カビだらけで、滲《にじ》み出した濃い緑色の水がタペストリーのように壁をつたった。ふつう、独房は一名を拘置するものだが、ここではたいてい二名かそれ以上の捕虜が入れられた。じつのところ、ガーヴィの歴史でふたつある独房が両方とも空いていたのは、一九四二年のクリスマスの一日だけだった。祝祭気分のモスカテッリが恩赦を与えたのだ。その夜、将校たちはウサギの肉を供されたが、その肉料理のコースが出てきたときに先任将校が立ち上がり、「諸君、骨をしゃぶらないでもらいたい。あとでスープの出汁《だし》に使うから」と言った。[1]モスカテッリはワインもいつもより多くふるまったが、あとで暴動騒ぎが起こったのはそのせいかもしれない。結局、警備兵宿舎に出動がかかり、翌日、独房はまた定員を満たした。

各収容所に関する報告を定期的に行っていた国際赤十字は、これらの懲罰房を「隔絶された場所」と婉曲的に表現したが、アレスターは「窓がふたつある石造りの小さな修道院」と呼んだ。だが、多くの捕虜には「独房《クーラー》」の一語で通っていた。最初の三日間は、アレスターもジャックもずっと閉じ込められたままだった。それ以後は、毎朝、ドアが一時間だけ開けられ、そのあいだに洗面、髭剃り、朝食を済ませるのだった。余った時間は上の中庭を端から端まで歩くのに使った。午後にも一時間、運動のために外に出ることが許された。当然、アレスターはミュラー体操を行った。ありがたいことに、従兵が運んでくる食事は下の大食堂で他の捕虜たちに提供されるものと同じだった。それでも身体への打撃は深刻だった。七〇日後に独房から解放されたとき、アレスターは自分を「蛹《さなぎ》から出てきた濡れた蝿」のように感じた。彼の感覚は麻痺していなかったとしても、鈍っていた。聴覚が正常に戻るまでにはしばらくかかった。目も、それまで永遠の薄闇の中にいたせいで、光と色彩がまぶしかった。視力が元に戻るのにも時間がかかった。

そうして初めて、この要塞がレンメ川流域一帯を遠くまで見渡せる絶好の位置にあることを知った。川を越えた西方に、アペニン山脈とマリティーム・アルプスがつながる地点がある。こぢんまりしたガーヴィ村は要塞の真下にあり、一〇〇〇年前と変わらない中世のたたずまいを保っていた。城壁と城門はいまも当時の形状を保ち、一二世紀に建てられたロマネスク様式のサン・ジャコモ教会の美しい鐘楼が村の中心からそびえていた。村は路上に立って見ると灰色一色で面白味も何もないが、上から見下ろすと、赤色のタイル屋根が暖かく、美しい。学童や母親たちがそれぞれの用事で行き来するのが見えるくらい、近かった。村の端まで広がる畑や葡萄園で働く人々の様子、川縁《かわべり》で家畜がのんびり草を食む光景が見えた。ブリューゲルの絵画に出てくる長閑《のどか》な風景であり、捕虜たちが羨望と同時に驚きをもって眺める活人画であった。そんなに遠くない場所で戦争が続いているというのに、どうしてこんなに平穏な世界があるのだろう。

アレスターは上下の区画をつなぐ石畳の傾斜路に沿って延びる城壁に座っていた。夏が彼の身体に染み込み、筋肉も気力も蘇っていた。長いあいだ狭いところに閉じ込められていたあとでは、自由の身になったように一瞬、錯覚した。突然、収容所をとても広く感じた。捕虜として過ごした三年半で、このときばかりは例外的にくつろいで過ごしたが、もちろん、そんな時間は長くは続かなかった。彼が次の脱走のための周到な準備と秘密の計画に取りかかるのは時間の問題だ。だが、しばらくのあいだ、彼は他の捕虜たちと同様に、読書と学習と運動で毎日を過ごした。

ガーヴィには小さな中庭がふたつあるだけだったので、運動するのは容易ではなかった。日中、多くの捕虜は上と下の区画をつなぐ一〇〇メートル弱のきつい傾斜路を何往復も走った。アレスターのように、自分の好きな体操をする者もいた。彼と同房だったダン〔ダニエル・ジョンストン〕・リディフォードは、アレスターのことを次のように憶えている。「誰よりも早く起床し、パジャマを脱ぎ、素っ裸で外に出て、掌で円を描きながら全身をマッサージしていた。早朝、そのように活動する彼のピンク色のがっしりした身体を見ると、なぜかぎょっとしたものだ」[2]

縦約八メートル、横一八メートルの下の中庭ではバスケットボールの試合が延々と続けられ、その上のもっと小さな中庭では絶えずバレーボールの試合が行われていた。公平に順番がまわるように、スコットランド人将校で卓越した運動選手でもあるトミー・マクファーソンとジョン・ミューアのふたりが世話役を任された。いずれかの試合に参加したがっている捕虜全員が出られるよう、ふたりは毎日、ローテーションを組んだ。それでも、運動場が足りないのは明らかで、イタリア側に改善の圧力をかけるため、イギリスの利益代表国であるスイスが苦情を申し立てた。モスカテッリは要塞の外に運動場を作ると約束したが、結局、約束は果たされなかった。

モスカテッリはまた、監視付の散歩を週に二、三回に限っていた。一度に一二人から一四人の捕虜しか行けないので、順番はなかなかまわってこなかった。それでも、レックス・レイノルズという南アフリカ軍の戦闘機パイロットはその機会を利用して脱走しようと企てた。毎回ほぼ同じルートを行く散歩集団は、干上がった深い峡谷に架かる石橋の上でいつも休憩した。橋の中間の広くなっている部分に、道路工事人が石を詰めた粗布の袋を残していた。レイノルズはその袋が収容所にある袋と同じであることに気づいた。彼は素早く袋に入る練習をして、まもなくそれができるようになった。また、休憩のあと、警備兵が人数を確認しないことも知っていた。見られないように袋の中に入れば、そのまま置いて行かれるはずだ。脱走の当日、すべては予定どおりに進んだ。一行は橋に到着し、捕虜たちはそれぞれ自分の役を務め、人間の壁を作った。レイノルズはものの数秒で石の詰まった袋に化けた。休憩が終わり、捕虜たちは出発するためにのろのろと立ち上がった。警備兵たちは何も気づかなかった。弛《たる》み過ぎとも言えた。最後尾の警備兵が袋のそばを通り過ぎるとき、何気なく蹴りを入れた。恐ろしいことに、袋が動いた。彼が銃剣で突き刺そうとしたそのとき、別の捕虜が駆け寄り、彼をとめた。レイノルズは命拾いしたが、脱走は失敗した。

どの収容所でも、カードやギャンブルは多くの捕虜にとって大切な生活の一部だった。アレスターは全然興味をもたなかったが、ブリッジは多くの捕虜が夢中になり、ひんぱんにトーナメントや大会が開かれた。同様に人気のあったのがポーカーで、そこでは大金が動いた。それらは下の収容棟にある「カジノ」と呼ばれる部屋で行われた。夜毎、喧騒と紫煙が充満する部屋で、ルーレット、ファーロ、バカラをはじめ、果てしなく続くポーカー・ゲーム、その他の思いつく限りの賭け事が行われていた。借金は、ブオーニと呼ばれる収容所専用の通貨で支払われ、それらの資金が底をつくと、本国の銀行口座の小切手で支払われた。勝って大金を母国に送金した者もいたとされ、一年で一二〇〇ポンドも送ったケースもあったという。もちろん、逆もあり、気がつけば深刻な負債を抱えていた者もおおぜいいた。[3]

将校は階級によって給与が支払われ、最初はリラだったが、その後、ブオーニという収容所通貨で支払われた。為替レートは同じで、一ポンドにつき七二リラ／ブオーニ。その財源には、本国の軍の給与から差し引かれた分が充てられていた。アレスターの階級である中尉の月給はわずか七五〇リラで、彼はそれをやりくりして食べ物、ワイン、薪、その他食堂かどこかで手に入る自分の欲しいものを買った。たとえば、将校の多くは椅子を買う決まりになっていたが、彼らはたいてい要塞のどこへ行くのにもそれを持ち歩いた。部屋を整える従兵に支払う金も必要だった。月一〇ポンド相当のリラでやりくりするのは難しく、給与の多い上級将校たちは余ったリラを下の階級の将校たちに売り、下級将校たちはそのリラを買うために本国の銀行から引き出したポンドを使った。

赤十字から送られてくる小包は捕虜全員にとって重要な補給品だった。発送元の国によって中身は違うが——カナダのものが最高との意見が多かった——たいてい、紅茶、ココア、粉末ミルク、砂糖、チョコレート、乾燥卵、ポリッジ、マーガリン、チーズ、肉の缶詰、イワシ、野菜、薄焼きパン、ジャム、ドライフルーツ、甘いお菓子、固形石鹸一個、たばこ五〇本が入っていた。たとえば、ドイツのコルディッツなど、他の収容所では、捕虜たちは小さな班に分かれて自分たちで調理したが、ガーヴィでは全員で一緒に食事をした。そのため、小包の中身の三分の二は共同の食糧として拠出され、炊事係がそれを使って食事の用意をした。食事は下の区画の中庭と同じ長さの細長い部屋で提供された。かつて、ガーヴィが一般の刑務所だった時代、そこは狭い監房が密集する区画だった。それがいまでは、木の梁《はり》があるひとつの空間に改装され、その下の二階分は下士官と兵卒の部屋になっていた。両側に窓が並んでいるので眺めがよく、村や山々だけでなく、すぐ下の警備兵の宿舎となっている「メッツァルーナ」と呼ばれる稜堡もよく見えた。また、食堂は一七〇人もの将校全員がゆったりと集える唯一の公共空間でもあった。

彼らは夕食後、八時までそこに居座った。トミー・マクファーソンが毎晩、皆に伝えるためのニュースを用意し、読み上げるのも、その時間だった。収容所で最も若い将校のひとり、マクファーソンは奇襲部隊員で、ロンメル暗殺計画の偵察中にリビアで捕虜になった。この急襲計画は、当の陸軍元帥が誕生日を祝うためにローマにいたので無様に失敗した。そのときマクファーソンはどうなったかというと、彼を迎えに来るはずだった潜水艦が現れなかったのだ。海上で、折りたたみ式の小さなカヤックに乗ったまま二晩待ったあと、彼はあきらめて砂漠を歩き始め、結局そこで捕まった。マクファーソンは、毎日提供されるイタリア語の新聞《コリエーレ・デラ・セーラ》と《ラ・スタンパ》をもとに、ていねいに記事の行間を読み、そこから推測した真実に近い戦況が捕虜にとって好ましく元気づけられる内容であれば、それを伝えた。だが、アレスターがこの収容所に着いた一九四二年夏、それは簡単ではなかった。トブルク陥落で三万五〇〇〇人が捕虜となり、その多くがすでにガーヴィに収容されていた。いまやロンメルはエジプトを奪おうと進撃を開始し、彼の行く手を阻むのはエル・アラメインのみだった。赤軍は後退し、ドイツはヴォルガ河畔《かはん》に到達してスターリングラードを包囲しようとしていた。日本もアジアと太平洋で占領区域を広げていた。ガーヴィの捕虜にとって、この先どうなるのか、いつ解放されるかもわからない暗い状況だった。アレスターが当面、くつろいで過ごすことに決めたのは、絶望的な戦況がそうさせたに違いない。それに、ガーヴィが脱走不可能に見えたのも確かだ。

中庭を挟んで食堂の向かいには別棟があり、そこの短い階段を上ると板におおわれたベランダがあり、下の区画で寝起きする将校たちの部屋に通じていた。多くの者にとって、そこは「まさに貧民街に見えた」[4]。手すりに雑多な洗濯物が干され、蝿がそこらじゅうにいた。真下に野菜や赤十字の小包を保管する貯蔵室があったからだ。絶えず壊れている便所もそこにあった。悪臭は凄まじく、巨大なドブネズミが走り回っていたことは、ガーヴィの捕虜なら誰でも憶えている。アレスターの部屋はその端にあり、元の礼拝堂を改装した浴場にいちばん近かった。彼に言わせると、そこは「暗く、湿っていて、惨めな」ところだった。南に面してはいるものの、太い鉄格子がはまったふたつの窓からは風も入らないし、陽も射さなかった。トンネルのような半円アーチ天井をもつ、六、七メートル四方の空間で、ぞっとする二重扉がついていた。内側は一般の刑務所でよく見る鉄格子の扉、外側のは分厚い木製の扉で、警備兵が中をうかがえるようにのぞき穴がついていた。

パドゥーラの歩廊は一三二人が共同で寝起きできるほど広かったが、ガーヴィの部屋は狭苦しく、換気が悪く、六台あるベッドのあいだは動くのもままならないほど詰まっていた。アレスターはそれまで、集団でこんなに狭い空間で暮らした経験がなかった。ひとりっ子だったので、兄弟姉妹と親密に触れ合ったこともない。もちろん彼はパブリック・スクール出身だが、通学生だったので、仮の家族として共同生活をする若者同士の友愛も知らない。それに、そう、彼はアスリートだが、チーム・スポーツには少しも魅力を感じなかった。彼は長距離走者であり、なによりもまず登山家だった。孤独と山の世界が彼の指針であり、それに従って進む方向を定めてきた。そんな彼が、他人とこんなに近くで暮らすのは初めてだった。彼はこの状況を拒絶するどころか、仲間たちがいがみ合いもせず、互いに我慢し、支え合い、励まし合い、多くの者にとって耐えがたい悪夢でしない状況を耐えしのいでいる姿に感心した。自分とはまったく違う彼らの人生がそれを可能にする術を教えたのだと彼は理解した。そして、その非常に論理的な頭で、このような平和的共存に不可欠な様々な資質を数えあげ、そこに至った過程を細かく分析した。

あれほど窮屈なところに閉じ込められていれば、ときには喧嘩が起こりそうなものだが、あのような共感、相互扶助、自制は見たことがない……彼らのような仲間がいて私は本当に幸運だった。同房者として第一に必要な資質は物静かな人であることだ。冷静な議論はいいが、感情的な言い争いはいけない。食事のとき愛想よく言葉を交わすのはいいが、延々としゃべり続けるのはいけない。気前がいいのはいいが、自分勝手はいけない。自己否定はいいが、でしゃばりはいけない。静かに落ち着いて動くのはいいが、何時であろうが房のなかを行ったり来たりしてはならない。鼻歌を歌う、いびきをかく、椅子を倒す、つまずく、何かをこつこつ叩く、引っ搔くといった行為はいかに優しい気性の人をも苛立たせる。説教臭い話し方、専門家の優越感、机上の学問をひけらかす、自分の経験を長々と語る、得意げに自分の主張を披露する、同じ話を繰り返す、猥談を長々と語るなど、うんざりさせられる人の多くの面は短時間に耐えがたいものとなる。これら将校たちは、ダートマス、ウールリッチ、サンドハーストといったパブリック・スクールの厳しい規律のなか、狭い宿舎に多くの男たちとともに閉じ込められ、生活術を学び、士官室や大食堂に集まっていたその卒業生たちは皆、潜水艦や戦車、戦闘機の操縦室、パラシュート連隊、航行中の海軍の艦船、戦闘中の連隊にいるあいだに、それまでの偽善的な言葉遣いを取り除かれていた。民間人として、私は学ぶことに対しての、この新しい文化と姿勢に驚き、そのやり方にも驚いた……私が生活術を学ぶにあたって、これらの人々やその他の多くの人々には、いまも感謝しているし、いくら感謝してもしきれない。

彼の同房者はジャックに加え、海軍将校ふたりと、戦車長、そしてニュージーランド人の大尉がいた。全員が脱走の上級者であり、それ故、ガーヴィに送られたのだった。そして、ニュージーランド人のダン・リディフォードをのぞき、全員が正規の将校で、脱走は単なる義務ではなく、職業上必要なことだった。戦争中の軍功は昇級への近道であり、彼らが捕虜収容所で無為に時を過ごしている隙に、同僚の将校たちは着々と昇進していくのだ。彼らのうち最年長はピーター・メッド少佐で、彼は一九三〇年、一七歳の士官候補生として海軍に入った。リディフォードが述べているように「ところが彼は捕虜になってしまい、本来なら輝かしい軍歴を重ねるはずだったのに、模範的な捕虜となるしかなかった」[5]

艦隊航空隊に所属するメッドは、一九四〇年七月、トブルク上空をソードフィッシュ雷撃機で偵察中、潜水艦を爆撃したが、対空砲を受け、海岸から三〇キロ離れたところに落下した。ふたりの乗員とともにゴムボードに移り、岸にたどり着いたが、そこで捕まって拘束された。彼はパドゥーラに送られる前にすでに脱走を二度試みていた。パドゥーラではアレスターとジャックが脱走した次の日の夜、同じルートを使って、ふたりの仲間とともに脱走した。だが、警備兵の交替を待って出遅れたため、まもなく開けた場所で簡単に見つかってしまった。

いまやガーヴィの収容者となったメッドは、下の収容棟の先任将校でもあった。身長一七二センチ、がっしりした体格に澄んだ青い目の優しげな顔で、細い髪は薄くなりかけていた。彼よりも尊敬を集めた将校はあまりいなかった。軍隊ではめずらしい、寛大な心と思いやりをもった、優しい指揮官だった。アレスターは特に彼を尊敬し、捕虜生活中に出会ったなかで「最も素晴らしい人格者」と評している。実際、職業軍人があれほど温和な人になれるのかと驚いてもいる。そのうえ、メッドは完璧な文武両道の人だった。熟達した音楽家で、フランス語とイタリア語とドイツ語を流暢《りゅうちょう》に話し、サーベルの優れた使い手で、詩と哲学と歴史に精通していた。だが、なによりもアレスターが感銘を受けたのは、彼の慈悲深い心と人との接し方だったようだ。

アレスターと同房のもうひとりの海軍将校はマイケル・ポープといい、ポペットの愛称で呼ばれていた。メッドより三歳若く、著名な海軍一家に生まれ、メッドと同じく一七歳の士官候補生で入隊した。だが、ポペットのほうは、隠語で「トレード」と呼ばれる潜水艦勤務になった。一九四〇年八月一日、彼は三等航海士として〈オズワルド〉に乗り組み、地中海の哨戒のためメッシナ海峡付近にいた。深夜、海面に浮上して充電していたところ、イタリア海軍の駆逐艦〈ウゴリーノ・ヴィヴァルディ〉が突然現れ、故意に衝突する勢いで向かってきた。デイヴィッド・フレイザーという名の艦長は、実際よりも被害を深刻にとらえてしまったのか、ただちに船を放棄して全員避難せよと命じた。下のほうにいたポペットは、艦に異常はなく、充分に交戦可能と思ったが、乗員が一斉に出ていくのをなすすべもなく見ていた。彼らは急いで潜水艦から出て二時間泳ぎ続け、戻ってきた〈ウゴリーノ・ヴィヴァルディ〉に救出された。五五人の乗員のうち、三人を除いて全員が助けられた。だが、ポペットにとってそんなことは慰めにはならなかった。彼は艦長を決して許せなかった。艦長は戦後、一等航海士とともに軍法会議にかけられた。

彼らはイタリア側にとって最初の捕虜であり、その模様はニュース映画で伝えられ、派手に宣伝された。町の仕立屋が将校たちのために新しい軍服を縫い、彼らはヴェネツィアまで一等車で移動し、ポヴェーリア島に拘置された。ヴェネツィアの潟の中心に位置するポヴェーリアは、かつてペスト患者の隔離施設として使われ、その後、精神病患者の療養所となった。そこが、ほとんど改装されずに捕虜収容所となっていたが、ポペットも彼の仲間も特に不快だとは思わなかった。そこから移送される日がくると、彼と三人の仲間は数日、垂木のあいだに隠れていた。船を盗んでユーゴスラヴィアまで行こうと考えていたのだ。だが、彼らはすぐに見つかり、スルモーナに送られた。第一次世界大戦中、オーストリア兵の捕虜収容所だったスルモーナはイタリア中央部のアブルッツォの山岳地帯にあった。ポペットはそこでトンネルを掘り始め、ロバのせいでそれが崩れ落ちなかったら、脱走に成功していただろう。だが、彼はふたりの仲間と鉄条網を越えるのに成功した。真冬で地面は深い雪におおわれていた。五日間、苦労して山を越え、船を求めてアドリア海沿岸にいたときに捕まった。それから彼はパドゥーラに送られ、そこではピーター・メッドとゲリー・ダリーという名の細身で小柄だが屈強な工兵とチームを組んだ。彼らはアレスターと同じルートを使ったが、すでに述べたように、出発するのが遅れて捕まってしまった。

　ポペットは長身痩軀の美男子だった。現にアレスターが「彼は誰もがこうありたいと願う理想の美男だ」と述べたくらいだ。そして、ユーモアのセンスがあるのに、冷酷で厳格だと人には思われていた。好ましく思わない相手には、ひどく辛辣になるときもあった。非常に手先が器用で、何か修理が必要なときに頼れる人だった。彼は特に練習もせずに易々《やすやす》と解錠の達人になった。ダンテの三編を原書で読んで、イタリア語をものにした。忙しく立ち働くのが好きで、収容所内の様々な役目を買って出た。スルモーナでは酒保の運営を担い、ガーヴィでは「複式簿記の秘儀の手ほどきを受け」[6]、食堂の帳簿をつけた。彼は几帳面で、徹底して現実的だった。「本物の神秘的な体験をするのに必要な」柔軟な心を彼はもっていないのではないか、とアレスターは訝《いぶか》った。あんなに長い時間を海で過ごしてきた人間があんなに「アースバウンド〔〝地上に行動範囲の限られた〟と〝現実的〟の掛詞〕」なのは皮肉だと思った。ともあれ、ポペットは頼りになる人物だった。

アレスターの他のふたりの同房者は、アレスターとジャック同様、シディ・レゼグで捕虜になった。そのひとり、戦車連隊のジョン・クラットウェル大尉はいち早く脱走した捕虜のひとりだった。リビアで最初に拘置されたタルフナの収容所から脱走したのだ。空軍のパイロットとともに、彼は鉄条網の下を這って出て、砂漠に逃げ込んだ。ふたりは二週間以上、アラブの複数の集団と生活をともにしながら、一六〇キロを超える距離を歩いたが、最後の集団に裏切られた。結局パドゥーラの収容所に入れられ、そこでトンネルを掘る一二人のグループに加わった。その発端は、アラン・ハースト＝ブラウンと彼の友人ふたりが一階の部屋の通路の下が空洞になっているのを発見したことだった。一三人全員がトンネルから脱走したが、早いうちに捕まり、ガーヴィ送りとなった。

同房者のなかでアレスターと最も共通点が多いように思えるのは、たぶんダン・リディフォードだ。彼も弁護士で、戦争が始まると砲兵隊に入った。さらに、同じ戦闘で、アレスターより数日早く捕虜になった。だが、その後ふたりがたどる道は早々に分岐する。リディフォードは一九一四年、ニュージーランドの最も歴史ある家に生まれた。彼と同じ名前の曾祖父はウェリントン市の創設に尽力した人物で、亡くなる前には五万六〇〇〇エーカーの土地を所有し、それに見合う家畜と資産をもっていた。「王《キング》」という正しいあだ名がついた彼の息子は引き続き財産を殖やしていった。強引で好戦的、酒と賭け事が好きなキングは、社交界の行事に出るのと変わらぬ気楽さでマオリ語を話したり野外で寝たりした。彼はエドナ・ファーバーの小説『ジャイアンツ』の登場人物そのものだった。ただし、リディフォード家はテキサスではなくワイララパの地主だった。キングは自分の子を産んだ愛人のひとりに抱かれたまま息を引き取り、またひとつ伝説を増やした。子供はほかに六人おり、ダンの父はそのひとりだが、彼はもっとまともな人だった。ポロに興じ、第一次世界大戦中はイギリスの近衛歩兵連隊に所属し、ニュージーランド最大の個人住宅と言われる家を建てた。セント・ヘレナ島のナポレオン最後の住まいにちなんで「ロングウッド」と名付けられたその家で、ダン・リディフォードは育ち、やがてイギリスのプレップ・スクールへ入学した。イギリスには大学まで留まり、オックスフォードのニューカレッジに通い、近代学科《モダン・グレーツ》（哲学、政治学、経済学）の学位を優等で得た。続いて法学の学位も優等で取得し、その後、一年間ロンドンの法曹院《インナー・テンプル》で学んだ。

後年、リディフォードの親友で同僚だった人物が、彼の「経歴や育ちは、ニュージーランドでも普通の人と比べて、これ以上ないくらいにかけ離れていた」[7]と記している。それでも彼は謙虚で控えめで、どこか学者らしい雰囲気をまとい、引っ込み思案でもあり、「初対面では軽く見られがちだった」[8]。それは、上流階級が往々にして特権とともに身につけているただの余裕や自信では説明のつかないものだった。ダンは本当に控えめで、内向的な人だった。彼の振る舞いはよそよそしく冷淡に見えたかもしれないが、彼は決して傲慢でも、俗物でもなかった。じつのところ、ガーヴィの仲間内では彼が特別な上流階級の生まれだと誰も知らなかったのではないか。肝心なのは、彼が優等で資格試験に合格してガーヴィに入ってきたことだ。しかも、彼は子供時代からそれに備えてきた。彼は第一次世界大戦の脱走を扱った図書――『ホルツミンデンのトンネル掘り』『四面の壁のなかで』『脱走クラブ』――を読めるだけ読み、その頃から、もし捕虜になったら脱走しようと心に決めていた。それに、脱走に成功するには早ければ早いほうがいいことも知っていた。捕まった直後は誰でも呆然として脱走する気さえ起こさないものだが、いっぽう監視する側も看守の経験が乏しいのに加えて人員も不足し、捕虜と同じように疲れている。というわけで、彼は捕虜になった最初の晩にスコップを手にとり、まんまと抜け出した。その夜遅く、彼は連合国側に到達したと思ったが、それは勘違いで、アフリカ軍団のドイツ兵が集まっているところへまっすぐ入って行ってしまった。「戦争中全体を通しても、あれほどひどい悪運に見舞われたことはない」[9]と彼は記している。

イタリア側へ引き渡されたリディフォードは、ダンテが地獄編の一部を執筆したトスカーナのポッピ村の外にできた新しい収容所へ送られた。複層の石造りの美しい建物はかつてフィレンツェの修道女の隠遁所として使われ、昇天館《ヴィラ・アセンシオーネ》という精神が高揚する名前がついていた。この収容所にはニュージーランド人の将校だけが収容されたが、それはイタリアが軍種で収容者を分けるドイツ方式をとらず、国籍で分けていたからだ。ガーヴィとは違い、ここには無数の余暇活動が運営され、そのほとんどが学問であったが、ここの若い将校たちの大半は戦争がなければ大学にいたはずだと考えると驚くに値しない。当然、リディフォードは「法学部」に属した。とはいえ、依然として彼の最大の関心事は脱走であり、兄が捕虜となってボローニャの北のモデナに収容されていると聞くと、早速そこへの移送を願い出たわけだが、真の目的は途中、列車から飛び降りて脱走することだった。結局、収容所がまるごと移されることになったため、リディフォードは移送途中、列車がトンネルに入って速度を落としたときに飛び降りた――脱走の様々な手段のなかでも、とりわけ危険な行為だ。彼は護送兵に見つかり、怪我をして遠くまで行けなかった。それでも、この危険人物が担架で運ばれて行くのを見送る地元民が恐慌を来していたのは痛快だった。「私は自分がこの騒動のもとになっているのを楽しんでいたし、無法者の心境ではないが、イタリアの群衆に対して犯罪者並みに相当な衝撃を与えていることに皮肉な喜びを感じた」[10]

のちにニュージーランドの司法長官と法務大臣になる、生涯に一度も法を犯したことはないであろう彼にとって、これは脱走の愉快な副産物だった。つまり、罰を受けることなく法に背き、法を破る、だます、捏造《ねつぞう》する、解錠する、施設を破壊する、列車から飛び降りる、別人を装う——どの脱走者ももっている重要な要素——そして、それらを犯罪ではなく善行ととらえる。法を守る市民であり女王陛下の将兵でもあるリディフォードのような人間に、脱走は経験したこともない胸躍る様々な感情を経験させた。もちろん、脱走は名誉であり、将校の義務でもあり、逃亡した捕虜を再び捕まえる敵側の負担を増やすためでもあるが、ほとんどの脱走者の本音は——特にアレスターや彼の同房者たちのそれは——もっと複雑だった。リディフォードは次のように胸のうちを明かしている。

> そのようなことも重く受け止めていたが、と同時に私の原動力となっていたのは脱走のための脱走だった。最初に捕まる前に、私はすっかりその魅力の虜になっていた。捕まってもすぐにまた脱走を試み、すっかり中毒になっていた。一度脱走者になったら、ずっと脱走者だ。それ故、イタリア人は手に負えない脱走者をより確実に閉じ込めておくために、第五捕虜収容所を設けたのだ。脱走は最も興奮する活動であり、正直、これを超えるものは知らない……
>
> スリル、逃げているときの強烈な興奮は言葉では言い表せない……いつまでも、あれは素晴らしいひとときだったと思い出すだろう。たとえ運悪く、すぐに捕まっても、鉄条網の外へ出たこと自体が勝利であり、陶酔をもたらす達成ととらえるだろう。[11]

自由を獲得した脱走者がほぼ例外なく味わう爽快感は、たとえ短い時間であったとしても、大学生の年頃の男が規則を破る軽率ないたずらで得られる興奮をはるかに超えるものだった。しびれるような高揚感、エンドルフィンの一撃、あとにも先にも経験したことのない「魔法の時間」がある。ある脱走者はそれを「高揚感の波」[12]と言い、別の脱走者は「生涯最高の充実したひととき」[13]と言い、ドイツの収容所から何度か脱走したパイロット、テックス・アッシュは「あんなに生を実感したことはほかにない」と語った。[14]彼は「脱走の遺伝子」[15]とか、脱走せずにはいられない「フーディーニ症候群」[16]というものがあるのだろうかとさえ思った。彼によると「脱走は非常に中毒性があるし、あらゆる麻薬と同じで、きわめて危険だ」。[17]そして、命を落とすかもしれないこの危うさこそ、脱走を「最も偉大なスポーツ」[18]に押し上げている秘密の要素だ。

当然のことながら、脱走者の多くは成功しなかったし、一度でも脱走を試みた者はごく少数だ。アドリア海に近いキエーティの将校捕虜収容所のある統計では、収容者九〇〇人のうち、脱走活動に積極的にかかわっていたのは四〇人程度で、その多くは、自分で脱走を試みるのではなく、他人の脱走を手伝うことに関心があるだけだった。[19]パドゥーラでも同様だった。実際、すでに完成しているトンネルを使って外へ出ようとする者が、あれほど大規模な収容所でもたったの三〇人しかいなかったので、ジョージ・ミラーはびっくりした。[20]ほとんどの捕虜は普段どおりの暮らしを維持するほうが大切で、脱走によっていまある恩恵を少しでも失いたくないと考えていた。なかには脱走者の「身勝手」[21]を責め、彼らの無益な行動が他の捕虜に迷惑をかけると言う者もいた。パドゥーラで闇取引を行い、稼いでいたミラーだったが、軽蔑とともにそこをあとにした。現状に甘んじる雰囲気も不満だったし、さらには、脱走者に対する、特にアレスターに対する尊敬の念がないのには腹が立った。「パドゥーラでは脱走志望者は仲間の捕虜の大半から嫌われた……パドゥーラから二度、脱走を試みた男爵でさえ、あそこでは英雄でもなんでもなかった。

それどころか、厄介者、他人の平穏な日々を乱す者と見られた」[22]
そんな彼らにとってガーヴィは別世界だった。ここではほとんど全員が熱心な脱走者であり、まだ脱走を試みていない者は奇襲部隊員か、繰り返し反抗的態度を見せた「危険人物《ペリコロージ》」だった。ここの捕虜たちには目的と闘志があり、それが彼らを結束させただけでなく、怠惰と虚しさという捕虜の最大の敵を克服するのに役立った。誰もがそれを感じとっていた。皆、自信に溢れ、前向きだった。やる気は伝染する。ガーヴィにいたことがある捕虜は皆、戦争中に過ごした収容所でガーヴィがいちばんよかったと口をそろえて言う。

ポッピの収容所でダン・リディフォードと「法学部」に所属し、脱走を経験したコリン・アームストロング大尉は、ガーヴィに来てすぐに察した。「ここ第五捕虜収容所の雰囲気は違っていた。看守のほうに分があるとわかっていても、我々はある程度は彼らを出し抜き、正しいことを行い、自分たちの階級に相応しい行動を取り、たとえ今後、脱走に失敗したとしても、戦争が終わって解放されれば友人や家族に『我々は脱走した』と誇れるのだと、そんな雰囲気だった」[23]。ガーヴィの捕虜たちは共通の信念のもとに「結束していた」[24]だけでなく、特別に選ばれた者ばかりであり、「ここに収容されているおかげで、おそらくイタリアの戦争捕虜のなかでも最も士気が高く、優秀だった。たしかに、この要塞が脱走不可能とされている点は重くのしかかっていたが、その点を除き、ほとんどの収容者は、聞いた限りどの収容所よりもここのほうがいいという意見で一致していた」[25]

マイケル・ポープも同様に述べている。「あの収容所の雰囲気は、私が経験したどの収容所よりもよかった――それは我々が始終、難題に直面していたせいかもしれない。いずれにしても、我々は自分たちのやりたいことをよく理解していた。それはできるだけ厄介な存在になることだった。住環境はひどかったが、私が過ごしたなかでは最高の収容所だった」[26]

ダン・リディフォードは、この収容所が「どことなく明るい雰囲気」[27]で、誰も深刻になりすぎず、脱走については、気楽に軽口を叩くように話したと語っている。「それが士気を高く保つ秘訣だった。誰も自己憐憫に浸らず、意識的に大胆に振る舞うことで、大げさなくらい楽天的になった」[28]。アームストロング同様、創意工夫と脱走を最も重視するという共通の価値観が収容所をひとつにまとめたとリディフォードも考えていた。「この収容所には、快く他人を優先する独特の素晴らしい団結心が生まれていたが、それでも本来、個人行動である脱走は常に肯定的に受け止められた。別の職業では、異なる価値観も尊重されるが、第五収容所では、人物の評価には脱走者としての評判が最も重視され、通常の規準は完全に脇へ追いやられていた」[29]

アレスターが自分の同房者について語った自己犠牲と思いやりは、彼の集団に限られたものではなかった。ガーヴィでは驚異的な化学反応が起こり、収容所の全員に影響を与えた。戦争捕虜になると、たいていは孤独になり、士気を失うものだが、ガーヴィにはそのような気分を楽観と目的意識に変える雰囲気があった。苛酷な環境で、下劣で暴力的な警備兵がいて、他の多くの収容所にはあった劇場や図書館や適切な広さの運動場といった娯楽設備もなかったが、ガーヴィは、尊厳を——たとえ失っていたとしても——たちまち取り戻せる前向きな環境だった。ジョージ・ミラーは次のように認めている。「本当なら、最悪の場所のはずだ……それなのに、あそこは最高の場所だった」[30]。以前、闇取引で稼いでいたことを責められたミラーだが、彼はここで更正した。

パドゥーラでは闇取引を行い、捕虜仲間に対して罪を犯すのも平気だったが、ガーヴィではそんなことをするなら餓死したほうがましだと思った。あそこには腐敗はなかった。下級の将校たちは上級の将校たちに守られていた。皆が気安く平等で、誰もが公正な態度で、それが最悪の監禁状態を埋め合わせた。収容所の環境はパドゥーラと比べるとはるかに苛酷だったが、私が着いてすぐに気づいたのは、ここの将校たちのほうが身なりをきちんと整え、清潔で、背筋もしゃんと伸びている、ということだった。彼らは前の所より、自尊心をもっていた。彼らはひとつにまとまっていた……

ガーヴィの生活の厳しさが皆をひとつにまとめ、その仲間意識の結束力は非常に強く、言葉には言い表せない。私はあそこで捕虜生活を送ったことを誇りに思っている。[31]

まるで愛する母校を振り返るようなこれらの語り口は、別のもっと有名な捕虜収容所、コルディッツを思い出させる。同様に脱走不可能と言われたコルディッツも世紀の変わり目に建てられた城の中にあり、ドイツの懲罰収容所として、脱走を繰り返す捕虜や、その他の手に負えない捕虜を収容するために設けられた。ただ、わずか一六ヶ月で閉鎖されたガーヴィとは違い、コルディッツは戦争の始めから終わりまで存続した。さらに収容人数も多く、一度に七〇〇名まで収容することができた。ガーヴィのように捕虜同士が親密でもなく、同国人でもなく、イギリス人、フランス人、ベルギー人、オランダ人、ポーランド人の大集団がそれぞれ別の棟に分かれて収容されていた。まだ見つかっていない部屋や通路が無数にあるコルディッツのほうが脱走の機会は多く、戦争が終わるまでに、そのほとんどがうまく利用された。ある人の計算によれば、一七〇回以上の脱走が試みられ、少なくとも三二人が無事に帰還したという。[32]

このような違いがあるにしても、ふたつの収容所には似たような気風があった。両方を経験したふたりの捕虜のうちのひとり、ジャック・プリングルは次のように記している。「両者の第一の類似点は、まれに見る士気の高さにある。この士気は将校たちの度量からきていた――全員が大胆不敵な性格と、楽観的な積極性をもっていた」[33]。だが、常に仲間の声援を受けながら看守の先手を取っていた、堪え性のない、機知に富んだ脱走者のモデルを提供したのはコルディッツのほうだった。そして、邪悪で脱出不可能の施設の代名詞としてイギリスの用語集に登場したのも、この収容所だった。このイメージがすっかり定着してしまったため、歴史家のS・P・マッケンジーは、多くの捕虜が直面した退屈の極みと日毎の苦難を、次々に冒険に乗り出す気楽で無謀な脱走者の集団に取り替えることで、戦争捕虜の体験の実像をゆがめてはいないか、と疑問を呈した。

これを「コルディッツ神話」[34]と名付けたマッケンジーは、このイメージを生み出した細かな事業について調べた。コルディッツについては関連本が一〇〇冊近く出版され、商業映画や人気のテレビシリーズ、無数のドキュメンタリーが制作されただけでなく、ボードゲームや飛行機のプラモデルまで発売され、ついには新しくユースホステルがオープンし、宿泊も可能になった。「コルディッツ神話」が、ほとんどの戦争捕虜の少しも魅力的ではない経験を覆い隠していようがいまいが、両方の収容所で独特の連帯感や反抗精神が生まれたのは間違いない。両方ともできるだけ脱走を困難にするために設立された収容所だが、ふたつのうちガーヴィのほうが難しかったと誰もが異口同音に語る。両方を知るプリングルは、ガーヴィでは「脱走は不可能だった。我々は事実上、出口のない石の箱のなかにいたのだ」と語っている。[35] コルディッツを見たことがないアレスターも同意見だ。

ガーヴィには脱走する気を起こさせる隙はまったくなかった。おそらく、ありふれたルートは先の戦争中にすべて試されていた。隙間なく有刺鉄線が張りめぐらされ、要所には警衛所を設けてしっかり固めてあった。屋外では、死角が二カ所だけあった。ひとつは上の中庭の小さな三角形の空間、そして、もうひとつは傾斜路の上側のトンネルだ。そこにいれば、どの警衛所からも見えない。我々は外側の壁には近づくことも許されなかった。偵察しようにも外側の壁はほとんど見えない。夜、我々は下の収容棟に鍵をかけて閉じ込められたが、上の収容棟にいる者は個々の部屋に鍵をかけて閉じ込められた。憲兵の巡回では絶えず建物が調べられ、夜は懐中電灯を使って従兵が銘々のベッドを二度調べた。投光器はエリア全体をカバーし、およそ二〇〇名の警備兵、三〇名の憲兵と二〇名あまりの将校が、一七〇名の士官と、五〇名の下士官および兵卒を見張っていた。それでも脱走は試みられた。

第四章 トンネル作戦の仲間たち

それはある種の挑発だった。ガーヴィは脱走不可能な収容所であると言われれば言われるほど、捕虜たちの創造力と闘志はかき立てられた。まだ見つかっていない抜け穴や秘密の通路、ふさがれた壁がどこかにあり、そこから抜け出せるはずだと誰もが信じた。なんといっても、ここは一七世紀の要塞のなかに建てられた築一〇〇〇年の城郭だ。捕虜のなかに何人かいた工兵たちは石とモルタルの層の下がどうなっているか想像し、そこに配管や排水溝の迷路が広がっている様を思い描いた。もちろん、ひとりかふたりの例外を除いて彼らは城で育ったわけではないが、ヨーロッパ人であることに変わりはなく、増改築を重ねた古い建物の構造が想像を超えていることはよく知っていた。脱走にはいろいろなやり方があり、地下トンネルを使うのもひとつの方法だ。ほかには、越えるとか、通り抜けるというのもあった。

レックス・レイノルズは堂々と正面ゲートを歩いて通過し、石の詰まった袋に化けるという、彼独特の突飛な方法を採用した。別のふたりの南アフリカ人、ピーター・グリフィスとフランク・フロークはイタリア兵の格好をしてふたつのゲートを通り抜けるのに成功したが、最後の三番目のゲートでとめられた。それより有望と思われたのは、第二ベンガル槍騎兵隊の〝ボギ〟・ハウソン大尉の試みだ。彼は頭頂部の毛髪を丸く剃り落とし、染めた毛布をまとって修道士に化けた。

すました顔で進んでいくと門番は何も言わずに彼を通した。だが、門の外で若い兵士が深刻な顔をして彼に近づき、信仰について真面目な質問をした。残念ながら、ボギはひとこともイタリア語が話せなかったので、そこでおしまいになった。

他人になりすまして通り抜けるなら、現地語が役立つのはもちろんのこと、堪能であればなおさら有利になる。オーブリー・ホイットビーがよい例だ。彼はピサに近いエトルスカン海岸の屋敷で育った。彼の父はイギリスの大手軍事企業〈ヴィーカーズ〉の子会社、〈ホワイトヘッド魚雷〉のイタリア工場に勤め、そこで知り合ったイタリア人女性と結婚した。夫婦は五人の子供を育てたが、教育のためにイギリスに送られたのはオーブリーともうひとりだけだった。戦争が始まると、オーブリーはイギリス陸軍砲兵連隊に入ったが、弟のリカルドはイタリア海軍に入隊した。トブルクで捕虜となり、まもなくキエーティに収容された彼はさっそく語学力を役立てた。何人かの俳優に手伝ってもらい、バルボ風の髭とイタリアの軍服を整え、どこから見ても収容所通訳らしい人物に変装した。そして、従兵の軍服を着たふたりの仲間を従え、雑談しながら偉そうに正面ゲートを歩いて通過した。「従兵」のほうはまったくイタリア語がわからなかったが、ただうなずきながら彼についていった。収容所を出たあと彼らは海岸まで行き、五日後、ユーゴスラヴィアへ渡るために船を盗もうとしていたところを逮捕された。三人ともガーヴィ送りになり、オーブリーはまもなくイタリア海軍将校の訪問を受ける。弟だった。

収容所の警備兵や通訳、聖職者になりすますよりも危険なのが、壁や鉄条網を越える方法だ。隅々までカバーする監視塔や投光器からは逃れようがなく、いつ撃たれてもおかしくない。戦争中のとりわけ劇的な脱走のいくつかがこの方法だったのは当然だろう。コルディッツから脱走したピエール・メレス＝ルブランは、投石機《カタパルト》の要領で、仲間の組んだ両手に足を乗せて放り投げてもらい、鉄条網を越えた。[1] ギリシアでは別の捕虜が手製のポールを使って飛び越えた。[2] ドイツのヴァールブルクの第六B将校捕虜収容所では、それより大がかりな脱走が行われた。[3] 電気を遮断して照明を消し、特製の梯子を使って捕虜が一斉に柵を越えた。四一人が脱走し、そのうち三人が国にたどり着いた。マイケル・ポープもスルモーナで梯子を使ったが、彼が越えたのは有刺鉄線だった。これらと比べるとガーヴィは難しい。垂直に切り立った石の城壁は高さが三〇メートル以上あり、そもそも捕虜たちは近寄ることさえできないのだ。アレスターが記していたように、外側の壁がどうなっているかは調べようがなかった。たまに外の散歩に出られたときでも、監視兵らが要塞の裏側を見せまいと警戒を怠らなかったので、苛立ちが募るばかりだった。

このような状況だったがアレスターは、ひとつの脱出ルートを見つけた。収容棟の屋根から西側の城壁に移り、そこから一五メートル下の小さなテラスに降り、ロープを使って胸壁を越えれば、そこは要塞の外だ。容易《たやす》くはないが、不可能ではない。監視塔と投光器がこのルート全体をカバーしているので、脱走する者は最初から最後まで無防備になる。「この計画を実行するグループは猫のようにひそやかに、敏捷に動けなければならない。聞くところによると、脱走するイギリス人将校を撃った者には二〇〇〇リラの賞与と一ヶ月の休暇が与えられるらしいので、これは命がけの勝負になる」。残念ながら、彼とは別に三人の将校が同じ方法を思いつき、これは自分たちが先に考えたものだと主張した。彼らはアレスターを仲間に入れるかどうか相談し、四人もいたら危険が倍増すると言って断った。

その三人のなかに、ニュージェント・カーンズという若い陸軍中尉がいた。優れた芸術家で、ポペットのように手先が器用だった。当然、ロープを作ると買って出たのはカーンズだった。ロープ造りに着手したばかりの時期、彼は彫像を作るのに最適なソープストーンを掘り出していたところを警備兵に見とがめられた。脱走とはまったく関係ないものだが、イタリア兵は不審に思い、彼の所持品を検査した。そして、長さ二〇センチほどのロープを見つけた。古いシーツを割いて作った試作品だった。ほとんどなんの役にも立たないが、イタリア人が警戒し、カーンズがレーダーに引っ掛かるのには充分だった。

準備は続けられ、それが整うと、三人は嵐の晩を待った。雨で視界が悪くなるし、警備兵も屋内に引っ込んでいるはずだ。彼らは二度、試みた。二回目は暴風雨の夜で、橋も流され、道路も浸水した。投光器も使えなくなったため、イタリア人は警備を二倍に増やした。いっぽう、カーンズと彼の仲間はテラスに釘付けになり、夜通し雨にうたれ、凍えながら待った。夜が明ける前、三人は冷え切ってほとんど硬直した身体で帰ってきた。なんとか戻れたのはよかったが、ロープは置いてきてしまった。歩哨がそれを発見し、前に見つけた二〇センチのロープ以外の証拠もないのに、カーンズを逮捕した。彼は懲罰房に入れられ、イタリア人が計算したところ、ロープを作るのに五枚のシーツが使われたと見なされ、それに相当する二五〇〇リラを罰金として科された。法外な金額だったし、その後の軍法会議もとんでもないものだった。彼はトリノに連行され、そこで軍の備品を破壊した罪に問われた。最終的に彼は独房で三ヶ月近く過ごした。罰金については、捕虜たちが募金をしてまかなった。

脱走を試みる者は誰でも、前もって委員会の承認を得る必要があった。当時、たいていの収容所には脱走委員会があり、組織の構成は収容所ごとに多少違っていたが、その役割はだいたい似ていた。委員会はアイデアや計画を吟味する情報センターだった。持ちこまれた計画が無謀すぎるとか、危険すぎると判断されると、委員会が実行を禁じることもあった。あるいは、別の脱走計画があって決行の日が間近に迫っているときは、委員会が新規の提案者にしばらく待てと言うこともあった。誰かが脱走すれば必然的に監視が強まり、報復行為も増すので調整は必要だった。もちろん、脱走委員会は成功のチャンスを増やす提案もした。ときには、脱走するグループの人選に介入し、戦場で求められている人材を優先するよう説得した。このように、委員会は計画を受け付ける特許事務所の役割を務め、交通整理もしたが、その主な仕事は成功の確率を最大限にするために必要な物品集めを手助けすることだった。委員会は、必要なときに必要な情報が引き出せる知識の宝庫でもあった。さらには、偽造の身分証や通行証、地図、コンパス、列車の時刻表だけでなく、食糧や現金までも用意し、外部に支援者がいればその連絡先を教えた。

ドイツ空軍が管理していた第三空軍基幹収容所など、大規模な収容所では、脱走委員会は複数の部門に分かれ、その分野の専門家が携わった。だが、ガーヴィのようなそれより小さな収容所では、その必要はなかった。ここでは、軍種ごとの代表が委員会を形成し、脱走計画はまず同じ軍種の将校に提出した。たとえば、ニュージェント・カーンズは、王立ウェールズ・フュージリア連隊のタグ・プリチャード陸軍少佐に話し、それを少佐が委員会の他のメンバーに提案するといった具合だ。あるいは、ポペットは計画を思いついたら、空軍のブルーノ・ブラウン中佐に話した。

委員の三人は全員、上級将校で、もとは礼拝堂があった一角に設けられた部屋に暮らしていた。一九世紀末、ガーヴィがまだ一般の監獄だった頃、看守やその他の職員の事務室や宿舎として改装された部屋だった。それらの部屋はガーヴィの中でも最も近代的で、板張りの天井は高く、眺望は素晴らしく、湿気もなく通風が確保されていた。実際、かなり快適であると見なされていた。中庭を挟んで向かい側の、それより快適ではない部屋に暮らしていたコリン・アームストロングは次のように記している。「収容所の中でジュネーヴ条約に則していると思われるのはそれらの部屋だけで、そこに住めるのは全収容者一七六名のうち、三〇数名の将校に限られ、彼らが満足していたとしてもそれがおよぼす影響は非常に小さかった。あそこは、収容所のほかの部屋がどんなに不潔で不健康な穴蔵か、あらためて思い知らせる存在でしかなかった」[4]
いくつかある続き部屋はすべて上級将校専用だった。それらの部屋は、上の区画の南の端にあり、外壁は下の岩場まで三〇メートル以上垂直に切り立っていた。収容所で鉄格子がはまっていない窓はここだけだった。椅子に座って、遮るものもなく壮大なアペニン山脈を眺めていれば、収容所にいることを一時でも忘れられたかもしれない。だが、そんな忘却は長続きせず、ジョージ・クリフトンは眼下の傾斜した小さな屋根を眺めているときに、ある計画を思いついた。

クリフトンは収容所の上級将校で、第六歩兵旅団を指揮していたニュージーランド出身の准将だった。エル・アラメイン近くで捕虜となったが、すぐに脱走し、砂漠を六日間歩いたあと、捜索に出ていたドイツ兵の集団に捕まった。この彼の行動にはロンメルも感心し、彼がイタリアに送られる前にわざわざ言葉を交わしたくらいだ。四五歳のクリフトンは収容所の最年長でもあり、二十代半ばの多くの捕虜から見れば相当な老人だった。とはいえ、誰も彼の度胸を疑わなかった。彼はすでに胸にみっしりと勲章をつけていたし、最初のは、一九二〇年にアフガニスタン国境近くのワジーリスターンでの軍功により獲得したものだ。これまでに何回か脱走し、直近の脱走ではヴィアーノで窓から出て、はるばるスイス国境までたどりついた。ジョージ・ミラーは、クリフトンについて不遜にも次のように描写している。「禿頭の赤ら顔の男。筋肉隆々の背中はそばかすだらけで、忘れな草色の青い瞳は悪魔のきらめきを放つ。用心よりも突進を好む」[5]。たしかに、今回、彼が思いついた脱走は、無謀とは言えないまでも、かなりぞっとする危険なものだった。

クリフトンがケン・フレイザーと共同で使っていた部屋は、上の区画の出入り口と、そこから延びる石畳の傾斜路のあいだにある古い鐘楼に面していた。鐘楼の小さな傾斜屋根に移ることができたら、中庭と同じ長さの、そこよりはるかに広い屋根にあがって、さらにそこから収容所の西の端の胸壁に移って降りられる。窓の大きな鎧戸《よろいど》を開け放つと、鐘楼の屋根の縁に届きそうだ。梯子代わりの鎧戸にしがみつき、真下に広がる深淵の上をブランコのように反動をつけて揺らせば、屋根に移れるはずだとクリフトンは考えた。もちろん、まだ確かめたいことはいくつもあった。要塞のその部分はまだ誰も見たことがないし、外側の壁の高さは誰も知らない。屋根から降りる前に、鉄条網や投光器をかいくぐらなければならない。だが、脱走委員会はこれを承認し、必要なものをそろえるのを手伝ったが、それには未知の降下に必要な、長さ三五メートルのロープも含まれていた。

クリフトンは、視界が悪くて発見されにくくなる濃霧の夜を待った。それは一九四三年四月末に訪れた。彼は窓を開け、左側の鎧戸を押し開けて監視兵の視界を遮り、それから慎重にもう片方の鎧戸にしがみついた。そこらじゅうにある投光器の光線が霧の中でいっそう明るく見えた。そして、ケン・フレイザーが鎧戸を押す寸前に、いつもの控えめな調子で尋ねた。「いまより少しは暗い昼間まで待ったほうがよくないかな?」。だが、彼は鎧戸にしがみついたまま続行し、鐘楼の屋根にあがった。そこから上のもっと大きな屋根に移ったとき、いきなり銃弾が飛んできた。発覚した原因は、彼が大荷物を背負って屋根にあがったときに大きな音を立てたからだという者もいれば、部屋を出た時点でもう投光器にとらえられていたという者もいる。

収容所は突然、侵略に遭ったような大騒ぎになった。警備兵たちが狂ったように発砲するなか、収容所の通訳、マッフェイ軍曹は「殺せ、やつを殺せ、拳銃で撃て」[6]と怒鳴りながら走りまわっていた。クリフトンは傍らをかすめる弾丸を避け、屋根の小さな凹《くぼ》みに身を隠した。その頃、肋骨を二本折って入院していたアレスターは、すべてを見渡せる位置にいて、クリフトンが「すべての投光器の光線を一身に浴びながら、煙突の陰に平然と座っていた」のを憶えている。実際、最も緊張していたのは、反対側の、弾が飛んでくる位置にいた警備兵だった。殺されると思ったその兵士は撃つなと何度も大声で叫んだ。それから、哀れな兵卒がむりやり屋根にのぼらされ、ようやくクリフトンを捕まえた。そのとき銃剣でついたという説もある。兵卒は怯えていた——それが普通だ。暗いし、霧のせいで屋根のタイルは滑りやすい。ふとした拍子に三〇メートル下に落ちたらおそらく命はない。それだけでなく、決死の覚悟のイギリス人がいる。つかみかかってきて屋根から落とされはしないか？　クリフトンはこの兵卒がひどく緊張しているのに気づき、撃たれるのではないかと本気で心配した。そこで、彼は呼びかけた。「『フェリティ！』『負傷している！』——それが相手に撃たない勇気を与えた。同様におっかなびっくりだった我らは、非常にぎこちなく屋根を滑り降り、窓から這うようにして戻ったときは疲れ切っていた」[7]。クリフトンは堂々と独房まで歩いて行き、そこに三〇日間入った。戻ってきた彼が見たのは、懲罰よりも打撃を受ける変貌だった。窓には新しく鉄格子がはめられ、素晴らしい眺望が台無しになっていたのだ。

クリフトンの脱走はアレスターの好みに合い、もし機会があれば、自分でも試したくなる類いのものだった。彼は高所恐怖症でもないし、「乗り越える」のはまさに彼の好きなやり方だった。すでにカステルヴェトラーノで教会の壁を乗り越えたし、パドゥーラでも二度試みていた。最初に収容されたリビアでは鉄条網の下を這い進み、列車で移動中に二度逃亡を試みていた。彼があまり好きではないのはトンネルだった。完成までに延々と計算を繰り返し、不器用な手や不充分な道具で何ヶ月も土を引っ掻き続けなければならない。「この脱走方法のあらゆる面が、なりすましや変装、敵の警備の隙を突くといった私の得意とする手法とは正反対だった。だが、ガーヴィではこれらの手はすべて試し済みだった」

したがって、トンネル掘りがガーヴィの主要産業になったのはそれほど意外ではない。もちろん、多くの収容所でトンネル掘削は好まれ、完成に必要な途方もない労働を数百人の捕虜が分担し、土を掘る、牽制行動を起こす、見張り役を務める、土砂を捨てるほか、様々なかたちで貢献した。だが、ガーヴィは特別だった。ここは、これ以外の方法を思いつくのは不可能だった。ガーヴィの秘密を解く鍵は、地下の歴史の謎の奥深くに隠されていた。小屋式の収容所でトンネルを掘るには、収容棟の下の地面を掘っていけばよかったが、ガーヴィでは事情が違い、それよりはるかに複雑だった。ここでのトンネル掘りは地下探査に近く、土の層に達するまで石油掘削と同じように縦坑《シャフト》を掘る必要があった。要塞はその一〇〇〇年の歴史を経るあいだに幾層にも積み重なり、いまの警備兵たちさえ知らない無数の部屋や通路を内部に抱えていた。トンネル掘りは、それらの隠れたルートになんとか到達したいと願うことから始まった。たとえ掘り始めても、到達できる保証はない。コリン・アームストロングが述べたように「いくつかのトンネルは最初の目標には到達したが、掘り進めると地下牢などの行き止まりにぶち当たり、放棄するしかなかった」[8]。それでも、どこかに「夢の脱出ルート」[9]があると誰もが信じて探査は続けられた。要塞からガーヴィ村まで通じている秘密の通路が絶対にあるはずだと。中世の城は包囲が破られそうになり、これ以上持ち堪えられないとなったとき、城主やその家族を安全に逃すために、たいていはそのようなトンネルがあらかじめ設けられていた。

ガーヴィが蜂の巣のように活気づくまでにあまり時間はかからなかった。城のあちこちを探りながら、トンネルが掘り進められていった。オーブリー・ホイットビーひとりだけでも、三本のトンネル掘りに加わった。最初の脱走計画もトンネルを使ったもので、第一陣の捕虜たちが到着して数週間のうちに作業が開始されていた。それは、下の区画で同室だった四人の軍曹のひとり、ジャック・マントルが始めたものだった。四人は「その他の階級」〔準下士官、下士官および兵卒〕――収容所の将校の世話係を命じられた兵卒や伍長――のまとめ役だった。イギリス陸軍では通常、従卒《バットマン》が将校の世話をした。しかし、彼らは戦闘員として徴兵された兵士であり、従兵のように靴を磨く、ベッドを整える、水をもってくるなどの仕事をするためではない。それに、執事の経験があってガーヴィにいるのではなく、自分たちが仕える将校と同じく、脱走の前科があってそこにいたのだ。将校の多くが、そのことで気まずい思いをしていた。いまやほとんど用事もないのに、なぜそのような世話係が必要なのかと。下僕という新たな役割を押しつけられた下士官のほうも気分が悪かった。コルディッツではその不満が高まり、従兵がストライキを宣言するに至った。しかしながら、ガーヴィではジョージ・クリフトンの言葉で言い換えると、皆が「集団で働き、集団で動く」[10]気持ちを共有し、全体に行き渡っていたようだ。それよりも重要なのは、彼らが脱走の努力を続けたことだ。

ジャック・マントルの案は、排水溝に到達するまでトンネルを掘り、そこから出口を見つけるというものだった。イタリア兵は、トンネルがあまり掘り進まないうちにそれを発見し、初めて脱走の企てを見つけたショックか、あるいは張本人が将校ではなく軍曹だったからか、その報復はいつになく暴力的だった。モスカテッリが狂ったように罵詈雑言《ばりぞうごん》をわめき立てるなか、マントルは懲罰房に引きずられていった。そこで鉄棒に鎖で繋がれ、木の杖で打たれた。それを行ったのは、ずんぐりした体格のマッツァという憲兵の軍曹で、まもなくガーヴィでもとりわけ憎悪される人物となった。中年で、赤みがかった髪と同色の口髭をたくわえたマッツァは、ガーヴィに近い町の出身だった。この男もまた熱烈なファシスト党員だ。ただし、アレスターから見れば、ただの加虐嗜好のサイコパスだった。

彼は残虐で威張り腐っていて横柄な、じつに看守らしい看守だった。捕虜に対する彼の態度は、ガーヴィは捕虜収容所ではなく刑務所である、ここの囚人は繰り返し脱走を試みた結果、捕虜の権利を剝奪されている、というものだった。マッツァは上官から暴力を奨励されていたとはいえ、彼はその指示を越え、罰を与えることに快感を得ていた。その後、もっと穏健なイタリア人将校がいい加減にしろと彼をいさめるほどだった……正常な人間で彼のように振る舞う者はいないだろう。[11]

ジャック・マントルはどうなったかというと、三日間、血を流しつつ、鎖に繫がれた状態で放置され、その後、二七日間を独房で過ごした。もちろん、独房に入れられた捕虜が皆、脱走をやめるわけではない。クリフトンは屋根の上で恐ろしい経験をしたが、そのあと独房の大きな扉の蝶番を外す方法を見つけた。とっさに思いついたその計画は、空襲で収容所の照明が切られる時を待って行うというものだった。その時が来たら、ふたつの中庭のあいだの、壁から地面まで四、五メートル程度だと見当をつけた位置まで行く。彼の独房に密かにロープが運び込まれ、クリフトンは次の連合国軍の空襲を座して待った。だが、一六日間待っても空襲はなく、それまでに彼の刑期は終わってしまった。独房からの脱走が難しいのはこれがあるからだ——刑期が終わってそこを出るまでの時間が限られている。

この点を痛感させられた捕虜がジェイムズ・クレイグだ。ニュージーランド歩兵連隊のクレイグ大尉がたどったガーヴィまでの道のりは、誰よりも遠まわりだった。身長一八〇センチ近く、がっしりした体つきのクレイグは、ボートとラグビーの優秀な選手だった。会計士になる勉強もしていたが、数年後の彼を考えると、畑違いだったように思える。だが、彼の世代のおおぜいの若者と同じく、戦争がクレイグを変え、彼の「止むことのない行動力」が役に立つときがきた。彼は、ドイツ軍の数千のパラシュート部隊がクレタ島を制圧した一九四一年五月の戦闘で捕虜となった。このとき一万七〇〇〇を超える連合国軍兵士が捕虜となり、そのうち二一八〇人がニュージーランド人[12]で、戦争中の戦闘では最多だった。アテネ近くのニカイアに送られ、そこの収容所から最初の脱走を試み、鉄条網をくぐってから壁を越えた。そこで待っていた収容所のゴミ収集人の手引きで速やかに隠れ家《セーフハウス》に行き、着替えと偽造身分証をもらった。その後、クレイグは船を調達し、五人の脱走者とともにエジプトにたどりついた。彼は戦功十字勲章を授与され、軍情報部第九課《ＭＩ９》に入らないかと誘われた。ＭＩ９は、脱走者、潜入者、レジスタンスなど、誰であろうが敵地にいる戦力と共闘するために設立された部署だ。

　数週間後、クレイグはギリシアに戻り、脱走した捕虜たちの帰国を助ける活動をしていた。二ヶ月後、彼とほかに二三人が、救出に来るはずの潜水艦を待っていたところ、再び捕まった。手荒な扱いを受け、疥癬《かいせん》に罹り、いくつもの不潔な収容所を経てからパドゥーラに着いた。それまでにクレイグは中東と地中海全域での脱走と侵攻を支援するＭＩ９の特殊部隊、「Ａ」隊に属していた。したがって、ハースト＝ブラウンのトンネルが一九四二年九月に完成したとき、それを使って脱走する精鋭集団には当然、クレイグも含まれた。もうひとりの「Ａ」隊のメンバーとともに、彼はアドリア海を目指した。ユーゴスラヴィアに渡り、それから南のアテネに戻る計画だった。だが、逃亡して八日後、丘の道を曲がったところで二人組の憲兵に捕まった。

ジム・クレイグがガーヴィに行くのは避けがたいように思えるとしたら、彼はまさにいま、その道を進んでいた。さらにそこに着いたら着いたで、独房で過ごすことも避けられないのだった。彼がなぜ三〇日の懲罰を受けることになったのか、誰も憶えていないが、おそらく些細な違反行為に違いなく、しかもそこに入った途端、彼はさっそく仕事に取りかかった。まず古い煙突を壊して中にもぐり、封鎖されていた通路に入った。さらにそこから、厚さ四メートルはある外壁に向かってトンネルを掘り始めた。作業は難航し、間の悪いことに、モスカテッリが彼の刑期を三日間短縮したことがわかった。彼はベッドの下にあるトンネルの入り口を急いでふさぎ、じきに独房に戻ってくるつもりだった。それが、予想に反してなかなか難しかった。


彼はむやみやたらに言いがかりをつけ、警備兵を侮辱し、突飛な行動をとった。それでもうまくいかないとなると、泥酔したふりをして暴れ、捕虜たちが上の区画へ戻るのを遅らせた。「ああ、またクレイグ大尉がやっちまったか」と皆、思ったに違いない。いずれにしても、それで彼が得たのは「たったの五日間」[13]で、トンネルを完成するには全然足りない。彼は再び独房に戻って来ようとしていたが、そうなる前に、誰かが入り口を見つけ、トンネルが発見されてしまった。

それでもめげなかったクレイグは、次の企てのために、ジョージ・ミラーとほか四人を仲間に引き入れた。通気口を通って、第一次世界大戦中、オーストリアの四人を閉じ込めていた地下牢が並ぶエリアに入り、村から最も遠い側でトンネルを掘り始めた。そちら側はまだ誰も試したことがなかった。そこを掘って行けば秘密の通路につき当たり、それはオズと我が家に抜けられる黄色いレンガ道になるはずだと彼らは信じていた。

だが、最も重要なトンネルは上の区画から掘り始めたものではなかった。それは食堂の真下の、従兵の部屋から掘り始めたものだった。八ヶ月をかけて完成したこのトンネルのせいで、脱走不可能というガーヴィの一〇〇〇年の栄華についに終止符が打たれた。これは、まぎれもなく戦争中の最も素晴らしい偉業に数えられるだろう。ジョージ・ミラーは「収容所脱走の歴史で、これは最大級の見事な業績である」[14]と主張している。実際、クリフトンにとってはただのひとつの「脱走」[15]だった。ともあれ、数名がこれは自分のトンネルだと主張したのも不思議ではない。確実にわかっていることは、この通称「貯水槽トンネル」が、偶然に発見されたことだ。

三段ベッドの上段で寝ていたヘドリーという名の騎兵が、寝返りを打った拍子に壁に頭をぶつけた。驚いたことに、空洞のような音がした。彼は下の段にいた友人の海軍下士官マクレイに知らせ、ふたりで調べてみることにした。壁に頭がぎりぎり通るくらいの穴を開けた。頭を突っ込んでみると、なかは暗く、深い縦坑《シャフト》になっているようだった。石を落とすと、数秒後、ずっと下のほうで水の音がした。水のたまった地下牢だろうか？　あるいは、それより大きな貯水槽かもしれないし、もしかしたら城の外に通じる地下の川の可能性もある。いずれにせよ、彼らはこれが大発見だと確信した。ふたりはイタリア兵に見つからないように用心して高いところに開けた穴を急いでふさいだ。もっとも、イタリア人は兵卒の部屋を見まわるときは、いつもおざなりだった。

それからどうなったかについては、正直よくわからない。ヘドリーはジャック・プリングルと同じ第八軽騎兵連隊所属だった。いっぽう、マクレイは艦隊航空隊所属で、ピーター・メッドの乗員のひとりとして、彼の飛行機が一九四〇年にトブルク近くで撃墜されたときも同乗していた。彼らの部屋はジャックとピーターがアレスターと共同で使っている部屋の反対側にあった。ジャックによれば、ヘドリーがまず彼に知らせにきて、話を聞いた彼が最初にシャフトを調べ、トンネル掘りが始まった。クリフトンによると、ヘドリーとマクレイは直接、脱走委員会に報告しに行き、委員会がジャックとアレスターを含めた六人のチームをつくったという。ところが、アレスターの記憶ではそうではなく、兵卒たちはまずふたりの南アフリカ人、バック・パームとボブ・パターソンに相談し、そのふたりがアレン・ポールとチャールズ（チャズ）・ウースを仲間に引き入れたと語っている。また、最初にシャフトに降りたのはバック・パームであり、脱出ルートを実際に発見したのは自分だとパームが主張していたとアレスターは記憶している。これらのいくつかが真実ではないにしても、貯水槽トンネルの真のリーダーがラルフ・バックリー・パーム大尉であったことは間違いない。

彼は本名をリーファス・ポーレムといったが、偏見と虐待に満ちたアフリカーナーの過去を嫌い、名前を英語化した。彼は九人きょうだいの末っ子で、トランスヴァール中部の農場で育った。イギリス人の母のアン・バックリーは彼が幼い頃に亡くなり、彼は兄姉と厳格な父に育てられた。子供たちは皆、父を嫌っていた。きょうだいはひとりずつ農場を去っていったが、そのほとんどは夜中にこっそり出ていき、最後には、バックとアフリカ人の母をもつ異母兄のふたりだけが残された。そして、バックも一六歳で家から逃げた。それからの一五年間、彼は職を転々とし、南アフリカじゅうを渡り歩いた。ヨハネスブルク周辺の鉱山でしばらく働いたあと、自分でも金鉱探しをやってみた。狩猟で生計を立て、プロレスラーだった時期もあるが、いつ、どこで、など詳しいことは誰も知らない。やがて、ベチュアナランドに移り、オカヴァンゴ・デルタで姉のひとりと一緒に暮らし、その後、南西アフリカに移り、そこで入植者と結婚した別の姉と一緒に暮らした。戦争が始まったとき、彼はケープタウンのクルーフ通りで自動車修理工場を経営していた。

当時、彼は戦闘機パイロットになりたいと思っていたが、三二歳という年齢では採用されないのがわかっていた。そこで年齢を偽り、一九〇八年生まれではなく、一九一五年生まれと称した。何年か経つうちに、自分でも何年生まれにしたのか忘れ、間違った日付を書いたり、つじつまが合わない年齢を書いたりした。結局、彼は採用され、学歴がないことや筆記試験が不安だったが、試験に合格し、任官して中尉になった。八ヶ月後、彼はリビアと中東の上空をハリケーン戦闘機で飛行していた。彼はパイロットとしても優秀で、夜間飛行中、少なくとも二機の敵機を撃墜している。そして、一九四一年一一月末、アレスターが捕虜になってから数日後、トブルク周辺を機銃掃射中に反撃された。緊急脱出し、敵の銃弾が尻を貫通していたが、砂漠を二日間歩き、その後イタリアの偵察隊に捕まった。一〇ヶ月後にガーヴィに着いたときには、それまでに四本のトンネルを掘っていたが、どれも見つかっていた。

変わり者が集まった収容所でも、バックは変人として群を抜いていた。仲間の多くとはまったく異なった人生を送ってきたし、強いアフリカーナー訛りで語る話に誰もが惹きつけられた。肌身離さず持っているハーモニカで調子をとりながら、それまでに経験したカラハリ砂漠に住むブッシュマンとの暮らし、野生動物の狩猟、その他多くの命がけの冒険など次から次へと話を紡いだ。バックとはこれ以上ないほどかけ離れた育ちのダン・リディフォードは、バックに寄せられた賞賛と尊敬の念をよく表している。

バックは生まれながらの脱走者だ。それは彼の人となりが自然にそうさせるのであるが、しかし、なんという男だろう！……彼は本物の開拓者であり、大英帝国やアメリカ合衆国の延び続けるフロンティアにかつて存在した開拓者の、稀に見る近代的な類型である。彼の会話は――といっても、たいていは独演会になるが――興味深い経験談や鋭い人生訓に満ちあふれ、聴衆を虜にした。[16]

バックの強靱さを示す偉業の数々もまた並はずれており、そのため彼は人間離れしているとの評判を得ていた。身長一八〇センチ、体重八四キロで、ラグビーのフォワードのような太い首と広い肩幅をもち、全身筋肉の塊だった。クリフトンは「ホメロスばりの体軀、ジョニー・ワイズミューラーに並ぶ」[17]と言い、ミラーは「南アフリカのヘラクレス。楽々と素手で人を殺せる」男と評した。[18]収容所で彼のような本物の、何事にも動じない貫禄がある者はほかにいなかった。上半身裸で、下は豹革だったとか下帯だったとか人によって記憶は様々だが、バックは映画のセットから出てきたような格好で闊歩していた。地下でトンネルを掘っていないときは自分で考案したほぼ不可能に思える体操を指導する姿がよく目撃されていた。自身の養生法が最も優れていると信じていたアレスターは、バックが生徒に教える様子を興味を持って観察していた。

バックの凶暴な外見には彼を捕まえる側にさえ恐怖の念を抱かせた。彼は自分の時間のほとんどを身体の鍛練に使っていたが、分厚い胸板、盛り上がった筋肉、波打つ豊かな黒髪を一五センチほどたらし、大きな下帯を着けた姿は『類人猿ターザン』そのものだった。朝七時に下の中庭で彼の身体鍛錬の教室が始まり、彼の非常に荒い鼻息や激しい動きはおおぜいの注目を集め、我々が暴動でも起こすのかと、イタリア人の当番将校や警備兵が見に来た。彼の指導は手加減なしだった。ジャックが毛布の上で腹這いになって弓なりに身体を反らせたところを、バックが片手で彼の膝をつかみ、もう片方の手で彼の胸骨をものすごい力で押さえていたのをよく憶えている。ジャックの茶色の目はスパニエル犬のそれのようにうつろで、すべてを委ねていた。バックが生徒のあいだを進んでいくと、生徒たちはバックの補助を受けまいと必死でそれまでの努力を倍加した。

鉱山の経験、四本のトンネルを掘った実績に加え、危険を顧みず、脱走に非常に熱心で、しかも収容所一の屈強な男であることから、新しいトンネルを掘るリーダーに彼が選ばれたのは当然の成り行きだった。そして、ある朝の点呼後、バックはふたりの仲間とともに例の従兵の部屋に忍び込んだ。ベッドを移動して足場が組まれた。バックが頭の上で両腕を合わせた格好で足場に寝そべり、仲間がそのまま水平に彼を持ち上げて壁の穴からシャフトへ、槍を通すよう押し込んだ。シャフトの内部にはそこを横切るように鉄のバーがはまっていた。彼はそれをつかみ、ぶら下がった。アクロバットのようにぶら下がると、彼の足は二メートル下の別のバーに届いた。その上に立ち、それから慎重に身をかがめ、バーをつかみ、またぶら下がった。そして身体を揺すって壁の狭い棚に移ると、そこは大昔の梯子の最上段だった。梯子は一八メートル下の水中まで延びていて、立つと深さは彼の胸まであった。そこは大きな貯水槽の真ん中だった。

当初の城には貯水槽がふたつあり、両方とも小さいものだったが、安定して水を供給するには充分だった。一七世紀初めにジェノヴァの要塞に作り替えられた際、もっと大きな貯水槽が必要になった。それは、もともと砦《チッタデッラ》と呼ばれていた現在の下の区画の地下に作られた。ふたつの大きな地下蔵がいくつものアーチでつながり、貯水槽の大きさは長さ三六メートル、幅一八メートルで、高さは幅と同じくらいあった。[19] 水は要塞の壁を通過するいくつもの水路から流れ込み、最大二〇〇〇万リットルの水を貯めることができ、長期の籠城にも耐え得る地下貯水池だった。しかし、建設当初の石材は多孔質で水が漏れた。対策として、壁面は一二メートルの高さまで、鉄を入れて焼いた特殊なレンガでおおわれ、さらにその表面に石灰モルタルの層が塗り重ねられた。三〇〇年のうちに、レンガやコンクリートは石のように硬くなり、簡単には貫通できなくなっていた。イタリア人が貯水槽の大きさと位置を知っているのかどうか、バック・パームと彼の仲間たちは知らなかった。ひとつはっきり言えるのは、従兵の部屋の薄い壁の向こうにあるシャフトが脱出に利用できるのかどうかさえ、まだわからないということだった。

バックは壁に沿ってゆっくり歩き、どこかに穴がないか、ていねいに探っていった。真っ暗闇で、空気が澱み、完全に静まりかえったなかでは、カンテラの鈍い明かりが揺らめくこともない。彼の見立てでは、貯水槽は下の中庭の長辺と同じくらいの長さがあると思われ、ということは、ここからトンネルを掘ればガーヴィで多くの脱走の夢をふくらませた「大昔の貯蔵庫や地下牢や通路が集まったところ」に通じる可能性がある。しかも、今回のトンネルには特別な利点があった。彼らがいくら大きな音を立てても、貯水槽の巨大な地下の壁から音が漏れる心配はない。音と同様に重要なのが、トンネル掘削につきものの悩み、つまり掘った土砂をばら撒いて捨てる問題だ。それが、ここでは石も土もただ水中に投棄すればいい。そして、最後に、トンネルの入り口そのものだ。確かに、いつ見つかるかわからないが、イタリア兵は従兵にはあまり注意を払わないし、そうなった場合でも、トンネルの入り口はないかと壁の上のほうを探すことはないだろうし、すでにそこは視線を一部遮って目立たないようにしてあった。

貯水槽から出るのは入るのよりも難しかったが、逸る気持ちに後押しされたはずだ。バックはガーヴィを脱獄する最も可能性の高い手段を見つけたと確信した。それでも、興奮を押し隠し、何事もなかったかのように「いつもの大股の、傾いた、内股歩き」[20]で自分の部屋に戻った。部屋に入ると、彼はパターソン、ポール、ウースの共謀者を密談のために集め、見てきたことをすべて非常に細かいところまで説明した。彼らは何時間も話し合い、ついにひとつの計画に落ち着いた。トンネルは水面の少し上を起点にし、貯水槽の東側の壁面から掘り進める。多くの捕虜はその方角に、村に通じる秘密の通路があると信じており、トンネルがその通路に行き当たりさえすれば、自由の身になって家に帰れる。作業はふたり一組で行い、ひとりが二時間掘ったら上にあがって休む。シャフトを見つけた従兵のヘドリーとマクレイもチームに加わるため、三交代で一日六時間掘ることができる。だが、地上での仕事に少なくとも、あとふたりは必要だった。防衛と調達、つまりトンネルを守り、隠し通すために万全の対策を講じる仕事、そして偽造書類、衣料品、地図、現金、食糧など、トンネル完成後の脱走に必要なものをかき集める仕事だ。彼らは迷わずアレスターとジャックを選んだ。ふたりともトンネル掘りは得意ではないが、収容所で最も尊敬されている脱走者だった。それにふたりはイタリア語に堪能だし、脱走用に何を準備すればいいか熟知していた。もちろん、ふたりはこのチャンスに飛びついた。

　この南アフリカ人たちは皆、アレスターとジャックの部屋とは通路を隔てた反対側の端の部屋に暮らしていた。部屋の広さは似たようなものだが、見た目は全然違っていた。海軍仲間のピーター・メッドやマイケル・ポープが整理整頓する世界とは違い、バックと彼の仲間は混沌の海に暮らし、服、紙類、赤十字の箱がそこらじゅうに散らばっていた。そして、この雑然とした大きなゴミ溜めの真ん中に鎮座していたのが、ユーゴスラヴィア人将校、スロボダン・ドラシュコヴィッチだ。ベオグラード出身の元教授で、セルビア人のアイデンティティに関する学術書を静かに執筆する姿は、平静と集中のお手本だった。

　合わせて六人いた南アフリカ人は不遜で乱暴で、楽しいことが大好きな連中だった。[21] そのリーダーが、戦闘機パイロット、ボブ・パターソンだ。彼はバックが捕虜となった前日に捕まったが、そのときの状況は全然違った。シディ・レゼグ上空を飛行中、パターソンの隊の一機が撃墜された。そのパイロットはヘンドリク・リーベンベルクという南アフリカの首相、ヤン・スマッツの孫だった。パターソンはすべての命令に背き、彼を救出するためにその横に着陸した。しかし、リーベンベルク、通称リービーは自機から出るのに手間取り、ふたりが離陸できたときはもう遅かった。飛び上がったと思ったらすぐに撃墜され、ふたりとも捕まった。パターソンにとって、このような試みは二度目であり、そのため「収集屋《ピック・アップ》パット」のあだ名がついた。彼の本当の名前は聖人にちなんだスウィザンというのだが、もちろん、そんなことは誰も知らなかったし、本人はこの名前が大嫌いだった。

　背が高く痩せ形で人当たりのよいパターソンは、ケープタウン近郊の兄弟姉妹が一〇人いる大家族で育った。多くの脱走者同様、彼も運動能力に優れ、水泳と短距離離走が得意で、ボクシングのライト級ではいくつものタイトルを獲得した。しかし、職業には経理を選び、戦争が始まったときは銀行に勤めていた。戦闘機パイロットになると、別の、もっと荒々しい彼の一面があらわになった。捕虜としては、まったく手に負えないタイプだった。まだリビアにいるときに二度脱走し、ポッピでも一回脱走した。ガーヴィでは、警備兵や敵の将校をしつこく悩ます「衛兵いじめ」の中心だった。捕虜の多くは敵の兵士をからかうのは、抵抗の一種だと考えていたが、なかには、子供じみた迷惑行為に過ぎないと非難する者もいた。パターソンにとって、それはどれだけ些細なことでも、反撃の一種だった。また、捕虜生活の退屈しのぎにもなった。彼のお気に入りのからかいは、自分の部屋のバルコニーの下を通る警備兵にバケツの水を浴びせることだった。結果はいつも暴力を誘発し、イタリア兵が機関銃を手に飛んできて、誰が水をぶちまけたのかと迫った。最後は誰かが引っ立てられ、下の貯蔵室でドブネズミと一緒に寝ることになった。パターソンはそんなことにもおかまいなしだった。彼はまもなくからかいを再開し、イタリア兵を苛立たせる別の方法を考え出すのだった。

トンネル掘りに参加した別の南アフリカ人ふたりは、もう少し落ち着いた感じで、それぞれ独自の能力を発揮し、理想のチームになるよう貢献した。バックと最も多くの共通点を持っていたのが、彼より一〇歳若いチャズ・ウースだった。ウースも幼い頃、母を亡くし、家で苦労し、中等学校を卒業する前に家を出た。しばらくプロのボクサーとして生活していたが、一八歳のとき電信係として海軍予備隊に入った。戦争が始まると、彼は通信部隊に異動になり、将校に任官し、通信設備を敷設しながらハーレー・ダヴィッドソンでアフリカの端から端まで走った。ガーヴィの多くの捕虜同様、彼もシディ・レゼグで捕まり、タルフナに送られ、そこで彼は最初の脱走を敢行した。二回目はモデナから脱走し、ガーヴィ行きの資格を得た。ウースは腰回りが異様に細い強靱な肉体の持ち主で、狭いところで作業するのに最適だった。トンネルを掘っていないときの彼は、たいてい「カジノ」にいて咥《くわ》えたばこでブラックジャックかポーカーに興じていた。明るい瞳に、茶目っ気のある笑顔。彼は誰にでも好かれた。

ウースとアレン・ポールは特に仲が良く、収容所でもたいてい一緒に行動した。ふたりは性格も好みも違い、それぞれが相手を補う興味深い関係だった。一方はギャンブル好きだが、もう一方はブリッジやチェスを好んだ。ウースはバック・パーム同様、学校を中退したが、ポールは勉強が好きで、収容所にいるあいだに工学や大学の科目をいくつか履修した。ポールは既婚者でもあった。チームで結婚していたのは彼だけだった。それだけでなく、アレン・ポールは責任感の強い男だった。ポールの父は彼がまだ二歳の時、一九一八年にスペイン風邪で亡くなった。彼は幼い頃から家族を支え、早く大人になった。戦前の友人たちが彼を「大人っぽい」[22]と評していたのも当然だ。捕虜収容所では「おやじさん」[23]と呼ばれたが、それは彼が赤十字の小包を慎重に分配していたからでもあるが、困っている捕虜仲間に対して面倒見がよかったからだ。

青少年時代のポールはボーイ・スカウトの活動に熱心で、やがて班長になった。このときの経験で、野外活動が好きになっただけでなく、のちに捕虜となったときに役立つ多くの技能を身につけた。アレスターによると、英連邦の自治領や植民地出身の兵士で優秀な脱走者になったのは、こうした知識を蓄えていたタイプだった。[24]彼らはそれぞれ別の、近代化のあまり進んでいない土地で育ち、アレスターが「森の知識」と呼ぶ、自然に対する深い理解とそこで生き延びる方法を体得していた。逃げている者にとって、森や山で過ごし、何日も人との接触を避ける能力は不可欠だ。アレン・ポールはさらに重要な技能をもっていた。彼は正式に経験を積んだ鉱山測量士だった。

彼は学校を出てすぐに、巨大な鉱山企業体である〈ゴールド・フィールズ〉に就職し、そこで地下の地形図を作る技法を学んだ。この仕事では、採掘場と呼ばれる小さな鉱山に出向く機会も多く、ときには崩落したトンネルに入って閉じ込められた作業員の救助にあたった。チャズ・ウースと同じく、彼も予備隊員になり、戦争が始まると、軍士官学校へ送られた。彼は高得点で合格し、上官たちを驚かせた。彼の指揮官は「好人物」と最初の成績表に記している。「有能、鋭敏、自立性。将来有望な若い将校、自分の役割をよく理解し、的確である――昇級を期待する」[25]

しかし、喜ぶ者ばかりではなかった。息子に頼っていたポールの母は、彼が戦地に送られて死んでしまうと恐れた。ヤン・スマッツ首相に悲痛な手紙を書き、なんとか息子を南アフリカに留め、兵士を訓練するか募る仕事に就けてほしいと懇願した。いちばん末の息子はすでにケニアに行っていた。「息子がふたりもそんなに遠くへ送られて、離れ離れになるなんて耐えられません」[26]と彼女は訴えた。

ポールは、フランク・キャプラ監督の映画『素晴らしき哉、人生！』の孝行息子のように、戦争に行った弟の帰還を家で待つ存在になったかもしれない。だが、スマッツの側近のひとりが送った簡潔な返答が明確に示すように、彼は国内に留まるのを拒否した。

あなたの請願に関し、私は調査を行い、さらに上記の将校に聞き取りを行ったことを謹んでご報告いたします。ポール中尉の希望は、第一ボータ連隊に残ることであり、彼は国内で軍務に就くことを望まないと明言しました。彼の決意は非常に固く、北方へ送られる日を待ち望んでいます。[27]

結果的に、彼は死なずに済んだ。任官を受けてすぐ、第一南アフリカ・アイリッシュ連隊配属になり、同連隊がシディ・レゼグでドイツ軍に壊滅させられたとき、そこにいた。彼は捕虜になるのを逃れた数名の将兵のひとりだったが、一〇日後、ほかの三人と偵察に出ていたところを捕まった。ベンガジに向かう途中、うまく隊列から離れ、トブルク近くの浜辺まで逃げた。トブルクはまだイギリス軍が占領していたため、浜辺でドイツ兵に見つかったとき、彼は海に飛び込み、そこまで泳いで行こうとした。機関銃砲火により、彼は岸に戻らざるを得なかった。そこで再び、捕まった。八ヶ月後にガーヴィに着いたとき、彼はオイル式コンパスと巻き尺を持っていた。彼がどこでそれらを手に入れたのかはわからないが、鉱山での彼の経験と同じく、非常に貴重なものとなった。

最初に下りてトンネルを掘り始めるのがバック・パームとアレン・ポールになったのは当然だった。彼らは地下でも地上と変わらず平気だったし、ふたりの経験を合わせれば、今度のトンネルはきっと上手くいくと誰もが思った。九月半ば、カンテラを手に、ふたりはシャフトに入り、慎重に貯水槽に降りた。水深は前と変わらず、せいぜい一二〇センチから一五〇センチで、二七メートルほど離れた東の壁に歩いて行くことができた。ふたりはどこから掘り始めるのがいいか話し合って最適な位置を決めると、入り口を示す六〇センチ角の正方形を描いた。道具はどれも素朴で、主力は金属製のベッドの脚だった。クリフトンによれば、彼らはロバの荷車[28]〔吊り下げ式車軸のついた二輪の荷車〕からとった車軸も見つけたが、重くてそれを使えるのはバックだけだったという。そのような道具を実際に手に入れていたとしても、役に立つのは入り口をくり抜くまでだった。そこから先は、大きすぎて使えなくなっただろうが、この段階ではどんなものでも大歓迎だったに違いない。セメントとレンガの層だけでも六〇センチの厚さがあり、バックとアレンが経験した南アの金鉱のように硬かった。

　地上では、独房から出たばかりのアレスターとジャックが早速、警報システムを整えた。中庭じゅうの要所に人員を配置し、警備兵が区画に入ったとか、シャフトのある部屋に近づくとかした場合、合図を中継して知らせるようにした。ヘドリーのベッドには常時誰かが座り、警報が発令されると、小石を詰めた特大のガラガラを鳴らして、下のトンネル掘りたちに知らせた。問題は点呼だった。日に二回あり、たびたび抜き打ちでも行われた。軍隊ラッパが鳴ると、捕虜は五分以内に集合することになっていたが、彼らはわざとばらばらに集まり、できるかぎりの混乱を起こした。トミー・マクファーソンによると「イタリア人が癇癪を起こさずに行われた点呼はめったになく、もちろん、数を間違えない点呼もなかった」[29]

従兵の部屋を出入りする人の動きも細かく調整する必要があった。人の出入りが増えたら警備兵に気づかれるおそれがあるため、アレスターはそれを「消えるトリック」と呼んだ。彼らは見えない存在でなければならなかった。同様に、トンネル掘りが貯水槽からあがって来た痕跡を消すのにもいろいろ工夫がなされた。イタリア兵は目聡《めざと》く、汚れた服や泥だらけの靴、あるいは壁の指紋といった痕跡から簡単に異変を察知した。トンネルはそうやって発覚してきたため、従兵たちは部屋で少しの異変も感じられないように気を配り、シャフトの入り口は本物の壁と見分けがつかない偽のカバーで隠した。

作業はのろのろとではあったが順調に進んだ。壁の厚さは九メートルありそうだという意見もあった。一〇月末には、六メートル近く掘り進んでいた。骨の折れる難しい仕事だったが、彼らは楽観的だった。イタリア人が何か察知した気配はなく、彼らが求めている通路にはもうすぐ到達できるはずだった。そのとき、災難が降って湧いた。何日も続く豪雨で貯水槽の水かさが増えたのだ。しまいには、水は六メートルの高さに達し、トンネルを完全に水没させてしまった。六週間の重労働が無に帰し、道具も流され、いくら潜っても取り戻せなかった。だが、それでも彼らはあきらめなかった。ただ、次の作業は前にも増して苛酷になった。アレスターは次のように記している。

バックは少しもへこたれなかった。南アフリカの片田舎での生活そのものが、厳しい環境に打ち勝つための臨機応変の連続だった。公正で正直な性格の彼が心の底から軽蔑する人種の男たちを彼は少しも恐れなかった。サイ、ライオン、ブッシュマンと渡り合い、そして戦闘機メッサーシュミット１０９とやり合ったことが彼の心臓を強くした。と同時に、彼は豹のように狡猾《こうかつ》で、蛇のように危険だった。

新しいトンネルは、現在の水位線から六メートル上で掘ることになった。そこには、貯水槽の長辺に沿って四五センチ幅の薄い棚がついていた。さらに、石材をおおうモルタルとレンガの層はそこで途切れていた。そこでの作業のため、シャフトに梁を降ろし、一方の端を梯子の上段に、もう一方の端を棚に置いて橋を作った。チャズ・ウースとアレン・ポールがこの難しい一連の作業を担い、慎重に橋を渡って狭い棚を進み、南西の角にたどりついた。そこから厚板を結びつけたロープを降ろした。それを引き上げ、角にかませて小さな足場を作った。道具や必要な品々は貯水槽に浮かべてから、たぐり寄せた。その後はトンネル掘りも同様にして足場に向かった。裸になり、真っ暗闇の中を二七メートル泳ぎ、滑りやすい六メートルのロープをつかんで足場にあがった。

新しいトンネルは最初のトンネルよりも一二メートル高いところから掘り始めるため、別の方角に掘ることに決まった。外壁に向かってまっすぐ掘り進め、憲兵の宿舎の屋根の真上に出る計画だ。憲兵の宿舎は、要塞の南端の、いちばん下の稜堡にいくつかある小屋のひとつだ。稜堡は半月を意味する「メッツァルーナ」と呼ばれ、もとはここが入り口になっていた。実際、憲兵の宿舎は、訪問者も軍隊も外から来た者は誰でも必ず通過する第一警衛所の真上にあった。そこから三〇メートル城壁に沿って進むと、さらに威圧的な正門があり、跳ね橋で守られていた。三角形の敷地の真ん中に、四角い石造りの建物があり、当初は火薬庫だった。著名なスイス人の要塞建築家[30]が設計した割には、湿気がひどく、ほとんど使いものにならなかった。いまではイタリア兵のための礼拝堂として使われ、イタリア兵は並行して建つ三棟の木造小屋に居住していた。この狭苦しいスペースの最も外側に投光器を備えた監視塔があり、武装した警備兵が常駐していた。

このすべては、上のほうにある捕虜の食堂の、鉄格子のはまった窓からよく見えた。憲兵宿舎の屋根に出さえすれば、真下にある別の小さな屋根に飛び降りることができ、そこから傾斜した胸壁に降り、さらにそこから簡単に地面に降りられそうだ。監視塔の前を横切ったら、反対側へ行くのに警備兵の小屋のあいだを通り抜ける必要がある。飛び降りる距離は東側の城壁よりはるかに短く、しかもオリーヴの木があるのでそこにロープを結びつけて降りられる。「ぞっとするルートだった」とアレスターは語っている。「無防備で、運任せになるが、そもそもガーヴィはぞっとする要塞であり、死にものぐるいの手段と胆力が求められた」。それと、途方もない精密さも求められた。

憲兵宿舎の屋根の棟からぴったり六〇センチのところに出られたら、それは土木技術の偉業だ。ありがたいことに、彼らには優秀な鉱山測量士がついていた。いろいろ計算するために、彼らはアレン・ポールが一晩、食堂に隠れて過ごせるように計らった。要塞が寝静まると、彼は錘《すい》重《じゅう》を取り出し、南側の城壁に垂らし、必要な測量と計算をすべて済ませた。貯水槽の南西角の足場から、東へ掘り、外側の城壁と水平になるように長さ一・八メートルのシャフトを掘る。その地点に、一・二メートル四方、高さ一・五メートルの空間を作る。そこからトンネル本体が始まり、右に曲がり、それから目標に向かって真っ直ぐ南に向かって掘る。

一九四二年一一月、アレスターと彼の仲間がシディ・レゼグで捕虜になってから一年が過ぎていた。ちょうどその頃、エル・アラメインで連合国側が初めて決定的な勝利を収めたという知らせが届いた。ロンメルと彼の指揮するアフリカ軍団はエジプトとスエズ運河へ進攻したが、撃退された。一週間後、トブルク——アレスターが捕まったクルセーダー作戦で包囲を解こうとしていた港町――をイギリス軍が奪還した。さらに、アメリカ軍がアルジェリアとモロッコへの上陸を果たしたのも大きい。こうなったらドイツとイタリア両軍は連合国軍に挟み撃ちになる。ソ連軍もスターリングラードでドイツ第六軍を包囲し、形勢を一変させていた。チャーチルが記憶に残る演説で次のように断言し、祝ったのも当然だ。「我々はいま新しい経験を、勝利を経験している――見事な、確実な勝利だ」。[31]だが、彼はその溢れる喜びを次の言葉で戒めてもいる。「いまは終わりではない。それどころか、終わりの始まりでさえない。だが、もしかしたら始まりの終わりかもしれない」

ガーヴィにいる捕虜たちにとって、終わりは突然、素晴らしく間近に思えた。枢軸国が北アフリカで撤退を始めたいま、シチリア侵攻も時間の問題だ。「もうすぐだ」というのが新しい公認の挨拶になった。コリン・アームストロングが記すように、日付と結果を予想する賭けで大金が動いた。

捕虜収容所よりも希望的観測がはびこるのに最適な環境はほかにはない。よい知らせをうかがわせるものはどんなに小さくても驚くほど大きくふくれあがり、休戦記念日の酒のように噂が広まる。終戦、イタリア陥落、シチリア侵攻などに関して途方もない予言がなされ、それが正しいと思う意見には大金が賭けられた。こうあってほしいと望む出来事に賭けて、多額の金が獲得され、失われた。私は常に成功しない方に賭ける主義だったが、それはもし私が負ければ、それは一歩終戦に近づいたことを意味し、金を払う甲斐があり、もし私が勝てば――たいていは勝つのだが――獲得した金は、また何ヶ月か捕虜生活が続くという失望の埋め合わせになる。[32]

もちろん、アレスターたちの決意はそんなことに影響されなかった。それがなんになる？　イタリアが侵略されるという保証もないし、それが起こるとしてもいつそうなるかはわからないのだ。しかも、もし実際にそうなったとして、捕虜たちは解放されるのか、特に第五捕虜収容所の「危険人物」は解放されるのかどうか定かではなく、彼らにできるのは、脱走するという思いを胸にトンネルを掘り続けることだけだった。そのいっぽうで、彼らはこの転換を都合よく利用した。エル・アラメインやその他の勝利の吉報を喜んだあと、捕虜たちはもう脱走はあきらめたと警備兵に思わせるような、かすかではあるが、巧妙に仕組んだ活動を開始した。終わりが間近に見えてきたうえ、ガーヴィは完全に脱走不可能でもあることだし、ただ解放されるのを待つだけで満足だという風を装った。家族や愛する人のもとへ、もうすぐ帰れるというのに、わざわざ危険を冒す必要がどこにある？　それはこれまでイタリア人が捕虜たちにずっと言い続けてきたことでもあったため、彼らはこの策略に簡単に引っかかった。少なくとも、これは上手くいったように思えた。

　捕虜たちは相手の態度が変わったのを感じた。コリン・アームストロングは次のように極言している。「横暴で威張り散らしていたイタリアの将兵だが、愛想がよくなり、同情的になった」[33]。検査もどういうわけか頻度が減り、監視もゆるくなった。メッツァルーナの先端に配置されていた哨兵もいなくなり、貯水槽で作業している者はこれで非常に楽になった。アレスターはその変化を喜ぶいっぽう、何かほかにわけがあるのではないかと疑っていた。「イタリア人からすれば、このエリアは脱出点として絶望的であることを意味するのではないか。いっぺんに哨兵がいなくなったことで、この経路は決死の冒険だったものが、あまり大胆でない者たちでも冷静に成功を期待して選びそうな無理のないものに変わった」

もちろん、以前よりいっそう悪質になった警備兵もなかにはいた。捕虜の生活を最後の最後まで、できるだけ惨めなものにしてやろうと心に決めている筋金入りのファシストだ。そのうち何人かは異動になるか戦場で戦うほうを志願して出ていった。元看守長マッツァ軍曹はそうではなかった。イギリス人に対する彼の憎悪はよく知られており、相変わらず捕虜をいたぶることにサディスティックな喜びを得ていた。なかでもアレスターが標的にされた。

我々の互いに対する憎しみは強かった。私と出くわす度、彼の衿からのぞく首はみるみるふくれあがり、顔色が変わった。近くに誰もいない場合、彼は意味ありげに拳銃を軽くたたくか、あるいは縛り首の縄を引くジェスチャーをした。我々はいつか再会する、そのときは対等の立場で会うのだと強く感じたし、いまでもそう思っている。

それまでにアレスターとジャックは話をもちかける警備兵を慎重に選び、闇取引と情報網を構築していた。当てにできる協力者を開拓するには時間と忍耐を要した。アレスターは語る。「何かを得るには、その前に何かを与えなければならない。ただ知り合いになるだけのために何百本ものたばこを渡し、寒い冬の晩には下の区画にいる歩哨に熱いコーヒーかココアをもって行くだけでなんの見返りも求めなかった」。家族や故郷、食糧難、配給生活の苦しさ、上官の不正、無慈悲な政府について長々と話すうちに、ゆっくりと信頼関係が築かれていった。信用されるようになるには、真の共感を示さなければならない。これは簡単なことではない。心から共感していない場合は特に注意が必要だ。アレスターにとって、それは道徳的に妥協することだった。どんな脱走にも必要な策略の一部としてそれを受け入れながらも、彼の言う「裏切り者探し」で、誘い込む対象の男たちについて幻想を抱いてはいなかった。

どの駐屯地にも道徳心の薄い人間がいて、彼らは謝礼あるいは謝礼の約束と引き替えに、自分の名誉を売り、貴金属や紙幣、たばこや衣料品、石鹸、貴重な品と引き替えに祖国を裏切る。これは双方にとって卑しい行為だ。相手のレベルの言葉使いや言い回し、倫理観を自分のものとし、考え方も似せるには、低俗で暗愚で、ときには邪悪な輩を相手に、嫌悪感やこちらの真の意図を悟られることなく、長期にわたって何時間も付き合わなければならない。このような駆け引きを行う者は自ら生命を危険にさらすのであり、したがって愚鈍あるいは無知な人間が多く、自分の足元に穴が掘られ、そこに網が張られているのがわからない。とはいえ、本当の間抜けではその言葉や行動から、当人だけでなく仕掛ける側の破滅も招きかねないので、そういう者は避けなければならない。

雑談と協力のあいだにあるハードルを越えさせるのは、高度な技を要する繊細なダンスをするのに似ている。なにしろ、協力者はリスクを考えれば、得るものよりも失うもののほうが大きいのだ。隠れ反ファシストで、同情から協力する者は例外中の例外であり、ちょっとした不適切な一言や一瞥で怯えて退いてしまう。一度、餌に食いついたら、ゆっくりと釣り上げなければならない。最初はほとんどそれとわからないように求めるが、最近家に帰ったときの様子について親しく雑談するうちに、列車、バス、その他の地元の交通機関についての有益な情報が得られる。また、どんな物資が不足しているか、彼や彼の家庭では何が最も求められているかを知ることができる。「コーヒーと石鹸は？」とアレスターが尋ねる。「それならなんとかできる」。交換するものは少しずつ増えた。ランプの油、ワイン、その他のたわいもない物品に始まり、ノコギリの刃、針金、ワイヤーカッター、それ以外のトンネル掘りが求めるものへと、徐々に大胆になっていった。相手の弱みを握れば要求は要請に変わるが、なによりも重要なのは、民間人の服や列車の時刻表、身分証や通行証といった、以前は言い出すのをためらうような不穏な物品を頼めるようになることだ。

アレスターはこうした取引の卑しい面に不快感を示していたようだが、物品の受け渡しの偽装工作は楽しんでやっていた。隠し場所をつくり、警備兵を避け、物陰に隠れる——こうしたことは、秘密工作のなかでも創造性と敏捷性を発揮できる部分だ。彼のお気に入りの隠し場所《ドロップ》は便所にあった。そこのひとつの小便器の上に穴を開け、屋根のタイルでうまくふさいでおく。イタリア兵は何か渡すものがあるときは、そこへ用を足しに行き、ブツを置いてくるだけでいい。続いてアレスターがそこへ行き、ブツを回収し、ジャックかポペットかピーター・メッドが受け取りのために待機している傾斜路に向かう。それからアレスターは問題となる証拠の品を渡してから引き返し、受け取った者は上の区画へ行き、脱走委員会委員長のバーニー・キーリー空軍中佐に届ける。キーリーはそれをアレスターやほかの者たちが必要になるときまで、上級将校専用棟に隠しておく。

その他の交換はアレスターの部屋の奥の高いところにある、鉄格子の窓越しに行われた。外側は死角になっており、そばの壁の出っ張りの上に立てば、窓に手が届いた。衣料品、ワイン、その他の禁制品が置かれ、たばこやコーヒー、現金が回収された。たまにはそれより難しい受け渡しもあり、とっさの判断と行動が必要だった。あるとき、アレスターの最も信頼する協力者である小柄で歯のないおかしな顔の農夫「ジャック・ザ・リトル・モンスター」が自分の制服の下にフェルト帽をいくつか隠してやってきた。ところが、上官の目の届く開けた場所に配置されてしまい、帽子をどう処理すればいいか方法を思いつかなかった。アレスターは彼が動揺しているのを見てとると、さりげなく歩いて行って彼に近づき、そばのゴミ箱に包みごと捨てろと、声を押し殺して言った。少し手間取ったがなんとかそれをやり遂げると、従兵が近づいてゴミ箱を回収し、無事に中身を開けた。「ジャック」はいたく感心し、アレスターへの信頼を深めた。

アレスターとジャックは脱走に必要な物品を調達するのに加え、協力して秘密の情報収集にもあたった。これは北アフリカでの戦況が変わると、いっそう重要になった。どんな小さな情報にも、戦争の行方だけでなく、イタリアにいる捕虜たちの運命にとって重要な手がかりが含まれていた。一九四三年一月下旬、イギリス軍がトリポリを占領すると、情報収集にいっそう力が注がれた。その中心になった五人の将校――アレスター、ジャック、オーブリー・ホイットビー、イアン・ハウイー、トミー・マクファーソン――は、ありとあらゆる情報の断片を引き出す仕事を任せられた。脱走委員会のバーニー・キーリー中佐と先任将校二名も参加する隔週の会議で、彼らは、知り得たことすべてを「照らし合わせたり、関連づけたりした」。また、そのような会議の折りに、独自のプロパガンダ活動を画策し、ガーヴィに駐屯している警備兵の忠誠心や士気を削ぐことを目指した。

その活動の一部は、自分たちはおとなしく連合国軍の到着を待つことにしたので、脱走はもうしないと決めたのだとイタリア兵に思わせることだった。一九四二年から四三年の冬のあいだ、それは難しくはなかった。厳しい寒さに見舞われ、中庭は深い雪に埋もれた。こんなときに脱走する物好きがいるか？　アレスターでさえ「あの冬、ベッドにもぐっているか運動でもしていない限り、私の足は常に冷たかった」と当時を振り返っている。それでもなお、誰もが驚くことに、トンネル掘削は進められた。貯水槽一面に薄氷が張っていた日もあった。だが、バックと彼の仲間はそれでも裸になり、足場にあがるロープのところまで、真っ暗闇のなかを三〇メートル近く泳いだ。ともあれ、彼らの誰も肺炎にならなかったのが不思議だ。しかし、アレスターやほかの仲間が気づいたように、打撃はかなりあった。

重労働が彼らの重い負担となり、彼らはいつも顔色が悪く、弱々しく、疲れ切り、少し冷えるだけでもつらそうだった。一度か二度、その労力を考えただけで彼らは絶望したことがある。ひとつ特別に大きな岩があり、土中から外して取り出し、貯水槽の陰鬱な深みに投げ入れるまでに三週間近くかかった。

アレスターとジャックは手伝おうかと一応申し出てみたが、南アフリカ人たちはそれを断った。ふたりには地上での重要な仕事がある。それに、彼らにできるような作業ではなかった。実際、彼らがついにトンネルに下りて「試しにやってみた仕事は、ほとんど役に立たず、その回のシフトが無駄になっただけだった」とジャックは述べている。[34]六〇センチ角のトンネルの中で原始的な道具を使って硬い岩を穿つには、バックとポールが南アフリカで積んできた類いの経験が不可欠だった。彼らの持つ技術のうち、岩を熱してから冷水をかけて亀裂を生じさせるという技は特に役立った。トンネル掘りの六人全員が持てる力を出し尽くしたが、捕虜たちのあいだで伝説になったのは、やはり、並はずれた馬鹿力と真の度胸を持ったバックだった。ジョージ・ミラーは誰もが思っていたことを次のように記している。

私にとって、それは戦争中の素晴らしい場面のひとつだった。陰気で寒々とした要塞の上のほうでは弱い人間がベッドで寒さに震えているが、その下の深部では、筋肉の塊の巨大な悪魔、バックが氷水をしたたらせながら、硬い岩を熱しては前へ前へと掘り進めている。岩を熱して割るために、彼は大量の薪を運び込み、岩肌に接して大きな焚き火を起こす。そして、岩が熱くなると、ひび割れを生じさせるためにバケツで冷たい水をかける。それから大きな鉄梃《かなてこ》を使って打ち砕く。なんという男だ！　なんという気高い怪物男だ！[35]

まだ雪が厚く積もっていた二月末、彼らは外側の城壁に到達した。その晩、バックは長さ九メートルのトンネルに再び入り、残っていた三個の石を取り除いた。夜の冷たい風が吹き込み、見あげると満天の星空があり、下のほうの突端から警備兵の話し声や音楽が聞こえた。そして、最高に素晴らしいのは、真下に憲兵宿舎の屋根の棟が見えることだった。六ヶ月掘ってきて、彼らは理想のゴールまでわずか数センチのところに来ていた。だが、目の前に有刺鉄線の巨大なかたまりが置いてあった。二〇メートル以上も上にある食堂からの脱走を防ぐためだ。バックは慎重に石を元に戻し、報告するために急いで戻った。

いつ脱走するかについて、さっそく協議が始まった。気象予報士役を務めていたアレスターは、特別な装備なしでもアルプスの峠越えが可能になる四月中旬まで待つべきだと考えていた。彼はその辺りをよく知っていたし、収容所の誰よりも詳しかった。一九三〇年代を通してそこに登り、たびたび夜間にも登山し、イタリアの国境警備隊に逮捕されたこともある。しかし、それまでは待てないということになり、最も早い時期として三月末が選ばれた。アレスターは例年のパターンを調べ、春分の日のあと、いっとき天気が荒れ、そのあと急に回復すると予測した。屋根に飛び降り、気配を悟られることなくテラスを横切るには、嵐の夜でなければならない。全員一致で、脱走は春分の日のあとの最初の雨の夜に決まった。

次に決めるのは脱走するグループに誰を入れるかだ。南アフリカ人四人と、アレスターとジャックは当然はずせない。しかし、従兵のヘドリーとマクレイについては少しもめた。なにしろ貯水槽への入り口を見つけたのは彼らだし、ふたりは毎日トンネルに入った。かなづちのヘドリーにしては目覚ましい働きだった。誰もがふたりを行かせたがったが、決定権のある脱走委員会が渋った。戦争のために彼らは最も貴重な人材か、というのがその理由だ。パイロットか潜水艦乗組員を国に帰すほうが価値があるのではないか？　最終的に委員会はふたりを入れることを承認し、誰もが胸をなでおろした。それでも、徹底して無私無欲のふたりは、最後に脱走すると言って譲らなかった。

多くて一〇人までと定められていたため、まだふたり分空きがあった。それ以上の人数になると、屋根から飛び降りて気づかれずに警備兵の小屋のあいだを通り抜けるのは無理だ。それだけでもすでに充分危険だった。そこで、三年近く捕虜になっている艦隊航空隊のパイロットで穏やかな口調のピーター・メッドが含まれることになった。さらに、小型爆弾の専門家、ゲーリー・ダリーが選ばれた。彼とピーターは前にも一度、一緒に脱走したことがあり、再びそうすることになった。ポペットも選ばれたが、彼が担うのはまったく割に合わない仕事だった。彼はひとりずつ出ていくタイミングをはかり、全員が出た後、トンネルを封じることだった。彼らが目撃されずに出て行くのに成功し、ロープを取り除くことができたら、彼は後日、別のグループをこのルートに案内する。

このようにすべてが順調に決まったあとで、新しい捕虜が到着した。特殊空挺部隊《SAS》の創設者でイタリアにとっては価値ある人質の、デイヴィッド・スターリングだ。一九六センチの長身のせいか、少し猫背のデイヴィッドは、北アフリカ戦線ではすでに伝説的存在だった。わずか一年のあいだに、彼は軍法会議にかけられる寸前の中尉から、名誉ある勲章をつけた少佐に昇進していた。いろいろな意味で、彼は戦争で男になった男だった。由緒ある家に生まれ、それにともなう予想や期待を裏切り、様々なことに手を出しては次に移り、それまでほとんど何も達成していなかった。彼はスコットランドのカトリックの家に生まれ、六人きょうだいのひとりだった。父は准将、母の父はチャールズ二世の直系、ラヴァット卿〔第一三代。サイモン・フレイザー〕である。このような高貴な血筋は彼をケンブリッジ大学に入れることはできても、そこに長くは留めておけなかった。彼は一年後に放校処分になった。

その後、彼は芸術家を目指し、パリに移り住んで自由奔放な生活を送った。少なくともギャンブルと飲酒に関しては、たしかに芸術家らしいところはあったが、才能はなく、教師にあきらめろと言われた。エディンバラに戻り、今度は建築に手を着けた。だが、それも長続きしなかった。それから、思いついた勢いで、エヴェレストの初登頂を目指すと宣言した。ところが、アレスターとは違い、彼にはほとんど経験がなかった。それでも彼の決意は固く、まずスイスへ行き、そこでドイツ人の兄弟を雇って登山訓練に励んだ。体力と技術を身につけるため、次にカナダに移住し、ロッキー山脈縦走を計画した。そこでは乗馬に親しみ、牛追いになり、ロデオ競技にも出た。戦争が迫ると、母からすぐに帰国せよと電報が来て、彼はニューヨークからファーストクラスで飛んで帰った。

デイヴィッド・スターリングの人生ではいつものことだが、軍人としても最初はなかなか芽が出なかった。彼は父の連隊であるスコッツガーズに入り、まもなく第八奇襲部隊に移り、中東に派遣された。部隊が解散になると、彼は昔の悪い癖が出て、カイロのカジノやナイトクラブに足繁く通った。とうとう軍務怠慢で軍法会議にかけられそうになると、彼は新しいタイプの特殊部隊の創設を提案した。小回りが利く四、五名の小集団で敵陣の奥深くに侵入して活動する神出鬼没の奇襲部隊だ。大半の予想を裏切り、彼の提案は名称を除いて認められ、こうしてSASが誕生した。一年も経たないうちに、同部隊は正式な規模の連隊に成長し、多くのチームがドイツ軍の飛行場や燃料倉庫、港、鉄道、道路など、手当たり次第に攻撃していた。飛行機だけでも二五〇機を破壊した。偵察隊がどこからともなく突然現れ、あっという間に砂漠に消えた。デイヴィッドは「幻の少佐」と呼ばれ、彼の首には一〇万ライヒスマルクの懸賞金がかけられた。[36]「恐怖は恐怖の信奉者に分け与えられ、彼らは怯えた」

ついにデイヴィッド・スターリングは自分の能力に気づいた。彼は聡明で進取の戦略家、恐れを知らぬ無謀ともいえる戦士にとどまらなかった。戦争が彼から引き出したのは、指揮官としての並はずれた力量であり、いかに困難で危険な任務であろうとも遂行のために部下たちを奮い立たせることができる、たぐいまれな能力だった。[37]彼には会う人すべてを魅了するカリスマ性があった。デイヴィッドが引き抜いた多くの優秀な兵士のひとり、フィッツロイ・マクリーンは次のように記している。「彼はリーダーとして最高の資質をそなえ、部下の想像力や自信を操る天賦の才能があり、論理的に考えたら失敗が目に見えている作戦でも、彼の指示に従っていれば大方の予想に反して成功するのだと部下たちに思い込ませることができた」。デイヴィッドをよく知るようになるアレスターも最初はそう思っていたが、やがて彼の判断を疑問視するようになり、次のように述べている。「デイヴィッドは私が出会ったなかで最も強引な人間だ。デイヴィッドの意見に逆らうことはできなかった。大惨事になる計画でも彼を押しとどめるのは難しかった」

一九四三年一月末、ロンメルと彼の軍勢はチュニジアの北端に追い詰められていた。西側からアメリカ軍に攻められ、リビアからはモントゴメリーの第八軍が迫り、ドイツ軍が北アフリカから撤退を余儀なくされるのも時間の問題だった。その頃、デイヴィッドは増強されたSASが近い将来のヨーロッパ侵攻の際に担う役割のことをすでに考えていた。彼は重要な秘密情報を伝えるためと、様々な戦略的拠点を攻撃するため、先に北アフリカ戦線へ送られた。通常どおり、彼は部下を少人数の班に分け、それぞれ別の任務を与えた。彼自身の班の任務はガベス・ギャップを素早く通り抜け、アメリカ軍がいるアルジェリア国境までの地上を偵察することだった。ギャップは東を海に、西を通行不可能な深い塩沼に挟まれた細長い土地だった。デイヴィッドはそこを迂回するよう助言されていたが、早くアメリカ軍と合流したいと思い、あえてそこを突破するほうを選んだ。いつもの度胸で、彼はドイツ軍の戦車が並んでいたところを猛スピードで駆け抜け、戦車の乗員は呆気にとられて何もできなかった。

それまでに彼の部下はまる二日間睡眠も取っておらず、倒れる寸前だった。道路を逸れ、彼らは休む場所を探して涸れ谷《ワディ》に入った。数分後、彼らは軍靴を脱ぎ、たちまち眠りに落ちた。次に聞いたのは、自分たちを怒鳴りつけているドイツ兵の声だった。その辺りを調べていた斥候《せっこう》が偶然彼らを見つけたのだ。その夜、デイヴィッドは逃亡を試み、「最も恐ろしい雄叫び」[38]をあげると、砂漠に消えた。彼は夜通し歩き、夜明け前に休める場所を見つけた。その日はほとんど寝て過ごし、夕方になるとまた歩き始めた。まもなく若いアラブ人に出会い、彼が助けてくれると言うのでついていった。ところが、少し進んだところでアラブ人は銃を取り出し、彼をまっすぐイタリア兵のところへ連れて行った。一四ヶ月間、休みなく活動してきたデイヴィッド・スターリングは捕虜となった。

もし彼がドイツに引き渡されていれば、おそらく直接コルディッツに送られていただろう。ところが、イタリアは同盟国に自慢できるのが嬉しくて、捕らえた大物を手放すつもりはなく、数週間のうちに彼をガーヴィに送った。彼がガーヴィに到着したという知らせは、兄のピーターがアテネから母に送った四月一日付けの手紙でまたたく間に広まった。

敬愛する母様

……今日、デイヴィッドの消息を聞きました。話を聞いたのは、数日前に捕虜の交換で解放され、ただちに飛行機で帰国する予定のブラウンという名の海軍将校[39]です。彼はデイヴィッドと同じ収容所にいました。ジェノヴァ近くのガーヴィというところにある第五収容所、POST3100です。住所はヴァチカンから聞いて既にご存じのことと思います。私のところにも届いたところです。デイヴィッドは二月の末に収容所に到着し、健康状態もよく、元気だそうです。彼は着いたその晩に、ルーレットで一〇〇ポンド勝ったとブラウンから聞きましたので、彼にとってはたいしたことではないのでしょう！　第五収容所は脱走者または「非常に危険な人物《モルト・ペリコロッソ》」を入れておく特別な収容所です。デイヴィッドがその栄えある入所資格を得たのは、彼の評判でそうなったか、あるいはアフリカにいるあいだに脱走を試み、二日後に再び捕まったからでしょう。彼が今いる収容所は脱走者にとって絶望的な場所と見なされていますが、とりわけ快適な環境とされ、ブラウンが言うには最も優秀な者は皆、最後にはそこに行き着くそうです！

あなたの息子ピーターより

デイヴィッドは異例の待遇として下の区画に個室を与えられたが、イタリア兵にとってはこれで新しく来た有名な捕虜の監視がしやすくなった。早々に、デイヴィッドを訪ねてきたのはジャック・プリングルだった。彼とは戦争前からの知り合いで、デイヴィッドは彼を「たいへん気に入っていた」[40]。ふたりの共通点は熱情家でありながら屈託がないところだ。ジャックは、デイヴィッド同様パースシャー出身で登山愛好家でもあるアレスターを引き合わせた。ふたりはすぐに意気投合し、エヴェレストやアルプスで過ごしたときのこと、それぞれが知る山や登攀《とうはん》ルートについて語り合った。だが、デイヴィッドが話題を脱走に向けるのに、あまり時間はかからなかった。デイヴィッドは一刻も早く、前線に戻る必要があるのだとアレスターとジャックに力説したが、ふたりは黙って聞いていた。デイヴィッドは北アフリカの現在の戦況とＳＡＳがそこで担う重要な役割について説明した。まもなくヨーロッパ侵攻が始まるし、新しく編成された旅団の指揮官として必ずそこに加わるつもりだと語った。その戦略を練り、計画を立てるためには、なんとしてもチャーチルに会わなければならないのだ。戦争に勝つか負けるかが、それにかかっているような口ぶりだった。話を聞き終えたふたりは、デイヴィッドも脱走組に加えるべきだと考えていた。「我々にできる最も価値ある任務は、デイヴィッドを国に帰すことだと、ジャックも私も確信した」とアレスターは述べている。ただ単に彼を脱走のメンバーに加えるだけではない。彼が無事に帰国できるように、彼に付き添って逃亡するのだ。

もちろん、最終的にそれを決めるのは彼らではない。決めるのは先任将校のフレイザー大佐だ。ジャックは早速、大佐に会いに行った。ジャックが気がかりだったのは、重労働のほとんどを担ったのは南アフリカ人たちであり、数週間前に来たばかりの人間を加えると言えば彼らが不快に思うだろうということだった。それでもなお、デイヴィッドを加えるべき理由をあげ、じきにデイヴィッドが会いに来るはずだと知らせた。デイヴィッドはいつものように人を魅了するオーラを放ち、そこへ論理的説明を加えて、自分の立場の緊急性を大佐に訴えた。フレイザーは会合が終わる頃にはすっかり納得し、彼を脱走させないのは非愛国的だと考えるようになっていた。こうして承認が得られ、デイヴィッドは一一人目のメンバーになった。

三月中旬、バックはトンネルに入り、出口付近に置かれていたコイル状の有刺鉄線を切断しようと手を着けた。途端に火花が飛び散り、彼は気を失った。鉄線に電気が流れていたのだ。クリフトンは、これは意図したものではなく、風に吹かれた照明装置のリード線が触れたからだと主張した。だが、アレスターはそうは思わなかった。「これが意図的に仕掛けられたものであることに疑問の余地はない。もし我々が食堂の窓からロープを伝って降りたりしたら、思わぬ痛い目に遭うだろうと、フェラーリと〝元帥〟が常日頃からほのめかしていた。それに、あそこは誰でも思いつく脱走ルートだ」

貯水槽からバックを引き揚げ、収容棟に運ぶのはたいへんだった。彼は強い一撃を受け、かなり動揺していた。苦労して手に入れた最初のワイヤーカッターの代わりに、絶縁式の高品質のものが必要になった。ジャック・ザ・リトル・モンスターに、それを手に入れてくれたら年収に相当する金を払うと話を持ちかけた。彼は引き受けたが、それ以外の要求も出した。収容所にいる南アフリカ人の歯科医師、カーメス・ウォーに、わずかに残っている歯を抜いてもらいたいと言うのだ。そうしたら、彼は健康上の理由による除隊を申請し、村の我が家へ帰ることができる。アレスターが同意すると、リトル・モンスターは約束どおりカッターを持ってきた。そして、彼は歯をすべて抜いてもらい、除隊命令を受け、永遠にガーヴィに別れを告げた。出ていく前、彼はアレスターに礼を言い、いつでも歓迎するから家に寄ってくれとさえ言った。

それからほどなくしてバックは新しいカッターを持ってトンネルに入った。そして、幾度となく電撃に見舞われながらも、屋根までとどく通路を切り開いた。一度、彼は転落してタイルを何枚か割ったが、その音も、彼がワイヤーを切る音も、憲兵のところまでは響かなかった。できあがった通路は鉄線の多くの輪を上で結びつけたままにして、うまく隠してあった。いまや南アフリカ人たちは交替でトンネルの出口に寝そべり、下のメッツァルーナの住人の夜間の動きを探り始めた。一一時にはあたり一帯はすっかり静寂に包まれ、ほんの小さな物音も響くことがわかった。村で隣人同士がおやすみの挨拶を交わす声さえ、まるで要塞の中にいるようにはっきり聞こえた。トンネルから出るのは真夜中まで待たなければならないだろう。しかも、嵐が吹き荒れているときに限られる。

南アフリカ人たちが交替でトンネルに潜っているあいだ、ほかのメンバーは地上ですべきことがあり、どのルートが最適か慎重に検討を重ねていた。「我々は何時間も費やして食堂の窓から外を眺め、ルートを考えた」とアレスターは述べている。「そうやって屋根のタイルの一枚一枚、石のひとつひとつを頭にたたき込んだ。隠れるところもない屋根から降り、壊れた胸壁の端から降りたら、問題の八〇パーセントは克服したようなものだ」。またアレスターは、各自がもつ重さ九キロの荷物をまとめるのにも忙しかった。一日に必要な正確なカロリーを計算し、それを最も効率よく摂取する方法を考えるのは、長年、山歩きに親しんできた彼がいちばん適役だった。肉、ココア、砂糖、ビスケット、オート麦と挽き割りトウモロコシ粉をすべて混ぜて厚い丸形に焼いたものをひとり六キロ携帯し、これを一日二八〇グラムずつ食べて三週間保たせる。荷物には地図やコンパス、身分証、手袋とともに、予備の民間人の服も入れた。

アレスターとジャックは最初、スイス国境まで列車で行くつもりだったが、デイヴィッド・スターリングも同行することになったので計画の変更を余儀なくされた。彼は目立って背が高く、イタリア語がまったくできないので、列車の旅はあまりにも危険だ。ということは、歩くしかない。アレスターとデイヴィッドにとってはなんでもないことだが、ジャックは不安になった。彼らはリグリアン・アルプスを登り、ポー川の源流を越え、アオスタの渓谷《ヴァッレ・ダオスタ》に向かうルートに決めた。そこから約三六五〇メートル登り、マッターホルンの陰にあるマッターホッホ峠を越えてスイスに入る。登山経験のないジャックにとっても、これが最適なルートだとアレスターは考えた。

私はその辺りを何度も通り、ときには夜間にも、たびたび悪天候でも登った経験があるが、峠の麓に着いたときに食糧が尽きて衰弱していない限り、晩春か初夏なら私たちのようなパーティーでもまったく問題ないと自信をもっていた。楽なほうのテオドール峠ではなくマッターホッホを選んだのは、テオドールは監視が厳しいと思われるのに対し、もっと距離のある氷に遮られたマッターホッホを警備するのは、特に夜間なら不可能に近いと思ったからだ。

アレスターはベルンに着く前にスイス人に捕まって抑留されることを心配し、ツェルマット在住の知人女性に手紙を書き、そちらでの受け入れをよろしくと頼んだ。言うまでもなく、手紙は真の意図がわからないような文面になっていた。とはいえ、彼女にはどのルートを来るかは伝わるように書かれており、彼女は自分の足でそこを調べた。彼女は同じように暗号化した文章で、代替としてエギュイユ・ドレとレヴェックを通るルートを勧め、こちらのほうが警備が手薄なはずだと返事を書いた。アレスターもこれは素晴らしいルートだと思ったが、あいにく彼女のその手紙が届いたのは、脱走後しばらく経ってからだった。

あとは、決行の日を選ぶだけになった。トンネルから出る順番はすでに決まっていた。当然、バックがまず出口を開き、最初に出る。次に単独で行くボブ・パターソン、それからチャズ・ウースとアレン・ポールが続く。そのあとの順番はくじ引きで決めた。アレスターが一を引き当てて五番目になり、そのあとにデイヴィッドとジャック。行動をともにするピーター・メッドとゲーリー・ダリーがその次で、マクレイとヘドリーは以前に決まったとおり最後だ。全員の荷物と着替えはすでにトンネルのなかに用意してあり、彼らは条件が整うのをじっと待った。だが、その時機がなかなか訪れなかった。嵐が激しくなるかと思うと、すぐに収まってしまった。春の嵐は少々やさしすぎた。長く待てば待つほど、トンネルが発見される危険が増すことは彼らも承知していた。これまで何度もあったことだが、脱走する直前になって、単なる偶然か、怪しまれたのか、警備兵が入り口を発見し、何ヶ月もの重労働と準備が水泡に帰した。今回も、いまや捕虜たちの誰もが事情を正確に把握していた。密告する者がいるとは誰も思っていないが、このような張り詰めた空気はスパイよりも危険だ。脱走直前の緊張感の高まりは、警備兵に気づかれる。

デイヴィッドが急かすので、次の強風の夜に決行することに皆が同意した。三月末、夕方から暴風雨が強まると、脱走開始が素早く伝えられた。脱走する将校に代わって彼らのベッドで眠る従兵も決まっていた。夜番の警備兵は「その他の階級」の部屋はちらりと覗くだけなので、マクレイとヘドリーの代わりには人型の何かをベッドに寝かせておくだけで簡単にだませるだろう。夕食後、入れ替わりが始まった。脱走する者はひとりずつ従兵の部屋に入り、貯水槽へ入る用意をした。一一時までには指揮者役のポペットを含め、全員が位置についた。問題は天候だけだった。午後じゅう吹き荒れていた嵐が突然収まった。風はそよとも吹かず、静けさを完全に取り戻していた。その頃までには月も昇り、投光器が辺りを照らし、二カ所の機関銃座からは屋根がはっきり見え、大失敗に終わる材料がそろっていた。

バックは合図を待ってトンネルの切羽に寝そべっていた。「行くのか、やめるのか?」「だめだ」と返答があった。「今夜は中止だ」。そこで、彼らはシャフトをのぼり、憲兵がチェックに来る午前二時三〇分までには無事に各自のベッドに戻っていた。

再び待機が始まったが、今度は本格的な豪雨になるまで動かないことになった。そのように待つだけの時間はつらい。努めて平静を心がけていても、あのような危険を冒す前には不安と懸念が自ずと湧いてくる。その頃までにアレスターはそれについて何度も考えていた。彼にとって待つ時間は、人が最善を尽くすのを妨げる心理を分析し、頭のなかの恐れと疑念が湧く部分を解剖するのによい機会だった。彼はそれを長年、登山中に行ってきたが、収容所からの脱走も同じことだった。アレスターの非常に理性的な法曹家らしい思考と、いかなる行動にも人智を超越する可能性があると心のどこかで考えている彼の神秘主義とがひとつになるのはこうした局面だ。脱走に彼が求める自由は常に内面の探求と結びついていた。「閉じ込められていた鉄条網の中から出るという、身体の解放だけでなく、心の自由、精神の自由である」。アレスターにとって、極端に肉体を酷使し、死や危険と直面することは、人生における最も偉大な教訓を与えた。

次に脱走を試みるまでの一ヶ月のあいだに、私は不安の九四パーセントは生への執着にあるという課題を終えた。物や他人、夢、世界に執着すればするほど、人は死を恐れる。これらの精神的執着を取り除いていく過程で、人は不安や恐れが妨げとはならない精神状態を徐々に手に入れる。それらは代わりに刺激的効果をもつ。危機から生じる衝撃に圧倒されている限り、人は危機対応に必要な正確さやスピード、判断力をもって行動できない。私の最初の脱走は気楽な冒険のように感じたし、次のは危険を克服する喜びがあった。ガーヴィでは、私は期待で興奮することもなく、気分が浮き立つこともなく、ただ冷静だった。冒険はなんでもそうだが、脱走は待っているときが実行するよりもつらい。いったん、事が始まれば、心配していたよりもはるかに簡単に進み、わずかな失望を感じたとしても、不運なことは何も起こらなかったというありがたい幸運によってたちまち押さえ込まれる。

待望の嵐が訪れたのは、四月二〇日、復活祭の前の火曜日だった。土砂降りの雨が排水管から噴出し、雨樋から溢れ、要塞は濃い霧に包まれた。視界は一メートルもなく、まさに理想的な状況だった。誰にも何も言う必要はなかった。皆、今夜だと察した。再び、従兵たちがベッドを変わり、一一人の脱走者は数週間前に行った予行演習の時のように貯水槽に入る順に並んだ。アレスターは、真夜中にはトンネルにいて、アレン・ポールのすぐ後ろを這っていた。バックは有刺鉄線の隙間を広げ、屋根に降りるのは「ばかばかしいほど簡単に思えた」。そこから彼は濡れたタイルの上を走り、壊れた胸壁の上に飛び降りた。そこから地面までは三〇センチだ。警備兵の小屋にまだ明かりがついていて、音楽が聞こえたので彼は驚いた。聖週間の祝いか、それとも今日が誕生日のアドルフ・ヒトラーのためか。

アレスターは南アフリカ人たちに追いついたものの、どうしてデイヴィッドとジャックの姿がまだ見えないのかと思った。そのとき、ドアが開き、イタリア兵が出てきて、まっすぐ彼らのほうを見た。彼らに気づいたか、あるいは暗闇にまだ目が慣れていなかったか。アレスターが小屋の後ろに隠れているあいだに、ほかの者たちはテラスの反対側に静かに進んでいった。そこにあるオリーヴの木にロープを結びつけるのだ。デイヴィッドとジャックはまだ現れない。彼は立ち上がり、先達と同じく木のところへ行った。雨は激しくなり、いちばん近くの小屋から警備兵の一団が出てきても、まだ彼に気づかなかった。だが、これ以上待てない。バックとほかの者たちはすでに壁を乗り越えて姿を消していた。アレスターはロープをつかみ、降り始めた。だが、すぐにロープが切れた。彼は九メートル下の岩が露出しているところに顔面から落ち、次の瞬間、彼の九キロの荷物が彼の上に落ちてきた。

アレスターは自分が怪我をしていることにすぐに気づいた。気を失っていたのだが、どのくらいそうしていたのかは見当もつかない。気がついたときは警報が鳴り響き、軍隊ラッパが吹かれ、投光器があらゆる方向を照らしていた。彼はぬかるんだ丘の斜面を降り始めた、半分走り、半分滑って、どこかつかまるところはないか探した。背後で怒鳴り声とライフルの銃声が聞こえた。自分に向かって撃っているのか？　何が起こったかを知ったのはあとになってからだった。

巨体のデイヴィッドはトンネルを抜けるのが遅くなり、有刺鉄線に絡まってさらにそこを抜けるのが遅れた。彼が屋根から降りたとき、アレスターと南アフリカ人たちはすでにテラスの反対側にいた。それで彼は急がなければと思ったのかもしれない。そうするべきではなかった。ジャックが言うには、「デイヴィッドは「私の前を若木とロープに向かって大股で走っていた」[41]。宿舎からイタリア兵の集団が酒を飲みつつ、歌を歌いながら飛び出してきたとき、彼はどうしようもなかった。奇跡的に、イタリア兵たちは激しい雨を避けて頭を下げていたので、彼の前を素通りした。その直後、別の一〇数名の集団が出てきたときは、そんなに都合よく運ばなかった。彼らは壁に向かって走るデイヴィッドに気づき、たちまち彼を取り囲んだ。警報が鳴らされ、発砲されたのはそのときだ。デイヴィッドは警備兵のひとりを押しのけ、非常線を突破した。宿舎から全員が出てきて、三角形のテラス全体が混乱の固まりになった。デイヴィッドがついに包囲され、腕を振り回しながら稜堡のなかを走り回っていたとき、しんがりの脱走者たちは、ちょうど屋根から降りているところだった。

まだ見つかっていなかったジャックは慌てず、ひそかにオリーヴの木に近づき、残っていたロープをつかんで九メートル下に飛び降りた。彼はアレスターとは違い、落下の衝撃を転がって和らげ、怪我もせずその場から逃げた。ピーター・メッドも騒動を逆手にとったが、木にはたどり着けず、兵舎の下に潜り込んでそこに数時間隠れていた。そのとき、所長のモスカテッリが現れた。激しやすい彼はまっすぐデイヴィッドに近づき、彼の顔を殴った。警備兵がデイヴィッドをしっかり押さえていたのでモスカテッリは命拾いしたと誰もが証言している。そうでなかったら、おそらくデイヴィッドは彼を殺していた。モスカテッリの言い分は、デイヴィッドが警備兵のひとりを城壁の外へ投げ落とそうとしたので、彼を平手打ちにしたということだった。だが、殴られたのは彼だけではなかった。ヘドリーはライフルの銃床で殴られ、最後に見つかったメッドが小屋の下から引きずり出されたとき、彼の顔は拳銃で殴打された。

アレスターたちは村の南にあるレンメ川の浅瀬で落ち合おうとあらかじめ決めていた。案じたとおり待っても誰も来ないので、アレスターは反対側の人里離れた丘の上にぽつんとある修道院へ行こうと思った。川を渡るのは簡単だったが、斜面を登り始めると左の肺の上部の痛みが耐えがたくなった。呼吸するだけでもつらく、身体を引き上げるのに枝をつかもうと思っても腕をあげることさえできない。いくらも行かないうちに彼は腰をおろし、後にしてきた要塞を眺めた。何が起こっているか知らなければ、美しいとさえ思ったに違いない。古い城が幾筋もの光線に照らされ、狂乱的とはいえ、暖かい光に包まれている。もちろん、警報や警備兵たちの怒鳴り声も聞こえただろう。そのときまでに彼は肋骨が二本折れて、おそらく脳震盪《のうしんとう》も起こしていると気づいていた。ロープのことを考え、前もって検査しなかった自分に腹を立てた。準備段階の全行程で、ロープは彼が直接調べなかった唯一の品目だった。そばかす顔の陽気な南アフリカ人、ジンジャー・ハミルトンがそれを作った。しかし、トランスヴァール出身の歩兵にロープ造りの何がわかるというのだ？　ポペットに頼むべきだった。

あれこれ考えをめぐらしているとき、突然、ライラックの茂みのそばに座っているのに気づいた。強い香りだった。あらゆる植物が花をつけ、彼は春の匂いに圧倒された――レモンの花、野バラ、耕されたばかりの土の匂い。彼は記している。「そして、その時、これらの芳香がガーヴィにはいっさいなかったことに気づいた。私はこれらの感覚の刺激に身を浸し、この晩の喜びを台無しにした痛みを呪った」。トンネルを出てから履いていたゴム靴を脱いだら、少しは快適になるかもしれない。靴はずぶ濡れだったが、脱ごうとしても身をかがめられなかった。低木を探し、その木の又にかかとを引っかけて寝転び、足を引いて靴を脱いだ。荷物には予備の長靴も入れていたが、それを履いて、ひもを結ぶのもまた同様に難しかった。

彼は激しい雨の中を足を滑らせたり、行く手にある障害物を乗り越えたりしながら夜通しさまよっていたが、肉体的な胸の痛み以外はあまり憶えていない。夜が明ける直前、小さな干し草置き場を見つけ、そこに潜り込んで眠った。ほんの数分眠ったかと思ったところ、干し草を突き刺す、ピッチフォークの音で目覚めた。運良く、彼は奥のほうに隠れていたが、数時間後、農夫がまた干し草を取りにやってきた。農夫は一日の終わりにまた戻ってきて、今度はアレスターの顔のすぐそばにピッチフォークが差し込まれた。そして、ついにふたりは睨み合うことになった。農夫はかなり高齢で、アレスターは彼が心臓麻痺でも起こすのではないかと心配した。それどころか、農夫は飛ぶように梯子をおりて、あっという間に出て行った。アレスターが外に出ると、数世代の家族全員が集まっていた。皆、ぼろを着て、靴を履いていない者もいた。相手の表情から、自分が恐れられているのがわかった。「恐ろしい幽霊とでも思われたのだろう。醜く、身体は傾き、破れた服は半分乾いた泥が尻までべっとりとつき、手も顔も血で汚れている。大きな荷物と太い杖、それに非常に不気味な顔をしていたと思う」

そして、驚いたことに、その幽霊が口を利いた。彼はこんにちはと挨拶し、とても穏やかな礼儀正しい口調で、牛乳を一杯いただけませんかと尋ねた。一二歳くらいの少女がその場から走り去ったかと思うと、大きな木製のカップを持って戻ってきた。別の世紀には蜂蜜酒を入れていたような容器だ。彼らはアレスターがゆっくりとそれを飲むのを黙って食い入るように見つめていた。彼が上唇にできた白い口髭を拭うとすぐに、干し草置き場で対面した老人が言った。「早くどこかへ行ってください。ここから出て行ってください。お願いです」

シチリアで出会った農夫をだましたようにドイツの逃亡兵のふりをするとか、別人になりすますのは無理だ。脱走があったことも、この付近をイギリス人将校がうろついていることもすでに知れ渡っていた。脱走者を匿《かくま》えば死罪になる。アレスターはそんなことを頼むつもりは端からなかった。彼は川のほうへ歩き出し、水浴びをするため、人目につかない場所を探した。午後遅い時刻の木漏れ日が地面に降り注ぎ、昆虫たちは花から花へと忙しく飛びまわり、頭上では小鳥、鳩、キツツキの声がして、水面をかすめ飛ぶカワセミの音まで聞こえてくる。神秘的な時間だった。アレスターは身体を洗い、髭を剃り、岩の上に服を広げて乾かした。どうしてもアルプスのことを考えてしまう。痛みは激しくなり、肺まで傷ついているのかもしれないと不安になった。山に登るのは無理だ、そんなことをしたら症状が悪化するだけだと思った。

日が沈むと、小雨が降ってきた。いまでは服を着て荷物をまとめるのさえ、たいへんな苦行になっていた。この激痛がなければ、地面に寝そべって身をよじらせる姿はおかしく思えたかもしれない。それから彼は上流を目指し、川沿いを進んで深い谷に入った。月光が水面に反射していた。アレスターは夜歩くのが好きだった。音も匂いも強烈になり、動物を見かける機会も増える夜は、自然を感じるのに最適な時間だった。生涯を通して度々求めたこの特別なひとときを、彼は「夜の素晴らしい交響曲」と呼んでいた。やがて、曲がりくねる川に沿って歩き続けているうちに、元居た場所に戻るような気が何度もした。夜明けに要塞が姿を現したとき、彼はぐるりと一周してまたガーヴィに戻ってしまったのかと思った。だが、それは別の山を守るために建てられた別の砦だった。彼は疲労困憊し、砂岩が屋根のように張り出した岩棚に登り、苦労して荷物を降ろすと、日中は休むことにして眠った。

暗くなってから、彼は再び歩き出し、川沿いに北へ向かった。真夜中になるとまた雨が降り出した。もし峠まで行けたとしても、山はどんな状況になっているか、想像もつかなかった。寒気がして熱もあったが、力が戻ってきているように感じた。日が高く昇った頃、気がつくと川の広い中洲にいて、周囲は畑や葡萄園がどこまでも広がっていた。川から早く離れ、斜面を登って身を隠せる森に入らなければならない。少し行くと農具小屋があり、施錠されておらず、中は乾いていて、その日の休憩場所に最適だった。ベッドに使える布製の空の大袋もたくさん積んであった。だが、あまり眠らないうちにその所有者がやってきて彼を起こした。干し草置き場の家族とは違い、今度の農夫は歓迎してくれた。実際、ここにいればいいとアレスターに言った。「あんたがガーヴィから来たのはわかっている。だが、あんたがまたあそこに閉じ込められると思うと気が滅入る。私はピエモンテ人だ。ファシストではない。私は前の戦争に行った。あんたの国の軍隊はこの村に駐留していた。みんな、あの人たちのことが好きになって、おかげであとに良い子がいっぱい生まれたよ。うちへ来なさい。なんか食わせてやるから」

アレスターは素直に男の言葉を信じたが、昼日中に彼の家に入って行くのは危険すぎるとも思った。彼の勘は当たった。小屋を出るとすぐに、彼はスポットライトでも浴びているように感じた。丘の斜面には身を隠すところもなく、おおぜいの家族が畑に向かって歩いている。小さな男の子が駆け寄ってきて「おじさん、イギリス兵でしょ。ガーヴィからきたんでしょ」と叫んだ。アレスターは違うと言い、ヴェネツィアの近くの村から来たイタリア人だと教えた。「うそだ、うそだ」少年は叫んだ。「イギリス人、イギリス人」。少年に手をつかまれそうになっても、彼にできるのは少年を追い払うことだけだった。いまや兵士の一団が彼を捕まえに川のほうから向かってくるのが見えた。

私は葡萄園の段畑のあいだをむちゃくちゃにジグザグに走ったが、土砂が流れ込んだ道は古い足跡をすべて消し去り、厚い泥の上には私の足跡だけがくっきりと残った。私はようやく土手の道を見つけた。路肩に足跡を残し、それから岩の上を歩いて靴の泥をすべて落とし、三六〇メートルほど来た道を戻ってから土手の上にしゃがみ、段畑に沿って這い進み、こんもりとした小さな茂みに潜り込んだ。万事休すだ。私は穴を掘って地図や書類、身分証、現金を埋めた。駆け足で進む三人組の哨戒隊がそこらじゅうに散らばっていた。将校を含む哨戒隊が私の足跡を追って道を駆けてきたが、前を通り過ぎ、見えなくなった。三時間経過した。すべての哨戒隊はいまや私を通り過ぎ、南の端に向かって登っている。自信が戻るのを感じた。この騒ぎで、私の肋骨はもっと楽な地形でも使い物にならないことを証明した。私は少し食べた。それから、哨戒隊が斜面の藪をひとつひとつ叩きながら戻ってきた。非常に腹立たしかった。身体がなんともなければ、走って逃げられたものを。山はすぐそこだった。カービン銃を持った兵士が私の隠れていた藪に来て終わった。若い中尉が葉のあいだから自動小銃を押し込んだ。彼らは地面を掘り、私の書類を見つけた。若い将校は、申し訳なさそうにしていた。

哨戒隊のなかには黒いカラスの羽根を挿したオリーヴ色のフェルト帽がトレードマークの、精鋭山岳部隊であるアルピーニ部隊も加わっていた。中隊二個分が脱走者の追跡に動員されていたのだ。彼らはアレスターに親切で、兵舎に戻るとき彼の荷物を持ってくれた。そこで医師の診察を受け、そのあとワインの栓が開けられた。話はすぐに登山に移り、しばしば敵同士だということを忘れて夢中になった。アレスターは一九三六年にイタリアへ不法入国したとき、グレッソネイ・ラトリニテでアルピーニ兵に逮捕されたので、今度で二回目だと冗談交じりに語った。すると、その場にいた少佐が当時、そこに配属されていたと言った。誰もが笑った。それからアレスターはトラックに乗せられ、ガーヴィに戻された。

そこでの迎えは、心温まる交流とはいかなかった。普段は活気に溢れ、自信満々のモスカテッリが、椅子にだらしなく座り、意気消沈していた。数分間、アレスターには聞き取れないほどの低い声で、何かぶつぶつ言っていた。アレスターは彼に対していい気味だとも、気の毒だとも思わなかったが、驚いたのは確かだ。この大佐は日頃から怒鳴るのが大好きな男だが、この新しい振る舞いは衝撃的だった。いっぽう、マッツァ軍曹は重心を片方の足から別の足へ移すのを繰り返していた。見るからに苛立っており、早くアレスターを連れて行きたくてたまらない様子だった。アレスターはマッツァともう一人の憲兵に空の監房に連れて行かれ、そこで服を脱がされた。そして、憲兵が彼の身体を押さえつけ、マッツァが彼の顔を何度も殴った。それが終わり、アレスターが床にくずおれると、マッツァが彼の折れた肋骨を蹴り始めた。マッツァが、アレスターを城壁から放り投げてやると言い出したため、慌てたもう一人がようやく助けを呼びに行った。マッツァが力尽くで連れて行かれたあと、アレスターは血を流しながら裸で床に転がっていた。ひとりの警備兵が命令に逆らって毛布をもってきてくれなかったら、凍えることにもなっただろう。最終的に、彼は病院に運ばれ、それからの三週間、ほとんど動くこともできず、そこで過ごした。

アレスターが戻った次の日、ボブ・パターソンが現れた。彼は列車で行くという最初の計画をやめて歩くことにした。あまり遠くへ行かないうちに、溝で眠っているところを犬に発見された。その二日後、バック、ポール、ウースの三人が連れてこられた。彼らは別の囚人が縫った服を着て一緒に行動していた。アレスターと同じく、彼らも最初、西へ向かい、それからスイス国境目指して北へ進む計画だった。ただ、彼らは山の峠を越えるのではなく、ロカルノの近くでマッジョーレ湖を渡るつもりだった。激しい雨にもめげず、彼らは夜間歩き、日中は隠れ、だいぶ距離を稼いだ。連合国軍のパラシュート兵を探していた憲兵に見つかってしまったのは運が悪かった。残るはジャックひとりだったが、日が経つにつれ、彼は成功したに違いないと誰もが思い始めた。

ジャックは城壁から飛び降りたとき、すべての食糧と身分証が入った荷物をなくした以外は無事だった。アレスター同様、彼は斜面を滑りおり、落ち合う場所に決めていた川の浅瀬に着くまで走り続けた。ふたりはきっと近くにいたはずだが、土砂降りの闇夜に互いを見つけることは不可能だった。大声で呼ぶわけにもいかず、彼は少し待ったあと、ひとりで行くことにした。アレスターとデイヴィッドが決定していたアルプスの峠越えはさっそく取りやめにして、もともとの計画であった列車の旅に変更した。現金は持っていたし、彼のイタリア語はほぼ完璧だ。だが、この近辺を捜索にくる追跡隊を避けるため、彼は二四時間は動かないことにした。

川のそばに最適な木の茂みを見つけ、そこに隠れた。少女たちがガチョウを追いながらすぐ近くまで来たときは、静かに川に入り、その場から離れた。「ずぶ濡れで寒かったが、幸せだった」[42]と彼は語っている。あくる日の晩、彼はジェノヴァ目指して南西に向かって歩き始めた。それは賢明な選択だった。脱走者はスイス目指して北へ向かうものと思われているのを彼は知っていた。彼は母親がイタリア人のドイツ逃亡兵のふりをして、山の中を二日間歩いた。彼が出会った農民はみな親切で、ワインや食べ物をくれた。芝生の上で行うボーリング、ボッチェに誘ってくれる人々もいた。彼は列車での旅を終え、戦争前から知っている都市を再訪できてうれしかった。

ジャックはジェノヴァが気に入った。ここでは目立つこともなく、安全だと感じ、賑わう街をぶらついた。港の近くにある赤線地区へ行き、干してあったセーターを盗み、レストランで注文に難儀しているドイツ兵たちを助け、映画館で時間をつぶし、大聖堂で昼寝をし、前年の砲撃の被害状況を見極めながら歩きに歩いた。いまや彼はクロアチア人と称していた。枢軸国の同盟国であり、その母国語は誰も知らないだろうと考えての策だ。彼はそれらしく見せるために、ドイツ語の新聞《フェルキッシャー・ベオバハター》〔ナチスの機関誌〕を買い、小脇に抱えて歩いた。

その日の夕方に駅に戻ると、祝日のために移動する人々でごった返していた。彼はかつて通過した、マッジョーレ湖畔の村パランツァ付近でスイスへ入るつもりだった。国境までの切符を買えば怪しまれると思い、ミラノまでの往復切符を購入した。そこからはローカル線で残りの行程を行く。翌朝、彼はイワシとグラッパの朝食をとったあと出発した。その日は復活祭で列車は超満員だった。彼がなによりも恐れていたのは、身分証のないのがばれることだったが、案の定、列車が山岳地帯を出ると、警官が順に確認している声が聞こえてきた。だが、彼は少しも慌てず、列車が次の駅に止まるといったん降りて数車輛分、ホームを歩き、すでに検査が終わっている車輛に乗り込んだ。

次の行程ではさらに悪知恵を働かせる必要があった。今度も、パランツァまでの切符を買うのはやめて、ストレーザというそれより幾分大きな町までにした。そこでまた別の列車に乗り換えるつもりだ。彼は顧客の元へ注文の品を届けに行く婦人帽子職人見習いの若い女性の隣に座った。相変わらず魅力的なジャックはたちまち彼女と親しくなり、警官が確認に来たとき、ふたりはファッション雑誌に見入りながら話に夢中になっていた。彼はまるで恋人のようにぴたりと身体を寄せていたので、恋の邪魔はしないイタリアの慣習どおり、警官はそのまま通り過ぎた。

あとはパランツァまでの短い乗車区間を残すのみとなり、彼はそれをトイレに閉じこもって乗り切った。日没頃に到着し、彼はもう成功したも同然だと楽観していた。ロカルノの街の明かりが見えていたが、この先まだ四〇キロも歩かなければならない。彼は湖岸沿いの道を行き、そこに人影もないのを見て安堵した。イントラを通るとき『武器よさらば』の恋人たちが湖を渡って逃れるヘミングウェイの描写を思い出した。夜明けには、国境まであと八キロのところまで来ていた。一週間以上の逃亡生活で疲れ切り、頭がぼうっとして、強い眠気に襲われていた。いまは休み、その日遅くなってから国境を越えることにした。湖畔に、隠れ場所として理想的な、生い茂ったツツジを見つけた。そこに潜り込んですぐに眠りについた。八時間後、肩を強く引っ張られて目が覚め、見ると二人組の憲兵がいた。

あとでわかったことだが、彼の隠れ場所はあまりにも理想的だった。警察は、ミラノから逃げた密輸業者が来てはいないかと、ここ数日ツツジの木をたびたび確認していたのだ。「私のしたことは――ほぼ丸一日眠っていた――あまりにもお粗末で、考えるだけでも自分に我慢がならなかった。私は失望して何も感じられなくなった」[43]。同様に落胆したのは、ガーヴィのほかの捕虜たちだった。一年ほど前、アレスターとジャックがパドゥーラから到着したときと同じように、彼らはジャックが独房に連れて行かれるのを見ていた。まだ病院にいたアレスターを除いて、全員がそこにいた。久しぶりに会った友人たちが少しも嬉しそうではないのはジャックにとって初めての経験だった。それでも、自分たちがガーヴィから脱走した最初の捕虜だという事実は彼らの慰めになった。たしかに、国にはたどり着けなかったが、すぐに捕まりもしなかったのだ。この奇妙な感情の交錯を最も的確にまとめたのが、コリン・アームストロングの次の言葉だ。「ひとりも最後まで逃げ切ることができなかったのは残念だが、それでもなお、我々は面目を保ち、捕獲者に勝ったと思っている。この城は難攻不落だとあれほど豪語され、鉄条網や硬い岩にあれほど囲まれ、無数の哨兵と二四時間の監視にさらされていたにもかかわらず、我々は敵を出し抜いたのだ」[44]

第五章

ドイツ軍に占拠された収容所

一九四三年の夏は異常に暑く、真夏の太陽に灼《や》かれる石造りの要塞に閉じ込められている者たちにはかなり堪えた。アレスターが収容所で誕生日を迎えたのは二度目だったが、これを最後にしたいものだと彼は思った。イタリアに息子や夫が拘束されている家族にはよい知らせが伝えられ、彼らが解放される日も近いと期待した。アレスターの父もそう思ったに違いなく、シチリア陥落からちょうど一週間後、ひとり息子に宛てて内容盛りだくさんの手紙を書いている。

一九四三年八月二四日

息子へ

誕生日おめでとう。次の誕生日は家で祝えるように願っている。たいへん好ましい出来事があちこちで起こっているので、私たちもおまえがもうすぐ帰ってこられるだろうと、毎日大いに期待して過ごしている。おまえの装備の一部がイギリス国内に到着したというので、陸軍省に手紙を書き、その発送元がクックスか、コンチネンタル・ホテルか尋ねた。おまえの承認がなければ、うちへは転送してくれないそうだ。おまえから受け取った手紙のなかにそれを含んだものはあるかと訊かれたので、では、その旨を手紙で伝え、返事を受け取ったらすぐに知らせると答えておいた。〈ラットレー〉からおまえ宛てにキャプスタンのネイヴィー・カット［パイプ用の煙草］を半ポンド送った。おまえが開封する間もなく、それを持って帰ってくるんじゃないかと言われたよ！　ロバートはアレックスから便りをもらった。彼は元気だが、ひどく疲れていて家に帰れない。今週末（月曜が休みだった）に行くつもりだったが、母さんがステラ・ノーマンにポートベロに行くと約束してしまったため、金曜の午後から月曜の夜まであちらに行く予定だ。裁判は終わった。ヴァルはファーナンに釣りに行っている。去年、彼はテイ湖でサーモンを二、三匹釣り上げたので今年もそれを狙っている。私たちはふたりとも元気で、おまえもそうでいて欲しいと心から願っている。母さんはジャム作りに励んでいる。昨夜、プラムを収穫した。母さんは二ポンド入りの瓶六個を殺菌消毒したので今度ジャムも送るよ。夜は、果物を盗みに来るやつがいるから門に鍵をかけている。

おまえはどうしているかとよく人に訊かれる。誰もが「もうすぐ帰ってきますよ」と言ってくれる。ダグラスはどこかにいるはずで、皆、知らせを待っている。トム・ファーガソンはもうずっと家にいられると聞いた。キャルースは休暇中なので、私はいま、ひとりだ。今週中には彼の休暇は終わる。母さんと私は別の週にアヴィモアに行こうと思っているが、いつにするかはまだ決めていない。〈ザ・パインズ〉もきっと様変わりしているだろう。

父より[1]

その三ヶ月前、枢軸国はチュニジアで降伏していた。周到に仕掛けておいた罠の口が完全に閉じ、北アフリカ戦線は終結した。二五万人以上が捕虜となったが、そのなかにロンメルはいなかった。彼は数週間前にアフリカを離れ、衰弱して倒れる寸前の状態でドイツに帰還していた。連合国軍はいまや兵力も物資面でも優勢だった。イタリアは将来を見越し、単独で講和を結ぶ道を探り始めた。かつてのカルタゴから一六〇キロしか離れていないシチリアは、大陸に足がかりを求める軍隊にとって格好の標的になる。アメリカ軍はフランス侵攻を提唱し、シチリア侵攻に反対したが、チャーチルに説き伏せられ、一九四三年七月一〇日、アメリカとイギリスとカナダの連合国軍が上陸した。戦闘は五週間で終わったが、一九二二年以来権力を握っていたムッソリーニはまだ失脚していなかった。しかし、国王ヴィットーレ・エマヌエーレとファシズム大評議会がとうとうしびれを切らした。ムッソリーニは茫然自失のまま「リトル・チベット」と呼ばれる辺境の地、グラン・サッソに連行され、秘密の場所に幽閉された。

このすべては捕虜たちにも詳しく伝わっていた。中庭に設置された拡声器から流れるイタリア放送局のニュースが聴けたし、トミー・マクファーソンの夜のニュースの読み上げも続けられていた。ムッソリーニが追放されたとき、捕虜たちは歓声をあげ、抱き合って喜んだ。じきにイタリアは混乱に陥るに違いなかった。いくつかの都市では暴動が起こり、何年ぶりかにストライキやデモもあった。ちょうどその頃、ドイツ軍がレンメ渓谷を越えるのが目撃され、新たな師団が続々とイタリアに進軍し始めると、北イタリア全域でそれと同じ光景が見られるようになった。それでもなお、捕虜たちのあいだでは、自分たちは安全で、解放間近だと信じるほうが大多数だった。彼らが思うに、ドイツにはイタリアを防衛する気はない。そんなことをするよりも、ポー川沿いに防衛線を敷き、必要ならブレンナー峠まで撤退するだろう。だいいち、こんなにおおぜいの捕虜を移送するのは、軍事行動の妨げとなる兵站の悪夢だ。

アレスターは、解放は希望的観測にすぎないと思い、別の見方をしていたため、悲劇の予言者カサンドラのような立場になった。彼は記している。「気づけば私は少数派のひとりになっていた。もちろん、収容所の誰もがドイツに移送されるかもしれないと時々不安に思っていたはずだが、この先行きが不透明な時期に、多くの者が最大の希望に思考を支配されているのには驚いた」。八月中旬、ふたりのドイツ人将校が城に来[2]たときも、それを不吉な兆候と見る者はいなかった。アレスターは食堂で彼らと雑談し、あとになって彼らに簡単に魅了された自分を恥じている。「イタリア人と比べると洗練され、効率的な彼らに対して、私がいかに好い印象をもったかをジャックに語ったことを憶えている。砂漠での戦争はかなり紳士的な流儀で行われていたため、礼儀正しさは上辺を取り繕うもの、効率性の行き着くところには恐怖と残虐性があることを私はまだ知らなかった」

月末には別のドイツ兵の一団がやってきた。大佐と彼の全参謀だ。今度ばかりは捕虜たちも動揺し、モスカテッリが一行を案内して要塞の隅々まで歩きまわる様子を不安げに見ていた。モスカテッリはこの訪問について訊かれると、特に意味はない、たまたま近くまで来た旧友が挨拶に寄ったようなものだと答えた。将校の、そして紳士の名誉に賭けて誓うが、もしドイツ軍がガーヴィに迫ったら、前もって全員に警告するし、助けもすると言った。九月八日、赤十字の使節団が定期視察にやってきたとき、この約束は再び確認された。赤十字はモスカテッリと共同で声明を出し、何があろうとも捕虜をドイツに移送しないと保証して帰って行った。そして、その文言を記した紙がわざわざ食堂の掲示板に張り出された。

その晩、夕食の用意が整い、数名の将校が赤十字の声明を読んでいると、下の兵舎で異常な歓声がわきあがった。何事かと、皆が窓に駆け寄った。警備兵や憲兵《カラビニエリ》がいっせいに兵舎から出て、テラスで帽子を放り投げて喜んでいた。村の様子も同様だった。広場や通りに人があふれ、抱き合い、キスを交わしながら涙を流していた。何年も各家庭の窓をおおっていた灯火管制用の黒いカーテンは引きちぎられ、オペラのセットのように、女たちが窓という窓から身を乗り出して手を振り、叫んだり歌ったりしていた。つい今し方、休戦が発表されたのだ。

そのニュースの意味が充分理解される前に、反ファシスト派で捕虜に友好的だったふたりのイタリア人将校が食堂にやってきて、ほんの一時間前までは敵だった男たちと握手し、ともに喜んだ。「これからは味方だ」[3]と彼らは銃を置いて宣言した。イタリアが戦争に負けて落胆するどころか喜んでいるこの矛盾には誰もが気づいていた。彼らにとって、休戦は失敗の象徴ではなく、ファシストとドイツの両方に勝ったしるしだった。ガーヴィの捕虜にとってこれが何を意味するかは、すぐにはわからなかった。すでに連合国軍がラ・スペツィアとアンコーナに上陸し、ガーヴィから五〇キロ足らずのジェノヴァも陥落したという噂が流れていた。先任将校クリフトンは、ただちにモスカテッリと話がしたいと申し入れた。しかし、別名「ジョー・グレープス」はこれを断り、朝まで忙しいと伝言を寄越した。このようなときのために、捕虜が暴動を起こし、警備兵たちの武器を奪って要塞を乗っ取る計画がかなり前から準備されていた。誰もが役目を割り当てられ、あとは命令を待つだけだった。だが、命令は出されなかった。

部下たちからは「威勢がよく、度胸がある」[4]と見られていたクリフトンだが、なぜかこのときはためらい、のちに後悔する複数の戦略的ミスのひとつを犯した。後日彼は告白している。「陸海共同作戦も空からの作戦も、まったくその兆しがなかったため、率直に言って私は怖じ気づき、仕掛けるのを拒否した」[5]。そこで、捕虜たちはワインを飲んだり、歌ったりして、夜更けまで祝った。騒々しく感傷的に、各集団が代わる代わる故郷の歌を歌った。『ズールー・ウォリアー』『ワルツィング・マチルダ』『遥かなティペラリー』――特にマオリ族の別れの歌『今し別れの時』の歌詞は、何年も家族に会っていない大多数の男たちの悲しみや懐かしさを表すのにぴったりだった。

今こそ別れを告げるとき
もうすぐあなたは海の彼方へ行ってしまう
遠くへ行っても　私のことは忘れないで
あなたが戻ってくるまで　私はここで待っています

翌日、彼らは午前六時に銃声で起こされた。アレスターと彼の同房者が急いで服を着て中庭に出ると、イタリア兵の一団が負傷した同僚ふたりを連れて正門から駆け込んできたところだった。毎朝、食糧調達に村に派遣されていた集団が、数日前ガーヴィに現れたドイツ部隊と何らかの理由で撃ち合いになったのだ。ジョージ・ミラーが言うには、ひとりのイタリア兵がにっこり笑って、ライフルを構え、弾が発射された音を口真似したことから始まったらしい。[6] どうやら、ドイツ兵はそれが悪ふざけだとは見抜けなかったようで、その哀れな男を撃ち殺した。兵士たちが城に帰り着くまでには、さらにふたり殺され、数名が負傷した。

前夜発表された休戦合意には、すべてのイタリア兵はドイツ軍に抵抗し、イタリアを解放するために連合国軍に合流すること、という文言が含まれていた。ガーヴィはいままさにその指示に従う準備中だった。捕虜に向けられていた機関銃は突然、外側に向けられた。胸壁に配置されていた哨兵にも武器と弾薬が支給された。それまでイタリア人をまともな兵士と思っていなかった捕虜たちは、彼らにも戦う気があるのだと思った。だが、それは単なる幻想だった。数十名のドイツ兵が数回発砲し、発煙弾を一発、発射しただけで、抵抗はおさまった。正門が急いで開けられ、収容所所長代理の「惨めな老いぼれの大佐」[7]が白旗とともに送り出された。

じつに情けない光景だった。[8]わずか三〇名の軽武装のドイツ兵に対して二三〇名のイタリア兵が、捕虜を動員すれば簡単にその倍の兵力をもって抵抗できるのに、一発も撃つことなく要塞を明け渡したのだ。ジョージ・ミラーは「ガーヴィの何世紀にもおよぶ歴史で、即時降伏というこれほど不名誉なことはなかった」[9]と全員の不快感を言い表した。屈辱に輪をかけたのは、荷馬車に乗ってやってきた征服者たちが兵士の適性年齢を超えたバイエルンの農夫や鍛冶屋からなる後方の獣医部隊であったことだ。馬糞まみれの軍靴をはいた彼らのリーダーは軍馬係の軍曹で、捕虜を管理する要領については何ひとつ知らなかった。イタリア人の警備兵がいるところへ行っては自分の部隊の兵士とひとりずつ入れ替えていった。それが終わると、そこにいたイタリア兵全員の武器を取り上げ、彼らのほとんどに解散を命じ、命じられたほうは喜んで帰り支度をした。この機に乗じ、ふたりの捕虜がイタリア兵になりすまして一緒に出ていこうとしたが、見破られて引き戻された。正午には、要塞は完全にドイツ軍の手に委ねられていた。ニュージーランド出身のある将校が述べたように「これはたいへんなことになると思った」[10]。

この「ガーヴィ攻城」は、イタリア全土と地中海全域で起こっていたことの縮図だった。ロードス島やエルバ島を含めた至るところで、重武装の兵力も充分な守備隊が戦うことなく、自分たちより人数の少ないドイツ軍に降伏していた。多くの兵士にとって、それは家に帰るための安全な切符に思えたのだ。少なくともそれは約束されていたのだが、実際には六〇万の兵士が列車に乗せられてドイツへ送られ、奴隷労働を強いられた。本格的な抵抗運動が起こった土地も数カ所あったが、ナチスが得意の残虐性を発揮し鎮圧した。そのひとつ、ギリシア本土の沖にあるケファロニア島では、イタリア駐留軍司令官と幹部将校が、捕虜となった五〇〇〇人の兵士とともに虐殺された。[11]

イタリアに新たに作られた政府の指導者たちが救援に乗り出す気配はなく、彼らは自分たちが無事に逃れることだけを案じていたようだ。七月末、ムッソリーニが逮捕されたとき、国王ヴィットーリオ・エマヌエーレは七二歳のピエトロ・バドリオ元帥を後釜に据えた。元帥は一九三六年、エチオピア人に対して毒ガスを使ったことで知られている。ファシストと親密に結びついた政治的日和見主義者であるバドリオは、自分で決断し、率先して実行する能力が求められる首相の任には不向きだった。夏じゅう、バドリオは休戦の条件をめぐって連合国側と交渉を続けた。休戦協定は九月三日に結ばれたが、連合国側の強い要請により、連合国軍がサレルノに上陸する前夜まで、五日間発表を遅らせることになった。アイゼンハワーが立案した合意には、第八二空挺師団をローマに送ってイタリア軍と合同で迅速にこの都市を占拠する作戦計画も含まれていた。だが、バドリオは何もせず、アメリカ軍はいよいよ上陸する段になって初めて、準備が何もできていないのを知る。苛立ったアイゼンハワーは作戦を中止し、こうして戦争中のまたとない好機が失われた。ドイツ軍はまもなくローマを占領し、イタリアの戦争は何ヶ月も長引くことになる。

バドリオはどうしたかというと、彼はいち早くローマから脱出していた。休戦を発表した翌朝、王族や大臣数名とビリンディジに逃れ、そこでイギリス陸軍の第八軍に警護してもらった。指導力と勇気が最も必要とされていた、まさにその時、それを発揮できなかった彼の優柔不断により国は大打撃を受けた。イタリア軍は前もって休戦が結ばれることを知らされず、方針についても何の指示もなかったため、ただ単に崩壊した。しかも、バドリオは約束通りムッソリーニを引き渡すことができなかった。それどころか、ドイツの特殊部隊がこの独裁者を救出し——しかも、また一発も銃を撃つことなく——すみやかにドイツへ連れて行き、そこでヒトラーは彼を新しいイタリア社会共和国の元首に据えた。言うまでもなく、これは傀儡《かいらい》国家であり、ムッソリーニは実質的な権力をもたなかった。イタリア国内のドイツの影響力が公然と認められ、これを機にイタリアは内戦に突入する。

ところで、バドリオがめずらしく抵抗し、ドイツに譲らなかった分野がひとつある。八月中旬、ドイツはすべての捕虜を引き渡すよう要請した。すでにその可能性を危惧していたイギリスは、バドリオに、もしそんなことをしたら深刻な事態になるとあらかじめ警告しておいた。選択肢を与えられたバドリオはドイツの要請を拒み、すべての捕虜は保護されるか解放される、と休戦協定で保証した。実際、協定が発表される二日前、彼はすべての収容所所長に以下の命令を発していた。

イギリス人捕虜に関して

ドイツ人の手に渡るのを防ぐこと。すべての収容所を効率よく防衛することが不可能な場合、白人の捕虜は全員解放し、黒人は収容所に留めておくこと。解放された捕虜がスイスへ到達できるよう、もしくはアドリア海沿岸からイタリア南部へ無事にたどり着けるよう支援すること。ドイツ軍の退却線から離れている場合に限り、民間人の服を着た労働部隊も支援する。解放された捕虜には適時、食糧を配給し、ルートの案内をすること。[12]

七二カ所あった捕虜収容所の全所長がこの命令を受け取ったかどうかはわからない。受け取っていたとしたら、その対応は様々だった。モスカテッリ大佐のように多くの収容所所長は確信的なファシストで、命令を知ったとしても、無視しただろう。だが、それよりも深刻な問題は、イギリス人の捕虜の指揮官たちがそれぞれ正反対の対応を取ったことだった。

一九四三年八月の時点で、イタリアには八万人の捕虜がいて、その八五パーセントがイギリス人か、イギリス連邦出身者だった。[13] ボーア戦争中、南アフリカの捕虜収容所から脱走して頭角を現したチャーチルは、彼らの身を特に案じていた。捕虜の解放は休戦協定に明記されていると彼は主張し、彼らを救出するためにあらゆる手を尽くすよう首脳部に指示した。ところが、まもなく秘密の命令が各収容所の先任将校に伝達され、彼の意図はくつがえされた。「待機」命令とか「動くな《ステイ・プット》」命令と呼ばれたそれは、休戦協定が発表されたあとも捕虜を収容所から出すなと、各収容所の捕虜の責任者に指示していた。それを送ったのは、捕虜やレジスタンスと協力して作戦を実行するために設立されたＭＩ９とする説もあるが、その大本は第八軍を指揮していたバーナード・モントゴメリー大将だったというのがおおかたの見解だ。彼は数千の元捕虜が田舎をさまよっていては、軍事作戦の妨げになると懸念したのだ。さらに、彼はイタリア戦線は早々に終結し、捕虜もすぐに解放されると考えていた。そのため、集団脱走を禁じ、それを守るのは先任将校の責務であると伝えられた。秘密の無線通信や暗号化された手紙で送られた命令は次のようになっていた。「連合国軍によるイタリア侵攻に際し、捕虜収容所の指揮官は捕虜たちが収容所に留まるよう責任をもってこれに努めること。個々の捕虜が元の部隊に戻ろうとするのを防ぐため、全指揮官には必要な懲罰を与える権限が認められる」[14]

この命令の解釈は千差万別だった。リチャード・オコナー大将やフィリップ・ニーム中将など、かなり位の高い将校が収容されていたフィレンツェ近くのカステッロ・ディ・ヴィンチリアータでは、命令はあっさり無視された。そこの収容所所長がわざわざ彼らを鉄道駅まで送り届けてくれたのも、当然それを後押しした。いっぽう、アドリア海に近い、そこよりはるかに大規模なキエーティの収容所では、状況はまったく違った。そこでは、イタリア人たちはただ武器を捨てて収容所を出て行った。ところが、そこの指揮官たるイギリス人将校、マーシャル中佐は全員に収容所から出るなと命じた。ほかの将校らが自力で南へ向かうのは許可されるべきだと抗議し始めると、マーシャルは見張り番を置き、脱走を試みる者は例外なく軍法会議にかけると脅した。それから一〇日後、ついにドイツ軍が到着し、収容所を占拠した。それまでに四〇人ほどの捕虜が命令に背いて脱走していたが、一六〇〇人はドイツ行きの列車に乗せられ、そこでさらに二〇数ヶ月の捕虜生活を送った。[15]

南アフリカ人とニュージーランド人が中心の別の大規模収容所モデナでは、先任将校は当初、イタリア人が守ってくれるはずだと信じていた。ところが、どうやらそうではないらしいと気づき、出ていきたい者はそうしてもよいと許可を与えた。しかし、出ていったのはわずか二〇〇人ほどで、残りの一〇〇〇人はキエーティの捕虜と同じ運命をたどった。「動くな」と強制されていないのに、彼らが逃げなかったのは、捕虜の多くがいつのまにか罹っている「無気力症」が原因だ。それについて、エイドリアン・ギルバートは次のように記している。

真の脱走者——精神的にも肉体的にも、この先の苦難に耐える覚悟ができている者——とは違い、彼らは外国の、おそらく敵対的な土地を何百キロも歩いていくと考えるだけで、極端な場合、途方に暮れ、たいていは怖じ気づく……「動くな」命令は、こうした臆病さを堂々と表に出すきっかけになったいっぽうで、休戦協定に至るまで数週間、場合によっては数ヶ月間、動こうとしない捕虜に脱走者の精神を再教育してきた捕虜収容所の全体制を徹底的に大改造することになった。[16]

ギルバートが予言した収容所の姿勢の変化は、パルマの北二〇キロのところにあるフォンタネッラートで起こった。魅力的な四階建ての孤児院に設けられた収容所には五四〇人の捕虜がいたが、全員で休戦後に起こることへの準備を周到に整えていた。ヒューゴ・デバー中佐の優れた指導力のもと、彼らは五個の中隊を組織し、それぞれに様々な軍事的能力を分散した小隊を置いた。彼らは戦闘準備を整え、もしドイツ軍が自分たちを移送しようとするなら抵抗するつもりだった。ありがたいことに、そこの収容所所長は第一次世界大戦に従軍した親英派で知られた大佐で、デバー中佐は彼と良好な関係を築いていた。収容所所長は、もしドイツ軍が収容所を引き渡せと迫ったら捕虜たちに教えると約束し、モスカテッリとは違って彼は約束を守ってくれた。それだけでなく、道路沿いに見張りを置き、何か軍事的な動きがあれば、いち早く見つけられるようにした。まもなくそうなった。休戦の翌朝、ドイツ軍が迫ってくるのが目撃された。デバーはただちに五個の中隊を集め、完璧な隊列を組み、イタリア兵が都合よく切断しておいてくれた鉄条網の大きな穴から歩いて出ていった。一時間後、ドイツ軍が到着した。収容所が空っぽなのを見て激怒した彼らは、孤児院じゅうをしらみつぶしに探し、収容所所長を逮捕した。

フォンタネッラートを出た男たちは、川の土手に二日間隠れたのち、徐々に分散して少人数の集団に分かれ、それぞれ南の連合国軍の占領地域を目指したり、スイスへ向かったりしたほか、適当な場所を見つけ、前線が到達するまで隠れて待つことにしたグループもあった。おおぜいが再び捕らえられてドイツへ送られたが、逃げ延びた者のほうが多かった。そのひとりが、シディ・レゼグでアレスターの上官だったガース・レジャードだ。アレスターとは違い、彼は一度も脱走をせず、捕虜が収容所通貨のブオーニをスターリング・ポンドに両替する銀行システムを構築するのに専念していた。その彼がいまや銀行の記録を携えて列車に乗り、数ヶ月前のジャック・プリングルとほぼ同じルートをたどってマッジョーレ湖に着いた。彼は三人の仲間とともにドイツ病院に転用されていたバヴェーノのとある宿に泊まった。それからイントラへ行き、そこで収容所の通訳が手配しておいてくれたガイドと落ち合った。[17] それから三六時間後、モンテ・グリドーネの苛酷な山越えを終え、国境を越えてスイスに入った。

休戦が結ばれたあと、五万人の捕虜が逃亡したが、その半数近くが再び捕らえられた。[18] その年の終わりまでには、四〇〇〇人がスイス入国に成功し、六五〇〇人が南部の連合国軍がいるところまでたどりついた。残りの数千名がどうなったかについてはわからない。イタリアに落ち着き、結婚して家庭を築いた者も多い。パルチザンに加わるとか、自分でゲリラ組織を作って戦った者もいた。その彼ら全員にとって、裏切られる危険は常にあった。数千リラの報奨金を与えるという告示が至るところに貼り出され、賞金に加えて食料やたばこを与えると宣伝しているものもあった。しかし、もっと危険なのは捕虜を匿っているのを見つかった人々だった。処刑を免れたとしても、家は焼かれ、家族全員が奴隷労働者としてドイツへ送られた。それでも何千人ものイタリア人が自らの命を危険にさらし、なけなしのものを分けてくれた。そうやって親切にしてくれたのはたいてい、自分の家族に食べさせるのにも困窮している極貧の農民だった。脱走者はそれらの貧しい農民や羊飼いがたいてい助けてくれること、政治的にも無害であることを知っていた。フォンタネッラートから脱走したひとりの捕虜は次のように振り返っている。「捕虜のなかには、農家を干し草の山の数で格付けしていた者がいた。五つあれば、その家はまずまず豊かだが、表向きはファシストである可能性が高い。ひとつしかなかったら、その家はたぶん友好的だが、貧し過ぎる。干し草ふた山がちょうどいい」[19]。最終的に、かつて敵だった者から見て、イタリア人を解放し、回復のプロセスを推し進めたのは、ロジャー・アブサロム〔歴史学者。兵士としてイタリア作戦に参加〕の言う、この「奇妙な協調」[20]だった。

ガーヴィでは「動くな」命令が無視されたのはあまり驚きではない。ここにいる男たちは捕虜生活のほとんどを脱走のために費やしてきたわけだし、休戦後わずか数時間でドイツの手に引き渡されたため、この先どれだけ長引くかわからない収容所生活をなんとしても逃れようと決意を新たにするばかりだった。クリフトンはこれを即座にはねつけ、「イタリアの内情に無知な誰かが下した愚かな命令であり、多くを落胆させた危険な命令でもある」[21]と述べた。しかし、イタリア人が脱走を手助けしてくれたフォンタネッラートや、警備兵がさっさと出て行ったキエーティとは違い、ガーヴィは相変わらず厳重に閉ざされた収容所であり、その難攻不落の謎を解いたのは貯水槽トンネルだけだった。となると唯一の対策は、これまでの失敗に終わった多くの無計画な企てから学んだことを生かし、ドイツ軍がここを引き払うとき置き去りにされることを願って準備万端整えて要塞のどこかに隠れるというものだった。

全員が隠れることはできないと気づいたとき、新たな可能性が突如浮上したのは僥倖《ぎょうこう》だった。イタリア人がドイツ軍に武装解除されて収容所から追い出される際、ひとりの憲兵がヨルゴス・ツーカスというギリシア人将校を脇に引っ張った。背後の壁を叩き、ここに誰もが夢に見た秘密のトンネルの入り口があると身振りで示した。もし、それが本当なら、全員で脱走できる。クリフトンはさっそく三人のチームをつくり、調査を命じた[22]。リーダーはロイ・ウェイドソンという陸軍工兵隊の少佐だ。親しみを込めて「ワディ」と呼ばれていた彼は、クリフトンと同年代の四五歳で、収容所で最年長のひとりだった。

第一次世界大戦が勃発したとき、ウェイドソンは一六歳になったところで、年齢を偽って入隊した。やがて「陸の船《ランドシップ》」と呼ばれる装甲車が導入され始めた頃、戦車部隊に入った。終戦の六週間前、彼は自分の指揮下にある、閉じ込められた乗員を救い出そうと命がけの行動に出た。機関銃での銃撃と毒ガス爆弾が炸裂するなかを這い進み、救出はできなかったが、それで彼は戦功十字章を授与された。一九二〇年、大尉の階級で除隊し、鉱山技師を目指して学校に戻った。卒業後、仕事はいくらでもあり、アフリカ――タンガニーカ、ローデシア、ウガンダ、ケニア、コンゴ――を中心に働き、一九三六年に息子が生まれてからはヨーロッパで仕事に就いた。オーストリアで二年間暮らし、ドイツ語を習得した。その後、国境を越えてスロヴェニアに入り、亜鉛鉱山の監督となり、一九四〇年に戦争が始まったときもそこに住んでいた。

もちろん、彼が兵役に就く必要はなかった。徴兵年齢をゆうに超えているうえ、扶養家族のいる身であり、職種も徴兵免除の対象に入った。だが、彼はじっとしていられなかった。妻と息子をザグレブに連れて行き――妻子はそこからマルセイユ行きの列車に乗り、次いでイギリス行きの船に乗った――その後彼は、鉱山に戻ってドイツ人が来ても使えないように浸水させた。それから彼は北アフリカへ行き、第八軍に入り、中東、ギリシア、クレタ島で戦い続けた。アレスターと同じく、一九四一年一一月、シディ・レゼグで捕虜となった。背が低く、髪が薄い、細身だが筋肉質のウェイドソンはどことなく実年齢より老けて見えた。トンネルの入り口を探すといったきつい仕事にはもっと若い者を選ぶべきだと、クリフトンを非難する者もいた。だが、ここにウェイドソンほど地下の経験が豊富な者はいなかった。さらに、彼よりもやる気のある者もいなかった。

トンネルの端は上の中庭の北東角にあった。捕虜が立ち入りを禁止されていたエリアだ。ドイツ軍はそこに哨兵を置いていたため、ウェイドソンたちは、まず監房の壁を破って古い便所に通じるルートを切り開いた。そこから別の穴を開け、歩哨舎の真下にあたる地点でトンネルに入れるようにした。哨兵は絶えず近くにいるし、地下の通風窓の鉄格子越しに巡回する姿も見えていたので、非常に難しい仕事だった。トンネルに入ると、二枚の頑丈な金属製の格子が行く手をふさいでいた。その地点に到達するのにも丸一日がかりだった。錆びたノコギリやヤスリ、金属カッターを使って鉄格子を破り、トンネル本体に入るにはさらに二日はかかるだろう。乗り越えるべき問題はまだあった。急な下りになっているトンネルは岩の欠片でいっぱいだった。最悪なのは、上の便所につながるバルブから溢れた未処理の汚水が流れ込んでいることだった。

ウェイドソンたちが着実に作業を進めるあいだも、ほかの捕虜たちは不安を募らせていた。日一日とドイツ行きが近づいているのは明らかで、脱走をウェイドソンたちに頼るのは現実的だろうかと疑い始めた。クリフトンが全員で脱出する順番を発表したのは、皆の気持ちを前向きにするにはそれがいいと考えたからだろう。だが、脱走の日は間近だと思わせることで気分が高揚するはずだと彼が想像したとしたら、それは裏目に出るおそれもあった。捕虜たちは二〇人一組で三〇分間隔で脱走することになった。順番は年功ではなく、脱走経験と戦争にとって貴重な人材かどうかで決まった。クリフトンが認めたように「自分が何番目かを知って喜んだのは最初の三〇人だけだった」[23]

それよりも捕虜を勇気づけたのは、トンネルの出口が間違いなく外側の城壁の基部に開いていることだった。この情報をもたらしたのは地元のカトリック教会の司祭だった。彼は年を取った修道士タック〔ロビン・フッドの仲間〕を思わせる人物で、第一次世界大戦にはパイロットとして従軍し、親英派で知られていた。実際、リディフォードは次のように述べている。

> いまにして思えば、彼の唯一の務めは、できるだけ多くの捕虜が脱走できるよう手助けすることだった。彼は宗教上の奉仕と称して毎日収容所にやってきては、外のイタリア人たちの雰囲気について、つぶさに報告した……また、秘密の通路がどこにあり、その出口がどこにあるかまで正確に伝えた。これらはすべて村で彼が探り出してきたものだ。[24]

こうした情報には励まされるが、それでも多くの捕虜はトンネルが完成する前に移送命令が下るかもしれないと思い、代替計画を探り続けた。ケン・フレイザーのようにトンネル完成に期待しない者もいた。彼は仲間のニュージーランド人ふたりと充分な食糧をもって上下の区画をつなぐ傾斜路にあった小さな裂け目にこもり、外側からレンガでふさいでもらった。ジョージ・ミラーはもっと長く籠城できるように、ジェイムズ・クレイグと協力して地下に穴蔵を掘り始めていた。ほかにもこのような作業が着手され、少なくともあと二本のトンネルが掘削中だった。そして、下の収容棟では、誰にも止められない男バック・パームがトイレの便座をはぎ取り、その下の下水溝の迷路に降りられるようにしていた。アレスターの同房者、ジョン・クラットウェルとダン・リディフォードは、別の戦略をとった。ドイツ軍は移送のときが来たら、将校だけを連れて行くに違いないと考え、身分の取り替えに応じた従兵ふたりに代わって、靴を磨いたり、水を運んだりし始めた。こうした熱心な活動は、新しく来たドイツ兵に監視の経験が乏しかったため、難なく進められた。その頃までに、最初の獣医部隊に代わって、若い予備役兵ばかりの集団が監視にあたっていたが、なかにはロシアからフランス経由で連れてこられた十代の若者もいた。彼らは捕虜の監視について何ひとつ知らないばかりか、築一〇〇〇年のイタリアの要塞の複雑な構造については完全に無知だった。点呼もなくなり、収容所の記録もなぜかどこかへ消えていたため、捕虜たちは前よりも楽に、それぞれの「最後の審判の日」計画を続けることができた。

いまやトンネルから岩の欠片を運び出す作業には、ほかの者も加わっていた。トンネルが苦手のアレスターでさえ、駆り出された。数時間、切羽で作業を続けただけで、彼はさらにトンネル嫌いになった。「溺れ死ぬのを防ぐため、上の収容棟の便所の使用を停止しろと合図を送り返さなければならなかった。三〇分後、我々の身体に張りついて乾く、おぞましいものが流れ出るのがようやくとまった。その臭いは言葉では言い表せない。私はこのシフトが終わる頃には基部に達し、貫通すると思った」。それは、日曜の午後遅い時間で、ポペットが彼と交替するためにトンネルの入り口で待っていたときだった。突然、機関銃の音が要塞じゅうにこだました。まだ地下にいたアレスターはトンネルが見つかったのかと思った。だが、数回にわたった銃撃はトンネルとは無関係だった。

ゴミ当番の従兵ふたりが城の外に出ており、警備兵がそれを退屈そうに見張っていた。従兵のひとりがドイツ人にたばこを勧め、別の従兵に背中を向ける姿勢にうまく誘導した。そして、ふたりがすっかり話し込んでいたとき、別の従兵、ジャック・トゥーズという水兵がいきなり林に向かって駆け出した。警備兵に気づかれたとき、トゥーズは二七メートル先にいて、相手が銃を取り出して発砲し始めたときにはさらにその三倍の距離を稼いでいた。それまでには上の哨兵たちも発砲していたが、もう遅かった。トゥーズは林に到達し、姿を消した。一週間後、彼は国境を越えてスイスに入り、ガーヴィからの脱走に初めて成功した捕虜となった。

これにクリフトンは喜ぶどころか激怒した。彼は個人の脱走により警備兵がいろいろ嗅ぎまわり、トンネルが見つかるおそれがあるとして、それを禁止していたのだ。トゥーズが再び捕まったら、彼を軍法会議にかけてやるとまで言っていた。ほかの者たちはトゥーズに同情した。捕虜としての彼の苦難の道のりを思えば、自然にそうなるのだった。仲間から〝トゥインクル〟・トゥーズと呼ばれていた屈強な水夫である彼は、一九四〇年八月に捕まったポペットの潜水艦の乗員だった。最初の脱走は、閉じ込められていた島からヴェネツィアまで泳ぐつもりで数回、逃亡を試みた。その島では、〈オズワルド〉の艦長で乗員の多くがその指揮に疑問を抱いていたデイヴィッド・フレイザーと銃の撃ち合いになった。あれは反乱の一環だったという者もいたが、いずれにしろ、トゥーズは感情的に押しつぶされる状況に次々と追いやられた。何度も独房に入れられ、その間に自殺未遂をし、さらに刑期を増やされた。戦後、フレイザーの軍法会議で彼は次のように証言している。

私は捕虜であったときに誰からもひどい罰を受けました。ほぼ毎週のように罰を受けるのに慣れていました……イタリアにとって私は最高の捕虜のひとりでした。彼らはいつも私に独房行きを言い渡していました。私がイタリアにいた期間に私は独房入りの記録を立てたと思います。[25]

トゥーズの脱走から一時間もしないうちに、仮の捕虜名簿を手に入れていたドイツ兵は最初の点呼を行った。その直後、クリフトンはドイツ少年団担当の騎兵部隊の若き将校フォン・シュローダー中尉を訪ねた。その目的は腹を立てている将校をなだめるためでもあったが、情報分析も兼ねていた。その午後、発砲騒ぎが始まる前、司祭が第二の秘密の地下通路があると教えてくれた。「下の村まで通じている素晴らしいトンネル」[26]ということだった。トンネルは、イタリア兵が使っていた備蓄室の奥の、レンガでふさがれた小部屋《アルコーヴ》から始まり、通路に障害物は一切ないということだった。対処を要するのは、錆びた錠前のついた簡単な門ぐらいのものだった。ポペットと別の将校が偵察に派遣され、一、二時間もあれば貫通できると報告した。だが、クリフトンは移送まであとどれくらいの時間が残されているか、知る必要があった。いまや完成間近のトンネルが二本あり、成功すれば間違いなく前代未聞の集団脱走となる。ウェイドソンのほうは残りあと三〇センチか六〇センチだったが、彼と一緒に脱走しない残りの者はもっと楽な備蓄室の地下通路を通って直接、村に出られる。ひとりの捕虜もあとに残さない。もちろん、このような脱走は闇に紛れて行うのがいい。だが、クリフトンは、ドイツ兵たちが今日の騒動のせいでまだ神経を尖らせているのではと不安だった。真夜中に抜き打ちの点呼や身の回り検査をするのではないか？　彼の情報源によると、出発まであと四八時間はある。そうだ、少し落ち着くのを待ったほうがいい。トンネルを開くのは朝になってからでいい。その晩、これがガーヴィ最後の夜だと思って彼はベッドに入った。

九月一三日月曜日、休戦発表からわずか五日だったが、もう何週間も過ぎたように思えた。食堂は特別にたっぷりの朝食をたいらげた男たちのふかすたばこやパイプの煙で満ちていた。捕虜はドイツに移送されないと保証した共同声明はまだ掲示板にピンで留めてあった。それから、九時を数分過ぎた頃、誰かが食堂に飛び込んできて、一時間以内に全員で収容所を撤収するという命令が出たと告げた。「またしても運が悪かった」とクリフトンは述べている。「あるいは、とにかく判断を誤った」[27]。今度もまた、彼は用心するという過ちを犯し、勝負に負けた。前の晩は点呼も何もなく、いたって静かなものだった。実際、集団脱走にうってつけの夜だった。彼は少しでも過ちを挽回しようと、もっと時間をくれと言うために急いでフォン・シュローダーに会いに行った。一時間近く話し合った末、もう一時間の猶予を引き出した。

要塞はたちまち大混乱に陥った。何日も前から準備してきたはずだが、突然の移動命令に慌てた。収容所に隠れるか、収容所を出て行くかにかかわらず、誰もが顔色を変えて一斉に自分の荷物を取りに走り、「まるで蜂の巣をつついたような騒ぎだった」とアレスターは記している。誰もがぶつかり合い、かなり前に予約しておいた場所に駆けつけてみると、そこは頑として動こうとしない不法占拠者に奪われていた。隠れるつもりだったが、割り当てられたのが暗くて換気の悪い場所だとわかったとたん、考えを変える者もいた。手渡しで荷物を下に降ろしたと思ったら、すぐにまた戻ってきた。

二時間も経たないうちに、ガーヴィの全捕虜の三分の一近くが隠れた。ジョージ・ミラーがコンシェルジェ役を務める不快な地下の穴蔵には、少なくとも一〇人が潜んだ。上の収容棟では、四人が天井裏の狭い空間にもぐりこんだ。誰の隠れ場所がいちばん不快であるかを言い当てるのは難しかった。煙突に身体をねじ込んだ南アフリカ人か、あるいは階段下の非常に狭い空間に閉じこもり、あまりに狭いので立つことも横になることもできず、補給と排泄の両方のために取り外し式のチューブが必要だったふたりの奇襲部隊員か。ほかには、中庭の真ん中にある薪の山という目立つ場所に潜り込んだ男たちもいた。アレスターはどうしたかというと、彼はジャックとデイヴィッドを連れて、新しいトンネルの入り口がある備蓄室に向かおうとした。しかし、収容所一の几帳面といわれるポペットがその部屋の鍵の置き場を替えていた。どうしても解錠できなかったので、彼らはバックのグループに合流することにし、文字通りトイレの下に降りていった。するとそこにはすでに一七人が隠れていた。

一一時きっかりに、残りの捕虜は整列し、一年以上前にガーヴィに入るときに通った、窓のない長い廊下を進んだ。なかにはトラックやバスに乗せられながら、隠れないことにしたのは正しい選択だったのだろうかと、多少の羨望をもって思う者もいた。ドイツ兵がだまされたまま、隠れた捕虜たちを置き去りにして出発するように思えたのだ。しかし、エンジンをかける様子はなく、彼らはただ座って待っていた。「将軍はどこだ?」とフォン・シュローダーが尋ねた。彼のために敬意を表す儀式を準備し、一台のトラックの前部に特別席を用意していたのだ。先任将校はどこにもいなかった。フォン・シュローダーは結局、全員を乗り物から降ろし、点呼を命じた。五六人の捕虜が欠けていた。クリフトンも隠れるほうを選び、ウェイドソンほか七名と一緒に秘密のトンネルにいた。

休戦の夜に要塞の乗っ取り計画を実行せず、ジャック・トゥーズの脱走後にトンネルを使わなかったのは彼の用心深さなのだとしたら、ドイツ兵から隠れるという彼の決断はおおぜいの目から見て、無謀ではないとしても不注意だった。トンネルに彼が入ったあと入り口をふさぐ役を任された捕虜でさえ、ドイツ兵は「大物捕虜」[28]を置いて出発するはずがないと訴え、彼に考えを変えるよう懇願した。それから五〇年経っても、ガーヴィを生き延びた人々はそのときの悔しさを憶えていた。二〇〇七年、トミー・マクファーソンは次のように語っている。「クリフトンの愚かさがすべてを台無しにした。本当に愚かだった。クリフトンと彼の副官がそれまでドイツ側とのやり取りの一切を担ってきたのに、いざ出発となったときに彼がその場にいないとなれば……まあ、どんなばかでもおかしいと気づくはずだ」[29]。ほかにはもっと彼に寛容な意見もあり、捕虜の三分の一が欠けていれば、ごまかしようがないと主張した。あるいは、コリン・アームストロングが述べたように「どんな間抜けのドイツ野郎にも全員そろっていないのはまるわかりだった」[30]

クリフトンはそうは思わなかった。隠れている者たちが見つからないように、自分が囮《おとり》になって猟犬どもを彼らから引き離すことができると考えていたのだ。もちろん、そうするには、ウェイドソンがトンネルを開け、ドイツ兵がそこに誰もいないのを確認しなければならない。そこで初めて、ドイツ兵はこの場にいない捕虜は全員トンネルを通って脱走したのだと考えるだろう。少なくとも、そういう目論見だった。だが、クリフトンが失望したことに、ドイツ兵らは、最後尾の捕虜の足が出口の大きな穴へ消えるのを目撃するどころか、「皆、そのへんに座ってハツカネズミのようにおとなしく待っているだけだった」[31]。なぜかはわからないが、ドイツ兵らはあちこち捜索を開始するのは危険だと考え、状況が落ち着くまで待つことにしたのだ。

トゥーズの脱走後、あれほど激怒したフォン・シュローダーであったが、これらの新しい展開には驚くほど冷静に対処した。ダン・リディフォードはフォン・シュローダーについて「イギリスで教育を受け、完璧な英語を話す、感じのいい若者」[32]と評し、彼は「何事もじつに淡々とこなした」と述べている。彼は兵士をふたつのグループに分け、一方を駅に向かうトラックやバスの護送に当たらせ、もう一方には彼とともに収容所に残って、消えた捕虜の捜索に当たらせた。残ったグループに彼がどんな命令を下したかは想像に難くない。彼らは野犬のように将校の部屋に殺到し、手当たり次第にすべてを破壊した。マットレスを切り裂き、家具はたたきつぶして窓から放り投げ、包みを引きちぎり、衣類には大小便をし、紙類や写真は細かく割いて燃やし、どんな食べ物でも見つけ次第むさぼり食った。バターを食べすぎてふらつき、吐いた。まさに略奪と破壊の乱痴気騒ぎだった。そして、その間ずっと、彼らは叫び、歌っていた。この先にやってくる恐怖のリハーサルか、それともロシアで学んだことを再現しただけなのか？

彼らはアレスターが「野蛮な暴走」と呼んだそれを終えると、ようやく隠れた捕虜を探し始めた。手榴弾や銃弾で壁に穴を開け、そこにいるかも知れない相手の身がどうなろうがおかまいなしだった。捕虜も武装しているかもしれないと思ったのか、あるいは恐ろしい雄叫びや銃声を聞けば捕虜たちも降参して出てくると思ったのかもしれない。最初のグループは午後三時半頃見つかった。数人のドイツ兵が秘密のトンネルに通じるメインゲートの鍵を壊し、拳銃や手榴弾を手に、なかに入って見つけたのだ。クリフトンたちは「万事休すだと思った」[33]ため、誰かが穏やかに「もういいよ、軍曹。将軍はここにいるし、みんなおとなしく出ていくから」と言った。天井裏の狭い空間にいた男たちが次に見つかり、そして、それからまもなく、フレイザーとふたりの仲間が見つかったのには誰もが驚いた。コウモリがその小さな穴から出ていくのが目撃され、何発か発砲して手榴弾を投げるぞと脅すと、彼らはあきらめて出てきた。

アレスターたちのグループはトイレの下の穴蔵の、真っ暗闇のなかにいたが、上のほうで銃声や爆発音がするのは聞こえていた。それに隣の穴蔵の天井近くにふたつの格子窓があり、そこから捜索の進捗がうかがえた。ある時点で、中庭のほうから英語で話す声が聞こえたが、誰が捕まったのかまではわからなかった。それよりはっきり聞こえたのは、捕虜が全員見つからない場合は要塞全体を吹き飛ばすぞというドイツ兵の怒鳴り声だった。完全な沈黙と漆黒の闇のなか、別の男と背中合わせに座っていたアレスターは必死で恐怖と戦っていた。難しい山に登る危険はわくわくするのに、地下のトンネルを這って進むと考えるだけで、どうしてこんなに不安になるのだろうかと思った。彼は「健全な人間は閉所恐怖症にはならない」と自分に言い聞かせた。そして、暗い地下空間に住むことは不快でたまらないと認めるいっぽう、「この経験は神経を鍛える優れた特効薬となり、おかげで次の数ヶ月間、試練や苦難に落ち着いて立ち向かうことができた」と肯定的にもとらえている。

悪臭が漂うのに加え、大量の埃が舞っていたので、咳をしたら見つかると思って頭から毛布をかぶっている者もいた。アレスターは、花粉症のやつとは二度と一緒に隠れないぞ、と冗談を言った。真夜中頃、上の床に何かが叩きつけられる音がして、穴蔵全体が揺れた。皆がその意味を悟った。そして、突然静かになったが、それはドイツ兵たちが手榴弾のピンを抜いて後ろに下がったからだった。下の男たちも後ろに下がったが、そうしたのは本当に運がよかった。大きな穴が開き、穴蔵は煙と岩の欠片で満ちた。明かりが降ろされ、そのあとルガーを構えたドイツ兵がひとり飛び降りてきた。そのとき「ジャックが一歩前に出て、穏やかな口調で『撃つな。我々は武器を持たない』と言った」

彼らは開いた穴から上に出るのではなく、ドイツ兵にレンガでふさいだ出入り口を示し、それが下の中庭に通じているのを教えた。彼が出入り口を叩くと、すぐに反対側から反応があり、ピックやハンマーでそれが壊された。「危険人物《ペリコロージ》」は両側を重武装のドイツ兵の列に挟まれて歩いて出た。彼らは落胆していたが、冷たい夜の空気は肺に入ると強烈な麻薬のように効いた。ドイツ兵たちは何人の捕虜が穴蔵に隠れていたのか知らなかったが、誰か残っていないかあらためて確認した。兵士であろうが民間人であろうが、隠れている人間を見つけるのはこの部隊の最も得意とすることだった。数名が再び穴蔵に送られ、思った通り、岩の欠片の山の下に隠れていたバック・パームを見つけた。さらに、ロープ造りの南アフリカ人、ジンジャー・ハミルトンが排水管の中に挟まっているのを見つけた。足元に数発の銃弾が跳ね返ると、彼は出てきた。それからさらに探したが、出てきたのは彼を入れてまだ二〇名だった。

翌日、「ジョー・グレープス」が戻ってきたので、皆、うんざりした。まだ見つかっていない者もいたのでフォン・シュローダーが助けを求めたのだ。最後まで忠実なファシストであるモスカテッリは城の見取り図を持参し、隠れられそうな場所すべてにドイツ人を案内した。二四時間以内に、二名を除いて全員が見つかった。それからモスカテッリは中庭の中央にある薪の山に目をやった。いちばんわかりやすい場所だ。「あそこは調べたんですか？」[34]「まだ？」「では、あの山を崩してもらいましょうか」と彼は言った。そして、ふたりどころか、四人も見つかったので、フォン・シュローダーは喜んだ。もとの人数が間違っていて、隠れた将校は五六人ではなく、五八人だったのだ。

　フォン・シュローダーは思いがけずふたり余計に見つかってうれしかったのかもしれないし、あるいは最初からこの捜索を実弾や本物の手榴弾を使った愉快なかくれんぼの類いとでも思っていたのかもしれない。いずれにしろ、彼はポペットたちが最初に称えたように「有能で朗らかな、感じのよい中尉」[35]に戻っていた。もちろん、彼は今度こそひとりも逃すまいと用心し、警備を厳重にした従兵の部屋で全員を寝起きさせることにした。日中、捕虜たちは自分の部屋に残してきた所持品を取りに戻ることを許された。フォン・シュローダーは前もって説明した。「断っておくが、部屋はかなり乱雑になっている。部下たちの怒りを多少なりとも静めるためには、好きにしていいと許可するよりほかになかったのだ」[36]

　彼らが暴れている音は隠れ場所にも届いていたので、ある程度想像はしていたが、その破壊の凄まじさには目をみはった。アレスターとジャックは所持品の残骸からまだ使えそうなものを選り分けて回収したあと、ドイツ兵を説得してイタリア兵が使っていた備蓄室に行った。若いドイツ兵は経験が浅く、アレスターが脱走時に重宝する新品の背広の上下を取っても、とがめなかった。アレスターはさらに部屋の奥に進み、もっと貴重なものを見つけた。長いあいだ夢見ていた自由へ続く地下通路の入り口だ。ドイツ兵もすでにそれを見つけており、村から城に来るときに使っていた。アレスターは立ったまま、しばらく地下通路の口をじっと見つめていた。だが、もう遅かった。「ガーヴィ攻城は終わったのだ」

第六章

ドイツ行き移送列車

本物の殺し屋が到着した。愛想のよい将校が率いる少年団と入れ替わりにやってきたのは、屈強で恐ろしげな一団だった。短機関銃、膝上まである革長靴、首からぶら下げた大きな三日月章《ゴルゲット》には〝野戦憲兵〟の刻印。ガーヴィの捕虜は北アフリカや地中海で捕まったため、それまでこのタイプのドイツ人を見たことがなかった。「アメリカ映画に出てくるギャングみたいだ」[1]と誰かが皮肉を言った。そして「胸あて野郎」[2]と呼んだり、仰々しいポーズを嘲笑したりしながらも、彼らが何者かについては正しく理解していた。蛮行と恐怖という言葉に新たな定義を加えながら、ロシアやポーランドで何年も過ごしてきた殺戮者たちだ。「ぞっとする険しい鉄面皮の顔」とクリフトンは述べている。「彼らは見るからに、そして実際に、手際のよい冷酷な残虐者であり、あまりにも多く人殺しをしてきたので、人の命など家禽《かきん》か豚のそれ程度にしか思っていない……まったく胸くそ悪いやつらだ」[3]

野戦憲兵がガーヴィに派遣されたのは、第一陣の移送時、オーストリアまでの道中ぽろぽろと脱走者が続出し、その失敗を繰り返さないためだった。ラクイラの鉄道末端駅に着く前から、すでにふたりがトラックから飛び降りて脱走していた。[4] 捕虜になって三年以上のパイロット、穏やかな話し方をするピーター・メッドがその次に脱走した。彼は列車が駅を出るとすぐに屋根にあがり、緩衝器の上に降りてそこから完璧なジャンプをした。その後、四八時間と一一二〇キロを経て、彼は連合国軍の前線を越え、帰還を果たした。ほどなくして彼は再び空を飛んでいたが、一九四四年八月の濃霧の午後、脱走してから一年も経たないうちに、ノーサンバーランドの丘に激突して死亡した。

ピーター・メッドは列車から飛び降りたとき、一〇点満点の完璧な着地を見せ、転がりもせず、かすり傷ひとつなかった。彼のように幸運ではない者もいた。あらゆる脱走の手段で、列車からの飛び降りほど危険なものはあまりない。一歩間違えば、車輌の下に引きずり込まれて轢《ひ》かれる。夜間に実行すれば発見されにくいが、それは当人の視界も限られることになり、飛んだはいいが、電柱や配電箱、コンクリートの杭などに激突するおそれがある。たとえ、それらの障害物を避けたとしても、線路に敷かれた鋭い砂利で皮膚がずたずたに裂かれる場合もある。なんといっても最大の危険は撃たれることだ。武器を携えた衛兵が列車の要所要所に立ち、逃げようとする者をただちに撃てるように見張っている。

飛び降りるのに最適な瞬間は、列車がスピードを落とす長い下り坂や、駅に入る直前だ。オーブリー・ホイットビーと五人の仲間はクレモナに近づくのを待った。夜明け前に飛び降り、ホイットビーは足首をくじいただけで済んだ。最初の脱走のときのように、今度もイタリア人将校になりすまし、ピサに向かった。そこに住む親戚から食べ物や服や現金をもらった。足首が回復すると、彼はまた出発し、一ヶ月後、連合国軍の支配地域にたどりついた。それから二年後にはトスカーナに戻り、生まれ育った地方の軍政府長官になった。

もちろん、怪我なく着地することは克服すべき難題のひとつに過ぎない。第一関門は、有蓋貨車から出る方法を見つけることだ。列車は第一次世界大戦中に兵士を前線に運んだのと同じ、四〇と八《フォーティ・アンド・エイト》だった。四〇人の兵士、または八頭の馬を積める車輪付きの小さな貨車で、両側面の引き戸で開閉し、端に制動手のためのブースがあり、今回は武装した二名の衛兵がそこに陣取って監視していた。鋼鉄製の貨車もあったが、ほとんどは木製だった。MI9所属のニュージーランド人で、営倉からトンネルを掘ろうとしたジェイムズ・クレイグは収容所を出るときに小型ナイフとロープを隠し持っていた。ふつうの食事用ナイフを持ってきた者もおり、彼らは数時間で屋根に穴を開けることができた。満月の夜で躊躇するほど明るく、屋根の上には身を隠す場所もなく、最初にそこにあがった三人はすぐに見つかった。列車は時速六四キロで走行中だったが、先頭にいた若いニュージーランド人大尉ビショップが自殺行為に等しいジャンプをした。衛兵全員が発砲するなか、クレイグは引き戸の把手を握って身体を列車の脇へ振り、軽業師のように優雅に飛んだ。最後尾の海軍将校、ベイトマンはさらに激しい集中攻撃にあったが、落ち着いて同じように飛んだ。

あとに続くために順番を待っていた者たちは、起こった出来事にすっかり怖じ気づき、慌てて貨車の暗がりに引っ込んだ。三人とも死んだに違いない、特にあんな無謀な飛び方をしたビショップは生きてはいないだろう、と彼らは思った。たしかに、銃弾が手首と膝を貫通し、顔と手足は骨が見えるまで肉がえぐられていた彼は死んでもおかしくなかった。彼は、イタリア人農夫に助けられるまで二日間、排水溝に潜んでいた。回復までに長い時間がかかったが、その後、パルチザンに加わり、最終的に連合国の防衛線を越えて国に帰ることができた。二〇歳になったばかりのベイトマンはそのような幸運に恵まれず、複数の外傷を負ってその場で死んだ。

クレイグは両足と鎖骨を骨折し、軍服に五つの弾痕があったが、なぜか身体に弾があたった痕はなかった。五キロほど這い進み、葡萄畑に隠れていたところを少年に見つかった。怯えた少年は司祭を呼びに行き、連れてこられた司祭が医者を連れてきた。クレイグは歩けるようになるまで三ヶ月かかり、それからスイス国境に向かった。彼はいったん国境を越えたが、道に迷ってまたイタリアに戻ってしまい、そこで再び捕まった。ミラノに連れて行かれ、ドイツ行きの別の列車に乗せられた。そして、また脱走した。今度は怪我もせず、彼はイタリアに留まることにした。ふたりの南アフリカ人とパルチザンの徒党を組んだ。橋を爆破し、車列を攻撃し、脱走した捕虜が連合国軍に再合流できるように支援した。一九四四年一二月、ガーヴィを出てから一六ヶ月後、クレイグもまた前線を越えて帰国を果たした。

　護送列車が一時滞在の収容所があるオーストリアのシュピッタルに着いたとき、ガーヴィ出発時は一二〇〇人だった捕虜が八〇〇人に減っていた。[5] 四日後、最終目的地であるドイツの収容所に到着したときは六〇〇人に減っていた。シュピッタルから脱走した捕虜のひとりはアレスターの元同房者、ダン・リディフォードだ。今回も彼はまず下士官と入れ替わり、それから数日後、労働に駆り出されるフランス人捕虜になりすまして収容所を出た。ガーヴィで一緒だったふたりの南アフリカ人[6]とともにイタリアに戻り、そこからユーゴスラヴィアへ行き、そこで様々なパルチザンに助けられ、ときには妨害されながら、六〇〇人の脱走捕虜の集団を率いてはるばるアドリア海の向こう側に駐留するイギリス軍のもとへ帰った。

　トミー・マクファーソンとコリン・アームストロングはリディフォードと同じことを考え、もうひとりのニュージーランド人[7]とともにフランス人作業員になりすまして収容所を出た。彼らは極寒のアルプス連峰の山を三つ越えたが、夜間、イタリアの小さな村を歩いているときに捕まった。それから家畜車に閉じ込められて始まった長い列車の旅は、ポーランドのトルンにある第二〇A捕虜収容所に行き着いた。彼らはポーランドの地下組織の手引きで脱走に成功し、スウェーデンに石炭を運ぶ貨物列車に潜り込んだ。北アフリカで捕虜となった日からちょうど二年でスコットランドに戻っていたマクファーソンは、長くは家に留まらなかった。特殊作戦執行部《SOE》に引き抜かれ、新しく編成されたジェドバラ部隊に入ると、レジスタンスを組織し、ドイツ軍の動きをできるだけ妨害しろというおおざっぱな指令を受け、ノルマンディ上陸作戦の四八時間後にパラシュート降下でフランスに送り込まれた。キャメロン・ハイランダーのキルトと「南フランスの半分を吹き飛ばせるほどの大量の爆薬」[8]を携えた彼の首には、まもなく三〇万フランの賞金がかけられる。それでも彼は捕まることなく、北イタリアで同様の使命を遂行したあと、胸一杯の勲章をつけて帰還した。

マクファーソンの仲間、コリン・アームストロングは収容所の記憶が新しいうちに机に向かい、捕虜生活について最初の備忘録をつづり始めた。彼はそれを『ご婦人方のいない生活』と題し、ガーヴィでは誰もが高潔な目標を共有し、その実現がある意味、捕虜の屈辱を払拭する役目を果たしたと、特別な敬意を込めて書いている。ガーヴィの捕虜であることはほかの捕虜とは一線を画し、要塞からは脱走できなかったとしても、列車でオーストリアへ、さらにその先へと運ばれる途中になされた脱走の驚異的な成功率は、多くの者たちが長年の不屈の努力を続けてきた証《あかし》だ。アームストロングは少し虚勢を張って次のように書いている。

ガーヴィにはその記録を誇る正当な理由がいくつもある。休戦を機に、ほかの多くの収容所では捕虜が解放されたのに対し、我々は解放されなかった。そのうえ、どの脱走も創意工夫が不可欠なものであり、多くの場合、相当な度胸を必要とする助走なしのスタートだった。五人が命を落とし、数名が負傷したのは慙愧《ざんき》に堪えないが、我々はイタリア人から与えられた「ペリコロージ」「危険人物」の名に恥じない行動をしたと思っている。[9]

捕虜の二番目の集団――隠れていた五八人に加え、医療スタッフと傷病捕虜を含む――は第一陣に遅れることわずか三日、快晴の秋の日の午後に出発した。彼らの監視役は少しの手抜かりもなく、逃げる者は容赦なく撃つとあらかじめ断言していた。それぞれのバスのいちばん後ろの席には、膝にあのいやらしいシュマイザー銃を置いた野戦憲兵がふたり座り、前方の運転手の反対側の席に同じく武器を携えたひとりが座った。三台のバスは見るからに不満げな表情の運転手共々、路上で徴発されたもので、乗客は自分でなんとかしろと言わんばかりに道路脇に置き去りにされていた。この短い車列にサイドカー付きのバイクが三台付き添い、その一台には非常に機嫌が悪そうな、腹を空かせた感じのドーベルマンが乗っていた。車列が動き出すと、バイクはまるで蚕《かいこ》が糸をはいて繭をつくるようにバスのあいだを縫って走り、この繭からは出られないのだといわんばかりに蛇行を繰り返した。

アレスターが振り返ると、ガーヴィが燃えているように見えた。破壊の仕上げとして、ドイツ兵らは、物が壊れていようがいまいが、一切合切をふたつの山に積みあげ、燃料を振りかけて火をつけたのだ。中庭から大きな煙の柱があがり、それが要塞を包み込む様は、略奪を終えて撤収する軍隊が生み出した中世の風景画そのものだ。まもなく村人たちがやってきて、燃え残りのなかから使えそうな物をあるだけ拾っていった。

バスは夜になってからピアチェンツァに到着し、捕虜たちはそこの最近放棄された兵舎で一夜を過ごした。兵舎は大きな大理石製の流しと豪華な造作で有名だった。そこから丸一日かけて一〇〇キロを走り、主な鉄道駅のあるマントヴァに着いた。途中、ジンジャー・ハミルトンが窓から華麗なジャンプを見せた。バスがカーヴにさしかかり左へ大きく傾いた最高のタイミングだったが、着地したのは物陰も何もない飛行場だった。衛兵が彼を撃とうとしたとき拳銃から挿弾子《クリップ》が落下しなかったら、彼はさらにたいへんな目に遭っていただろう。

サッカー場で寒い一晩を過ごしたあと、彼らは列車まで数キロ歩かされたが、間違った駅に連れて行かれたため、行軍はさらに延びた。道中、彼らは地元の住人から励まされ、果物やたばこまでもらったが、つい一〇日前までは敵だった兵士たちへの対応としては異常とも思えた。少なくともひとりの捕虜、ピーター・グリフィスという手先の器用な南アフリカ人が、群衆にまぎれて逃げようとしたが、見つかって引き戻された。彼がリビアで最初の頃に試みた脱走にはアレスターも加わったことがあった。

ようやく見つけた列車は途方もない大規模編成で、五〇輌近い家畜車の列のところどころに、すでに機関銃を据え付けた平台式貨車が組み込まれていた。五車輌をのぞいたそのすべてに、奴隷労働のためにドイツへ送られる二〇〇〇人のイタリア人兵士が詰め込まれていた。彼らの妻や家族が鉄道の築堤に並んで泣き喚く光景はじつに哀れだった。ドイツ兵がライフルで彼らを遠ざけると嘆きはさらに強まり、いっぽう、袖に鉤十字をつけた黒シャツ隊はナチス式敬礼をしながら、偉そうに闊歩《かっぽ》していた。やがて、指揮を執る親衛隊将校が捕虜の移送の条件について一席ぶつために現れた。

「非常に多くのイギリス人将校が車輌からの逃亡を試みて撃たれたため（その意味を理解させるため彼はここで間を置いた）、将校は将官と佐官をのぞき、家畜車で移動する。傷病兵と医官は一台の車輌に乗り、残りは三台に分乗する。これは非常に寛大な待遇である。お気づきだろうが、これらはフランス製の車輌であり、四〇人の兵士、あるいは八頭の馬が積める」。彼は背後の列車を手で示した。「むこうの各車両にはイタリアの家畜を四〇ずつ積んでいるが、引き戸はほんのわずかしか開けないことになっている」。彼は間を置いて続けた。「全面的な協力を要請する。逃亡を試みる将校は誰でも、仲間の将校の安心と安全を脅かす犯罪者である。そのような者は帝国の敵であり、その場で撃たれるだろう!」[10]

貨車に乗り、引き戸がまだ開いているとき、ジャックはイタリア語で外のイタリアの男たちに呼びかけ、誰か列車沿いに歩いて機関銃の位置を見てきてくれないかと頼んだ。だが、彼らは怖がり、誰も応じなかった。そこへ魅力的な四十代の金髪の女性が群衆のあいだから現れ、彼女を止めようとしたドイツ兵を脇へ押しのけた。彼女は、ジャックの知りたいことが何かを理解すると列車に沿って歩き去り、数分後戻ってきて言った。「それぞれの家畜車の屋根の前と後ろに一丁ずつ機関銃が据え付けてあったわ。でも、車輌に近いところは射界がいいとは思えない。皆さんのご無事を願っています」[11]。そう言うと彼女はまた兵士を押しのけ、群衆のなかに分け入り、見えなくなった。

その日に起こったいろいろな出来事と同じく、その女性が堂々と列車の脇を歩く姿は、ロッセリーニの映画に出てきてもおかしくないし、彼女の役は、イタリアの情熱的女優アンナ・マニャーニが——金髪ではないことはさておき——適役だ。イタリア各地に現れ、家族と国の名誉を守ったのは、このタイプの強くて自立した女たちだった。彼女らは〝フランスのマリアンヌ〟のイタリア版であり、戦争で疲弊し、新共和国の誕生に打ちのめされ、屈辱を感じていた国民を奮い立たせようとした。アレスターはこれに気づき、手記に次にように書いている。「国の危機はイタリアの男たちを惨めな存在にした。しかしながら、女たちは勇ましく、率直に物を言い、進んで人を助けるという点で傑出している。彼女たちはドイツ兵を肘で押しのけ、見事に口汚く罵る。相手には理解できない言葉だとしてもその心情は明確に伝わっている」[12]

列車は夕暮れになってから動き出したが、トレントやその先の南チロルに着くまで、一晩中逃亡する機会が与えられ、捕虜にとっては好都合だった。戸が閉じられるとすぐに、誰もが「ネズミを追うテリアのように」[13]狂乱して動いた。ほとんど全員が壁に穴を開けるための何かしらの道具を隠し持っていた。小型ナイフや先を尖らせたスプーン、弓ノコの刃のほか、歯科医のドリル一式を持ってきた者もいた。だが、それらはアレスターたちの車輌では使いものにならなかった。ほかの車輌は木製だが、彼らのは鋼鉄製だったのだ。それでもバック・パームはあきらめず、豹の毛皮のパンツ一枚になると、超人的な力で引き戸を曲げ、隙間をつくり、戸を閉めている外の掛け金に手を伸ばしていた。四時間後、ヴェローナに近づく頃には、あと少しで出られそうだった。

列車はそこまで来るのに何度も停車し、長い時間がかかった。線路が被害を受けていたうえ、兵士の輸送が優先されたからだ。ヴェローナの広大な操車場で長時間停まっていたのも、そのせいだ。ある時点で、彼らは線路脇で排便するために、少人数の集団ごとに外に出された。悪臭は耐えがたく、前にもほかの輸送中に同じことが繰り返されてきたのは明らかだった。彼らは車輌間で声を掛け合い、情報を交換したが、ドイツ兵にわからないようにヒンドゥー語やウルドゥー語、マオリ語、スワヒリ語のほか、コサ語まで使った。「そっちは、あとどれくらいで出られそうか？」「車輌の下に連結装置がゆるんでぶら下がっているのを見たか？」「危険を減らすために同時に出たらどうだろう？」「おれたちのすぐ後ろは機関銃を二丁載せた平台式貨車だ」「気をつけろ」「幸運を祈る」[14]

ヴェローナを出てまもなく、最初の、最もありそうもない脱走があった。一握りの患者と医師ふたり、歯科医ひとり、従兵三人を載せた病院車はいちばん警戒がゆるかった。ほかの貨車とは違い、天井の隅の換気口には有刺鉄線もなく、それを見張るドイツ兵もいなかった。縦三〇センチ、横六〇センチの開口部から出て、緩衝装置の上に降りるのは、それができるほどの健康体であれば、難しくない。実際、脱走すると決めたうちのふたり――ロニー・ハーバートとパーシー・パイク――は、無理だと強く反対された。腿に血栓があったハーバートは、一〇〇メートルも歩けばその場で死んでしまうとまで言われた。ところがどうしたことか、結局、彼は九六五キロを踏破したのだ。

童顔の三〇歳、ハーバートは一九三八年に南アフリカの〈ロイヤル・インシュアランス・カンパニー〉で働くためにイギリスを離れた。戦争になり、国に帰ろうとしたが渡航を拒否されたため、カフラリア・ライフル銃隊に入隊した。前線に派遣されるまでに、彼は結婚して子供が生まれるところだったが、その子の顔は戦争が終わって初めて見た。彼はトブルクで捕虜となったあと最初の収容所に連行される途中の車輌から無事に飛び降りたことがある経験者だった。いまや彼はほかの捕虜たちに飛び方を教える立場になり「着地したらすぐに転がって線路から離れなければならないと強調していた」[15]。だが、その前に、もじゃもじゃの赤い口髭をたくわえた空軍パイロット、パーシー・パイクに手を貸して彼の骨折した足首のギプスを切断してやらなければならなかった。

ハーバートとパイクは割と簡単に列車から飛び降り、その後、山岳地帯に向かい、農家に泊めてもらい、二ヶ月かけて怪我の回復に努めた。そして、ひとりで行動するほうが安全だと考え、分かれて南にいる連合国軍目指して長い徒歩の旅に出た。距離的にはスイスのほうが近いし、捕虜の多くはそちらを目指したが、そうすると終戦までそこに抑留されることになる。彼らの目標は戦闘に復帰することだった。ハーバートの出発から二日を空けて歩き始めたパイクは運悪く、すぐに捕まってしまった。ハーバートのほうは、はるかにうまく事が運んだ。農民や司祭に助けられながら一二月のまる一ヶ月、毎日五〇キロ近く歩いた。二七日、栄養失調で、靴底には穴が開いた状態で彼はラクイラに着いた。サングロ川沿いのドイツ防衛線はすぐそこだった。翌晩、そこを越えようとしたとき、投光器にとらえられ、数日後にはドイツ行きの別の列車に乗せられていた。

最終的に、病院車から脱走できる者はほぼ全員そうした。医師の番になると彼らはコイン投げでどちらが残るかを決めた。小柄なウェールズ人でインド軍のヴォーン医師が負けた。その頃、別の車輛でも中が空っぽになっていた。スタンプ・ギボンという長身の戦車長の指揮のもと、その車両にいた一六人全員が貨車の前方に開けた穴から抜け出し、飛び降りたのだ。少なくともひとりが車輪に巻き込まれて死亡し[16]、もうひとりが機銃掃射を開始していた機関銃の弾にあたった。アレスターの車輛では、出る順番をくじ引きで決め、半開きの戸の前にすでに並んでいた。危険なジャンプの達人であるデイヴィッド・スターリングは自分の背嚢を切り裂き、アレスターとジャックはその布きれを使って肘と膝と頭を守るパッドを作った。

月が昇り、突然スポットライトを浴びせるように列車を明るく照らした。男たちは握手を交わし、互いの幸運を祈ったあと、息を詰めて待った。車輪の音を聞きながら期待と不安のあいだで宙ぶらりんになり、おもしろくもない冗談に少しだけ緊張をほぐしたが、それはこのような事態に際して兵士たちが決まって交わす強いられた笑いだった。アレスターには、この場面は別の強烈なイメージを呼び起こした。「狭いところに閉じ込められ、声を押し殺した我々は何か難しい秘儀《イニシエーション》を伝授される儀式に臨む新参者のように並び、我々の前にある扉は永遠への入り口のようだった」。彼にとってはそれは理解を超えた時間であり、自然に対しては感じるが人間にはめったに感じない親近感や開放感に満たされた。「一時的に共謀者として結ばれ」、イタリアのすべての家畜車にいる者すべてが、ひとつの大きな兄弟愛で結束したところを想像した。

我々はきっちり分けられた人間——ニュージーランド人、南アフリカ人、オーストラリア人、イングランド人、スコットランド人、アイルランド人——ではなく、みんな同じ人間だと、このときほどはっきり認識したことはなかった。それ以来、私は国籍に影響されることなく、万人の兄弟愛を信じるようになった。それはあの晩、私が学んだ最も貴重なことであり、当時の慌ただしい日々、昼も夜も轟音とともに北に向かっていたイギリスと自治領の数千、数万の兵士たちもおそらく同じことを思ったはずだ。穏やかな気性、裏表がなく人付き合いが良く、時機を逃さない。強情で、頑固で、反抗的。床板をはがし、回転する車輪の下、線路に降りる。壁に穴を開け、ぐらぐらする緩衝器の上に立ち、風が吹きつける闇のなか、自由に向かって飛び降りる。屋根に穴を開け、機関銃の弾の雨にうたれ、穴だらけの身体が砂利の上を激しく転がって絶命する。扉を開け、二人ずつ組で飛び降り、集団で飛び降り、二〇丁の銃に狙われながら必死で逃げる。皆、野獣のように追われ、情け容赦なく撃ち殺される。衛兵はそこらじゅうにいるし、窓には有刺鉄線が釘付けされている。どのハリウッド映画よりも奇妙な光景は、月光に照らされた峡谷の向こうに、ドロミテ・アルプスの奇っ怪な峰々がはっきり見えることだ。のろのろと走る長い列車は明かりもつけず、男たちをぎっしり詰め込んだまま、イタリアからブレンナー峠へのぼり、ドイツへ向かっていた。

列車がアディジェ川沿いの小さな駅に停車したのは、夜明けまでにはまだだいぶ間がある時間だった。「止まれ！」と怒鳴り声がして扉の隙間に駆け寄ると、ふたりのイタリア人が両手をあげて立っているのが見えた。ふたりは列車が停止する寸前、換気口の格子から外に出て、さりげなく立ち去ろうとしていたのだ。「イタリア人か？」とドイツ兵が尋ねた。「シ、シ」と彼らは答えた。いきなり銃弾を浴びせられ、ふたりは倒れた。「マンマ・ミーア！」。ひとりが腹を押さえながら叫び、その指のあいだから血が噴き出した。「助けて、助けて！」。すると指揮官の金髪の若い中尉が歩み寄り、平然とふたりの頭部を撃った。それでもまだ、ひとりは生きていて、列車に投げ入れられるまでずっと身体をひくつかせていた。

残虐なうえ、故意に行われたこの出来事に誰もが震えあがり、言葉を失った。「逃げているときに撃たれるのはしかたない」とジャックは述べている。「だが、捕らえられたあとに殺されるとは思わなかった。我々は脱走しないことに決めた——少なくともいまは」[17]。ほかの者たちにとっては、ただ好機を逃しただけだった。月明かりが強くなり、列車がスピードを上げ、散発的な機関銃の銃声の間隔が短くなった。「もう、飛び降りても無駄だった」とポペットは振り返る[18]。彼らは脱走者の最大の過ちを犯した——「よりよい時機」を待って何もしないのは最悪だ。好機は二度と訪れない。午前八時にトレントに着いたときには、もう遅かった。

野戦憲兵たちは扉を開け、夜のあいだの遺失の程度を知った。ひとつの車輌は完全に空っぽで、もう一つの病院車はほぼ空だった。旅はまだ先が長いが、クリフトンは明らかに意気揚々としていた。「本体もこれくらい上手くやっていたとしたら、ガーヴィの評判は依然、高いままのはずだ」[19]。ここで、染みひとつないイタリア赤十字の制服を着た女性たちがパンや果物、たばこを積んだ手押し車を押しながら現れた。ドイツ人はガーヴィを出発してから何もくれなかった。多くの捕虜は食べ物を持参していたが、このような優しい女性たちが現れたのは本当にありがたかった。アレスターとジャックは扉から手を伸ばして自分の分をもらうとき、町の様子や近隣の住民の対英感情について尋ねた。「ここは最後のイタリアの町です」と、ある女性が言った。「この先の上のほうはイタリア人よりもオーストリア人のほうが多くなります。ドイツ人が民間人にも武器を与えて武装させました。彼らはイタリア人を撃つのです」

四時間後、彼らはブレンナー峠まであと八〇キロの、地中海地域とヨーロッパ北部を結ぶ古都ボルツァーノに着いた。かつてはオーストリアに含まれたボルツァーノ——ドイツ人はボーツェンと呼ぶ——は現在、イタリア人がアルト・アディジェと呼ぶ、南チロルの都となっていた。六世紀にわたって単一の領土だったチロルは一九一九年にふたつに分断され、南部は第一次世界大戦に参戦した報酬としてイタリアに割譲された。それまで南チロルにイタリア人はいなかったが、積極的な植民政策により急激な変貌を遂げる。この地域の「イタリア化」[20]は一九二二年にファシスト党が政権を取ってからさらに加速した。ドイツ語の学校や新聞はなくなり、少数派の言語であるイタリア語が、法廷やその他の政府の議事録で認められる唯一の言語となった。地名も変わり、墓石にドイツ語を使うことさえ禁じられた。一九三九年にヒトラーとムッソリーニが新しく占領した地域にドイツ系住民を入植させることを認めた合意に署名すると、イタリア化は最盛期を迎える。一九四三年までには、ヒムラーが婉曲的に「人的資源移転」と呼んだ政策により、少なくとも七万五〇〇〇人のチロル人が移住させられた[21]。いまやイタリアはドイツに占領されていたため、南チロルは特別な作戦地域になっていた。突然、形勢が逆転し、ドイツ系チロル人が仕返しを始めたのだ。

アレスターは一九三〇年代にドロミテ・アルプスの山々に登るために何度もこの地方を訪れていたので、こうした歴史があったことは知っていた。南チロルで脱走を図るには、重々用心する必要がある。スイスを目指す脱走者の多くが通過するロンバルディアやピエモンテのようにはいかない。休戦以来、それらの地方の住民は求めればたいてい助けてくれた。しかし、南チロルはまったく事情が違う。新しくできた民兵組織、南チロル保安隊の武装隊員がそこらじゅうを巡回し、ユダヤ人を逮捕し、脱走捕虜を探し出し、差別されてきた積年の恨みを晴らしていた。その様子をアレスターは次のようにまとめている。

ファシズムの二〇年間は間違いなく計画的に野蛮だった。私はイタリア人を支持するつもりはないが、イタリア休戦後の数ヶ月間、あのような残虐性は報いを受け、朗らかに歌うチロル人は男も女も優位に立ち、ブレンナー峠から北にいる者を誰彼かまわず厳しく、情け容赦なく扱った。

ボルツァーノの車両基地はこの二〇年間に大きく拡張されていたが、それもこの地域にイタリア人を引き寄せるために、特別な工業地帯が作られたからだった。いまやボルツァーノは、イタリアでのドイツ軍の活動を阻止しようとする連合国軍の爆撃の標的になっていた。駅に停車し、発車を何時間も待つのは無論、快適ではない。線路を何本か隔てたところには、アレスターたちのと同じように家畜車を連ねた長い列車が停まっていて、側面に「アメリカの豚」の文字が殴り書きしてあるのが読めた。扉の開口部に張りついている無精髭の疲れた男たちは、ガーヴィからきた捕虜たちが初めて見る米兵《GI》だった。彼らはサレルノで捕虜となり、ガーヴィ組と同じくドイツへ連れて行かれる途中だった。ジャックが皆と一緒に彼らを見つめていると、アレスターが静かに彼を脇へ引っ張った。「盲腸になったことにしようと思う」と彼は言った。ジャックがヴォーン医師を呼んできたときには、症状は悪化し、アレスターは身体をふたつに折って、痛みに呻《うめ》いていた。

アレスターはストレッチャーに乗せられ、病院車に運ばれ、そこで診察を受けた。彼は吐いていたかね、とヴォーン医師は尋ねた。熱は？　立ち上がろうとすると痛むか？　「ここを押したら、どうかな？」と彼は言い、両手を重ねてアレスターの右下腹にあてた。当然、アレスターはもっともらしい悲鳴をあげ、やめてくれと懇願した。じつは、彼は一つひとつの質問の正解を知っていた。チャンスは備えのある心に降り立つといわれるが、アレスターが突然虫垂炎になったのは、この病状に遭遇した忘れがたい記憶をもとに周到に練った企てだった。もう一五年以上前になるが、彼の子供時代の友人、エドワード・マコノヒーが死にそうになったときのことは鮮明に憶えていた。スカイ島のグレン・スリガチャンを登っているとき、マコノヒーが突然、ひどく苦しみだした。一六キロほど彼を助けながら歩いて農場にたどりつくと、たまたまそこにいた医者がキッチンのテーブルの上で彼の手術をした。

ヴォーン医師はアレスターの診察を終えると、やりとりのすべてを監視していた親衛隊将校に向き直って言った。「この男の病状は深刻です。すぐに入院させる必要があります」[22]。だが、将校についていた曹長は真に受けなかった。「猿芝居にも程がある。おれも盲腸はやったが、こんなんじゃなかった」。ヴォーンは盲腸が破裂したらどうなるかを説明し、将校はあれこれ考えた末、救急車を呼べと曹長に命じた。泣きわめきながら運ばれていくアレスターは羨望の的だった。見事な即興の企てで、イタリアで列車を降りる最後のひとりとなった。ジョージ・ミラーが端的にそれをまとめている。「狡猾な男爵はこれ以上ドイツに近づきたくないと思ったのだ」[23]

車ですぐのところに軍病院があり、アレスターはただちに、効率的だが思いやりのない、英語が堪能なドイツ人医師の診察を受けた。診察はヴォーン医師が行ったのとほぼ同じだったが、ここでは足をそり返されたり、かかとを叩かれたりして、アレスターはその度に適切な悲鳴で応えた。いまやリハーサルも無事に終えているので、症状の深刻さを相手に納得させるのはさほど難しくはなかった。それどころか、上出来だったため、医者から「三〇分後に手術」と宣告される事態となった。

アレスターは素早く手立てを考えた。突然回復したと言って怪しまれるのは避けたい。虫垂炎とは特定できないような、もっとあいまいな症状をみせておけばよかったと後悔し、敵を出し抜いた喜びはたちまち消えた。そして、最悪の事態を思い描いていたちょうどそのとき、彼が「奇跡」と呼ぶ事件があった。トラックと壁に挟まれて瀕死の重傷を負ったドイツ兵がストレッチャーで運ばれてきたのだ。当然、その重傷者はすぐに手術室に運び込まれ、アレスターは土壇場で執行猶予を得た。夕方までに、彼はなぜか元気になった、発作は引いたようだとそれとなく医師たちに示した。

彼は二〇名ほどのドイツ兵がいる大部屋に移された。その夜、バイエルン人なら誰でも喜びそうな民族衣装を着た若い女性の集団が現れ、食べ物を配り、歌や踊りを披露した。アレスターも皆と同じように、葡萄とたばこと花をもらった。踊りが始まったとき、彼は自分のベッドの脇に立っていた若い娘のほうを向いた。彼女がイタリア人だと知って驚き、自分はイギリスの将校だと告げると明らかに親しげな態度になった。彼は「では、なぜここにドイツ兵の慰問に来ているのか？」と尋ねた。「なぜかというとですね、中尉さん。私たちはイタリア人だから、ここに来ないと殺されるんじゃないかと怯えているからです」。彼女はいずれこの男は脱走するのだろうと見越し、彼のほうへ身をかがめ、山は武装民兵がそこらじゅうにいるから気をつけて、とささやいた。そして、誰もが音楽や踊りに夢中になっているとき、彼女がさらに身を寄せてきたので、ふたりはキスをした。

慰問の集団が去るやいなや、雑役係がやって来て彼のたばこと葡萄を没収した。だが、アレスターがいちばん好きな山野草、繊細な青いリンドウは残された。衛兵や雑役係が眠りにつくと、彼はベッドを抜け出し、偵察を開始した。地下室に通じるドアを見つけ、その途中の踊り場に別のドアを見つけた。板ガラスに横棒の付いた重いドアだったが、力を入れると簡単に開いた。外の通りは静かで、ひとけもなく、彼が思い描いていた脱走に最適だった。それから自分のベッドに戻った。不在は誰にも気づかれなかった。

翌朝、彼は服と靴を取り上げられた。もう元気になっていたので、こうなるだろうと予想していた。幸いにも、シーツの下に隠しておいた予備の民間人の服と靴は見つからなかった。彼は、日中は休み、食べ、快適に過ごした。隣のベッドの、中年のウェストファリア人と雑談までした。午後も終わる頃、彼は自分が非常に落ち着いていることに驚いた。もちろん、興奮はしているが、それは山に登る前の興奮と同じ類いのもので、脱走前の緊張とは違った。今回もまた、彼は誰もが眠りについている二時を過ぎるまで待った。前に下見したルートを難なくたどり、町のなかに消えた。誰にも見られなかったが、彼は少し後ろめたさを感じた。病院から脱走すれば、今後本当に医療を必要とする捕虜がそれを受けるのが困難になるかもしれない。だが、結局、いつものように自由が罪の意識に勝った。

アレスターは物音を立てずに歩くのは得意だったが、古都の屋根付き通路や石造りのバルコニーを通り抜けるときはどうしても足音が響いた。彼は北のサン・ジェネージオに向かい、短い時間で山岳地帯に入る険しい細道に着いた。空気が冷たく澄んだ秋の夜、空いっぱいに星々が輝き、登山に最適な夜だった。高く登れば登るほど、彼のペースは速くなり、まもなく彼は自分の身体が生き返ったように感じた。「列車の経験のあと、フュンフフィンガー・シュペッツェの素晴らしい高峰をいただく山岳地帯で自由を味わうのは魂の酒のようなものだ」[24]。一歩ごとに彼は自信を強くし、決意を新たにした。今度こそ成功すると思った。

夜明けには尾根に達し、突き出た岩の下に小さな洞穴を見つけ、そこで日中を過ごすことにした。真下にアディジェ川が見えた。西のスイスを目指すならあの川を越えなければならない。ピーター・メッドがガーヴィを発つ朝、彼に手書きの地図を貸してしまったため、いま手元にないのが悔やまれた。だが、ここの山には馴染みがあり、彼はこの地域の最高峰、オルトレス山を目指すコースに決めた。あそこまで行けば、スイス国境まではそんなに遠くない。

その晩、彼は葡萄畑まで降り、葡萄をむさぼり食った。房をちぎる手間も惜しみ、蔓《つる》から低くぶら下がっている葡萄に直に食らいついた。どの家でも彼が通ると、鎖につながれた犬が狂ったように吠えた。ある農場では男が不審者を撃つため、散弾銃とランタンを持って表に出てきた。アレスターは男が家のなかに戻るまで、畝のあいだに伏せてじっとしていた。立ち上がってそこから遠ざかろうとすると、また犬が吠え、鎖を引っ張り、いまにも切れそうだった。再びドアがバタンと開き、農夫が出てきて大声で悪態をつき、犬を叩いた。

アレスターが谷底に近い線路に着いたのは、まだ暗いうちだった。それまで彼は破壊行為を一度もしたことがなかったが、いたずら好きな彼の性格からしたらそれは意外だ。いまや彼はブレンナー峠から南へ向かう多くの列車のひとつでも脱線させられないかと考えていた。鋼鉄製の大釘を何本か見つけ、線路にそれを置き、少し上に登って待った。まもなく轟音を響かせて列車が通過したが、アレスターの仕業に少しも影響を受けなかった。その後、彼は橋梁を渡っているときに見つけた軍用電話ケーブルの束を燃やした。

やがて彼は川に架かる大きな鉄道橋に着いた。両端に見張り番がいるのを見て、学生時代にフォース橋にこっそりのぼったときのトリックを使うことにした。見張りから三〇メートルほどのところまで這っていき、列車が来るのを待つ。そして列車が来たらそれを盾に横を走る。橋があまりにも長く、反対側にもうひとり見張りがいたため、彼は途中で伏せて次の列車を待たなければならなかった。二本の線路のあいだに伏せているとき、彼は下を流れる川をじっと眺め、見つかったら飛び込もうと考えた。幸いにも、まもなく次の列車が来て、ふたりめの見張りも無事にやりすごすことができた。

再び山に向かって歩き、気がつくと熟したリンゴでいっぱいの大きな果樹園にいた。彼は気持ちが悪くなるまでリンゴを食べ、ポケットにも五、六個詰めた。一晩じゅう銃声がこだまし、焼かれてうち捨てられた家を何軒も通り過ぎた。「森で死臭がすることもあった」。葡萄畑を抜けるとき、突然ドアが開き、明かりのなかに男女のシルエットが浮かんだ。男はごく自然に女の腰に腕を回していた。アレスターは安全な暗がりから静かにふたりを見つめ、彼らが想像した奇妙な亡霊はどんなものだろうかと考えた。

上に登っていくと、小雨が降ってきて、足元がだんだんと悪くなった。地面はすでに積もった雪におおわれ、藪と険しい岩場ばかりになった。濡れた岩に足を取られないように必死で登っているると冷や汗が出てきた。あるときは、行く手に大きな岩棚が立ちはだかり、彼は苦労して迂回した。下に深い谷が口を開けているクレバスをよじ登り、途轍もなく大きな一枚岩《スラブ》の上に身を引き上げると、彼は疲労困憊でそこに突っ伏した。このとき彼が挑んで成し遂げたことは、ふつうなら晴天の白昼でも避けるようなことだった。だが、今回もまた、彼の言う「脱走のパワー」で、特別な気力とエネルギーが湧いてきたのだ。

しばらく休んだあと、寒くてじっとしていられないこともあり、彼は尾根の頂に続く雨裂《ガリー》に向かった。頂に着くと、道を見つけて夜明けまで歩き続け、小さな洞穴があったのでそこで日中を過ごした。それからは歩くのは夜間に限り、村があると用心して迂回した。誰にも会わなかったが、銃声はたびたび耳にしたし、くすぶっている建物の残骸をいくつも見た。まるで地方の交戦地域を進んでいるように感じ、彼はそれを「恐怖の谷」と呼んだ。前々から歩くのは速いほうだったが、荷物も何もなく身軽なので彼のペースはさらに速くなっていた。食料に関しては、葡萄をつまみ、リンゴをかじり、半分熟したトウモロコシで腹を満たした。四日後、チロル人が「キング・オルトレス」と呼ぶ山がはっきり見えた。もうすぐだ。

五日目、すぐ南にあるオルトレス山に近づいたうれしさからなのか、アレスターは自分で決めたルールを破り、完全に暗くなる前に歩き始めた。[25] 急な斜面の上のほうに農場を見つけ、男がふたり、菜園で作業しているのを見た。まだ夕暮れ時だったので、彼は見つからないように下から忍び寄った。そばで少年が山羊を追っているのには全然気づかなかったのだが、気づいたときは遅かった。彼と同様にびっくりした少年が助けを求めて叫び始めた。

男がふたり、稲妻のように私に向かってきた。ひとりは散弾銃を持ち、もうひとりは拳銃を持っていた。男たちは私にドイツ＝オーストリア・チロル語で話しかけた。「身分証か通行証を出せ」「ひとつもない」「こいつは敵だ。撃て」と若いほうが言った。ドイツ人で、大柄の不快な感じの男だ。もうひとりが反対した。「血を見るのはもうたくさんだ」。若いほうが銃を構え、私の胸に狙いをつけて撃鉄を起こした。家から出てきた少数の人々が私のまわりに散らばっていた。男の母親だと思われる年配の女性が私に駆け寄り、私に抱きついた。男は抵抗もせずその場から引き離された。この場はそれで収まった。

アレスターが自分はイギリス軍の将校で、逃げてきた捕虜だと告げると、緊張はさらに和らいだ。彼の命を救った年配の女性が誰かにワインとパンを取りに行かせた。パーティーは菜園にいたふたりの男が戻ってきたため、すぐに終わった。今度は、間に合わせの制服を着て南チロル保安隊の腕章をつけている。彼らは銃でアレスターをつつきながら、捕らえたばかりの見事な獲物を誇らしげに見せびらかすふたりの猟師のように歩き出した。彼らはみぞれが降る暗いなかを何時間も歩き、イタリアと戦争について自分の思うところを順に語り始めた。彼らはドイツ人で、ヒトラーに忠誠を誓っていると言った。外国でまた二級市民として暮らすのは御免だとも。「チロルと言えば、冬のスポーツとか民族衣装とかヨーデルを真っ先に思い浮かべていたが、もうそんな暢気なことは言っていられない」とアレスターは思った。

真夜中をだいぶ過ぎた頃、彼らは小さな村に着き、アレスターはそこの警察署に引き渡された。窓のない房に入れられると落ち着く暇もなく、ドイツ兵の怒鳴り声が聞こえてきた。「そいつはどこだ？　そのイギリス野郎を殺してやる！　そいつの喉をかき切ってやる！　入れてくれ！」[26]。そして、ドアが勢いよく開き、狂った野獣が飛び込んできた――長身のがっしりした体格で、泥酔していた。男はアレスターの喉をつかむと、頭を何度も殴りつけた。ガーヴィでマッツァ軍曹から受けた殴打よりはるかに強烈だった。この兵士は体格が彼の倍はあり、もっと激しかった。彼の怒りは、連合国軍の空襲で家族全員を失ったためということだった。それが本当かどうか知らないが、怖くて誰も彼を止めることができなかった。暴行がようやく終わると、アレスターは顔からどくどくと血を流したまま、壁に背をあずけてぐったりしていた。やがて若い兵士が湯と包帯を持ってきて、彼の頭の手当てをしてくれた。そのあと、パンと肉のパテも差し入れてくれた。兵士はこんな目に遭わせて申し訳ないと謝り、それからふたりは座って長々と話し込んだ。

翌日、アレスターはフィアットの後部座席に押し込まれ、十数機による爆撃を受けた直後のボルツァーノに連れて行かれた。サイレンが鳴りひびく市街地に入り、燃える警察署の前を通ると、破れた制服姿の憲兵たちがなすすべもなくうろうろしていた。発電所とともに線路も橋も爆撃されていた。南チロル保安隊の小隊があたりを走りまわり、風変わりな野外劇の俳優のように小径を右往左往していた。一触即発のエネルギーがこもっていた。「誰もが神経をとがらせ、身構えていた」とアレスターは述べている。「街には恐怖が満ちていた。ドイツ人、ファシスト、チロル人、連合国の空軍、将来に対する恐怖だ。明日はあるかないかわからない。今日はつらく、ぎらぎらして、張り詰めている」

アレスターを乗せた車は途中何度も停車し、やがて家畜車を長く連ねた列車がとまっている鉄道の側線に着いた。そこで再び長々と協議が行われ、一台の家畜車のドアの錠がはずされ、扉が開いた。なかはすでに立錐《りっすい》の余地なくぎゅうぎゅう詰めだったが、そんなことはおかまいなしだった。アレスターはただ持ち上げられ、なかに押し込まれた。最初、アレスターはこの新しい仲間が何者かわからなかったし、彼らの話す言葉が何語かもわからなかった。アレスター自身がひどく汚れた民間人の服を着て、頭にはヒンドゥー教の聖者のターバンのようなものを巻いていたので、当然、いちばん奇妙な風体だった。それから、彼はイギリス軍兵卒の馴染みのある声を聞いた。「この人たちはセルビア人です」と彼は言った。「もう何年も捕虜になっている者もいます」。全部で五七人いて、そのうちの五人が休戦後に脱走して再び捕まったイギリス兵だった。

六時間待たされたあと、ようやく列車は動き出した。それまでに、アレスターはほかの二名と力を合わせ、側面の板をはがそうと必死の努力を続けていた。だが、ブレンナー峠に近いところで停車しているときに見つかり、別の車輌へ移された。今度は二〇人いるだけで、全員エルバ島の一斉降伏で捕虜になったイタリア人だった。横になるゆとりもあり、イタリア人のひとりが毛布を貸してくれた。目を閉じるとつい二日前に殴られたところがずきずきした。つかの間、病院で山の娘とキスをした夜のことを思い出し、気分が回復した。そして、すぐにまた頭痛がぶり返し、それとともに敗北感に襲われた。どうがんばっても、ドイツ行きは避けられないのだった。

第七章

森の中、街の中

閉塞感の強いガーヴィと比べると、世界の様々な国の捕虜が収容されているモースブルクは広々とした国際都市のようだった。古い肥料工場の跡地に建てられた公称「第七A基幹収容所」[1]は、ドイツが最初に設けた捕虜収容所だ。ミュンヘンから北へ四〇キロ、イーザル川に近い湿原の平地にある、荒涼とした不健康な施設だった。建設に先立って調査にあたった医療班でさえ、ここに収容所をつくるのに反対した。だが、上のほうの意向で彼らの意見は無視された。本来、一万人規模の施設のはずだったが、収容人数は一〇倍にふくれあがり、戦争末期にはさらに増加していた。ドイツに多数あった捕虜収容所のうち最大で、捕虜の出身地も最も多彩だった。いちばん多いのがフランス人で、ロシア人とイギリス人がそれに次いだ。連合国のすべての国とその植民地の兵士がそろっていた。ある説[2]によると、七二カ国に加え、アルジェリア、モロッコ、チュニジア、エジプト、マレー、インド、セネガル、スーダン、インドシナ、ハイチ、マルティニークのほか、キューバ出身の捕虜もいた。

つぶれた六角形の敷地には、中央に長さ一キロの舗装された主要路が走り、両側は一〇以上の小さな区画に分かれていた。それぞれに監視塔付きのゲートがあり、周囲は高さ四メートルの鉄条網の柵が二重に張りめぐらされ、二・五メートルあるふたつの柵のあいだには鋭利な有刺鉄線のコイルが詰めてあった。区画ごとに四棟か五棟の木造小屋があり、中央に簡素な洗い場が設けられていた。それぞれの小屋の端には、簡易式便所を含む石造りの小さな小屋があった。便所は両側にドアがあり、四本の金属製の樋から土を掘っただけの穴に直接流れ込む仕組みだった。悪臭は凄まじく、途切れることのない列に並ぶ男たちは吐き気にむせた。小屋のなかの悪臭も大差なかった。ノミとシラミにおおわれた三段ベッドがみっしりと並び、小屋一棟に四〇〇人もが詰め込まれていた。

区画は国籍別だったが、少人数の集団は当然、十把《じっぱ》一絡《ひとから》げにされた。しかしながら、五〇人のイタリア人が南から到着したばかりのイギリス人と同じ小屋に入れられると、かつての敵をただちによそへ移さないなら、この先何が起こっても責任は持てないと、ドイツ側に抗議した。イタリア人は「我々がここに来たのはあなたがたドイツ人と戦うことを拒んだからである。我々はそれを選んだのだ」と主張した。彼らの要望は無視されたが、ドイツ人は賢明にもイタリア人のほうを移した。アレスターはいくらか同情気味に書いている。「イタリア人は無視され、皆から見下されていた。だが、イタリア人はそんなことは少しも気にせず、戦場にいた頃と変わりなく烏合《うごう》の衆のまま、気楽に歩きまわっていた」

区画間を行き来するのは禁じられていたが、捕虜たちは多くの抜け道を見つけて往来していた。警備兵を買収し、労働班にまぎれ、あるいは単に二重の柵を乗り越えた。ロシア人は特に柵越えに長け、ドイツの哨兵が発砲するなか、鉄条網を大胆に飛び越えていた。ソ連はジュネーヴ条約に調印していなかったので彼らはその保護下になく、祖国の公的支援もなく、常に切羽詰まった状態にあった。モースブルクにいた一万五〇〇〇のロシア人の多くは、閉め切ったままの家畜車で三週間の旅の末に到着した。[3] 生き延びるために、食人行為におよんだ者もいた。苛酷な処遇と劣悪な環境にもかかわらず——多くは靴も履いていなかった——彼らは驚くべき忍耐力と精神力をもち、誰からも一目置かれていた。ドイツ人は彼らを野蛮で凶暴とみなしていたし、それに少し怖がってもいた。ある晩、ロシア人の小屋で起こった喧嘩の顛末はよく知られていた。警備兵は自ら小屋に入って収めようとはせず、さっとドアを開けて二頭の獰猛なシェパード犬を中に放った。しばらくすると、ドアが開き、ふたつの包みが外に放り投げられた。それは犬の骨を包んだ犬の皮だった。そのひとつにピンで伝言が留めてあった。「ありがとう。もっと寄越してくれ」[4]

ここは「その他の階級」や下士官の収容所であったため、大人数の労働班が始終、ゲートを出たり入ったりしていた。捕虜たちは地元の農場や鉄道の操車場や工場での労働のほか、小さな工房での作業にも駆り出され、そういうところには彼ら以外に男手がなかった。人の移動はそれだけでなく、中継地として将校やその他の捕虜の集団が一次的にここに滞在し、たとえばイタリアから到着した数千人が、すぐにまた別の収容所へ送られることもあった。非常に多くの捕虜が絶えず入れ替わるので、モースブルクの発達した闇取引はますます栄え、充分な元手とたばこがあれば、欲しいものはほとんど何でも買えた。このように条件がそろっていたため、ずる賢い捕虜が楽にボロ儲けできる、統制のとれた混沌ともいうべき状況が生まれていた。実際、ガーヴィと比べると、モースブルクからの脱走は「男爵」レベルの達人には、大型ホテルをチェック・アウトするのと変わりないほど簡単だった。アレスターが収容所に入るための長い列に並びながら笑みを浮かべていたのにはこうしたわけがあった。彼は直感で、ここはいいところだと気に入った。

聞き覚えのある声が自分の名前を呼ぶので彼は驚いた。振り向くと、反対側からポペットが来るのが見えた。彼はドイツ北部のブレーメンに近い収容所へ向けて発つところで、ほかの少数の海軍将校とともに行進していた。イタリア人は捕虜を国籍別にまとめたが、ドイツ人は軍種別に捕虜を分けた。収容所の管理にも同じ軍種の兵士をあたらせた。たとえば、ポペットがこれから向かうマルラク収容所は、捕虜は全員海軍将校で、監視・管理する側も海軍の将兵だった。

メインゲートを入ってすぐの、巨大な出入り口の向こう側には、別の収容所に向かって発つ前の検査を受ける大集団がいた。そのなかに、ガーヴィでアレスターと捕虜仲間だったおぜいの陸軍将校がいた。言うまでもなく、彼らはアレスターを見て驚き、がっかりした。いったん山に入れば、彼を阻むものは何もないと皆、信じていたのだ。ところが、その本人が血のにじむ包帯を頭に巻いて、モースブルクに入所する順番を待っている。再び捕まったのが明白で、それには落胆させられたが、それでも彼はエネルギーと楽観的なオーラを周囲に発散し、彼を見た者は誰もがそれに伝染した。ジョージ・ミラーはそのときの印象をうまく言い表している。

クラムは我々の前方に立ち、彼の頭は包帯でぐるぐる巻きにされていた。やつらは恥ずかしげもなく、男爵を殴り、危うく殺すところだった。クラムの最も素晴らしい点は（元来、彼は非常に特別な男だ）自分の失敗を哲学的に受け止めることだ。我々に携帯食のサワーブレッドとある種のソーセージを配っていたドイツ人の衛兵と、彼はにこやかに会話を楽しんでいた。[5]

チャーチルが「成功とは失敗から失敗へと熱意を失うことなく移れる能力だ」と語ったとき、アレスターのことを指して言ったのではないかと思うくらい、この言葉は彼に似つかわしい。実際、アレスターはモースブルクに到着したときから、いたって平静だった。鉄道駅を出て収容所に向かって歩く途中、隊列からそっと離れることもできただろうが、彼は収容所から脱走するほうを選んだ。殴られた痕はまだ回復していなかったし、身分証も食糧もない状態で逃げ出すよりは、何者でもない幽霊として第七A基幹収容所に入るほうが得策だと判断したのだ。もし、ここにいることをドイツ人に知られなければ、出ていくのははるかに簡単だろう。降り出した憂鬱な雨のなか、長い列が交差するのを利用し、彼は手続きを終えた捕虜の群れに加わって氏名の登録をせずに収容所に入った。

まもなく彼はアメリカ人の軍曹になりすましたが、点呼ではフランス人かセルビア人、たまにイタリア人になりすました。米兵《ヤンキー》になったのは彼だけではなかった。バック・パームは、ハーモニカを手放さない大柄のテキサス人としてあたりを闊歩していた。彼は、ガーヴィで秘密のトンネル発見に貢献したギリシア人の株式仲買人、ヨルゴス・ツーカスと組んだ。都会的で自信家のツーカスは、ヨーロッパ大陸のほとんどの言語を話せる四四歳の情報将校だった。彼らはふたりのアメリカ人と入れ替わり、アメリカ人たちのほうは残りのガーヴィ組とともに別の収容所へ旅立っていった。そして、もうひとり、新しくアメリカ人になった人物が加わった。有名なビスケット・メーカー、〈カーズ〉一族のリチャード・カーだ。ダンケルクで戦功十字章を獲得した特別奇襲部隊員の彼は、ガーヴィの他の脱走常習者と同じく、フランス人の助けを借りて脱走しようと計画した。

アレスターにとって、脱走の準備を整えるのは登山の遠征に備えるのとほぼ同じだった。体調を整え、外国語に磨きをかけ、必要な食糧や地図を手に入れ、ルートを選び、そこへ到達する最良の方法を考えることは両方に共通し、アレスターにとってはどちらも同様に胸躍る楽しい作業だった。とはいえ、当面の課題は体力の回復に努めることだった。列車の長旅、ドロミテの山で過ごした日々、そのあと受けた暴力により、彼の身体は衰弱していた。赤十字の小包もあり、今度の収容所のスープはイタリアのそれよりはるかに滋養があり、彼は徐々に健康を取り戻した。また、ミュラー体操も再開した。パドゥーラやガーヴィからの捕虜仲間はアレスターが夜明けとともに起きて裸になり、盛んに屈伸運動したり、身体を擦ったりする姿は見慣れていたが、テキサス師団の兵士たちには目をむくほどの奇行に映った。だが、茶化されたり、変な目で見られたりしてもアレスターは意に介さなかった。ミュラー体操を始めると完全に没入し、どんなことにも気をそらさなかった。

体操を終えると彼は服を着て、学びに行った。アレスターにとってモースブルクとはまさにそういう場所だった。脱走を成功させるために知りたいことが何でもわかる、広大な情報ネットワークだ。問題は、どの方向へ進むべきか、だった。その選択肢の多さに彼はめまいがした。

どのルートを選べばいいのだろう？　選ぶのは厄介だ。ポーランドを抜けてソ連へ？　ドナウ川を下って黒海へ？　それともウィーンとブダペスト経由でトルコ、あるいはオーストリアを抜けてイタリアのイギリス軍の最前線、シュテッティンから北へ進んでスウェーデン、ライン川を越えて西のエルザスとフランス、北西に進んでベルギーかオランダ、南西に進んでジルヴレッタ・アルプスからスイス？　すべてのルートについて情報がいくらでも得られるので、どれを選べばいいか迷う。友人、伝手《つて》、親戚、列車、哨戒部隊。私は毎日へとへとになるまで話をし、話を聞き、夜は疲れて果てて眠った。何年もかけて読書で蓄えたヨーロッパに関する知識を上回る情報量を、ものの数週間で得られた。各国の基本的な印象は様々な角度から得られるものであるため、ドイツの国内事情に関しては、ドイツに暮らし、外国人労働者に幅広い人脈を持っている人間がいちばん詳しい。

日に日に彼は体力が戻るのを感じ、自信をつけた。収容所のなかを親善大使のように歩きまわり、その国際色豊かな特殊な状況をうまく利用した。ポーランド人と耳より情報を交換し、フランス人と食事をし、ロシア人と密造酒を酌み交わし、元ガーヴィの警備兵でいまは捕虜同士となっているイタリア人たちと会ったりもした。そして、行く先々で物々交換をした。上等な軍用コンパスは、粉ミルク一缶と牛肉の缶詰いくつかで手に入った。紙たばこ六〇本と缶詰数個でブーツを手に入れ、それをヨーロッパの大縮尺地図数枚と交換した。さらに現金も一二〇マルク買い入れ、セルビア、ハンガリー、フランス、イタリアの通貨も購入した。そして、あるロシア人に五〇マルクを支払い、迷彩生地を使った完璧な背嚢を作ってもらった。ドイツ語を練習したいという口実で警備兵を買収した。彼が述懐するように、「かつてないほど楽しい時期だった。心身ともに絶好調で、物事に集中し、脱走計画は野火の如く前進していた」

一〇月になり、天候が変わり始めた。日が短くなり、夜は冷え込み、そろそろ出ていく頃合いだと彼は思った。計画の第一歩は、再び身分を交換し、米兵からフランス人伍長になることだった。彼はこの偽装を大いに楽しんだが、それは、なにかと過度に抑制してしまう内気な人間にとって、徹底的に別人になりすますのは抑制を解き放つことだったからだ。

偽装するときはその人物のように考えなければならない。ドイツ人なら、ドイツ語で考え、何か訊かれたら、とっさにドイツ語で答えるようにしておくのだ。フランス人なら、フランス人の歩き方と、ドイツ人に対する彼らの振る舞い方を身につけなければならない。状況によって、ふたつの言語を交ぜないように気をつけ、特に接続詞と感嘆詞には注意が必要だ。たとえば、不用意に発したドイツ語のひとことが、友好的なフランス人に偏見を抱かせることになる……偽装とは、ただ服装をそれらしく整えればいいというものではなく、常時そのように考え、生活することだ。別人の振りをするだけでは足りない。別人になるのだ。

モースブルクには四万人のフランス人捕虜がいて、その多くはこの収容所が開設された当初からの住人だった。というより、彼らが収容所のほとんどを建設し、もちろんここはパリではないが、彼らはここにやってくる者、誰彼かまわず、フランス人特有の見下した感じで接した。彼らは炊事場と診療所の大半、劇場と労働班を取り仕切り、当然、外の世界に最高の伝手をもっていた。脱走するなら、彼らに助けを求めても損はない。流暢にフランス語を話せるアレスターは、リヨン出身の屈強な軍曹と労せず親しくなり、彼の支援を取り付けた。この軍曹はすでにおおぜいの脱走を手助けした経験があったが、彼が提案した計画はいたって単純なものだった。アレスターは三人のフランス兵と一緒に堂々と歩いてメインゲートから出て、ドイツ人の区画に入る。そこで小屋の裏にある便所に閉じ籠もる。彼の背嚢は民間人の服一式と彼の全所持品とともに、先に屋根に隠してあった。午前二時、彼は外に出た。投光器や監視塔を避け、柵をよじ登り、脱走した。

モースブルク周辺の野原は真っ平らで、隠れるところもなく、ドイツ人にとっては逃亡する脱走者を見つけやすかった。民間人が絶えず警戒にあたり、不審者を見かけたら追いかける犬の群れのようにヒトラー青年隊がそのへんをうろついていた。そのことを知っていたアレスターは何週間も前に収穫の終わった畑を北に向かって歩いた。イーザル川沿いに進み、どこかで川を渡って東へ一六〇キロのパッサウとドナウ川まで、ずっと森の中を歩くつもりだった。パッサウからはボートを使い、運がよければそのままトルコまで行ってもいいし、あるいはガーヴィの捕虜仲間で先に脱走した多くの者がそうしたように、ユーゴスラヴィアでパルチザンに加わってもいい。

　数時間歩き、追跡が始まっているに違いないと思った頃、木を九メートルほど登ったところに猟師の隠れ場所があるのを見つけた。彼はそこに潜り込んで休み、夜明け前に木から降りて歩き出し、小川のそばに深い茂みを見つけたのでそこで日中を過ごした。一〇月の日没は永遠に続くように長く感じられたが、暗くなる前に行動を開始して痛い目に遭っていたので、彼は辛抱強く待った。暗くなるとすぐ、彼は川沿いの道を再び歩き始めたが、まもなくいくつもの閘門《こうもん》が続いているところに来た。管理者の小屋が脇にあったが、アレスターは門の上に登って楽々とそこを越えた。少なくとも四つの閘門を越えると、長さ五キロ弱、幅一・六キロの大きな湖に出た。[6]湖畔に伏せたボートがあり、湖に浮かべてみたがすぐに沈み始めた。自分の地図に湖はないのにといくら腹を立てても、ここは迂回するしかない。

　いまや彼は東へ進み、ある石橋を渡ると、浅い小川が交差する湿地帯に出た。竿を使って進んだが、それでも一度ならず、泥に足をとられて靴をなくしそうになった。ようやく開けた場所に出てほっと一息ついたが、少し行くとその道はイーザル川の別の支流で遮られていた。渡河できそうな場所はないかと探しながら、彼は竿を杖代わりにして川に入った。岸から一八メートルほど進んだところ、突然川底の砂がくずれ、彼はたちまち腰まで水に浸かった。そのとき、背嚢のストラップが切れ、それをつかもうと屈んだため肩まで水没してしまった。水流は思ったより強く、ようやく反対側の岸に這いあがったときには身体が震え、力尽きていた。月は満月に近く、あたりは明るかった。畝をつけた畑の向こうに丘の稜線が見え、自分が目指している森の端はあそこだと彼は思った。

　森に入っていくのは、別世界への扉を抜けるのと同じだ。アレスターはそれからの一八日間、そこで過ごす。この時期に何が起こったかを語る彼の記述は、脱走したイギリス人将校が書いたものというより、霊界との交わりを求める儀式《ヴィジョン・クエスト》を行っている人のそれのようだ。バイエルンの森の、誰も知らない夜の世界にひとりきりでいれば、幻覚剤による反応とそっくりの経験をしても不思議ではない。アレスターもそれに気づき、「私は足で稼いだ距離よりも、はるかに遠いところへ旅をした」と認めている。さらに孤独と睡眠不足、食料不足で感覚に劇的な変化が起こり、その時期に自分の脳に何が起こったかを几帳面な彼らしく、ていねいに観察している。

　彼の孤独な生活にはときどき他人が割り込んできた——密会する恋人たち、笑い声をあげて走りまわる子供たち、そして最も危険なのは、誰よりも奥深く入り込んでくる熱心なキノコ採りの人々だ。だが、夜になれば、彼らは森の精霊を恐れていなくなる。アレスターにとっては、それこそ「夜の素晴らしい交響曲」が始まる時であり、彼はあらためてその聴き方を学んだ。それには、山歩きや高所登山で培われ、長いあいだ「眠っていた本能」を呼び覚ます必要があった。最終的に、彼の感覚は研ぎ澄まされ、離れたところにある蜘蛛の巣の音まで聞こえた。誰かが、あるいは何かが近づいてくるのを知るのにこれは重要な能力だ。動物はたとえ姿が見えなくても、音でわかり、それらの音には命にかかわる重大な情報が詰まっている。アレスターが森の緑の世界に深く浸れば浸るほど、森の言語はどんなものよりも明晰になった。

その状態になると、危険な兆候はないかと耳を澄ましている必要はない。なぜなら、研ぎ澄まされた聴覚は、コンチェルトのひとつのミスを聞き分けるように異音を聞き逃さないからだ。野うさぎの斥候の「ピョン、ピョン、ピョン」、カケスの「ギーギー」、鼻を鳴らすような羊の鳴き声、鹿の鼻息と足音、「森に捨てられた子供」のように喚く雌狐《めぎつね》の悲鳴。遠くで猟犬が匂いを嗅いでいる音。離れたところで人間が地面を踏みならす音、鳩が羽ばたく音、水鳥のガーガー鳴く声やさえずり、遠くで何かが浅瀬を渡ったか、水を飲んだために一瞬乱れたせせらぎの音。危険を察知するのは往々にして、夜と昼の偉大な大自然の歌のサイクルで、ひとつかそれ以上の異音を聞きとれないときだ。常に耳を澄ましている生きものにとって、これほど重要なことはない。

彼の嗅覚も同様に発達し、まもなく彼は人間、家、野生動物、犬などの匂いをかなり離れたところからでも嗅ぎ分けられるようになっていた。この重要な能力を損なうという理由で、彼はのちにほかの脱走者にたばこをやめろと注意している。前進を阻む深い藪に苦労し、森がいつになく静かな夜など、彼は匂いだけを頼りに進んだ。「鼻だけが感覚の情報を受け取る。苔の鼻につんとくる新鮮な匂い、菌類の酸っぱい匂い、狐や鹿の刺激的な匂い、その日暖まった空気がそのまま閉じ込められたところの暖かく淀んだ埃っぽい匂い」

彼は毎晩東へ東へと進んだが、ときには方向を見失い、一周して元に戻っていることに気づいた。森は深く、暗く、苔におおわれた小径がたまに見つかるだけだった。小径の多くは彼の目指す方角と一致せず、アレスターはしかたなく深い藪を突き進むことになり、棘のついた枝で服や皮膚を傷つけた。彼は杖を使って枝葉を払いのけ、あるいは触覚のように前を探りながら進んだ。

ときどき偶然に道路に行き当たることもあったが、そういうときは突然、空が開け、「黄泉の国をしばらく旅したあと、この世に戻った」ような気がした。夜が明ける前が最悪の時だった。疲労と焦りを抱え、彼はその日隠れる場所を、急いで探さなければならない。若い松の林が最高だった。高さは一六〇センチ以下で、潜り込めるくらいの深い下草や野バラの茂みがあるのが理想的だ。寝る前に彼はビスケットと肉かチーズを多くても六〇グラム、カブとサトウダイコンの薄切りを少し、ジャガイモを一個か二個、食べた。「私はどんどん痩せていったが、以前と変わらず強くしなやかで引き締まっていた」

一〇日目、木の幹にもたれて「あの、夜の陽気な放浪者」が妖精パックのように眠っていると、すぐそばで狼がうなっている声がして目を覚ました。にらみ合ううちにアレスターは明らかに相手のほうが自分を怖がっていることに気づいた。それから、灰色の狼はまるで何度も練習した儀式のように木のまわりを三周してから去って行った。その夜、彼は長い外套を着て帽子を被った背の高い男に追いかけられた。いくら懸命に走っても、男を振り切れなかったが、最後にアレスターはそれが地平線に見える柱だと気づいた。彼は幻覚を見るようになっていた。木の枝は翼のある亡霊に変わり、水たまりの靄《もや》はライフルと銃剣を持った兵士になった。夜、森にひとり、ほとんど眠らず、見つかる恐怖に常に緊張していた影響がついに出てきたのだ。感覚が敏感になったのと同時に、何が現実かわからなくなる恐ろしい不安も現れた。アレスターもそれを認めている。

単独で行動し、追われている者は、いつの間にか特異な精神状態に陥る傾向にある。彼の知覚は鋭くなり、感覚は敏感になるが、幻覚に悩まされがちになる。繰り返し神経がすり減るようなショックにさらされ、常に抑圧を感じていると、正常や普通から遠ざかり、新しい精神状態になっている。それは、川が氾濫し、土手に生えた草木が堆積物や水流で根こそぎにされ、押し流されるのに似ている。

現れては消える幻影にアレスターが不安を覚えていたとしても、彼の意志は少しも揺るがなかった。意識ははっきりしており、最後まで逃げ切る自信があった。自分と同じ人間に追われるなら、どんな野生動物よりも賢く立ち回れるはずだと、長年森を歩いてきた経験からそう確信していた。彼は隠れ方を熟知していた。音を立てずに歩く方法も学んだ。この「学習して身につけた技」は、正しく足を着くことが肝心で、後ろ足に体重を置いたまま前足のかかとから着地し、それからつま先に体重を移す。いざとなったら、彼はたいていの追跡者を出し抜くこともできた。それについても彼は多くの方法を知っていた。数字の9を描くように行きつ戻りつする。負傷したと見せ掛けるため尾根を転がり落ち、適切な斜度のところで立って素早く走り去る。開けた場所でさえ、光と影をうまく利用すれば逃げられる。しかし、なにはともあれ、彼の意識は別の段階に突入していた。彼はそれを「野獣《ビースト》、精神の下のほうの部分」と呼んでいたが、具体的には、それは戦うか逃げるかの原始的な爬虫類脳の名残、大脳辺縁系の一部と呼ぶ人もいる。彼は「正常な中間部分の自分が徐々に消える」につれ、「野獣」の威力が現れるのを感じ、神秘的で、より高尚な自分を感じられなくなった。この著しい変貌についての彼の描写から、彼が深層の原始的な本能という新たに発見された世界へ入ったように読める。

夜、野獣がどのように人間の住処に近づくか、私は知っている。なぜなら、私自身がその野獣だからだ。森の香水にまぎれ、何か異質なものが近づく。人間の食べ物が腐った嫌な臭い、人間の身体が発する甘酸っぱい匂い、鼻をつく犬の悪臭、家畜のアンモニア臭。とっさに警戒する。耳は努めて前方に向けられている。静かな緊張と期待で、野獣は新鮮な水と食べ物を求め、森を抜けて上へと登る。そして、真夜中過ぎ、開けた場所にある家は静かに微光を放っているが、野獣は安全な森林地帯の二列か三列奥に立っている。そして用意ができると開けた場所まで這っていき、長いあいだそこにじっと伏せている。地面から一〇センチ上にある目は、すべてを聞き、すべてを見ることができるが、誰にも見られない。片方の耳は前方に注意し、もう片方は後ろに集中している。野獣はゆっくりと開けた場所の縁を歩き、しっかりバランスを保って動いているので、カチッという音ひとつでも立ち止まることができ、片足をあげて後ろにやり、足元の小枝を踏む前に感じ取り、バランスがとれているので、一歩ごとの着地は羽根のように軽く、石の上であろうが砂利の上であろうが音は立てない。円はだんだん小さくなる。なかでは生きものが咀嚼したり歩いたりしている音がして、子供のささやくような寝言や誰かのうめき声がはっきり聞こえる。犬は匂いよりも音で気づいて吠えるようだ。飼い慣らされ、熟睡し、感覚があまりにも鈍っているため、睡眠中は鼻から脳への信号が届かないが、ほんの小さな物音はそうではなく、ふたつの石が当たった音、地面を踏んだ音がすると犬たちは起き上がり、知らない生きものの匂いに戸惑って控えめにうなる。自分たちの存在に気づいている生きもの、人間のような匂いがするのになぜか人間のように物音を立てない生きもの。野獣は農場に近づく。たっぷり水が入った桶の水を飲む。クリームの甘い匂いがする搾乳場は鍵がかかっているが、穀物倉庫は施錠されておらず、ビートやジャガイモが山と積んである。母屋は生きものの刺激で興奮に満ち、お尋ね者の野獣に潜む、群れたいという本能が温かさと平穏と快適さを求めるが、それはかなわない。鎧戸の向こうで、チーズとパンと火を通した肉の匂いがする。開けた場所の奥に家があり、野獣はまた屋外で寝る。追われているか？　森には誰もいないか？　答えが出たと思った途端、野獣は影のようにうつろい、暗闇に消える。不安げに哀れな声で低くうなっていた犬は眠りに戻るためにまた横になり、人間の身体が泣き言をつぶやいている。

三週間近く歩き続けたあと、アレスターは線路に突き当たり、これを破壊しようと思った。まず急カーブになっているところを見つけ、三本の枕木に大釘をかませた。結果を見届けずに立ち去ったが、それでもイタリアでやった時よりはましだと満足した。まもなく川の匂いがして濃い霧が立ちこめ、いつの間にかトショウやイチイの木が生い茂る沼の多い森に入っていた。不気味な地形に気が滅入り、目的地は近いとわかっていても一〇〇メートルごとにコンパスで方角を確認した。しばらく深い川に沿って歩くと、川はとつぜん滝になって峡谷に流れ落ちていた。崖をまわりこむのに苦労したが、なんとか降りて行けそうな場所を見つけた。浮き石や泥に苦労して一五〇メートル降りるとイバラの茂みがあり、真下に線路が見え、ちょうど長い貨物列車が通過するところだった。反対側の線路の向こうにドナウ川が静かに流れていた。まさに彼が予測したとおりだった。

線路に沿って南に歩き、川に降りられそうな場所を探した。もう長いあいだ身体を洗っていないので、泥にまみれ、小さな擦り傷が体中にできていた。ようやく川岸にたどり着くと、シャツの残骸を脱ぎ捨て、大きな石をいくつか包んで沈めた。それから彼は沐浴して髭を剃り、新しい服を着てパッサウまでの残り五キロを歩いた。空が明るくなり、日中隠れて過ごすつもりなら、早く場所を見つけなければならない。街の郊外で無人の馬車小屋を見つけ、うまい具合に干し草の詰まったロフトまであった。夜になってから、波止場まで行き、ルーマニア行きの荷船はないか探した。だが、数隻の外輪船が停まっているだけで、それもすべてナチスの旗を掲げていた。彼はその一隻に乗り込んでみたが、何者かと訊かれてすぐに退散した。結局、彼はその夜は休息することにして、かねがね訪ねたいと思っていた都市、パッサウを観光することにした。一ヶ月も神経が張り詰めた生活を続けてきたので、休みが必要だったし、旅行者にまぎれるのは意外と簡単だった。彼がドナウ川沿いを歩いていても誰も彼のことを気に留めないようなので、彼はイン川とイーザル川が合流する地点まで行った。見かける兵士も皆、腕を組んで歩く自分の恋人しか目に入らないようだった。状況は、聖シュテファン大聖堂前の広場に行っても同じで、群衆は見事なタマネギ型のドーム屋根に見とれるばかりだった。彼も自然と人の流れに押されて中に入り、世界最大のオルガンを眺められたのはよかった。それから外に出ると、多くの点でパースを彷彿とさせるこの街の狭い通りを散歩した。ふたつの古都は似たような規模と年代の川で知られている。彼はできれば両親に絵はがきを書いて、こんなに似たところがあると伝えたいと思った。

最後に彼は鉄道駅に行き、灯火管制下にもかかわらず非常に明るいのでびっくりした。駅舎のなかにこの地方の詳しい地図が貼ってあったので、アレスターはじっくり眺めた。荷船が見つからないので操車場へ行き、潜り込めそうな貨物列車を探した。あらゆる方向から多くの貨物列車が到着していたが、思ったより難しかった。北方行きだったり、警備兵が多すぎたり、単にスピードが速すぎたりで乗れなかった。しばらく待ったあと、彼は市街地と郊外を結ぶローカル線で空の車輛を見つけ、そこに潜り込んで眠った。

突然列車が動き出して目覚めたときは明るくなっていた。素早く荷物をまとめ、列車が駅を出てから街路に飛び降りた。そこからまた川に戻り、干し草の詰まった別の小屋を見つけた。地元の人々が便所に使っている悪臭に満ちた場所だった。実際、すぐに老人がやってきてズボンを下ろしたところで、真正面のアレスターと目が合った。老人はズボンを上げきらないまま転びそうになりながら走り去った。そのあとアレスターは新しい荷船が着いていないか、また川へ見に行った。彼の見たところ、川を航行しているのは対岸のオーストリアの石切場から石を運ぶ、古ぼけた一隻の外輪船だけだった。ただ、革の短パンをはいた少年が小型ヨットに乗っていた。いままで見たなかでいちばんましだ。あれを奪うことができたら、簡単にドナウ川を下っていけるだろう。

運悪く、少年に怪しまれ、アレスターが隠れ場所に戻ったあと、少年は友人にヨットの番を頼むとどこかへ行った。そして、ライフルを持ったふたりの大人を連れて戻ってきた。彼らはその足で干し草のロフトに行き、アレスターに出てこいと命じた。彼は荷物を隅に隠し、自分は武器を持っていない、昼寝をしていただけの外国人労働者だと言い張った。大物犯罪者を見つけたと確信していた少年は叫んだ。「うそだ！　こいつはぼくのボートを盗もうとした！」。父親とその息子とおぼしきふたりの大人はほとんど話さず、ふたりだけに通じる言葉をぶつぶつつぶやいていた。ひとりに銃で軽くつつかれてアレスターは歩き始め、上機嫌の少年に先導されて地元の警察署に着くと、そこで拘留された。

アレスターを捕まえた一行が去るとすぐに彼は房から出され、ジャガイモのスープと厚く切ったパンを与えられた。それを出してくれたのは非常に大柄な女性で、長い髪を三つ編みにして頭に巻き付けていた。女は牢番の妻で夫の留守を預かっていたのだが、夫がいるときもここを取り仕切っているのではないかとアレスターは思った。彼はパンで拭ってスープをきれいに平らげ、自分は郊外の農場に配置されたフランス人労働者だと身の上話を始めた。使いに出され、今朝早くパッサウに来たが、帰る前にちょっと昼寝をしていただけだと話した。彼の働いている農場主は冷酷で自分はいつも殴られているので、日が暮れるまでに戻らないと、きっとまた殴られる。「見てください」と彼はイタリアで受けた殴打の生々しい傷跡を見せた。「いつも殴られているのです。私はいつか殺されるでしょう」。そして、泣いたり、すがったりしてアカデミー賞級の名演技をした。

牢番の妻は腕組みをして、アンコールを待つように穏やかな顔をして立っていた。それから、アレスターがびっくりするほど大きな声で「ハインツ!」と叫んだ。すると、骸骨のように細い、目の落ちくぼんだ男が箒を持ったまま現れた。「自転車をもってきて、このフランス人を農場へ送ってあげて」と彼女は命じた。

「メルシー、ありがとうございます、マダム」とアレスターは女に手を振りながら叫んだ。女は警察署の戸口に立って彼らを見送った。それから彼は自転車を引いている連れの男に注意を向け、ありもしない農場への道案内をした。すでにこのあたりの地理に詳しくなっていたので、逃走に最適な地点へと誘導した。片側が険しい斜面、片側が崖になっている細い道があればそれでいい。ちょうどシチリアでやったように、何も知らないこの男を崖から突き落とし、山の上の方に逃げるのだ。だが、いざとなると、アレスターは男が気の毒でそれを実行できなかった。男は何も武器を持たないだけでなく、アレスターを追って山を登れるような身体でもない。それに警察署でも彼は親切にしてくれた。だから、時機が来て、急な斜面の横を歩いていたとき、アレスターはただ向きを変えて山羊のように斜面を駆けあがった。

どうやらアレスターは相手を見くびっていたようで、男は自転車に飛び乗ると、助けを呼びに全力でペダルをこいで去って行った。助っ人がどこにいるかも知っていたのか、アレスターがまだ息を整えているときに、ヒトラー青年隊の武装集団が二手に分かれて彼を追う声が聞こえてきた。捜索は何時間も続き、アレスターは知っているあらゆる方法を使って逃げ隠れした。夕暮れになってようやく干し草小屋に戻っても安全だと感じ、荷物を取りに行った。もうこれ以上、パッサウに留まるべきではない。

ウィーンに行くことにした。そこで地下組織に接触できるかもしれない。鉄道で行くのがいちばん早いが、駅はすでに警官に見張られているだろう。リンツまで自転車で行き、そこから列車に乗ってウィーンまで行くことにした。自転車を盗むのは難しくなかったが、道路脇の縁石や壁にもたせかけてあるだけの自転車は避けた。最も安全なのは、混雑した通りで誰かが自転車を降りるのを待ち、その人がどこへ行くのか見届けてから盗むことだった。残念ながら、最初に盗んだ二台は壊れていたので川に投げ捨てた。三台目はほぼ新車で、非常によく手入れされていた。後輪に錠がついていたが、アレスターが一回蹴ると簡単に外れた。

その夜は曇天で寒かったが、三〇分ペダルを漕いでいると驚くほど気分がよくなり、心が穏やかになった。それにドナウ川沿いの道はだいたい平坦で、道もわかりやすかった。もしまた捕まったら、将来の脱走の手段には自転車を入れようと思ったほどだ。夜間の道路にはめったに人影はなく、いたとしても、怪しまれる前に通り過ぎて遠ざかっている。小さな村も気づかれずに通り抜けられるし、なによりも距離が稼げるのがいい。朝には、八〇キロ以上離れたリンツに着いていた。

彼は港――パッサウよりはかなり大きい――に行こうと思ったが、直近の出来事からウィーンの早朝の雑踏にまぎれたほうが安全だと考えた。駅前に自転車を乗り捨て、ローカル線の切符を買い、数時間後にはマリアヒルファー通りを歩いて市の中心部に入っていた。

アレスターはもともとウィーンが好きだった。戦前、何度か訪れ、ここに住む登山家もおおぜい知っていた。しかし、一九四三年一〇月に彼が訪れたとき、以前の活気ある都は見る影もなかった。どこもかしこも荒廃し、陰鬱な雰囲気だった。錬鉄の門は錆び、塗料や漆喰ははがれ、ショーウィンドウは空っぽか閉まっているかのどちらかで、通りは散乱したゴミが小さな竜巻のように舞っていた。公園も手入れがされず、野外舞台で演奏していた管弦楽団はそれを聴いている未亡人たちと同様に老齢で悲しげだった。「街全体の雰囲気が退廃、憂鬱、崩壊寸前という重苦しさに満ちていた」とアレスターは述べている。

老朽化した路面電車のほかに走っているのは軍用車両だけだった。いっぽう、歩道には様々な国籍の人がいた――チェコ人、セルビア人、ハンガリー人、フランス人、イタリア人――アレスターは自分の訛っているドイツ語が際立つどころか平均的なのを知って安心した。気をつけなければならないのは、何か目的があって歩いているふりをすることだ。そうでないと「ひどく目立つ」し、堂々と歩いている人間は「透明マント」を身につけているのだと彼は考えていた。街の東部にある果物市場へ向かう途中にあった警察署も、一瞬のためらいもなく堂々と前を歩いて通り過ぎた。助けを当てにできそうなフランス人労働者は、市場周辺に固まっている小さなビール醸造所に多いような気がする。その日の午後、彼は一軒一軒訪ね、先々でビールを飲んでは野菜のパイを食べた。店のほとんどは、カードやドミノに興じる中年男で賑わっていた。数人のフランス人を見つけて話しかけたが、あえて彼を助ける勇気がある者はいなかった。

日が沈むと彼は「荷船はないか」探しに港へ行った。パッサウで見たのと同じような外輪蒸気船が数隻係留されていた。どの船も利用できそうになかったので、彼は船に乗って行くのをあきらめた。そのあと彼はウィーンに戻り、映画館の夜の上映に合わせて入場した。一日中そのことを考えていた。特に足の具合が悪く、休める場所が必要だった。上映作品はエルンスト・ルビッチが監督したといってもおかしくないロマンチック・コメディーで、身だしなみのよい軍人たちが美しい貴族令嬢との結婚をめぐって競い合うという内容だった。オーストリアの城を舞台に、求婚者たちがアルプスの道路を車で競争する場面が長々と続き、戦前にそこを訪れていたアレスターにはところどころ見覚えがあった。

映画よりも断然興味深かったのが、同時に上映されたニュース映画だ。ドイツがこの数年で勝利した分を押し戻そうとする連合国軍の猛攻に対して、ふたつの前線で果敢に戦うドイツ兵の様子が紹介された。ドニエプル川沿いの新たな防衛線の場面は、ボリシェヴィキの脅威は制圧されたと観客を安心させるものだった。だが、現実はそうではなく、ソヴィエト軍はスモレンスクとレニノを奪還したうえ、じりじりとウクライナ全土に進攻を続けていた。二番目の話はイタリアに関するもので、ローマとナポリの中間地点で半島を横切るグスタフ線に、自信溢れる兵士を満載したトラックが続々と到着する様を映し出していた。当初、連合国軍は、突破作戦は短期に完了すると楽観視していたが、予想に反して進撃を阻止されていた。じつのところ、ヒトラーがイタリア防衛にこれほど大量の兵力を投入するとは誰も思わなかったのだ。泥だらけの険しい地形での戦闘の映像は、これが長い戦いになることを示唆し、厳粛な気持ちにさせるものがあった。それなのに、たばこの煙の濃い靄《もや》を通してこれらの映像を見ている観客は驚くほど無関心だった。

映画のあと、アレスターはその日の早い時間に一度は通過した広い公園に戻った。夜間の立ち入りを禁ずる警告が至るところにあったがそれを無視し、彼は園内を歩いて潜り込める低木の茂みを見つけ、そこで眠った。次の二日間は、空襲があった以外は一日目と変わらず、空襲はビール・セラーでやり過ごした。地下組織と接触するのは無理だとわかった。彼の右足は硬い歩道を長時間歩き続けたため、悪化していた。ウィーンを出る時機だと思い、うまい具合に鉄道駅に張り出されていた地図を眺め、ブダペストに向かうことにした。そこから列車でルーマニア、ブルガリアへと進み、最終的にトルコへ入る。スイスでは逃げてきた捕虜は戦争が終わるまで抑留されるが、トルコにたどり着いた者はすぐに中東へ派遣される。

アレスターは地図が好きで、そのときもずいぶん長く見入っていたのかもしれない。あるいは彼の仕草か服装か、奇妙な背嚢が目を引いたのか、それとも道を尋ねたのを聞かれたのか。いずれにしても、彼が駅を出るとき何者かがあとをついてきた。彼はすぐにそれに気づいたが、それでも通りを一度か二度渡ってそれを確かめた。ここで尾行を振り切るのはばかげている。もしそれが警官ならすぐに不審尋問を受けていたはずだ。数ブロック歩いたあと、空いたベンチを見つけ、そこに座った。続いてその男がやってきて隣に座った。男は上着にネクタイ、洒落たフェドゥーラ帽という整った身なりをしていた。実際、弁護士のように見えた。

「あなた、イギリスの人でしょ?」

「いえ、違います」アレスターは答えた。「フランス人です。外国人労働者としてここへ来ました」

男はそれには笑顔で応えた。「私のフランス語はあなたのフランス語よりずっとましだ。私はチェコ人ですけどね」

「何の用だ?」とアレスターは言い、苛立ちを悟られまいとした。

「あなたを助けたいのです。私たちは味方同士です」。そして男はロンドンで医学生として過ごしたと話し、イギリス人に好感を持っていると語った。イギリスを去ったあと彼はプラハで学業を続けたが、ドイツの占領に反対する抗議行動を起こすと、ナチスにより大学は閉鎖されてしまった。おおぜいが銃殺され、強制収容所送りになった。彼も抵抗運動に加わっていたが、ハイドリヒ暗殺後[7]の報復でほとんどのメンバーがいなくなった。それで彼は叔父を頼ってウィーンに来て、叔父の見つけてくれた仕事に就いているという。

アレスターはこの若者が腹蔵なく語るのに驚き、少し間を置いて答えた。彼の話を信じると言い、自分はイギリス軍の——イギリス人ではなくスコットランド人の——将校で、ドイツの捕虜収容所を脱走してきたのだと打ち明けた。そして、ブダペストに行くつもりだと話した。

ピーターと名乗ったそのチェコ人は、それはやめたほうがいいと言った。ユーゴスラヴィアはどうですか、と彼は訊いた。「パルチザンはすでに国境まで来ているし、簡単に彼らに合流できる。マリボルには友人がいるので住所を教えてあげます。夜のあいだに移動したら、捕まることはないでしょう」。これはアレスターも考えた選択肢のひとつだった。いまやピーターの助けもあることだし、彼はそうすることに決めた。

その夜、彼は列車でユーゴスラヴィアまでの道のりの半分まで進み、夜明けに列車を降りて日中を過ごし、夜になってから移動を再開した。ピーターが言ったとおり、誰にも呼び止められなかったし、午前八時までには国境を越えてマリボルの連絡先の家に着いていた。困ったことに、パルチザンは撤退し、幅三二キロの中間地帯が設けられていた。一晩で横断できる距離ではなく、見つかったら問答無用で射殺される。アレスターを迎え入れてくれた人はそこを突破する案に強く反対し、パルチザンはただの暴徒にすぎないとつけ加えた。それよりもウィーンに戻ってピーターを探したほうがいい。

ほかに手がないので、アレスターは来た道を逆にたどってオーストリアに戻った。明るいあいだに移動するのを避けるため、今度も途中で旅を中断するつもりで、帰りはブリュックで列車を降りることにした。彼は最初、隣に座った若い女性とおしゃべりしていたが、やがてほとんどの乗客がそうしているように寝入ってしまった。彼の降りる駅だと隣の女性に言われて目が覚め、あやうく乗り過ごすところだった。彼がホームに降り立つと、ほかに人影はなく、鉄道警察の手頃な標的になってしまった。身分証の提示を求められた。「え、もってない？　では、なかでお話を伺いましょう」。彼は、自分はフランス人労働者で、主人から虐待されており、急いで農場に帰るところだと話した。今度も信じてもらえそうに思えたが、突然ドアがあき、シュトラスブルク出身のフランス語系ドイツ人が入ってきた。それで万事休すだった。

彼がイギリス人将校だと白状すると、相手の態度が一変し、申し訳なさそうな顔をした。ひとりは、配給一週間分のバターを差し出し、別のひとりがパンの食券をくれた。彼が駅の食堂で食事をしているあいだ、ほかのパトロンたちは映画スターでも来ているかのように首を伸ばしてのぞき込んでいた。ウェイターでさえ、彼の耳元でささやいた。「こんなことになってお気の毒です。私は戦前、おおぜいのイギリス人に給仕する機会に恵まれました。イギリス人が戻ってくる日が近いことを願っています」

「大丈夫」とアレスターは答えた。「もうすぐ戻ってくるよ」

彼は食堂から地元の陸軍駐屯地に連れて行かれ、本部の事務室に監禁された。そこで一日中、椅子に座って過ごし、一度、洗濯室に行き、そこから簡単に脱走した。だが、衰弱し、疲れてもいたので、一〇〇メートルも行かないうちに捕まってしまった。このとき初めて彼は手錠をかけられた。それはあまり意味のないことだった。

私は精神的にどうかしていた。もう長いあいだ、いまに捕まると思っていて、それが現実となると、おかしなことにあまり落胆せず、それどころかこれで緊張から解放されるのだと安堵した。私の脚はまだしっかりしていたが棒のように細くなり、飢餓の見本のようにあばら骨が浮き出て、胴回りはヴィクトリア朝の社交界デビューをひかえた娘のように細かった。

午後四時頃、ふたりのオーストリア兵が彼を連れに来た。おかしな凸凹コンビで、ひとりは背が高く、もうひとりは背が低かったが、ふたりともきわめて穏やかだった。アレスターは彼らを「静穏」と呼んだ。彼らは列車でクラーゲンフルトまで行き、一晩泊まるために一等車に空きを見つけて移った。護送兵はすぐに寝入り、彼らのライフルは手の届くところにあった。アレスターも休みたい気持ちが半分あったが、脱走しなければならないという気持ちもあった。ドアは開いているし、護送兵はいびきをかいている。彼はただ出ていくだけでいい。川の向こうにはアルプスの低山が連なり、そこを越えればイタリアだ。もちろん、登山ができる体調でないのはわかっている。彼は「生まれたばかりの仔犬のように弱々しかった」。それでも彼はじっとしていられなかった。

彼は駅を出ると自転車を盗んだ。だが、このときは所有者がそばにいて、大声をあげた。たちまち群衆に取り囲まれ、あやうく暴力沙汰になるところへ護送兵らが駆けつけて救い出してくれた。彼らは怒るよりもばつが悪いようで、職務怠慢の罰を恐れ、脱走については報告しないことで話がついた。次の中継地はシュピッタルだった。[8]ガーヴィを発った捕虜の第一陣から多くの脱走者が出たイタリア国境に近い収容所だ。今回、アレスターはそこに入るのに苦労した。彼は身分を示すものを一切もたなかったのだ――書類も認識票も何もない。

「そういうことなら、私は帰っていいのでは」と彼は言った。

「ヤー、ヤー、ヤー」と、収容所所長はその冗談はもう聞き飽きたというふうに笑顔で応えた。

「気にするな、入れてやるよ」。そしてアレスターは独房に入れられた。

アレスターはシュピッタルに一週間滞在し、毎日大量の食事を運んでくれるオーストリア人曹長のおかげで、そのほとんどの時間を食べて過ごした。ここでは捕虜たちが周辺の農場や森で働き、乳製品や肉や農産物を毎日収容所に持ち帰るので食料は充分にあった。ハギス・バスターズと呼ばれる精鋭集団が運営する醸造所まであった。アレスターは、ここを出るときには体力と健康を取り戻していた。彼の背囊は奇跡的にコンパスも地図も入ったまま戻され、そのうえ縁から溢れるほど様々な食品が詰まっていた。彼を連れに来た護送兵のなかに、第一次世界大戦中、ソンムで捕虜となった中年の軍曹がいた。グラスゴー近郊で捕虜生活を送ったためスコットランド訛りの英語を話し、モースブルクまでの道中、ずっと話し続けていた。

この収容所に入るのはシュピッタルよりも手間取り、アレスターがどうやって脱走したかを白状するのを拒んだので、余計に揉めた。彼はこれまでいくつもの身分を使い分けてきたので、彼が本当は何者なのか誰もわからなかった。そこでアレスターがみずから正体を明かし、彼は陰気な懲罰房で一週間過ごしたあと、再び収容所内を歩きまわっていた。新たにイタリアから移送されてきた捕虜がおおぜいいて、キエーティからも一〇〇〇人以上来ていた。そのなかには以前からの顔見知りも多く、彼らは休戦後、脱走防止のために同胞に監視されたと、嘆かわしい話を語った。バック・パーム、ヨルゴス・ツーカス、リチャード・カーの三人はすでに脱走してここにはいなかった。うわさによると、パームとツーカスはすでにパリにいるということだった。カーについては、アレスターは後日彼と出会い、何が起こったかを詳しく聞くことになる。

パームとツーカスはアレスター同様、別の収容所へ移されるのを逃れようとアメリカ人になりすました。最初はロシア人労働班に混じって収容所を出ようとしたが、断られ、フランス人の助けを借りて、列車に積み込む食料品を運ぶトレイラーの底にしがみついて収容所を出る計画を立てた。鉄道駅に着くと、ふたりは地面に降り、貨物列車の下を線路を這って横切り、ミュンヘン目指して歩き始めた。夜になり、自転車に乗ったドイツ人将校に呼び止められた。ふたりは農場へ帰る途中のフランス人労働者だと言い張ったが、ドイツ人は身元を確認するので収容所まで一緒に来いと命じた。そこへ兵卒がふたり、やってきた。彼らは今宵は町で過ごそうという出で立ちをしており、将校にこの二名をモースブルクへ連れて行けと命じられたとき、いかにも不満げな顔をしていた。途中、一行は自転車に乗った別の将校に出会った。今度の将校は兵卒が命令されたことを代わりにやってやると請け合い、夜間外出禁止令の時刻を過ぎて外にいることがいかに危険かを説きながら、愚かにも先を歩いていた。そして、ぬかるみのような池のそばを通りかかったとき、バックが彼を抱き上げて池に放り込んだ。ふたりは背後で銃声を聞きながら、全力で走った。四日後、彼らはミュンヘンにたどりついた。その間、畑から盗んだ生のジャガイモ、キャベツ、ビーツのみで食いつないだ。

疲れ切り、腹を空かせたふたりは〈カフェ・ルージュ〉に行った。そこでフィリポという名のフランス人を探せと、あらかじめ言われていたのだ。約束通り、彼はそこにいて、外国人鉄道労働者が暮らしている労働収容所へふたりを連れて行った。青色のつなぎの作業服と通行証をもらい、ふたりは密航する列車を待ちながら、三週間近く過ごした。あるとき、バックは飛行機を盗もうとしたが、操縦席にシェパード犬が座って番をしていたのであきらめた。いっぽう、アレスターと同じようにフェンスを乗り越えたリチャード・カーもその頃、ミュンヘンにたどりついた。そして、待ちに待った知らせが来た。シュトラスブルク行きの貨物列車が荷を積んでいる。午後八時に操車場に来て、木製のビア樽のなかに隠れていろ。食糧はなく、少しの水だけを持って閉じこもったはいいが、列車は三〇時間停車したままだった。最終目的地に着くまでにはさらに二日かかった。

彼らはシュトラスブルクからマルネ運河沿いに北西に歩き、なんとか荷船に密航できないかと考えていた。バックとツーカスが先に出発し、カーは三〇分ずらしてあとに続いた。ところがフェンデンハイムで落ち合うはずが、間違ったホテルに行ってしまったため、カーはふたりと会えなかった。ひとりで行くことになったカーはそれから二日後、警察に捕まった。いっぽう、パームとツーカスは船を見つけられず、ひたすら歩き続けた。三日後、ふたりは国境を越えてフランスに入った。リュネヴィルの郊外で、助けを請うために農家に立ち寄り、そこで地元の憲兵隊長に会うよう勧められる。隊長は前にも捕虜を助けており、彼らを歓迎してくれた。警察署で快適に数日間を過ごしたあと、ふたりは新しい偽の身分証と服をもらい、マリー・クレア脱走ラインの最初の拠点に連れて行かれた。

案内人や隠れ家《セーフハウス》を備えたアメリカの地下鉄道のように、難民や撃墜された航空兵、脱走した捕虜を安全地帯に逃がすため、ヨーロッパ全土に様々な組織が存在し、秘密のルートを切り開いていた。亡命政府やロンドンの情報機関の支援を得ている組織もあれば、限られた地域で家族ぐるみで活動しているところもあった。組織の大小にかかわらず、スパイや裏切り者に潜入されやすい点は変わりなく、多くは短命に終わった。組織を運営する勇気ある男女が捕まれば、拷問と死は免れない。あらゆるルートで、マリー・クレア・ラインが最も有名だが、その理由は有効に機能したこともあるが、その指導者である華麗なミユヴィル伯爵夫人の存在が大きい。

イギリス人として生まれたメアリー・リンデルは第一次世界大戦に赤十字の看護師として従軍し、勲章を受け、伯爵と結婚してフランスに留まった。一九四〇年六月、フランスが降伏するとすぐに、彼女は十代のふたりの息子とともに、イギリス人将兵を非占領地域へ逃す活動を開始した。〝マリー・クレア・ライン〟と命名された彼女の組織は、彼女の伝説とともにみるみる大きくなった。「献身的」「大胆不敵」「横柄」「手がつけられない」という言葉はすべて、彼女の性格を言い表すのに使われる。いつも赤十字の制服を着て、イギリスの勲章を誇らしげにつけた彼女は、自分の存在を隠すよりは宣伝したがっているように見えた。やがて彼女は逮捕され、ゲシュタポによって九ヶ月独房に監禁された。釈放されると彼女は自分の組織を使ってイギリスへ逃げた。そこでMI9にリクルートされ、組織を再生するためにフランスに戻された。彼女の本部はリモージュの西にある小さな町リュフェックにあり、都合のいいことに自由地域と占領区域の境界線をまたいでいた。

フランス東部から逃げてきた捕虜やその他の人々を案内するのは、メアリー同様、背が高く、中年で、傲慢な子爵夫人だった。パームとツーカスをナンシーで迎え、パリに連れて行ったのも、このポーリーヌ・バレ・ド・サンヴェナン子爵夫人、別名マダム・ラロッシェだった。彼女はまず、ふたりに服を着替えさせた。そして、一一月三日、子爵夫人は彼らをリュフェックに連れて行った。そこにはスペインへ向かうのを待っている四人の航空兵がいた。うち三人は自機が撃墜されたあとも捕虜にならずに生き延びてきた逃亡者だった。そのひとり、マイク・クーパーというケニア人のスピットファイアーのパイロットは、八月から逃亡を続けており、ほかのふたりはカナダ人で同じ爆撃機の乗員だった。四人目はアラン・マクスウィン[9]というオーストラリア人のパイロットで、六回目の脱走に成功してドイツから逃れてきていた。バック・パーム同様、彼も大柄で、信じられないくらい屈強だった。

パームたちが到着して数日後、一〇人が古いトラックの荷台に乗り込み、リモージュの南四〇キロにある鉄道駅に向かった。もし途中、止められたら、メアリーは「爆撃で被害を受けた耳の不自由な、知的障害のある、砲撃ショックを受けたを人々を南の保養地へ」[10]連れて行く看護師だと話す予定だった。旅は災難だった。トラックの後部の車軸が折れ、ツゥールーズで乗り継ぎに失敗し、滞在したホテルではドイツ人に見破られそうになり、フォワでの待ち合わせの直前になって密告されて罠が仕掛けられていることがわかった。全員無事にリュフェックに戻れたのは運がよかった。

帰り着いたときは、皆、神経をすり減らし、気が立っていてひどい状態だった。多くの点で似たもの同士のメアリーとポーリーヌはこれまでも度々激しくやり合ってきた。それがいまや完全な罵倒合戦になっていた。ポーリーヌはメアリーの横柄さにうんざりで、フランス人相手に話すときの彼女のもったいつけた感じが大嫌いだった。いっぽう、メアリーは、ポーリーヌが組織を乗っ取ろうとしていると非難した。「リーダーはひとりで充分、それは私。それに、ポーリーヌとツーカスが関係を持っているという噂があるけど、どうなの？　それが禁じられているのはあなたもよくご存じのはずでは？　彼が逮捕されるかもしれないのに、その危険にさらした、何の権限においてかはわからないけど」。罵り合いはあまりに激しくなり、とうとうふたりは力ずくで引き離された。翌朝、ポーリーヌはパリに向かって旅立ち、ヨルゴス・ツーカスは彼女についていった。

メアリーは夫と息子の力を借りて、ピレネー山脈を越える代替ルートを早急に確立した。フォワからアンドラへ進むのではなく、それよりはるか西のパウを起点にする。一一月一二日、一行はそこで列車に乗り、数人いる案内役の最初のひとりに先導され、古い薪バスに乗ってタルデ＝ソロリュに向かい、そこから先は徒歩で旅を続けた。カフェでビールを飲んで一休みしたあと、「小柄で筋肉質のフランス人」[11]の家に行き、彼の妻が用意しておいてくれた食事を取った。彼と、すでにそこにいたスペイン人がスペインまでの山越えの道案内をする。行程は一五キロほどで、運がよければ、翌日にはスペインに着いているだろう。

凍えるような雨のなか、午前一時に出発し、ドイツの哨戒部隊を避け、夜が明ける前に要所の歩道橋を渡るために夜通し歩いた。あと少しでそこに着くというとき、カナダ人のひとりが地面に倒れた。心臓がおかしくなり、顔色が真っ青になっていた。川の向こうの民家に彼を運び込むと、いくらか息を吹き返した。だが、次の行程は登りの連続で、さらにきつくなる。まもなくカナダ人の心臓はまた正常に動き始めた。彼は自分を置いて先に行ってくれと懇願したが、バックとマクスウィンがぜったいに誰も置き去りにはしないと言った。ふたりはカミソリのように鋭い峰までカナダ人を押したり引っ張ったりして連れて行った。それはまだほんの序の口だった。尾根をふたつ登り切ったところで雨が雪に変わり、たちまち膝まで雪に埋もれた。一行は猛吹雪の只中にいた。

今度はケニア人パイロットのクーパーが遅れ始めた。彼は雪を食べ過ぎて低体温症になっていたのだ。まもなく彼は意識混濁の症状を見せ始めた。マクスウィンとフランス人ガイドが交替でカナダ人を補助するいっぽう、バックはクーパーの腕を自分の肩にまわし、彼を担ぐようにして進んだ。その彼でさえすぐにばててしまったため、別の方法に切り替えるしかなかった。蹴り、罵倒し、殴り、脅し、乱暴に押して歩かせたのだが、のちにクーパーはあれがなければ自分は死んでいたと彼に感謝している。途中、道幅が非常に狭く、切り立った崖になっていて、四つん這いになって進んだ箇所もあった。ようやく小さな掘っ立て小屋を見つけ、壁の大部分は壊れて吹きさらしになっていたが、それでも一行は一時的に避難することができた。再出発してまもなく、ガイドたちが道に迷ったと告白し、戻ると言い出した。バックとマクスウィンがそんなことをしたら殺すと脅した。

靴を片方なくし、カナダ人を補助して疲れ切っていたフランス人ガイドが遅れ始め、だんだん距離が開いた。いつの間にか彼の姿は完全に見えなくなっており、バックとマクスウィンが彼を探しに行った。半ば雪に埋もれ、吹雪のホワイトアウトの状況でほとんど視界がきかないなか、うつぶせに倒れて凍った彼の死体を見つけた。その後、彼らはスペイン国境を示す尾根に到達した。雪と氷で足場を確認するのに苦労したが、下りははるかに楽だった。その頃にはもう錯乱状態だったクーパーは、ほとんど下まで転げ落ち、木造の小屋に激突して止まった。それは羊飼いが夏に羊や牛の放牧のために使う小屋だった。錠が壊せなかったので、バックとマクスウィンが丸太を破城槌《はじょうつい》のように使って扉を壊した。火をおこし、濡れた服を脱いだ頃には暗くなっていた。何人かは凍傷を負い、この小屋を見つけていなければ死んでいただろうと彼らは思った。

朝になると吹雪は収まっていた。大きな雪の吹きだまりがドアをふさぎ、外に出るのは入るときと同様に簡単ではなかった。なんとかして外に出ても、一メートル二〇センチはある深い雪をラッセルして進むのは不可能に思えた。すると、どこからともなく幻のように馬の群れが突然現れ、一列になって山を下っていき、道をつけてくれた。一行はその踏み固められた道をたどった。正午には谷底に着き、そこからは雪のない道を進んだ。二時間後、無事にスペインの村、ウスタロスに着いた。[12]

彼らはそこで数週間待機してからジブラルタルへ行き、イギリスが手配した飛行機で帰国した。バックはそれ相応の休暇を与えられ、ロンドンで派手な帰還祝いをしたあと、エジプトへ向かった。バックに婚約者がいたことは誰も知らなかったようだ。彼より九歳若く、アレクサンドリアの名家の生まれであるファーナンデ・シャコールは彼が撃墜される前年、ダンス・パーティーで彼と出会った。バックが少佐に昇進し、中東方面軍に再配属されたあと、ふたりは一九四四年四月に結婚した。彼は戦後もエジプトに残り、新しく誕生したイラン航空に職を得た。一九五〇年九月、彼はテヘランへ行き、予備のエンジンを積み、ジェッダへ向かって飛んだ。エンジンがしっかり固定されていなかったため離陸時に機体が傾き、飛行機は墜落して炎上した。十代の家出少年から出世したバック・パームは四一歳でこの世を去った。

いっぽう、死と隣り合わせで生きてきたメアリー・リンデルは、バックと別れてから二週間もしないうちにポーで逮捕された。逃亡を試みて頭部を二発撃たれたが、ドイツ空軍の軍医の手術により、奇跡的に命を取りとめた。回復してから八ヶ月を独房で過ごし、その後、ラーフェンスブリュック収容所へ移された。経験ある看護師として彼女は診療所に配属され、彼女が生き延びたのはそれも影響したと思われる。マリー・クレア・ラインはポーリーヌが指揮を執り、メアリーが捕まったあともしばらく継続した。ポーリーヌも〝マリー・オディール・ライン〟と名付けたルートを切り開き、おおぜいの人を逃したため、まもなく彼女も目をつけられて逮捕される。ラーフェンスブリュックに送られた彼女は再びメアリーと連絡を取り合う。だが、メアリーとは違い、ポーリーヌは生き延びられなかった。ポーリーヌの愛人と噂されていたヨルゴス・ツーカスはどうなったかというと、二度出直してから三月初旬に三四人のポーランド人とともに国境を越えてスペインに入った。

バック・パームとヨルゴス・ツーカスは、脱走に成功するすべての捕虜に必要だが決して当てにしてはならないものに恵まれていた――運だ。なにもかも彼らと同様に行ったリチャード・カーは、ドイツの捕虜収容所に戻されていた。彼はマルヌ運河に沿って夜歩いてきたときに、運悪く警官に出くわしてしまった。いっぽう、パームとツーカスはリュネヴィル郊外でたまたま立ち寄った農家でマリー・クレア・ラインの主だった中継地へ案内された。もし隣の農家を訪ねていたら、それがドイツ協力者で、通報されていたかもしれない。まさか協力的な憲兵隊長に出会うことになるとは想像もしていなかっただろう。彼らは運がよく、支援が必要なときにそれが向こうからやってきた。アレスターがいつか脱走に成功するのなら、彼にも同様の幸運が相当必要になるだろう。

パームとツーカスがパリにたどりついたという知らせに奮起したアレスターは、次の手を考えた。「新しい路線を検討する必要があった。東と南方面はすでに手詰まり感があり、今度はフランスへ、西へと進むことを考えた。束縛もなくドイツの広野を旅するのは素晴らしいだろう。外国人労働者に化けるのはそれほど難しくないはずだ」

今回、彼はイタリア人になることにした。イタリア語に堪能だし、外国人労働者だと示す精巧な偽造身分証を手に入れることができたからだ。さらに、かつてイタリア人外交官のものだった上等な服一式を見つけ、アメリカ赤十字の小包三個という法外な値段だったがそれを手に入れることができた。フランス人の伝手を通し、ミュンヘンで頼れそうな鉄道員数名の住所も教えてもらった。逃走ルートについては選択肢はいろいろあったが、やはり最初にモースブルクを脱走したときに使った経路がいちばんいいと思っていた。その後、捕虜仲間のアメリカ人から、明日、毛布を満載したトラックが鉄道駅へ向かうのでそのなかに隠れてはどうかと勧められた。彼はそうしようと答え、準備にとりかかった。

第一段階はアメリカ人伍長の服を着て、労働班の一員になりすますことだ。労働班は何度か往復する予定だったので、どこで姿を消すのが最適か見極めたかったのだ。ひとりのアメリカ人が梱《こり》で手を怪我すると、監督していたドイツ兵が収容所に戻って傷を診てもらえと命じた。ようやく積み込み作業が再開されたとき、アレスターは民間人の服に着替え、その上にフランスの軍服を重ね着し、外套とゲートルで仕上げをした。それから、毛布とトレイラーの壁のあいだに身を隠した。別のアメリカ人が彼の代わりに前に乗った。彼の準備はいつも通り周到だった。

駅構内に続く道はフランス人労働者とドイツ人であふれていた。すべては、素早く着替えることにかかっている。前夜、数時間かけて服を脱ぐ順番を決めた。身をかがめてゲートルをとり、それらを外套のポケットに押し込み、靴を脱ぎ、ズボンを脱ぎ、靴を履き、外套を脱ぎ、脱いだものをひとまとめにして巻き、フェルト帽を被り、民間人になる。

彼は〝更衣室〟に小屋の陰に半分隠れた空の車輌を選んだ。トラックがそこに近づくと、彼は後方の踏み台に立った。前の座席に座っていたアメリカ人のひとりがたばこに火をつけるために前屈みになり、バックミラーを遮った。道はその辺りでカーヴしていた。アレスターはトラックを降りた。彼は大きすぎる外套を着たフランス兵のふりをして、一頭立ての荷馬車の後ろを歩いた。誰も振り返らないし、彼が貨車に乗り込むときも誰も見ていなかった。三分後、モースブルクの街へ向かう身なりのよい服装の民間人が現れた。

反対方向へ行く収容所通訳とすれ違ったとき、アレスターは自分の変装は上出来だと確信した。これまで何度も話をしたことがあったのに、通訳はちらりと彼を見ただけで通り過ぎた。モースブルクに着くと、彼はレストランの前で待った。客がひとり来て、自転車を置いて店に入っていった。当分戻ってこないのがわかっているので、彼はそっと自転車にまたがり、ペダルを漕いだ。夜にはミュンヘンに着き、操車場に配置されたフランス人労働班二九〇三の居所として教えられていた住所を探した。残念ながら、彼らはもうそこにはいなかった。そこで彼は〈カフェ・ルージュ〉へ行った。フィリポはいなかったが、そこで会ったふたりのフランス人が家に泊めてくれた。

民間人の服装でミュンヘンを歩きまわるのは意外と簡単だった。街中のあちこちに張り出されている詳しい街路図を見ながら、アレスターは街を歩き、最近の空襲の被害のほか、重要な施設の要塞化や偽装を目にした。彼を泊めてくれた人々は、助けてくれそうなフランス人ウェイトレスのいる、評判のいいカフェを何軒か教えてくれた。映画館も安くて安全で、午後や夜を過ごすのに最適だった。運がよければ、ナチスのお気に入りのジャンルである山岳映画が観られる。最悪の映画でも、ドイツ語の勉強にはなった。

もちろん、彼はこんなに長くミュンヘンに滞在する予定ではなかった。当初の計画では郵便列車に潜り込んでフランスへ行くはずだった。二〇時間の旅だが、何人かの脱走者がそれで成功していた。だが、すでにこのルートが閉ざされていたことを知った。これを利用した捕虜がふたり捕まり、協力者の名前を白状してしまったのだ。おおぜいのフランス人が殺され、投獄され、彼らのネットワークは遮断された。アレスターはここで待機して別の方法を見つけなければならない。彼はニンフェンブルク通りにある別の場所へ移動し、そこで新しい協力者がフランス人鉄道労働者との会合を手配してくれた。そこは偶然にもバック・パームとヨルゴス・ツーカスがつい数週間前に出発したプラットホームだった。アレスターたちが人目を避け、車輌の踏み台に立って話していると、ドイツ人の監督が通りかかって彼らの話し声を聞いた。ドイツ人が地面を蹴ってアレスターにつかみかかったそのとき、列車が動き出した。アレスターは相手を押しのけようとしたが、ドイツ人の力は強く、身体をのけぞらせてアレスターを引っ張った。そのときまた列車ががくんと揺れ、ドイツ人は体勢をくずした。つかみ合いはたちまち力比べになり、アレスターは殴ったり、蹴ったり、あらゆる手を尽くしてドイツ人を踏み台から落とそうとした。そして、恐れていたことが起こり、ふたりはつかみ合ったまま地面に落下した。身体が離れた途端、アレスターは転がって列車から遠ざかったが、ドイツ人は反対側に落ち、車輪に押し潰された。

アレスターは軽い脳震盪を起こしたせいか、立ち上がったとき頭がぼんやりしていた。彼は歩いて駅に戻り、ゲートに近づいたとき、年配の女性が彼の目の前でつまずき、大きな袋に入った食料品をぶちまけた。彼はとっさに屈んで拾うのを手伝い、警官がやってくるのに気づかなかった。老女は闇市の商人で警察に目をつけられていたのだ。「で、おまえは何者だ?」。立ち去ろうとするアレスターに警官が訊いた。「イタリア人労働者? では、身分証を拝見」。はなから疑ってかかっていた警官は身分証を一瞥しただけで、アレスターについてこいと命じた。アレスターはどこへ向かっているかわかっていたので、隙を見て警官を急斜面に突き落とし、逃げた。警官が拳銃を抜いて大声をあげたとき、ちょうど通りかかったふたりの兵士がアレスターをつかんで引き倒した。警官が戻ってきて、彼に銃口を向けた。だが兵士たちに制止されて発砲はしなかった。老女はこの騒ぎに乗じて逃げたようだった。

アレスターは何もやましいところのないイタリア人労働者だと言い張った。だが彼らは信じず、さらなる尋問のために警察署に連行すると言った。署に着くと、彼らはあちこち電話をかけるために彼をひとりにしておいた。彼はドアを通って外に出た。残念ながら、すぐにいないことが発覚し、あとを追われた。またしても兵士にとめられたが、今度は警官が警棒をもって追いつき、彼を殴打し始めた。ついに彼は悲鳴をあげた。「私はイギリス軍の将校だ！ イギリス軍の将校だ！」。すると、魔法の言葉で呪いが解けたように、彼らは警棒を落として律儀に敬礼をした。

最終的にゲシュタポが呼ばれ、アレスターはメルセデスベンツの後部座席で革服の殺し屋ふたりに挟まれて座り、運ばれて行った。誰もひとことも口を利かないが、アレスターはこの先の尋問で話すことを考えていたので、ちょうどよかった。脱走中、誰に助けてもらったか協力者の名前を吐けと責められるのはわかっていた。先頃、地下組織がつぶされ、いままた新しいネットワークを構築中のフランス人の鉄道労働者たちのことは、なんとしても守らなければと思った。モースブルク収容所の管理側は、彼がいつ出ていったか知らないだろうから、彼はミュンヘンに着いたばかりで、まだ誰にも接触していないと言い張るつもりだった。ゲシュタポはそれを信じたようで、彼は身体を調べられ、顔写真を撮られ、指紋を採取されたあと、軍刑務所へ連行された。

そこでまた同じプロセスが終始ドイツ語のみで最初から繰り返され、裸になっての徹底的な身体検査と尋問が行われた。真夜中、彼は突然、監房から引きずり出され、車の後部座席へ押し込まれた。ミュンヘン郊外へ半時間ほど走ったあと、二丁の機関銃の銃口が狙う壁の前に立たされた。銃殺を覚悟して待つこと数分。結局何事もなく、それから無言でまた車に押し込まれ、刑務所に戻された。口を割らせるために、このばかな芝居をうったのか？ それは彼にはわからなかったが、戻った途端にまた尋問が始まった。
朝になると、彼は親衛隊少佐の執務室に連れて行かれ、また尋問された。同じ質問、同じ脅し、同じ罠だったが、今度はこの口のうまい尋問者が意表を突く大きな餌を用意していた。ドイツのラジオ局を通してイギリスに向けて放送しないかとアレスターに持ちかけたのだ。捕虜仲間にとっても素晴らしいことだし、彼にとっても特別な名誉となる。もちろん、あらかじめ録音された音源を使うので、秘密のメッセージを送るチャンスはない。それとも、ソ連軍と戦うために募集されたドイツ軍のイギリス人部隊、イギリス自由軍団[13]に入りたいか？　アレスターは吐き気をもよおした。「ドイツ人の態度、やり口のすべてがおぞましいものであった」[14]
ドイツ人がアレスターの話を信じたかどうかわからないが、彼はモースブルクに戻され、到着後すぐにそこの独房に入れられた。彼に三度目の脱走を許すほど、ここの連中は間抜けだろうか？　彼は次の一週間、どうやって脱走するかを考えるとともに、脱走後の、それに付随する諸々ついても考えた。だが、独房入りが終わっても、ここの収容棟には戻されず、彼はまたゲシュタポに引き渡された。空模様は彼の随行者と同じく不吉だった。冷たく白い空はまもなく雪になると伝えていた。ガーヴィを発ってから三ヶ月が過ぎ、もうすぐクリスマスだ。ふたりの親衛隊員に挟まれて座ると、彼らのホルスターが身体にあたるのを感じた。一瞬、今度は本当に撃たれるのだろうかと思った。ひとつたしかに言えるのは、この旅では脱走しようがないということだった。

第八章

無謀すぎる脱走計画

また独房だ。幅二メートル、奥行き四メートル、白く塗られた壁、コンクリートの床、暖房はない。ベッドひとつ。手の届かない高い位置にある小窓は黒く塗りつぶされている。トイレもない、本もない、筆記用具もたばこも洗面道具もなく、あるのは身につけている服と毛布と枕だけ。警備兵が来て彼をトイレに連れて行く。それ以外はここから出られない。運動する時間もなく、ジャガイモの入ったスープとパンひと切れの食事が一日一回。たまにそれを運んできたのがイギリス人軍曹だと、すぐに帰らず話しかけてきて、それまでどこにいたのか、誰かに伝えたいことはあるかと尋ねた。この男はおそらく新しく作られたイギリス自由軍団のメンバーで、自分がミュンヘンで逮捕されたあとここに呼ばれたのだろうとアレスターは思った。それに、たとえそうでないとしても、この男はどこから見てもおとりだった。

八日後、彼は真夜中にたたき起こされ、尋問のために独房から連れ出された。意外にも質問は武器・兵器関連がほとんどで、続いて、なぜかスコットランド法の優れた点について詳しく訊かれた。本当に、戦前エディンバラで弁護士をしていたイギリス陸軍砲兵連隊の将校かどうか疑われたのだろう。身分証を携帯せず、民間人の服で捕らえられた捕虜の身元を特定するために設立された施設が、ベルリンの南五〇キロにあるルッケンヴァルデ尋問センターであった。同センターは、モースブルクと同等の規模と構成の、第三A基幹収容所の敷地内の別棟にあり、ここに連行される者は、ただ脱走のためだけでなく、何か重要な理由があって軍服を脱いでいたに違いないと思われていた。奇襲部隊の隊員か特命を帯びたスパイ、あるいは地下組織と接触し、諜報活動を行っていた者という容疑をかけられ、アレスターは後者のケースだった。

それから二晩のち、また尋問が行われたが、今回、アレスターは粗製の自白剤を投与されたため、ぐったりして集中できなかった。独房に戻ると、昼も夜も同じになった。照明がつけっぱなしになり、警備兵が座れとか口笛を吹けとか無意味な命令を怒鳴るのだが、すべては彼に、自分は弱い存在でどうにもできないという絶望感を植え付けるための方策だった。捕虜によっては、雪の中を何時間も歩かされ、あるいは下着を残して衣服をすべて没収された者もいた。ほかには、痛い目に遭いたいかと凄まれたり、すでにアレスターが経験したように、偽の銃殺隊の前に立たされたりして脅された。

そのほとんどを指揮したのが、残虐で加虐嗜好の、ナチの歩くパロディだった。ただし、それが正真正銘のナチで、なぜか下品で無教養な英語を話すアメリカ人将校「ウィリアムズ大尉」という彼が作り上げた架空のペルソナをまとっていた。長年アメリカ合衆国で暮らした「ウィリアムズ大尉」は、本名をアドルフ・シャーパーといい、第一次世界大戦でロシアに派遣されたブレーメン出身の、大尉どころかただの軍曹だった。いまや四〇代半ばになり、ルッケンヴァルデで尋問担当主任を務めていた。身長一八〇センチを超える頑丈な体つき、金色の頭髪は薄くなりかけ、異様にたるんだ頬に細縁めがねのフレームが食い込んでいる――この男、シャーパーは非常に威嚇的な態度をとることがあった。彼に尋問された者はほぼ例外なく、彼のことを「休みなく声を張りあげ、いたぶり、怒鳴りつけて脅すタイプのドイツ人」[1]と言い表している。アレスターがついに彼と対面したときも、同じだった。

　シャーパー、あるいは自称「ウィリアムズ大尉」は、自前のアメリカの軍服を着ていたが、アレスターには目に当てられたまぶしい照明のせいでよく見えなかった。別の尋問者が行った前回とは違い、今度は大砲や弁護士業についての質問はなかった。わざとらしく拳の指をぽきぽき鳴らし、もったいつけた間を置いたあとシャーパーはテーブルに手を叩きつけて叫んだ。「おまえのことは全部わかっている、クラム中尉。スパイをしていたことも、地下組織のメンバーであることも。だから、作り話はやめろ。でないとスパイとして銃殺だ」。最後にモースブルクを脱走したあと、同じような尋問をくぐり抜けていたアレスターは、誰の助けも得ていないし、レジスタンスには会ったこともないと言った。ただミュンヘンまで歩いて行き、そこで駅に着いてすぐに捕まったのだと。

「なら、ブリュックではどうしたんだ？　オーストリアでは誰に助けてもらった？」とシャーパーは怒鳴った。

　アレスターはひとつひとつの告発にまったく身に覚えがないと驚いたふりをしては、ずっとひとりで行動してきたし、地元の人とは話もしていないとそれまでの主張を繰り返した。シャーパーはこの答えにますます激高し、アレスターは最初、彼の癇癪をおもしろがって冷静に眺めていたが、顔を真っ赤にしたシャーパーがいまにも発作を起こして倒れるのではないかと心配になった。倒れるどころか彼はテーブルを叩き、アレスターが素直に協力者の名前を白状しないのなら、銃殺するしかないと喚いた。それでもアレスターが首尾一貫して主張を変えなかったため、しまいにはシャーパーはうんざりして両手を挙げた。そして、今度脱走して捕まったら、それが最後になるぞと険しい顔をして言い添えた。アレスターはいまや「要注意人物」[2]だ。

この時点で、脱走常習者やその他の帝国《ライヒ》の敵を収容する特別な捕虜収容所であるコルディッツに彼が送られなかったのは驚きだ。彼は入所試験には余裕で合格だったはずだが、ドイツはイタリアでの彼の成績を考慮しなかったのかもしれない。もちろん、アレスターはコルディッツに入りたかったわけではなく、移送先はモースブルクのような簡単に脱走できる収容所がいいと思っていた。ところが、彼はチェコスロヴァキアへ、あるいはかつてチェコスロヴァキアだった地方へ向かう列車に乗せられた。一九三八年九月のミュンヘン協定で、ヒトラーはヨーロッパで最初のひとくちをかじり取り、チェコスロヴァキアは解体された。最初に併合されたのは国境付近にドイツ系住民が多いズデーテン地方だった。その後、スロヴァキアは分離独立をうながされ、枢軸国の同盟国となった。ポーランドとハンガリーも遠慮なく分け前にあずかった。一九三九年三月一五日、ドイツは残った領土を併合し、ボヘミアとモラヴィアをベーメン・メーレン保護領とした。誕生してからちょうど二〇年でチェコスロヴァキア共和国は消滅した。

ズデーテン地方の市町村でドイツ系住民が最も多い町が、メーリッシュ・トリュバウだった。中央にペスト記念碑がそびえる石畳の巨大な広場を中心につくられた美しい市場町だ。チェコ語ではモラヴスカー・トジェボヴァーといい、ルネサンス時代には多くの芸術家や学者が移り住み、「モラヴィアのアテネ」と呼ばれたほどだ。新しい地図ではこの町はドイツ領に入り、書き換えられた国境線の内側一一キロほどのところにあった。また、ここは第八F将校捕虜収容所の所在地でもあった。もとは第一次世界大戦中に避難民の収容施設として建設され、その後、ロシア革命の難民を収容するために利用された。一九三五年には陸軍士官学校となったが、それはドイツの発言が次第に攻撃的になるのを警戒したチェコ政府がこの地方に講じた対抗策のひとつだった。この町がドイツの手に渡ると、陸軍士官学校は捕虜収容所に模様替えされ、最初はフランス人捕虜を、その後はイタリアから大量に送られてくるイギリスと英連邦の捕虜を収容した。

アレスターが一二月下旬にメーリッシュ・トリュバウに着いたとき、地面は雪におおわれ、気温は低く、捕虜たちはここを「リトル・シベリア」[3]と呼んでいた。ただ、この収容所はほかの収容所にはないものを備えていた。セントラル・ヒーティングだ。実際、ここを表現するのに最もよく使われる言葉は「ぜいたく」だった。捕虜の多くは、短命に終わった陸軍士官学校の寮や教室に使われていた近代的な四階建ての建物に収容された。新しい居住者たちは、早速この建物を「ビスケット工場」と呼び始めた。その根拠は不明だが、二三歳の誕生日を迎えたばかりだった若い将校、アラン・ハースト＝ブラウンは次のように推測している。「何でもそこから出てきた。地図やその他いろいろなものが作られた。ニューズレターもそこで作成されたし、ビスケット入りの赤十字の小包もそこから配られた。だから、ある意味、工場のようだった」[4]

従軍牧師のひとり、ロバート・シモンズはその建物について、もっと強烈なイメージを抱いた。「もとはチェコの陸軍士官学校だったこの巨大な四階建ては、停泊中の大型客船にそっくりだった。夜、明かりがつくと、四段に並んだ窓が客船のデッキのように見えた。兵士に割り当てられた宿舎として見ると、ここはぜいたくな収容所だ」[5]

ビスケット工場から緩やかな丘を登ったところに、上級将校たちが暮らす二階建ての家が二列に並んでいた。かつて軍学校の職員宿舎として使われていたこれらの快適なコテージは、林や低木の茂みに囲まれ、捕虜収容所というよりは普通の田舎の小径のように見えた。さらに、病院、礼拝堂、図書館、劇場、炊事場、運動場二カ所、体育館があり、屋外プールは冬にはスケートリンクになった。敷地内で二番目に大きな建物は、一九二〇年代に難民の共同体が利用するために建てられた、教室が複数ある巨大な校舎だ。それがいつの間にか非公式の大学として、考え得るすべての科目を取り上げる講座や講義や勉強会をそろえた学問の場になっていた。この収容所にいた別の有名なスコットランド人登山家、ビル・マレーは、活気あるキャンパスの雰囲気を次のように説明している。

我々のなかには、イギリスおよび英連邦の大学で講座を担当していた者が数名おり、講師もおおぜいいた。彼らの知識を集約すると非常に幅広い科目を含む高等教育のカリキュラムを組むことができた。数学、工学、物理学、科学、生物学、解剖学、医学、心理学、史学、あらゆる分野の文学、音楽、哲学、神学、比較宗教学、そして、インドの二〇の方言を含むアジアとヨーロッパの言語。早々にイギリスの諸大学と連絡を取り合い、最初の認定試験の基準に達するまで学べる科目もいくつかあった。こうした勉強はどれも我らが招待主であるドイツ人から奨励された。それは、我々の気を脱走から逸らすためなら、なんでもやらせようとの空しい願いからだった。[6]

マレーの場合、ドイツ人は彼に脱走をあきらめさせる必要はなかった。大多数の捕虜と同じく、彼はすっかり収容所生活に馴染み、フェンスの向こうにある未知の危険に身をさらすよりは「自己修養の道」[7]を選んだ。一九四二年六月、エル・アラメインの近くで捕虜となった彼は、キエーティで一年あまりを過ごし、その間に戦前の登山経験に関する本の執筆を終えていた。原稿ははトイレットペーパーに書き、上着の内側に隠していたため、ドイツ人はそれをイギリス情報部かチェコの地下組織に宛てた暗号文と決めつけた。そのため、原稿はメーリッシュ・トリュバウに着いたときに没収されてしまった。最初は愕然としたマレーだったが、やがて、これでよかったのだ、ドイツ人には感謝しなくてはと考え直し、第一稿よりもはるかに良いものを書き始めた。一九四七年に刊行された『スコットランドの登山』は現在も名著として称えられ、新しい世代の登山家全般に影響を与えたと言われている。

マレーにとって捕虜であるということは、閉じ込められていると同時に自由になることでもあった。彼は記している。「生まれて初めて、私は好きなだけ思索にふけり、じっとしている時間ができた」[8]。収容所では日々暮らしていくために必要なことから解放され、修道士的な自由を与えられる――この皮肉をありがたがる人も少なからずいた。マレーの場合、この自己覚醒へと向かう精神の旅は、ともに瞑想をした仲間たちが支えになった。また、彼は登山部をつくり、部員は少なくとも一回、これまでに登った山について講演をするという規則を設けた。一九三八年にグレンコーの難所を登っているときにマレーと出会っていたアレスターは、最初に部員になったひとりだ。捕虜としてのふたりの道のりはこれ以上ないほどかけ離れていたが、マレーはアレスターの使命感を尊敬し、そこから見える「人並はずれた資質」[9]を激賞している。スコットランドの妹に宛てた手紙で彼は次のように書いている。「クラムもここにいる。彼はこの戦争で私が出会ったなかで、最も素晴らしい人だ」[10]

アレスターは登山部に入ったほか、チェコ語を学び始めた。ゲシュタポの脅しにもかかわらず、彼はまた脱走を考えていた。特に、味方になりそうな人々に囲まれているこの収容所では、それを考えずにはいられなかった。それに、ガーヴィの多くの捕虜仲間と再会して感じたのは、収容所では少数派だが、彼らもここの紳士倶楽部のような雰囲気に取り込まれる気はさらさらないようだった。彼らはイタリア時代と変わらず脱走を中心に考えていた。アレスター同様、多くはだいぶ遠まわりした末にここに来ていた。シュトラスブルク近郊で捕まったリチャード・カーは、列車でメーリッシュ・トリュバウへ送られる途中にまた逃げた。厳しい寒さのなか、まともな服もなく、身分証ももたなかった彼はまたすぐに捕まった。ロニー・ハーバートは九六〇キロの距離を歩きとおし、連合国軍の前線まであと一歩のところで捕まり、ここに来ていた。ピーター・グリフィスとボブ・パロットはさらに遠くへ行っていた。北へ向かう途中、スタンプ・ギボンの車輛から飛び降りた捕虜のうち、数名はユーゴスラヴィアにたどり着き、そこでパルチザンに加わった。しばらくそこで活動を続けていたが、残念ながらふたりとも再び捕まった。あの尊敬すべき四〇代、ワディ・ウェイドソン、イアン・ハウイー、第二ベンガル槍騎兵隊の愛嬌のある大尉〝ボギ〟・ハウソンはさらに運が悪かった。彼らはアレスターと同じ車輛だったが、脱走したのは列車が夜、インスブルックに着いてからだった。貨車の換気口の格子から出て、豪雨の中を逃げたが、二日後、まだオーストリアにいるときに捕まった。

そして、一月の第一週、ジャック・プリングルとデイヴィッド・スターリングが収容所に到着した。雰囲気が一変した。ウェイドソン同様、ふたりは列車がインスブルックの操車場に停車しているあいだに脱走した。イン川を越え、森林限界まで登り、西方のスイスを目指した。寒いし雨は降るしで、三日目に木の橋を渡っていて呼び止められたときには、これで暖かい監獄に入れるとさえ思った。そこから、ふたりはザルツブルクの南にある、ソ連兵捕虜のための広大な収容所マルクト・ポンガウに連れて行かれた。だが、ふたりはそこに長く留まらなかった。濃霧が立ちこめるなか、重ねた毛布を鉄条網に掛け、別の捕虜の肩に立ってそこを越えた。ポンガウ川を泳いで渡っていたとき、ジャックが溺れかけたのが悪運の始まりだった。犬たちに匂いをかぎつけられ、アルプスの山へと追い込まれた。地図もなければ、身分証も食糧も防寒着もない。自分たちの現在地さえわからなかったが、東へ進めば、いずれユーゴスラヴィアに着くことはわかっていた。ふたりともあまり楽観的ではなかった。ジャックは述べている。「我々はたしかに敗者だった。それでも我々はまだ自由の身で、自力で生きていた。それだけでも価値があると思えた」[11]

二日目の夜、一軒だけぽつんとある農家を見つけ、助けを求めてドアを叩いた。ふたりはドイツ軍に加わるために移動中のイタリア人だと称した。白々しい嘘に思えたが、農家の夫婦は信じたふりをして彼らを家に入れた。夕食後、ふたりは火のそばに座り、あまりに心地よかったため、主人が何かの用事で家を出たのに気づかなかった。三〇分後、主人は四人の兵士を連れてきて、ジャックとデイヴィッドはまたマルクト・ポンガウに戻ることになった。そこから、ふたりはアレスターがまもなく訪問することになる尋問センター、ルッケンヴァルデに連れて行かれた。デイヴィッドはそこで処刑されるとばかり思っていた。ところが、そうはならず、彼らは「ウィリアムズ大尉」にも会わずじまいで、ふたりを疑った軍曹と何度か話をしたあと、今度はバイエルン地方にある収容所へ送られた。

ニュルンベルクとミュンヘンの中間にあるアイヒシュテットは、比較的快適な捕虜収容所で、一九四〇年のフランス降伏後に捕虜となった将校がおおぜいいた。彼らは意気消沈もせず、自暴自棄にもならず、極めて挑戦的で、反抗的な態度を取り続けていた。ガーヴィにもある程度の「警備兵いじめ」はあったが、イタリアでの捕虜文化は、もっと控えめではるかにおとなしかった。アイヒシュテットやその他の多くの収容所では、ドイツ兵の権威はことごとく軽く見られた、将校に敬礼もせず、警備兵は物まねの対象となり、馬鹿にされ、点呼は終わりのないイタチごっことなり、正確な人数の把握はほぼ不可能になった。このような振る舞いを子供じみているとか、みっともないと蔑む者もいたが、破壊分子の側面をもつデイヴィッド・スターリングには相当好ましく映ったらしく、彼はここで学んだ技をメーリッシュ・トリュバウでも披露し始める。[12]

それよりも役に立ったのは、脱走について彼が引き出した情報だった。つい半年前、アイヒシュテットはこの戦争でとりわけ有名な、集団脱走の舞台となった。六五人の捕虜が三〇〇メートルのトンネルを這って脱走し、バイエルンの田園地帯に潜り込んだ。最後まで逃げ切れた者はひとりもいなかったが、これはひとつの目的のために収容所をあげて力と技を結集した、組織と規律の見本のような出来事だった。同様に興味深かったのは、トンネル計画の首謀者たちが一九四二年八月に前の収容所で実行した見事な脱走だった。「ヴァールブルクの鉄条網越え」[13]として知られるこの脱走では、四つのチームが特製の梯子を使って収容所を囲む二重の鉄条網の柵を越えた。あっという間に二八人が脱走し、うち三人が帰還を果たした。デイヴィッドはこれに注目した。

ジャックとデイヴィッドが七〇名の将校とともにメーリッシュ・トリュバウに着くと、アレスターがそこにいて彼らを出迎えた。再会を喜んで話し込んでいるうちに、夜も更けていった。アレスターがボルツァーノで、ストレッチャーで運び出されて以降、何があったか、ひとりずつ話した。話題は自然と脱走に移り、この新しい収容所からどうやったら出られるかを相談した。ジャックはアレスター同様、周辺には友好的な人々がいるのでいろいろ有利だと思った。デイヴィッドも同感だったが、彼は別の構想をもっていた。それから数週間のうちに、彼は無謀な計画を思いついた。それには、収容所全体がひとつの巨大な脱走準備工場となり、捕虜全員が協力する必要があった。将校二〇〇名の大脱走、この戦争中、最大規模の、最も大胆な脱走という製品を完成させるために。

当然、デイヴィッドがこの新工場の最高経営責任者となり、どんな活動も彼の承認なしでは取りかかれないことになった。全員の賛同を得るのは難しいとわかっていたが、どのような結果になろうとも恩恵のほうがはるかに大きいと彼は信じていた。彼によると「収容所は完全に乱れきっていた」[14]し、基本的な規律を取り戻すことが早急に必要だった。彼の目的は兵士たちをまた戦争に行かせることだった。また、兵士の士気を高めるいちばんの方法は、共通の目的に向かって全員が力を合わせるように導くことだと知っていた。最初にデイヴィッドは自身が「陽気なやつ」[15]と評する、先任将校のワディラヴ大佐に会いに行った。つい二ヶ月前、ギリシアのコス島で捕虜となったワディラヴは彼の案を気に入り、ただちに必要な承認を与えた。次にビスケット工場とコテージの各グループを訪ね、彼の計画について説明した。彼は伝説となっているその説得力を発揮し、支援を取り付けるのに成功した。以降、彼は「すべての脱走秘密活動の要」[16]となった。

メーリッシュ・トリュバウの捕虜一五八一人中[17]、何人がデイヴィッドの作戦に参加したのか、確かなことはわからない。アレスターは四〇〇人としているが、そのうち二四五人があまり関係のないインド人将校だったことを考えると、驚くべき高い割合だ。とはいえ、その他のおおぜいの捕虜は、脱走には一切関わりたくないと思っており、たいていの収容所では彼らこそが圧倒的多数派だった。「ヴァールブルクの鉄条網越え」とアイヒシュテット・トンネルの主要メンバーだったデイヴィッド・ウォーカーはこの度々対立する両者の溝について語っている。

捕虜生活中の義務としての脱走をあきらめ——私は、捕虜になった最初の頃でさえ、一度に数ヶ月間そうしたことがあった——外国語を習ったり、法律や経済を勉強したりしているうちにすっかり考えが変わり、脱走を試みる捕虜仲間を疎ましく思い、日常生活を乱す者、危険な狂人集団と見なすようになり、彼らのせいで収容所内の荷物検査が行われているあいだ寒い中を延々と行進させられるのはまだましなほうで、最悪の場合、無実の人が銃で撃たれる事態となる。人は一晩で見方を一変させることがあるし、実際そうなった。たとえば三〇〇〇人規模の捕虜収容所では、本気で脱走に取り組んでいた者はどの時点においても、せいぜい一〇〇人程度だった。[18]

デイヴィッドは脱走に協力する者の数を何度も増やしたが、それは彼の計画を成功させるためにどうしても必要だった。収容所から捕虜の一〇パーセント以上を脱走させるには、書類偽造屋、仕立屋、大工、技師、地図製作者、コンパス制作者、トンネル掘り、土砂を捨てる者、そして、多くの、非常に多くの見張りがいる。さらに、緻密な情報収集も必要だが、これはデイヴィッドの右腕となったジャックが指揮を執った。アレスターを含め、この仕事を割り当てられた者は、収容所周辺や隣接する地域の地理について、できるだけ多くの情報を集めた。また、チェコの地下組織やその他の友好的な地元住民と連絡を取って脱走者への支援を依頼し、ドイツが収容所の整理を決断する最悪の事態に備えて救援を要請しておいた。

情報収集に加え、ほかに三つの班が編成された。飛び抜けて人数の多い最大の班は、脱走準備の秘密を守る役を担った。手下とかスパイを意味する「ストゥージ」を要所要所に置き、トンネル掘りや偽造書類やその他の秘密の活動に従事している者に対して、警備兵が近づいてきたら余裕をもって警告できるようになっていた。さらに、収容所に入ってきたドイツ兵一人ひとりの動きを追った。内部から秘密が漏洩するのを防ぐのは、第二班の仕事だった。のちにＭＩ５（保安局）の副長官となる人物が率いるこの班の役割は、脱走計画全般の秘密を保護し、秘密が漏れそうな穴があればそれをふさぐことだった。大量脱走の計画が進むにつれ、反対の声も大きくなった。そうした脅威を封じるのは密告を未然に防ぐと同様に重要な仕事だった。第三班は、先任将校の承認を得る条件としてデイヴィッドが約束した通信社だった。この班はデイヴィッド製作の秘密のラジオでBBC放送を受信し、その内容をもとにニュースの要約を毎日掲示した。

二月初めには、組織は盛んに活動していた。しかしながら、ドイツ兵の目には、ただ収容所が健康的に活気づいて見えるだけだった。専用のアトリエに移った美術部は写生教室を開き、スコットランドのスイングの王様、トミー・サンプソンは新しいバンドとリハーサルを行っていた。収容所の劇場で上演予定の『スウィニー・トッド』や『悪口学校』のオーディションも始まっていた。ビスケット工場の地下では、イアン・ハウイーがレーズンとプラムと砂糖で作った強い醸造酒を売り物にしたナイトクラブ、〈ラム・ポット〉の最後の仕上げが行われていた。捕虜たちは屋外リンクでアイスホッケーに興じ、体育館ではバスケットボールをするか、でなければ単に徒手体操かランニングをした。教育棟では、大学の講義に遅刻した学生のように捕虜たちが慌ただしく出たり入ったりしていた。あまりに人の動きが激しいので、アレスターがジャックとデイヴィッドの部屋の前にいたふたりの警備兵の前を通り過ぎでも注目されなかった。

アレスターはふたりから、やってもらいたいことがあるので部屋で相談したいと言われていた。収容所の外の様子を探るため「その他の階級」の兵卒と入れ替わってくれないか？　それは、正確な地図と時刻表を作るためでもあるが、地元住民や他国の捕虜に直接会って、脱走者を助けてくれそうかどうか感触を探るためでもある。アレスターはモースブルクでの経験から、それにはどうすればいいか知っていたし、兵卒として労働班に入ればメーリッシュ・トリュバウの町やその郊外に行けることもわかっていた。彼がその場で承諾すると、同行者には誰がいいか推薦してくれと頼まれた。「レスリー・ヒルはどうだろう。彼は完璧なドイツ語を話すし、チェコ語もかなりできる」
アレスターがヒルに出会ったのは、スキッパー・パーマーが暴動を企てたベンガジ発の船の上だった。彼とはイタリアでも一緒だったが、これまでヒルは脱走の類いには一切関心を示さなかった。波打つ黒髪の、分厚い眼鏡をかけた勤勉タイプの二六歳は、語学という偉大な唯一の趣味にすべてのエネルギーを注いでいた。彼の生い立ちを見るとそれは驚きでも何でもない。ドイツ育ちのギリシア人の母と、イスタンブールで商売をしていたイギリス人の父のあいだに生まれ、ロシア人の乳母に習ったフランス語を含め、様々な言語を習得しながら育った。ケンブリッジ大学ではドイツ語で一位になり、ボート競技にも夢中で取り組んだ。休暇は「お気に入りの街、イギリスのどこよりもくつろげる」[19]ベルリンで過ごした。ベルリンでは、退役した海軍提督で熱心なナチ党員である叔父のアーダルベルト・ツクシュヴェルトの家に泊まった。

一九三九年にケンブリッジを卒業すると、ギリシアに戻り、ボート競技のコーチとなり、ブリティッシュ・カウンシルで働いた。それは、博士号取得のためにソルボンヌかハイデルベルクへ進学する前にとる一年の休業期間《ギャップ・イヤー》のつもりだった。だが、進学できたのはそれから三八年後になった。ドイツがギリシアを侵略すると、彼は陸軍の通訳になったが、正式に入隊したのはエジプトに着いてからだった。アレスターと同じく、彼も陸軍砲兵連隊に入り、シディ・レゼグで戦功十字章を獲得したが、そこで捕虜となった。そこから彼も似たような道のりをたどった——タルフナ、カステルヴェトラーノ、カプア、パドゥーラ、モースブルク、メーリッシュ・トリュバウ。第八F将校捕虜収容所に着いたときは、チェコ語とロシア語を含め、新たに五つの外国語をものにしていた。また、彼はほんの一握りしかいなかった暗号文が書ける者[20]のひとりで、私信を装って戦争局にメッセージを送っていた。脱走委員会のために、兵卒になりすましてアレスターと一緒に情報を集めてくれないかと頼まれたとき、ヒルは一も二もなく承諾した。かなり前から考えを変えていたし、男爵と一緒に行動できるのは光栄だ。

彼らの偽の身分証ができあがると、ふたりは「その他の階級」の部屋に移り、労働に駆り出されるようになった。リーダーの曹長はオーフスという名の荒っぽい南アフリカ人で、この入れ替えに少しも納得しておらず、ふたりに収容所内の難しい作業を割り当ててその不満を表明した。デイヴィッドはそれを知るとオーフスを呼んで叱責した。クラムとヒルを収容所の外へ行く労働班に加え、なるべく監視がゆるい仕事に就けるようにときつく言い渡した。アレスターたちはまもなく洗濯物を満載した一頭立ての荷馬車に乗って隣村へ行っては、農場でカブやジャガイモを積んで帰るようになった。また、赤十字の小包や郵便物を受け取るのに駅で長い時間を過ごした。楽な作業ばかりだったが、どれも情報を集めるのには役立った。さらに、アレスターにとってはチェコ語に磨きをかける良い機会で、二ヶ月経った頃には、かなり上達していた。ゲシュタポがまた彼のことを探り出したのはちょうどその頃だった。破壊分子の容疑は晴れておらず、彼を特別に監視してもらいたいと収容所所長に要請したのだ。皆の意見が一致した――アレスターはもう元の将校に戻るべきだ。

その頃、デイヴィッドが二〇〇人を脱走させるために掘り始めた四本のトンネルが順調に進んでいた。メーリッシュ・トリュバウの他の脱走計画と同様、トンネルもガーヴィの同窓生が中心になっていた。実際、四本のトンネルのうち、三本はガーヴィで同房だった捕虜たちが主導した。当然、そこに四五歳のワディ・ウェイドソン少佐もいたが、彼の階級や年齢の将校はめずらしかった。妻子持ちというのは、脱走仲間でもさらにめずらしかった。家庭をもつ捕虜たちは収容所でおとなしくしていることに満足していたが、ウェイドソンは違った。クロアチアで最後に息子の顔を見てから四年が過ぎていた。息子は八歳になっていたが、ウェイドソンはほとんど便りを受け取っていなかった。ガーヴィを発つ直前に彼が書いた手紙には、子供がまだ幼いときに離ればなれになった苛立ちがつづられている。

可愛いティムへ

おまえからの手紙は半年以上前に受け取ってから一通も届いてない。そのうち暇を見つけて私に手紙を書いてくれるはずだと希望は捨てていない！　おまえは元気か、キッドも元気か？　こっちにはほとんど手紙が来ないから、いま何がどうなっているのか全然わからない。もう新しい学校に行っているのか、それはどこにあるのか？　男女共学か——男の子と女の子が一緒か——みんな何歳くらいか——おまえの友だちもそこへ通っているのか、それといちばん大事なことだが、おまえはその学校が好きか？　最後に一緒に過ごしたときのことを憶えているだろうか——三人でザグレブにいたときのことを。誰かがおまえに踏切警手の制服をくれたんで、私がおまえたちと駅で別れたとき、おまえは列車に向かって指示を出していたっけ。それからイギリスまでおまえたちがどんな旅をしたのかも私は聞いていない。私はマルセイユのホテルへ電報を打ったが、おまえたちはもう出たあとだと返事をもらったし、次に知らせがあったのは一週間後だった——ロンドンのキッドから電報をもらった。だが、それも昔のことだ——新しい時代が来る——その日は近いと願っている。現在、私は独房に入っている——思ったほどひどくない。手紙を待ってるよ。

愛を込めて

ロイ[21]

ウェイドソンのトンネルは他のトンネル同様、収容所を囲む二重の鉄条網からあまり離れていない建物を起点にしていた。残念ながら、地下水面が高いのに加え、雪解け水が浸み出し、トンネルは完全に水没してしまった。ボブ・パロットのトンネルで同じことが起こると、彼らはこの損失をなんとか利用できないかと考え、匿名の手紙を送ってドイツ人にトンネルの正確な位置を知らせた。手紙の送り主は、脱走で人命が失われるのを阻止したい敬虔《けいけん》な――ほとんど狂信的な――キリスト教徒だと称した。ドイツ人が気をゆるめるのを期待して、手紙には今後このような計画があれば知らせるとも書いた。

仮に手紙が真に受けられたとしても、まもなくハーバート・バックが主導していた第三のトンネルが劇的に発覚してこの策略は失敗した。バックはガーヴィの捕虜ではなかったが、SASの隊員でデイヴィッドと親交があった。彼はインドで育ち、オックスフォード大学でドイツ語を専攻したあと、第一パンジャブ連隊に入った。北アフリカに到着後、彼は独自の特殊部隊――特殊尋問団、略称SIG――を編成した。パレスティナで訓練を受けたドイツ系ユダヤ人が主体となったSIGは、ドイツ・アフリカ軍団の制服と装備を使い、敵陣地の奥深くに潜り込んで大胆なゲリラ攻撃を繰り返した。その作戦の最中に捕虜になったバックだが、九人の仲間を率いて脱走に成功した。SIGはやがてSASに吸収された。バックのめざましい活躍は、ロック・ハドソン主演の一九六七年の映画『トブルク戦線』の原案となった。彼はトンネルを掘っていないときは、ビル・マレーを含む集団を率いて「永遠の哲学」と呼ばれる精神修養をしていた。メーリッシュ・トリュバウで彼が主導していたトンネルは、すでに柵の向こうまで延びていたが、その上を歩哨が行ったり来たりしている最中に地面が陥没し、歩哨は穴にのみ込まれた。底に着地したとき、彼の頭はかろうじて縁から出ていた。

これで残るトンネルはあと一本となり、その入り口は、収容所の南端の細長い建物にあった。日中は靴を修繕する集団が使い、柵からは九メートルも離れておらず、主導する優秀な若き土木技師ジャック・グリーンが浸水を防ぐ排水システムを導入するのに絶好の位置にあった。彼はまた、トンネルの入り口があるところに偽の壁を立てて新たに秘密の空間をつくり、土砂を溜めておく場所もこしらえた。そこに入るには、壁の基部の下にある見事に偽装された入り口を通る。三つの班が交替で掘り続けたため、トンネルは比較的早く柵に到達した。脱走に加わる者の名簿づくりが始まった。誰もが、今度こそ成功すると確信していた。そして、トンネルがゴールに近づいたとき、収容所の保安将校ハーバーハウアー中尉が現れ、トンネルの入り口がある建物に直行し、交替の掘削班が床の落とし戸を開けようとしていた現場を押さえた。彼らを脇にどかし、部下に命じて床を鉄梃で叩かせていると、空洞が現れ、そこからトンネルも見つかった。傍目《はため》にもわかるほどひどく動揺したデイヴィッドは、トンネルが見つかったのは引き継ぎの班長のせいだと責めた。[22] だが、ドイツ人がトンネルの位置だけでなく、交替の時間まで正確に把握していたことを考えると、責任はほかにあるように思えた。収容所内に、少なくともひとり、スパイがいるという噂は無視できなくなった。

デイヴィッドはたとえ意気消沈していたとしても、それで集団脱走の計画をあきらめたりはしなかった。仲間たちが「不本意ながら、つい」[23] 彼の計画に協力してしまうのは、どこまでも楽天的な彼の情熱に煽られるからだった。だが、今度新たに彼が思いついた計画は、協力を申し出た者でさえ「自殺行為に等しく」[24]「無謀だ」[25] とためらうほどで、その覚悟の程が試されることとなった。デイヴィッドは一度に脱走する人数を一五〇に減らし、ＳＡＳのモットーである「大胆に挑む者が勝利する」に恥じない「鉄条網越え」を考え出した。彼はまず、スコットランド人捕虜たちが伝統を守るためにハイランド・ダンスの練習ができる舞台が必要だと言い始めた。それはもっともな要求だと考えたドイツ人は、赤十字の小包が送られてきたときの大きな合板の梱《こり》をいくつか提供した。舞台が設置されることになった食堂は、高さ二・六メートルの外側の柵に近く、舞台の材料を一〇枚の渡り板に分解してそれをつなげれば、窓から外の柵に届くはずだ。六メートルある渡り板の何枚かは、捕虜が飛び出る窓を広げるために破城槌代わりに使う。

脱走の際は照明を切る予定だが、走り去る捕虜は両側の監視塔から機関銃で撃たれる危険があった。その対策として、ホースがひそかに持ちこまれ、監視兵めがけて放水銃のように使うという。少なくとも、そのつもりだったが、多くの者はそれは無駄だろうと思った。陽動作戦として、ドイツ軍の制服を着た集団が走りまわりながら大声で命令を発し、警備兵を混乱させる計画もあった。そして、収容所の反対側で、まだ何をするかは決まっていないが、気を逸らすためのもっと派手なことをする予定だった。デイヴィッドは偉大な演出家のように一切を取り仕切り、その中心にハイランド・ダンスを披露する舞台があるのを明らかにおもしろがっていた。

跳馬の器具を使ってトンネル掘りの活動をうまく隠した『木馬』[26]〔エリック・ウィリアムズ著の小説と同書にもとづく映画。原題The Wooden Horse。邦題は『トンネル脱走作戦』〕のように、ダンスの舞台を利用するのだ。デイヴィッドは同じような計画を思いつき、脱走者が突然下から現れ、舞台をたちまち一〇個の突撃部品に分解するのだと説明した。それを用意するあいだ、特にドイツ兵が近くにいる場合は、五、六人のハイランド・ダンサーが舞台の上で飛んだり、跳ねたり、回転したりを繰り返す。本来の目的ではないのに、これは大好評の余興となったようだ。特に、身長二メートル近いデイヴィッドが舞台にあがり、生徒に難しいステップの細かい点を教えているときなどは見物だった。
三月中旬になると、ジャックの情報網に、チェコのレジスタンスのあいだで進展があったという噂が流れてきた。そのため、デイヴィッドが脱走の目的を変更するかどうか考え始めていたところ、ジャックが南アフリカ人の軍医、ジェラルド・ファン・ズーコと称する人物と接触した。六カ国語に堪能なファン・ズーコは収容所の診療所でたちまち欠かせない貴重な人材となり、「ドイツ人の信頼」[27]を得ていたと言われている。実際、彼は勝手に出歩いているように見え、収容所の外で医師が必要になると往診に出かけていた。そのため、重篤な患者が治療のために運ばれてくる、付近の町ツヴィタウ〔チェコ語名称、スビタビ〕にもひんぱんに通っていた。顔が広く、行動の制限が少ない彼は、脱走委員会にとっても貴重な人材だったと思われる。ジャックが彼に計画を手伝う気はあるかと尋ねると、彼は大げさに喜んだ。
「いいですか。私はドイツ人から何でも引き出せるんですよ——何でも！　何か欲しいもの、あります？　任せてください。あなたやスターリングが欲しがっているもの、必ず手に入れます……私が手伝いたがっていると、スターリングに伝えてください。私は役に立ちますよ、ぜったい！」[28]
いっぽう、アレスターは彼のことをまったく信用していなかった。ファン・ズーコの行動を観察し、彼は詐欺師か、下手をすると密告屋かもしれないと思った。それに、彼が南アフリカ人と称しているのも嘘だと思った。彼が「同胞」と接触するのをことごとく避けていただけでなく、ドイツ語の問題があった。アレスターは南アフリカ人が話すドイツ語の癖をよく知っていたが、ファン・ズーコのドイツ語はネイティヴのそれだった。それもそのはず、彼の父はベルリン出身のユダヤ人で、私生児として彼を産んだ母はバルト海出身のキリスト教徒だった。やがて彼は、強制収容所へ送られる途中で逃げ、南アフリカの医療隊に入ったのだと打ち明ける。だが、アレスターが最後に知るとおり、事実はそうではなかった。とにかく、彼は「直感でファン・ズーコに不信感を抱いた」[29]。アレスターは述べている。「彼は狡賢《ずるがしこ》い風見鶏だ。自分のためになると思うと、弁が立ち『自分を売り込む』のがうまい」

ジャックとデイヴィッドはアレスターの懸念を理解し、ファン・ズーコを仲間に入れるのはたしかに危険だと認めていた。と同時に、彼を信用せずに利用できるはずだとも考えていた。彼には計画について一切明かさず、脱走の詳細についても何も知らせないでおくのだ。肝心なのは、次にツヴィタウへ行くときはジャックを連れて行くと彼が約束したことだった。そこでチェコのレジスタンスと連絡を取りたいとデイヴィッドたちは考えていた。ジャックはポンガウ川を渡るときに死にかけて以来、心臓が弱っていた。アイヒシュテットでは入院したし、メーリッシュ・トリュバウに着いたときは重い肺炎を患っていた。いまやファン・ズーコの手引きで、彼は本国送還に該当するかどうか医療審査委員会の診断を受けることになった。

その場に着くと、ファン・ズーコがそつなく取り仕切った。彼は医師たちに助言し、警備兵に指示を出し、看護師たちとじゃれ合い、必要ならコーヒーやチョコレートなどちょっとした賄賂を手渡した。また、ジャックに個室を与えて特別扱いするように取りはからった。ジャックを「イギリス有数の大地主、少佐プリングル伯爵」であると紹介したのが効いた。ジャックはこの新しく得た爵位に合わせて、お辞儀まで始めた。地下組織の人間との会合を手配するのはまた別の話だった。細い口髭とウェーヴのある洒落た髪型をしたファン・ズーコは女たらしの気があり、レジスタンスに伝手がある兄をもつ看護師と深い仲になっていた。看護師が、ジャックとリーダーのひとりを会わせるよう兄を説得すると請け合うまでには、結婚の約束と永遠の愛の誓いが必要だった。それからしばらく行きつ戻りつしたあと、ファン・ズーコが、明日、プラハから来る人が午後二時半に教会で待っている、と告げた。

ジャックはその晩、どんな裏切りが待っているのだろうかと不安で、ほとんど眠れなかった。彼らを信じていいのかどうかもわからなかった――ファン・ズーコ、看護師、彼女の兄、そしてプラハから来る謎の人物。このうちの誰が罠を仕掛けてきてもおかしくないが、いまさら後戻りはできない。教会のなかに入ると、目指す相手はすぐに見つかった。コプリヴァと名乗った男は黒い革の上着を着て首からカメラをぶら下げた、三〇代半ばの金髪の美男子だった。見方によっては、モラヴィアの教会を調べている建築家で通るだろう。「私はチェコの地下武装組織の者です」[30]と彼はジャックに言った。「知りたいことがあれば何でも訊いてください」。それから彼は、急ごしらえの自分の組織や親英感情について話し、いざとなれば収容所を解放する計画があると打ち明け、保護領内で潜伏して支援を得やすい地域はどこかについて語り、さらに何よりもありがたい情報として、脱走した捕虜が頼って行けるプラハの住所二カ所を教えてくれた。これこそ、求めていた情報だ。

その晩、見るからに動揺したファン・ズーコが恐ろしい知らせをもってきた。[31]ここから三〇〇キロほど離れた、シュレジエンにある第三空軍基幹収容所から脱走した捕虜がおおぜい処刑されたというのだ。これは、のちに「大脱走」として知られる出来事について彼らに届いた第一報だった。イギリスと英連邦の将校七六人が、巧妙に作られた長さ一〇〇メートルのトンネルを使って脱走したのだ。翌日これを知ったヒトラーは激昂し、再び捕まえた捕虜はひとり残らず銃殺しろと命じた。ゲーリングとヒムラーは、それは弁解が難しいし、イギリスの報復を呼ぶと思い、ヒトラーに再考をうながした。その時点で、処刑する人数は五〇と決まった。

処刑は、脱走捕虜をどう扱うかについてドイツの方針が大きく変わったことを示していた。捕虜たちは知らなかったのだが、「大脱走」の三週間前の三月四日、ゲシュタポは指令を発し、脱走して再び捕まった捕虜はすべてマウトハウゼン強制収容所に送り、処刑すべしとしていた。一ヶ月前、最高司令部も同様の命令を発し、特別に譲歩してイギリス兵とアメリカ兵はゲシュタポに引き渡されるが、処遇は個々の事例によるとした。七月下旬になって初めて、「収容所からの脱走はもはやスポーツではない！」[32]と書かれたポスターが掲示され、新しく設けられた「死の領域」に入った捕虜は撃たれると、警告が出された。「わかりやすく言うと、収容所に留まっていれば安全だ！　いまや脱走は極めて危険な行動だ。生き延びるチャンスはほとんどない！」

一九四四年四月初旬、「大脱走」で空軍兵士たちが殺害されたとの知らせをジャックが聞いたとき、ドイツの方針転換は一切公表されていなかった。そのとき、ジャックはファン・ズーコのこの恐ろしい知らせをデイヴィッドや脱走委員会のほかのメンバーにも伝えたはずだ。だが、奇妙なことに、当時メーリッシュ・トリュバウにいた捕虜たちが書いた日記や備忘録や著書には、それらの出来事についても、それがデイヴィッドの計画に与えた影響についても一切言及がない。触れているのはジャックただひとりで、それもじつにあっさりしたものだ。「私は良心の呵責を感じ、以後、心が安まることはなかった」[33]

デイヴィッドの計画は「大脱走」よりもはるかに危険だったが、捕虜たちが新たに直面する危機にデイヴィッドが躊躇していたとしても、彼はそれを表に出さなかった。それどころか、彼はできるだけ早く行動を起こそうとしていた。しかしながら、全体的な目標に重大な変更があった。ツヴィタウで集めた情報にもとづいて検討した結果、脱走者は中立国や連合国軍のもとに戻らないことになった。彼らは軍事アドバイザーとしてチェコの地下組織に加わるのだ。ジュネーヴ条約で捕虜は武器を持てない決まりになっていたが、彼らがいるだけで戦後のチェコの未来によい影響を与えられる——少なくとも、デイヴィッドはそう信じていた。一九三八年にイギリスがチェコスロヴァキアをナチスに渡したのと同じように、今度はそれ〔チェコ〕を共産主義者のもとへ届けてしまうのではないかと彼は心配していた。「親善の使命」[34]は、その結末を変えるための強力な起爆剤になると彼は主張し、次のように説明している。

> おそらく戦争が終わると思われる年に最大の働きを見せるには、いま一度、脱走後の我らの活動について考える必要があると思う……もし我らの脱走者がチェコにとどまれば、彼らの大義にイギリスが協力したとして記憶に残るだろう……一五〇名のイギリス人将校がチェコの人々と親しくなるということは途轍もない親善の力になると私は考える。我々が持っている情報から考えると、チェコスロヴァキアが東側へ加わるのを防ぐことは不可能ではない。戦前、イギリスは彼らにほとんど関心を払わなかったし、彼らはいまにも共産主義者に取り込まれてしまいそうだ。[35]

脱走した将校が実際にどんな役割を担うかについては、デイヴィッドは冗談めかして言った。

> ジュネーヴ条約の規則を破り、武器を持ってレジスタンスと一緒に戦えと言うつもりはないが、ある程度そういうことが起こる可能性はあると思う。ドイツ兵にもう一発お見舞いする機会があるというのに、その誘惑にあらがえる兵士がいるだろうか。[36]

集団脱走計画を成功させるには、先行する班が地下組織と事前に打ち合わせをして、一五〇人の脱走者の受け入れについて細部を詰める必要があった。特別なルートと案内役、隠れ家や居場所などすべてを明確にし、その情報を収容所へ伝えなければならない。「第一便《ファースト・フライト》」と呼ばれたそのグループに選ばれたのは主にドイツ語に堪能な捕虜たちで、チェコ語のほか、捕まったときのために尋問の対処法も学んだ。

三月初旬、空軍将校の一部を第三空軍基幹収容所に近々移送するとの告知があり、デイヴィッドの部下三名[37]がその移送組の三名と入れ替わる手はずが急遽整えられた。列車に乗ったら、護送兵を押さえつけ、窓から逃走する計画だ。すでにユーゴスラヴィアでレジスタンスに加わった経験があるピーター・グリフィスがジョン・フォーズディックとともに最初に列車から飛び降り、ガーヴィにいた別の南アフリカ人がその次だった。彼が飛び降りようとしたそのとき、護送兵のひとりが身を振りほどき、ライフルの銃床で彼の頭を殴った。それから列車はグリフィスが飛び降りたところまでもどり、地面に横たわっていた彼を見つけた。彼の頭蓋骨は大きく欠けていた。フォーズディックがドイツ人に医者を呼んでくれ、せめて枕をくれと懇願したが、それは無視された。グリフィスは乱暴にストレッチャーに乗せられると、まもなくそこで死んだ。

彼の死亡の知らせに収容所は静まりかえった。多くの者が無謀だと思っていた計画の最初の犠牲者が出たのだ。それに、グリフィスは人気者だった。二四歳の誕生日を二週間後に控えていたグリフィスは、多くの兵士同様、戦争中に大人になった。開戦時、ヨハネスブルグの保険会社に勤めていた彼は、ボータ連隊に加わり、二年後には早くも大尉に昇進していた。背が低く、引き締まった身体で、薄茶色のふさふさした髪のグリフィスは収容所の誰よりも脱走に真剣だった。列車からの飛び降りは彼の八回目の脱走だった。

グリフィスの死で不満が高まったにもかかわらず、それでもデイヴィッドは計画を進めた。六月初旬に決行と定めたが、ジャックがツヴィタウの教会で得た情報が正しいかどうかは、まだ確認されていなかった。地下武装組織とは具体的にどんなものか？ 彼らは収容所を解放するために本当に近々暴動を起こすのか？ アレスターは兵卒と入れ替わっていた時期に独自の情報源を開拓し、この件については懐疑的になっていた。実際、これはソ連の宣伝工作ではないかと疑っていた。ドイツの諜報活動を混乱させ、その資源をほかへ移すよう仕向ける作戦だ。チェコ人がナチスを憎悪していたのは間違いないが、六年におよぶ激しい弾圧の末、チェコの人々は従順になり、レジスタンス組織は解体されるか、スパイに侵入されるかのどちらかだった。一九四二年春に亡命政府が企てたハイドリヒ暗殺でさえ、計画側の意図とは反対の結果を引き出した。歴史学者、ヴォイチェフ・マストニーは「国家抵抗運動の失敗」と副題をつけた著書のなかで、次のように指摘している。

ハイドリヒ暗殺は手際よく行われたとはいえ、政治的には失敗であった。これにより、チェコの地下活動はヒトラー支配下のヨーロッパで他に類を見ないほど徹底的に制圧された。それよりも重要なのが、この暴君の死から始まる「ハイドリヒアーダ」と呼ばれた数週間の生々しい記憶が、積極的抵抗運動の復活を抑止する強力な要因になったことだ。ハイドリヒはその死をもって、保護領の平定という最大の望みをかなえたのだ。[38]

脱走委員会はこれらの背後にある真実を突き止めるため、次にイアン・ハウイーを送り出した。彼は地元の労働者に伝手があったのでこれは合理的な人選だった。彼は脱走委員会からも、誰からも信頼されていた。背が高く、穏やかな口調の、非常に聡明なハウイーは俳優のジェイムズ・ステュアートに似ていた。ガーヴィでは、ドイツ移送を逃れるためにヨガ行者のように身体をねじ曲げて薪の山に隠れた。今回は洗濯物用の荷馬車でそれを再現し、村へ洗濯に出す汚れたシーツの山に潜り込んだ。何日もかけて道筋を調べ、荷馬車が目的地に着くまで何分かかるかを正確にはじき出していた。だが、馬車は今回に限って別の道を行ったため、彼が数を数え終えて立ち上がると、横には仰天したドイツ兵がいた。ハウイーは慌てることなく荷馬車から飛び降りて通りを走り出した。追跡が長引くほど、追うドイツ人も増えていった。最終的にレンガ工場に追い詰められたが、もっていた書類は途中で破棄した。

これはデイヴィッドにとって大打撃であった。四本のトンネルが発覚するか使えなくなるかし、脱走者一名が死亡し、今度はハウイーが三〇日の独房入りだ。脱走に否定的な捕虜たちは、失敗の連続に、それ見たことかとますます声を張りあげた。これは軍事行動に等しく、ジュネーヴ条約違反ではないかと、彼らのうちの誰かが尋ねた。それに、これは鉄条網を越えようとして機関銃で撃たれる者だけの問題ではなく、全員の命を危険にさらすのではないか？　デイヴィッドに忠実だったアレスターでさえ、多くの人間を危険にさらしてもいいのだろうかと疑問を持った。「この計画には弁解の余地がない」[39]と彼は結論づけた。そして、一度は検討した「第一便」で脱走する誘いをはっきり断った。

計画全体があまりにもでたらめだと思ったので、私はスターリングに「第一便」で脱走する気はないと伝えた。私はこの六ヶ月で二度、ドイツ人にスパイ容疑をもたれ、ミュンヘン警察にはよく知られているし、今度捕まったら最後だと何度も警告されているからだ。大脱走が実際にあったら、私はスターリング大佐お付きの通訳を務めることにする。[40]

脱走への信頼を取り戻すために、デイヴィッドとジャックは何かひとつ成功させなければならないと思った。彼らは、ダーラム軽歩兵連隊の若い中尉、ハンフリー・ムーンが提案した計画にそれを見つけた。一九四〇年のフランス降伏の際に捕虜となったムーンは、ドイツの主な将校収容所を渡り歩き、多くの脱走をその目で見てきた。彼がデイヴィッドに提出した案は、収容所にやってきては清掃やその他の雑役をするロシア人労働班を利用するというものだった。彼らはメインゲートを使わず、運動場の反対側にあるもっと小さいゲートから出入りしていた。障害物もなく、身分証をチェックする衛兵もおらず、ただ彼らに付き添う警備兵が自分の鍵を出して門を開ける。ロシア人捕虜数名と付き添いのドイツ兵ひとりという小集団に化ければ、同じように通れるのではないか。もちろん、錠を開ける鍵が必要だが、ムーンはそれについてもすでに手をまわしていた。メーリッシュ・トリュバウに到着後、彼はプロの解錠師に限りなく近い男と知り合った。少なくとも、その男、カーリー・レイン[41]はそう自称し、自分に開けられない錠はないと言っていた。巻き毛《カーリー》どころか完全に禿頭のレインを一行に加え、門を開ける役を任せればいい。

その時点で何でもやる気でいたデイヴィッドはこの案を気に入った。ムーンとレインは脱走計画に加わってどこへでも好きなところへ行けばいいが、残りは特別な使命を帯びて外へ出る彼の部下四人が占める。そのひとりが変わり者の言語学者、レスリー・ヒルだ。彼とペアを組むのはハイデルベルク大学で学び、ドイツ語に堪能なピーター・ジョスリン。ふたりは南にあるブルノまで一緒に行き、そこからジョスリンはスロヴァキアへ、ヒルはプラハへ向かい、それぞれ地下活動の状況について情報を収集する。ウェイドソン少佐がこの集団の幹部将校となる。流暢なドイツ語を話すのに加え、ウェイドソンは鉱山技師として何年も、この地方を調査をした経験があった。彼と組になるのは集団の最後のメンバー、三二歳の酒の販売員、タビー・マッケンジーだ。戦争前、彼の友人や家族は彼をそう呼んでいたが、メーリッシュ・トリュバウではただの〝ヒュー〟で通っていた。

身長一八〇センチ、頑丈な体つき、間の抜けた笑顔、ヘアオイルでていねいに髪を後ろになでつけたマッケンジーは非常に人好きのする男だった。仕事柄、社交的で陽気で常に前向きな彼は、長い捕虜生活で誰もが経験する気分の浮き沈みとは無縁だった。「私は元気で楽しくやっています」と彼は故郷に手紙を書いている[42]。「私がへこたれることはありません……希望はいくらあってもいい――私の手紙は嘘みたいに退屈でしょうね。とにかく私は元気いっぱいです！　愛を込めて、タブ」

彼はコルカタに生まれ、父はイギリス陸軍医療隊の医師だったが、両親がいがみ合いの末、離婚し、それ以後、ほとんど会っていない。戦争が始まり、入隊が迫ると、どこを選ぶかは決まっていた。彼はスコットランドには住んだこともなかったが、そんなことはかまわなかった。シーフォース・ハイランダーズはマッケンジー家にゆかりの連隊で、彼はその創設者、ケネス・マッケンジーの直系の子孫だった。入隊し、フランスに派遣され、サン・ヴァレリーでロンメルに対して最後まで戦った部隊の一員だった。降伏後、ボートを探して四日間逃げ回ったあと、一九四〇年六月一六日に捕虜となった。そこから、ハンフリー・ムーンと同じようにドイツじゅうを移動した――ラウフェン、ティットモニング、ヴァールブルク、アイヒシュテット、そして三年半後、メーリッシュ・トリュバウ。

彼はフットボールに興じる時間を除いて、ほとんどの時間をインドで自分の家族が話していた言語、ヒンドゥスタン語の勉強に費やした。優秀なセールスマンよろしく、彼は戦後のことを考えて人脈を築き、将来に備えた。醸造の試験で第一級に合格したあと、彼は母に宛てて、さらによい知らせを伝えている。「戦争後に就く仕事も決めました。ここにいる会社のオーナーにうちに来ないかと誘われたのです。飲料関係ですが、醸造業とも関係しており、私の知る限り、よい就職先だと思います。もうおわかりだと思いますが、このように私は時間を無駄にはしておりません」[43]

彼が脱走にかかわったのは、収容所のナイトクラブ〈ラム・ポット〉で醸造に携わる人々と付き合っていたことも影響したかもしれない。おそらくマッケンジーを仲間に引き入れたのは、クラブの常連でデイヴィッドの取り巻きだったイアン・ハウイーだ。そのつながりについては明確ではないが、そうでなければ、ほとんど脱走の経験がない者に、なぜそのような難しい重要な任務が与えられたのか説明がつかない。アレスターによると、「マッケンジーは収容所の外に出たことがなかった」[44]し、アイヒシュテットで失敗に終わった脱走を試みたときは、彼の親友、ジョン・マンセルが驚いて次のように記している。

今朝、人生最大の衝撃を受けた。ヒュー・マッケンジーが昨日の朝、収容所を抜け出したと聞いた。スマイリーとか、そういう名前の男と一緒だそうだが、私はそんな男のことは聞いたこともない。だが、ヒューのことはよく知っているし、彼がそういうことをやってみると言っていたような気はする。しかし、彼はそれについては秘密にしていた。ばかなやつだ。洗濯物を積んだ車に潜り込んだと聞いた。[45]

マッケンジーはレジスタンスと会うために、そして、一五〇人の捕虜の受け入れを準備するためにプラハに行くことになった。出発前、彼が母に宛てた手紙には、少しの不安もなく将来への希望がつづられている。

大切な人へ
あなたからの手紙は未だに全然来ませんが、フレディーとヴィー、バブスからは一通ずつもらっています。日付はどれも四四年一月でした。バブスが病気だと聞いて心配です。今頃はもうよくなっているといいのですが——ローゼズが完全に回復したと聞いて安心しました……ローゼズが小さな家はどうかと言ってきました——エルムステッド・ウッズか、チスルハーストか、あるいはオックスフォードはどうでしょう。道路から奥まったところにあったオックスフォードの家を憶えていますか？　私たちが寄ったパブの向かいにあった家です——あの家、どう思います、母さん？　お金なら多少は私も出せます——今度、いい仕事に就きます。本当です——名案があります——自分の土地と呼べるもの——大切にし、改良し——土は手をかけた分、見返りをくれる——そこに咲く花は私たちに喜びを与えてくれ、つかの間でも生き生きとしている——その短い時間に花々がどれだけ幸せを与えてくれるか——戦争ははるか彼方です。そして、なによりも、私にとって人生最高の贈りものは自由です——「あなた」「バブス」、太陽、空、木々、花々。では、元気でお過ごしください。将来を楽しみにしていましょう。
あなたの息子、タブス[46]

脱走の準備は速やかに続けられた。寸法合わせに仕立屋のところへ行き、偽造屋は偽の身分証を作り、脱走する者たちは偽の経歴を作り、それをすらすら言えるように暗記した。たとえば、レスリー・ヒルは、ドイツ人のもとで働くためにプラハに異動になったオランダ人技術者として旅することになった。彼は三つの住所を教えられていたが、うちひとつは緊急用だった。それは、これまでデイヴィッドと脱走委員会に協力してきた収容所の電気技師の住所だった。彼は週末ごとに自宅のあるプラハに行き、脱走者の情報を収容所に持ち帰る役目を担っていた。ウェイドソンとマッケンジーも電気技師の住所を教えられ、さらにジャックがツヴィタウで入手したレジスタンスの住所も伝えられた。そして最後に、全員に地図、現金、食糧、配給票、コンパスが与えられた。

数回のリハーサルを経て、いつでも出て行ける用意が整った。彼らはビスケット工場の一階に集まり、民間人の服に着替え、その上に濃緑色の外套を着た。外套の背中にはソヴィエト連邦を示す「ＳＵ」の文字が白の塗料で書かれている。ウェイドソンだけは「ドイツ兵の皮《グーン・スキン》」と呼ばれたドイツの軍服を着た。帽子を目深に被り、足を引きずって歩くと、収容所を出入りするロシア人労働者と見分けがつかなかった。軍曹の格好をしたウェイドソンが後ろにつき、カーリー・レインが集団の先頭を行った。大きな競技会に臨むアスリートのように、レインはその週のほとんどを、手当たり次第に錠を開ける練習に費やした。皆、ふたりをじっと見てはならない、ふたりに注目を集めてはならないと自分に言い聞かせていた。ゲートに着いてウェイドソンがレインに鍵を投げたあとは特に注意した。最初、レインが手間取っているように見えても誰もまったく心配していなかった。なにしろ、レインは収容所一の解錠師だ。だが、数秒が数分になり、ウェイドソンは自分が素早く対処しなければ、作戦全体が危うくなると思った。「よし、いいだろう」と彼が言うと、レインはついに敗北を認めた。「行こう。作戦変更だ」
最初にこの計画を考案したムーンがすぐに別の手を提案した。「ゲートが開いているときに、そこを通過するというのはどうでしょう？」[47]と彼は尋ねた。いいえ、ふざけているわけではありません、と彼は訴えた。衛兵が交替するとき、彼らはゲートを開け、中に入れていた。正確にタイミングを計れば、ちょうどその時にゲートに着き、何食わぬ顔で向こう側へ通り抜けられる。ムーンはすでに偵察し、ドイツ人がいつも午前一一時きっかりにゲートを開けることを確認していた。

タイミングを知るために何度か試し歩きをして、四月二〇日に決行となった。ヒトラーの誕生日で、ガーヴィの貯水槽トンネルからちょうど一年だった。準備は最初の試みとほとんど同じだった。また同じ部屋に集まり、民間人の服に着替え、上にロシア人の外套を重ねた。ただ今回グーン・スキンを着るのはレスリー・ヒルになった。はったりをかけて通り抜けるには、彼のように完璧なドイツ語を話す人物が必要だ。スタートの合図を送る見張り役がドアに立った。ヒルは眼鏡を外し、軍帽をかぶり直し、額の汗を拭った。「出発」とドアを見ていた将校が言い、彼らは歩き出した。

ゲートまでは短い距離だったが、ヒルは興奮のあまり、足を速めた。「落ち着け」[48]と彼の隣を歩いていたウェイドソンが言った。タイミングがすべてで、ゲートが開く午前一一時に彼らは数歩手前のちょうどよい位置にいた。「通してくれ」と、ヒルは速度を落とさずに命じた。「こいつらを現場に連れて行かなければならない」。誰も彼らを止めなかったし、誰も何も訊かなかった。一行はただゲートを歩いて通過し、四、五〇〇メートル離れた収容所の上方にある林にたどり着くまで歩みを止めなかった。ビスケット工場の最上階から見ていたデイヴィッドとジャックは数週間ぶりに笑顔になった。

ところが、ムーンとレインは日が暮れる前には捕まっていた。ふたりは列車でシュテッティンへ行き、そこからスウェーデン行きの船に密航しようと考えていた。だが、地図を読み間違えて保護領に入ってしまい、またズデーテン地方に戻ろうとしていたところを国境警備兵に捕まった。数日後、ピーター・ジョスリンが収容所に戻ってきた。彼はヒルとともにブランスコまで歩き、そこの小さな宿で地元の地下組織の人間と接触した。ふたりは予定通り列車でブルノへ行き、駅で別れた。ジョスリンはブラチスラヴァの北にある住所へ向かっていたが、国境が三日前に変わっていたのを知らず、そこで混乱した。国境を越えようとして逮捕され、ゲシュタポによる簡単な尋問のあと、メーリッシュ・トリュバウに連れ戻された。

彼は独房に入れられると、隣の房のハンフリー・ムーンと話し始めた。アルゼンチンのこと、ガウチョの生活、戦後はそこに戻ろうと考えていることなどを話した。スペイン語を勉強していたムーンは俄然、その話に興味をもった。懲罰が終わる頃には、ロサリオの近くで、ふたりで農場を始めようと話がまとまっていた。戦後、ムーンは両親を説得して資金を出してもらうため、その応援にジョスリンを故郷に呼び寄せた。また、ジョスリンに妹のウルスラを紹介すると、ふたりは恋に落ちて結婚した。結局、彼らはアルゼンチンには行かなかったが、ローデシアでたばこ農園を共同経営した。

その他の脱走者についてはーーウェイドソン、マッケンジー、ヒルーーまったく音沙汰がなかった。もし捕まっていたとしても、そんな噂は伝わってこないし、彼らがもたらすはずの偵察報告もひとつも届いていなかった。そして、それらの情報の中継役だった電気技師がいなくなった。まもなく、彼は逮捕されてすでに処刑されていたことがわかった。ほかにも大量逮捕があった。長く休眠状態だったチェコの地下活動が、新たな傘下組織である国家革命準備委員会とともに復活していたからだ。ドイツは反乱を警戒するのに加え、チェコ人が収容所の解放を目論んでいるとの確信を強めた。捕虜が武器を取って地元のレジスタンス活動に加わると想像しただけで、彼らは恐怖を感じたようだ。警備兵が増員され、防衛手段が追加された。収容所はもはや捕虜を閉じ込めておくだけの施設ではなく、外部からの侵入を撃退する要塞に変わった。

収容所内のドイツ人の数もふくれあがった。ハーバーハウアーが警備兵を三倍に増やした。抜き打ちの検査が日常的になり、トンネル掘削の音を検知する装置が導入された。貴重な品々の隠し場所が何カ所も摘発され、捕虜と警備兵の関係がいっそう険悪になった。それまで個人を相手に単発的に行われていた警備兵いじめが、よく計算された抵抗運動になった。収容所内のドイツ兵の動きは、以前は離れたところから見るだけだったが、いまではドイツ兵がどこへ行くにも集団でつきまとってからかうのだった。ときには「くたばれ、のぞき屋！」といったスローガンを書いた横断幕をもって歩いた。ある捕虜は音楽の才能がまったくないのにチューバを持ってドイツ兵のあとをつけ、時々大きな音を出しては予想通りの反応を楽しんでいた。哀れな警備兵たちにいくらか同情したと語ったロバート・シモンズは、彼らの士気をくじくために考えられた、別の陰険な嫌がらせについて記している。

偽物だが挑発的な講演のタイトルが掲示された。「戦争犯罪人の刑罰」「戦後ヨーロッパの分割」「占領軍の任務」などだ。そして、今度は巨大なヨーロッパの戦争地図が掲げられている。目立つ色と矢印で、一九三九年以降のドイツ軍の進撃と撤退が示され、脇にはそれに相応するヒトラーの言葉が記されていた。[49]

毎日、一日の大半を鏡の前で過ごしていると思われる愚かな小男、収容所所長は、明らかに統制を失いつつあり、本人もそれを自覚していた。このままでは現職を解かれて東部戦線へ送られるとそればかり考えていた。ちょっとしたことで捕虜を怒鳴るようになり、ドイツ兵いじめをただちにやめさせろとワディラヴ大佐に要請した。だが、それでもやまず、彼はますます癇癪を起こし、かえって自分の弱さをさらけ出すだけだった。禁止行為を少しでも減らせればと思い、今後は朝と夜の点呼に加え、新しく抜き打ちの点呼を複数回行うと発表した。捕虜たちはこれを無視し、点呼に出ないと宣言した。最初の点呼を知らせる軍隊ラッパが鳴ったとき、それに応えた者はひとりもいなかった。再びラッパが鳴らされても同じだった。皆が皆、そのときしていたことを続けた。

すでに喚き出していた収容所所長は、警備兵を呼び、どんな手を使ってでも捕虜を集めろと命じた。前のドアから外に追い出された将校が建物をまわり込んで後ろのドアからまた部屋に入るというイタチごっこは、数時間におよんだ。ついに彼らが体育館として使っている建物に集められたとき、収容所所長は小さな箱の上に立って、演説を始めた。何か言う度にわざとらしい拍手と歓声で茶化され、しまいには彼は拳銃を取り出し、それを振りまわして叫んだ。「今度動いたやつを撃つ!」[50]。それを合図にデイヴィッド・スターリングは窓のところまで歩いて行き、窓から外に出て、呆気にとられている警備兵の前を通り過ぎ、自分の部屋に帰った。抜き打ち点呼はこれが最後になった。

緊張は危険なレベルに達していた。捕虜のあいだでも意見の対立が深まっていた。最初からデイヴィッドの計画に反対していた多くの者は、ドイツ兵いじめは暴力を誘発すると危惧していた。アレスターは、ドイツ人たちも近々、大量脱走が起こると勘づいているはずだと考えていた。「この計画は壮大すぎて、秘密にしておけないのだ」[51]と彼は述べている。「それに、誰かがうっかり口をすべらしたか、あるいは『スパイ』が計画を『台無しにした』ようだ」。ゲシュタポが収容所所長をひんぱんに訪ねるようになると、誰もがもうすぐ何かが起こると感じた。ファン・ズーコがデイヴィッドとジャックに、何が起こるか知らないが事の首謀者がふたりであることはハーバーハウアーに知られていると告げたのもちょうどその頃だった。

そして、脱走まであと一〇日と迫ったとき、ドイツ人が収容所をまるごと移転すると発表した。連合国軍の将校一五〇〇人を留めておくにはズデーテン地方はあまりにも無防備で、特に収容所を解放しようとする地下組織がいてはなおさらだ。「大脱走」から何週間も経たないうちにまた別の大脱走が起こるのは非常にまずい。そのため、彼らは遠く離れた北ドイツのブラウンシュヴァイクにある元空軍兵舎に向けて順に護送されることになった。現在の建物には家具も何も残さず、空にしていく。ハイランド・ダンスの舞台については誰も持っていくとは言わず、それを使う脱走に同意していた者たちからは大きな安堵のため息が漏れた。「土壇場で救われた!」[52]とアラン・ハースト＝ブラウンは叫び、多くの者が内心思っていたことを代弁した。

アレスターも、脱走者の最初の犠牲者が出たあと「残った捕虜のほぼ一〇〇パーセントが抹殺されるホロコースト」[53]を危惧していたため、安堵した。それより意外だったのはデイヴィッド自身の評価だ。彼は、あの計画について「振り返ってみると、到底あり得ないもの」[54]だったと打ち明けている。とはいえ「よりよい案が浮かぶまで、何か集中するものが必要だった」とも述べている。問題は、いまもプラハにいて集団脱走に備えているはずのウェイドソンとマッケンジーにどうやって連絡を取るか、だった。収容所は移転したと彼らに知らせ、支援を約束した人々にもうその義務はないと伝える必要があった。さらに、単独で行動しているヒルを見つけられたら儲けものだ。

デイヴィッドは自分とジャックが知らせに行くべきだと考え、ガーヴィのときと同じ手を使い、全員が収容所を出るまで隠れていようと思った。今度は五八人もの捕虜が同時に隠れるのではない。ふたりだけで、ワディラヴ大佐の部屋の下に作った洞穴もどきに潜り込むのだ。しかし、ふたりとも収容所では要注意人物であり、ハーバーハウアーが彼らを置いて出発するわけがないこともわかっていた。事前の策として——移動が始まってもいないのに——ふたりはコテージを出てビスケット工場の奥深くに住まいを移した。身長一九〇センチのデイヴィッドが他人になりすますのは難しかったが、ジャックは収容所内を動きまわるために、いろいろな変装をした。トレードマークの口髭を剃り、分厚い眼鏡をかけ、髪の分け目を変えてなでつけ、悲劇役者の見本のように言葉遣いと歩き方を変えた。特に親しい友人たちにも彼とわからなかった。さらに、少なくとも四人の捕虜に、出発時の名前の確認の際、ジャック・プリングルと名乗るよう頼んでおいた。ほかの捕虜たちも様々な手を使って、できるだけドイツ人を困らせようと画策していた。あるグループは記録保管室に忍び込み、大量の身分証を破棄したり、盗み出したりした。先任将校は名前を訊かれたら偽名を名乗れと全員に指示し、さらなる混乱を生み出した。大脱走は中止になったが、抵抗は最後の最後まで続けられた。

いっぽう、ハーバーハウアーはまだ見つかっていないお宝が地下のどこかにあると確信していた。おそらく、密告者が彼にそれを教えたか、あるいは地震探知装置がその辺りで活動をとらえたのだろう。いずれにせよ、彼は先任将校のコテージに狙いを定め、四人の専門家の助けを借りて、考古学の発掘調査のように緻密な探索を行った。作業開始から三日目、彼らはついに地下の部屋を発見し、大量の食糧と道具が置かれているのを見つけた。これは手痛い失点だったが、幸いにも、こうした事態のために二番目の隠れ場所が建物の屋根裏に偽の壁を設けてつくってあった。そして、いよいよそれを使うことになった直前、隠れ場所から出てきたデイヴィッドがハーバーハウアーとその部下たちと鉢合わせしてしまった。彼は逃げようとしたが、無駄だった。彼は二四時間以内に、ブラウンシュヴァイク行きの列車に乗っていた。

デイヴィッドが行ってしまったので、ジャックは一緒に隠れる相棒として、かつての脱走仲間アレスターのことをとっさに思い浮かべた。ところが、ワディラヴが新しい収容所にはジャックが必要だと言い張り、彼が残るのを許可しなかった。そのため、ジャックはアレスターにひとりでプラハに行ってくれないかと頼んだ。「彼のやり方はよく知っていた」[55]とジャックは記している。「それに、彼なら必ずプラハにたどりつけると信じていた」。アレスターにとって、それは死刑宣告に等しく、そもそもデイヴィッドの計画には否定的だったが、彼は頼みを引き受けた。ウェイドソンとマッケンジーを探し出したいし、それができるのは自分だけだ。そして、ヒルのこともある。アレスターの責任感の強さを言い表すのに、「非常に勇敢な男だ」[56]と言った彼もそこにいるはずだ。

五月初め、最後の捕虜の集団が収容所から行進させられ、列車に乗せられ、新しくできたブラウンシュヴァイクの第七九将校捕虜収容所に向かった。アレスターはジム・ゲイズ[57]という戦車隊の大尉と一緒に入り口を封じた屋根裏にこもっていた。隠れ場所をつくったのはゲイズで、ジャックとデイヴィッドがここを使わないので、彼にそのチャンスが与えられたのだった。簡易ベッドとランプを備えた快適な空間で、二週間分の食糧と水もあった。アレスターはゲイズのことをほとんど知らなかったが、彼はよい話し相手になった。強いヨークシャー訛りでいろいろおもしろい話をしては笑い出す彼のおかげで時の過ぎるのを早く感じた。三日目の夜、ふたりはもう外に出ても安全だと思った。収容所は真っ暗で、彼らが見たところ、完全にひとけがなかった。それでも柵に忍び寄り、三重の鉄条網を切断して通り抜けるときもずっと用心していた。一一時にはふたりは丘に達し、霧雨のなかを歩いていたが、やがて雨は土砂降りに変わった。

それから三日間、ふたりは南に向かって歩き続け、主に白樺とポプラの森の中を進んだ。雨はやまず、国境を越えて保護領に入ったとき、ゲイズは熱を出して震えていた。アレスターは、彼はもうこれ以上歩けないと思い、スリーコフの村で助けを求めた。なだらかな丘のてっぺんにあり、タマネギ型のドーム屋根の教会が中心にそびえるスリーコフは自給自足の静かな村で、隠れるのに最適だった。親戚同士の家族が数戸あるだけで、それぞれ自分の農場を持ち、作物や家畜のための小さな建物を何棟も備えていた。ほとんどの家の前には果樹が植えられ、脇に大きな燻製小屋があり、建物に沿って端から端まで薪が積み上げてあった。

日没前、外にいるのは犬たちだけだった。アレスターとゲイズは道から離れたところにある小さな家を選んだ。年配の夫婦がドアを開け、ふたりが脱走したイギリス人将校だと告げると、中に招き入れてくれた。幼い少年が村の司祭を呼びに遣られ、司祭がやってきてハルシュカ家――彼らを入れてくれた家族――はようやく緊張を解いた。ふたりは四日間滞在し、しまいにはどこへも行かないでくれと懇願された。その頃までに回復していたゲイズは、二週間以内にスリーコフでアレスターと落ち合うことにした。もしアレスターが来られないようだったら、彼はプラハのどこにいるかを司祭を通してゲイズに伝える。その間、ゲイズはベーメン・メーレン保護領の国境線沿いの地下活動について、できるだけ情報を集める。アレスターは、それから二日歩いてプラハ行きの列車に乗った。

　ウェイドソンとマッケンジーとはプラハの国立博物館前の階段で落ち合おうと、あらかじめ曜日と時間を決めていたので、できるだけそれに合わせて行った。博物館は駅からは歩いてすぐのところにあり、数時間の暇つぶしに彼は街の観光に出かけた。横断幕、ポスター、旗などナチスによる占領を示すものが至るところにあり、当然、親衛隊やゲシュタポを含む多くのドイツ人がいた。さらに悲惨なのは、行き交う人々から感じられる恐怖心だった。背中を丸め、うつむき、誰とも目を合わせないようにして歩く姿は、長年におよぶ抑圧の影響だった。五時になり、彼は博物館前に戻ったが、残念ながらウェイドソンもマッケンジーもそこにはいなかった。一時間以上待ったあと、ツヴィタウでジャックがコプリヴァから聞いた住所を訪ねてみることにした。そこに行けば、ふたりに何が起こったか、わかるかもしれない。最初の住所へ行くために、どの路面電車に乗ればいいか調べたが、誰に訊いてもそこがどこにあるか知らなかった。とうとうある人がその通りも地区も存在しないと教えてくれた。二番目の住所についても同じだった。コプリヴァはスパイだったのか？　つまり、ウェイドソンとマッケンジーは罠にはまったのか？　アレスターは最悪の事態を考え始めた。その晩はウィーンのときと同じように野外で寝た。翌日、彼は街を歩きまわって過ごし、ふたりが来ているかもしれないと一縷《いちる》の望みを抱いてまた博物館へ行った。あきらめてその場から立ち去ろうとしていたところ、ずっと彼のほうを見ていた中年の夫婦が近づいてきて彼に話しかけた。「道に迷ったのですか？」と男がチェコ語で尋ねた。「何かお困りですか？」

「いいえ」とアレスターは素っ気なく答えた。「友だちを待っているだけです」

「チェコ語がとてもお上手ですね」と男が驚いて言った。「でも、イギリス人風の訛りがある。お国はイギリスですか？」

　イギリス人ではないと否定しても無意味だし、このふたりは正直で誠実そうに見える。じつは、彼らは地下組織と関係がある共産主義者だとわかった。アレスターは夫婦の家に招かれ、すばらしい食事をごちそうになったあと、部屋に案内された。彼は何日も歩き続け、ろくに眠れなかった疲れから、瞬く間に眠りについた。そして深夜、怒鳴り声とドアを叩く音で飛び起きた。ゲシュタポが夫婦を逮捕しに来たのだ。彼はとっさに手近にあったものをたぐり寄せ、ベッドの下に潜り込んだ。夫婦を連行しにきたドイツ人は、家にまだほかに人がいるとは思わず、雑に調べただけで去って行った。

　アレスターはそれから一睡もできず、これからどうするか考えて朝まで過ごした。もうプラハに留まる理由はない。ウェイドソンとマッケンジーはいないし、教えられた住所は存在せず、彼が会ったばかりの、レジスタンスにコネがある夫婦は逮捕され、投獄された。だめだ。スリーコフに戻ろう。そこで指示通り「親英プロパガンダを広める」[58]か、スイスかイタリアに逃げるかは、ゲイズがどんな情報を集めたかにもよる。

　夜が明けるとすぐに彼は駅へ向かった。モラヴィアへは来た道を戻ろうと思い、まず列車に乗り、それから残りを徒歩で行くつもりだった。切符を買い、検問を待つ長い列に並んだ。警察官がふたり身分証をチェックしていた。自分の身分証は精巧にできており、じっくり調べられても大丈夫だと自信を持っていたし、スリーコフの友人に会えると思うとうれしかった。列は遅々として進まず、彼は退屈しのぎにプラハの歴史ある駅舎の、大聖堂のようなドーム天井を鑑賞し始めた。巨大な円形空間にずらりと並んだ寓話的な図像をもっとよく見ようと、少し首を伸ばした。と、そのとき、ふたりのゲシュタポ要員に不意打ちを食らった。「一緒に来い」と言われ、列から引っ張り出された。

尋問のために引っ立てられながら、アレスターは腹を押さえて身体をふたつに折り、うめいた。「吐きそうだ」と彼は訴えた。「トイレに行かせてくれ」。そして、ドイツ人が呆然と見ている前で激しく吐きそうな声を出した。これにはゲシュタポもトイレに寄る必要があると信じた。ゲシュタポがドアの外に立ち、嘔吐のひどい音を聞きながら待つあいだ、アレスターは身につけていた犯罪の証拠となる書類を細かく裂いてトイレに流した。これで用は済んだ。


スリーコフでは、ジム・ゲイズがアレスターが戻ってくるのを辛抱強く待っていた。だが彼がなかなか現れなかったため、ゲイズは自ら少佐と称し、親英・反独の広報活動を開始し、村から村へと訪ね歩いた。最初、彼は森の中の片掛小屋に住んでいたが、寒くていられなくなると、様々な家族が喜んで彼を受け入れてくれた。パルチザンと連絡を取るのは難しいことがわかり、ついに接触できても、地下武装組織のようなものはなく、ただ単発的に破壊活動や報復が行われているだけだということがわかった。そして、一九四五年初頭、ロシア人の奇襲部隊員が独自の活動のため、降下してくるようになった。ゲイズは言葉の壁と強い不信感を乗り越え、ラブンスキー隊に加えてもらった。隊員の三分の二はロシア人で、米兵を援護する特殊な集団だったが、ドイツ軍に大きな打撃を与えていたため、ゲイズは力になりたかったのだ。四月半ば、鉄道橋を爆破したあと、彼は味方の誤射により足に銃弾を受けた。ヤルミラ・ステイスカロヴァーという二四歳の工員が、ゲイズが回復するまで看病を続けた。彼女がいなければ彼は死んでいたかもしれない。ふたりは彼が脱走してすぐに出会い、もう一年近く親しくしていた。

ゲイズがイギリスに帰国したのは、一九四五年六月、ドイツの降伏から丸一ヶ月が過ぎていた。それは離婚を申し立てるだけの短い滞在で、すぐにチェコスロヴァキアに戻り、ブラティスラヴァのイギリス副総領事になった。週末、彼は車を運転してヤルミラに会いに行き、ときには彼女がバスで彼に会いに来た。離婚が成立するとすぐにふたりは結婚し、五人の子供をもうけた。一九五〇年五月、彼らは政府転覆を狙う地下武装集団の結成計画に加担したとして、国外追放された。

第九章

秘密警察と非常手段

ウェイドソンとマッケンジーを待っていた場所からわずか二ブロックのところにある秘密警察《ゲシュタポ》本部へ連行されるあいだ、もう大丈夫なのかと彼を気遣う者はいなかった。アレスターはプラハ到着後すぐにその建物を見て、大半のチェコ人と同じく、前を通らなければならないときは道路を横断して反対側へ行った。それは、花崗岩の基部の上に滑らかな石灰岩の壁を載せた四階建ての巨大なビルだった。銅のマンサード屋根、その軒下にはドーマー窓がずらりと並び、欄干には球体や壺型の装飾が載っている。一九二〇年にペチェク家の三兄弟が設立したペチェク商会および銀行もこの建物にあった。いくつもの炭鉱と化学工場を所有するペチェク家はプラハ屈指の大富豪だった。だが、一族はユダヤ系でもあり、ミュンヘン協定締結後、国を追われることになった。建物は政府に売却されたのち空き家になっていたが、一年後、ゲシュタポが入居した。かつての〝ペチェク邸〟はまもなく「死の館」あるいは「ペチュカールナ」と呼ばれるようになった。

恐怖の統治にかかわる仕事は複雑で、毎日一〇〇〇人もの職員がこの建物に通っていた。秘書、通訳・翻訳者、事務員、タイピスト、速記者、印刷係、雑役係が親衛隊やゲシュタポに混じり、各階に分かれた部署で働いていた。一階はユダヤ人関連、二階はゲシュタポ事務局、三階は共産主義者と左派集団関連といった具合だ。最も恐れられた場所が地下室だった。銀行の特別に裕福な顧客のための個人用金庫室は窓のない狭い監房に転用されていた。地下には内側の中庭のいちばん端にある無印のドアから入るようになっていて、アレスターはいまそこにいた。黒の制服を着た中年の太ったドイツ人がアレルギー症状なのか、鼻をすすりながら、寂れたホテルのコンシェルジェのようにデスクについていた。チェックインを済ませたアレスターは鍵のかわりに番号のついた腕章を渡され、これを汚してはならないと警告された。腕章は帝国の所有物であり、退去時には返却すること。

アレスターがデスクの前に立っていると、背後のドアが大きく開いた。鋼鉄のバーに手首、足首を吊るされた男が見えた。直前まで殴打されていたのは一目瞭然で、堪えようもなくすすり泣き、苦痛にうめいていた。男を拷問したドイツ人たちは部屋を出るとき、アレスターをにらんだ。自分たちの手際をわざとらしく見せつけるのは、尋問が始まってもいないうちから囚人を不安と絶望に陥れる巧妙な手口だ。それは、恐怖の達人たちが得意とする常套手段だった。

アレスターはそれまでゲシュタポと長いこと付き合った経験があったので、次に何が来るかはだいたい予想できた。白一色の壁に向かって一〇脚の木のベンチが並んだ部屋に連れて行かれ、掌を上にして腿に置き、黙って座っていろと命じられた。彼の横にぶら下がっている告知板には、許可なく話したり、動いたりした者は食べ物も水もなしで、両手を頭の後ろに組んだまま三日間、壁に向かって立たされる、とあった。座って何時間も空白の銀幕もどきを見続けていると、囚人はこれから起こりそうな恐ろしい筋書きをつい思い浮かべてしまう。銘々が自分だけのホラー映画を製作するため、その部屋は「シネマ」と呼ばれていた。

アレスターはそのすべてに耐えたが、それには彼の言う「囚人の尽きない忍耐力に加え、努力と意志で無心になることに集中し、時間をやり過ごす方法」を鍛えてきたことが役に立った。それが無理な場合、ベンチに座っている身体的苦痛に意識を集中すればいい。そうは言っても、ゲシュタポに何度も脅されたように、今度こそ銃殺されるのではと怯えた。第三空軍基幹収容所から脱走した五〇人が処刑されたいまとなっては、捕虜であろうがもはや命の保証はない。ゲシュタポはまずどんな些細な情報でも彼から引き出そうとするだろう。チェコの地下組織と組むというデイヴィッド・スターリングの計画と彼を結びつけることで、ゲシュタポは以前からの容疑を裏づけようとしていた。つまり、アレスターはレジスタンスと共闘する特殊工作員で、イギリス陸軍の兵士でさえないという容疑だ。

彼の尋問にあたったふたりのゲシュタポ要員は、アメリカ人大尉を装ったルッケンヴァルデの滑稽なシャーパー軍曹よりも、はるかに陰険だった。葬儀屋のような黒いスーツに身を包み、英語はひとことも話さなかった。アレスターは通訳を要請することもできたが、尋問は終始ドイツ語で行われた。別の机についていた速記者の青白い顔の若い女性は、一言一句を記録する仕事中、一度も顔をあげなかった。アレスターは、まもなく自分の正体がまだ知られていないことがわかって安心し、それは「プラハにまったく記録を送ってこない、寛大なドイツ国防軍と収容所当局」のおかげとしている。[1] さらに、彼がいくつかの質問に答えたあと、ふたりのドイツ人が互いに顔を見合わせ、チェコ語で「こいつは本当のことを言っているか、ただのばかか、どっちだと思う?」と話したときは、しめたと思った。エディンバラ出身のスコットランド人中尉がチェコ語のようなめずらしい言語を知っているはずがないと、彼らは高をくくったのだ。それから、アレスターは完全に有利になった。尋問者たちは彼が何か答える度に、相手にはわからないと思ってそれぞれの感想を口にし、さらには何日か昼も夜も尋問を重ねるうちに、そうとは知らずに自分たちの手のうちを明かしていた。

もちろん、テーブルを叩く、怒鳴りつけるといった威嚇行為の合間に拷問や処刑をにおわすなど、通常の手法がとられた。収容所の脱走計画について何を知っていたのか、と彼らは何度も訊いた。スターリング大佐の役割は何だ？　彼はどうやってチェコの地下組織と接触するつもりだったのか？　協力者は誰だ？　アレスターがプラハにいたのは彼らに会って武器を受け取るためではないのか？　尋問者たちは、アレスターが逃走中、誰に助けてもらったか知っているぞと脅しもした。協力者たちはすでにゲシュタポに捕まっているという。アレスターは彼らの名前を白状しさえすれば、安全な捕虜収容所へ戻れるのだ。彼は何を訊かれても、いま初めて知ったという顔で驚きを装って返答した。スターリング大佐なんて聞いたこともないとまで言った。「その人がどんな人相風体か、教えてもらいたい。それより、写真はないのか？」

彼は弁護士としての経験から、質問のほとんどを容易にかわすことができた。シャーパー軍曹のようなごろつきを焚きつけるのは愉快だったたし、いま、ふたりのゲシュタポを苛立たせているのは事実だが、肝心なのはできるだけ口数は少なくして、主張を絶対に変えないことだと承知していた。尋問者は尋問者で、囚人から睡眠を奪い、まぶしい照明のもとで容赦なく尋問を続けていれば、そのうちこちらの思い通りに白状するだろうと考えていた。そして、それでだめなら、手っ取り早く済ませるために身体を痛めつけるという手がある。いつ終わるとも知れない脅迫と糾弾の嵐、ろくに食事を与えられず、睡眠は奪われ、耐えがたい疲労と完全に見捨てられたという失望感にもめげず、アレスターは決して折れなかった。しまいには看守のほうが両手を挙げて降参した。アレスターがスパイだとしても、相手はそれを証明できなかった。今度もまた、彼は針の穴をすり抜けたのだ。

だが、ゲシュタポはそんなに簡単にアレスターを放免しなかった。彼は真っ暗な監房に三日三晩閉じ込められたあと、ワゴン車の後部に投げ込まれ、パンクラーツ刑務所の呼び名で有名な、ゲシュタポ拘留所へ連れて行かれた。プラハ市の南東端にあるパンクラーツ刑務所は、もとはハプスブルク帝国の旧弊な刑事制度を改革するために建てられた。それがいまやゲシュタポの所有する過密状態の刑務所となり、二〇〇〇人を超える囚人の多くが死刑を待つ不吉な場所になっていた。ペチェク邸が被占領民を統治するために恐怖をまき散らす場所だとしたら、パンクラーツ刑務所は死をもたらす場所だった。囚人たちは、もはや合法性を取り繕う手間も惜しむ裁判に引っ立てられ、三分で判決を言い渡されていた。被告には上告する権利もなく、刑が執行される前に九〇秒だけ話す機会が与えられた。反対に、検察側は判決が軽すぎると思えば抗告するよう推奨され、死刑の求刑はたいてい裁判長に認められた。

死刑判決を受けた囚人は部屋の奥のカーテンがかかった場所に連れて行かれた。そこは白いタイルの部屋で、太い鉄のレールが渡してあり、可動式のフックがいくつも取り付けられていた。食肉処理場と見紛《みまご》うこの部屋で犠牲者はフックに縄をかけて首を吊られ、次の人のスペースを空けるためにそのまま長い棒でレールの先へ動かされた。ときどき、この恐ろしい流れ作業のラインが渋滞し、順番を待つ死刑囚のために椅子が運び込まれた。死刑は絞首刑に限らなかった。ギロチンも使われ、重さ六〇キロ以上ある刃が落下する音が刑務所中に響いた。[2] 一〇〇〇人以上がこの装置で殺されたが、それでも殺戮の渇きを満たすことはできなかった。多くの人々が車でプラハの北にある古い射撃練習場、コビリシに連れて行かれ、杭に縛り付けられて銃殺された。

裁判の開始を待っている者、あるいは解放される見込みもなく、ただわびしく獄につながれている者は、激しい虐待と辱《はずかし》めに絶え間なくさらされ、看守たちは唯一の資格が加虐嗜好であるかのように囚人をいたぶった。当時、若い学生だったペーテル・デメッツによると、看守の多くは「ルーマニア出身の民族ドイツ人で、親衛隊に志願して入隊し、それに相応しく振る舞った」。[3] 拘留の理由がまったく思い当たらなかったデメッツは当時を「生涯最悪の日々」[4] と呼んでいる。彼はそこで受けた暴力を次のように描写しているが、おそらく多くの囚人が同様の目に遭ったと思われる。

朝、看守が私たちの監房のドアを叩くと、最年長の者が「全員、異常なし」と叫ぶのだが、それでも看守たちは監房にどかどかと入ってきて、私たちの頭を押さえて便器に突っ込んだり、特別な体操をやらせるために廊下に連れ出したりした。どういう体操かというと、両手を挙げて何時間も壁に向かって立っているとか、気絶するまで腕立て伏せをするのだ。気絶したら今度は蹴られたり、殴られたりした。尋問や移送を待つのはさらに恐ろしかった。水曜の朝、死の恐怖の館、テレジーンの小要塞〔ゲシュタポ刑務所〕へ移される囚人の名前が呼ばれた。[5]

アレスターの扱いも似たようなものだった。彼は同房になったふたりのチェコ人に親しみを感じたが、彼らが口論を始めると辟易《へきえき》した。ともに革命家を自称するふたりは、政治的スペクトルの両端にいた。ひとりは共産主義者で、もうひとりは右翼の超国家主義団体のメンバーだった。ふたりはアレスターを、話を聞いてもらえる中立の第三者として歓迎した。特に国家主義者のほうは、ドイツ人に組織を一掃され、無線を見つけられてしまったため、ドイツ人はさらに多くのスパイを罠にかけようと、その無線を使ってイギリスに偽情報を送っているから気をつけろとアレスターに警告した。アレスターはそれを伝えるために早く国に帰らなければならないと、彼は力説した。アレスターはできれば自分もそうしたいと答えながら、警告通りに処刑されるのではと心配していた。同房のふたりに関しては、それは時間の問題だった。

アレスターはパンクラーツでワディ・ウェイドソンとヒュー・マッケンジーに会えるかもしれないと期待していたが、ふたりを見かけることはなかった。そして別のイギリス人将校が数日前に到着していたことを知った。一瞬、レスリー・ヒルではないかと思ったが、人相風体を聞き、彼ではないと判断した。赤ら顔でぼさぼさの赤い髪の、だらしなく、暗い感じの男で、二〇六号室の独房に入れられていた。噂によると、彼はヒトラーを発狂させた「大脱走」のメンバーだそうだ。同房者の口げんかを聞きながら二週間ほど過ごしたあと、突然ドアが開き、分厚い楕円形の眼鏡をかけた、背の低い、砂色の髪をした男が押し込まれてきた。〝トージョー〟・ウェダーバーンだった。〝男爵〟と同じく〝トージョー〟も戦争中、兵士のあいだで呼ぶときのあだ名だ。身長一六二センチ、垂れ下がった口髭とフクロウのような眼鏡の彼は、たしかに日本の陸軍大将で首相の東条英機にどことなく似ている気がする。少なくとも彼の所属するＳＡＳの同僚はそう思った。アレスターにとっては、彼はサンディ・ウェダーバーンの弟、トミーであり、エディンバラで最も著名な法曹一家の一員だった。彼の父、サー・アーネストは弁護士評議会の会長で、女王陛下の印章を保管する弁護士団体の副代表を務めていた。彼は科学者、発明家でもあり、長距離砲弾の弾道をより正確に計算する方法を考え出し、ナイトの爵位を得た。アレスターがサー・アーネストについて最もよく憶えているのは、彼が教鞭を執っていたエディンバラ大学の廊下を黒いローブを着てひとりで歩いていた威厳のある姿だ。彼の長男サンディーもエディンバラ大学で法学を学んだが、その前にケンブリッジ大学で学位を得ていた。サンディーは登山部の部長となり、一九三二年のノルウェー遠征にアレスターを誘った。スペイン内戦では共和派に武器を密輸し、その後、王立スコットランド連隊に入り、奇襲部隊員として山岳戦に有効な新たな戦術を編み出した。一九四四年には山岳戦の特殊訓練を受けたラヴァット斥候《せっこう》隊の副官になっていた。彼らはアペニン山脈で九ヶ月間、休みなく戦ったあと、ラクイラで休養のための休暇を与えられて一息ついた。かつてアレスターが「赤い人形《ラ・バンボーラ・ロッサ》」に思いを寄せられたあの町だ。クリスマス・イヴには誰もが酔っ払い、羽目を外した。そして、サンディーは滞在していた古いホテルの、大理石の手すりを滑り降りたら楽しいだろうと考えた。背中で滑ったのが間違いで、彼の身体は浮き上がったかと思うと奈落に突っ込んで数階下の階段に落ちた。兵士で弁護士で登山家のサンディ・ウェダーバーンは三二歳で死んだ。

トミー・ウェダーバーンも兄と同じくケンブリッジ大学に進み、法律を学び、登山部の部長となり、トリニティ・カレッジでボートのコックスを務めた。彼は夜間に登る人《ナイト・クライマー》でもあり、排水管や煙突をよじ登り、屋根の上を歩き、雨樋や窓枠にぶら下がり、ついにいちばん高い尖塔のてっぺんに到達した。これをすべてロープを使わずにやり遂げ、もし門衛に見つかれば放校となる危険もあった。これはケンブリッジではよく知られた危険なスポーツで、恐怖の克服は自己実現につながると言われていた。[6]ナイト・クライマーたちは知るよしもないが、のちに戦争で捕虜になった者には、これは完璧な訓練だった。壁をよじ登り、古いゴシック建築の屋根の上を歩くのは――見つからないよう気をつけて――ガーヴィ、コルディッツ、ラウフェン、ティットモニング、シュパンゲンベルクといった要塞から脱走するときに必要な技だった。

入隊時期が迫ると、トミーはアレスターと同じく陸軍砲兵連隊を選んだが、まもなく新たに編成されたSASに転属になった。イタリア休戦の前日、彼は一二人の隊員とともに敵陣の奥深くに降下潜入した。彼らは二人一組に分かれ、鉄道のトンネルを破壊し、ドイツの補給線を断つ任務を負っていた。降下したうち五人はすぐに駆り集められ、軍服を着ていたにもかかわらず撃ち殺された。だが、トミーと、〝ダンキー〟・チャレナーという名の伍長は目標にたどり着き、列車が通過中のトンネルを二本破壊した。それから二ヶ月間、彼らは敵を避けながら、農家に泊めてもらうなどして南を目指して歩いた。ラクイラの近くでついに運が尽き、そこでドイツの偵察隊に呼び止められた。その後〝ダンキー〟は女装して脱走に成功し、五ヶ月後には連合国軍の前線にたどりついていた。〝トージョー〟はそれほど幸運ではなかった。偽の銃殺隊の前に立たされたあと、彼はドイツ行きの列車に乗せられ、メーリッシュ・トリュバウに着いた。

彼は収容所に来てすぐに、スコットランド人の登山家、ビル・マレーから登山部に誘われた。もちろん喜んでそうしたいところだが、その前にまずデイヴィッド・スターリングに会いたかった。SASの隊員として、彼はまもなく集団脱走の準備を手伝うようになり、もし計画が中止になっていなければ、柵を越えていただろう。彼が収容所に到着してから二ヶ月もしないうちに、収容所疎開の話が聞こえてきた。一九四四年四月最後の日、彼らはまた鉄道駅まで歩かされた。捕虜の大半は、これまで何度も移送を経験してきたが、これほど神経質な、何かあればすぐに発砲しそうな警備兵は初めて見た。軍靴、ベルト、ズボン吊りを渡せと命じられると、野次や文句がますます湧きあがった。そして、捕虜たちは手錠をかけられたうえ、反乱を予防するためとして銃剣も取りあげられた。なぜそこまでするのかと尋ねると、指揮官の中尉は「イギリス人将校はよく警備兵を襲うからだ」[7]と答えた。たしかに、ピーター・グリフィスとジョン・フォーズディックがそれをやったと言われているのは事実だが、それよりも本音に近い理由は、チェコの地下組織との共闘を恐れたからだろう。

家畜車に乗り込んだ捕虜たちはさらに驚くべきものを目にした。有刺鉄線を絡めた大きな木の枠が置いてあり、それが貨車の三分の一を占領していた。その反対側には軍曹が率いる六名の警備兵が座っていた。四六時中、少なくともひとりは捕虜にライフルの銃口を向けて見張りにつくのだ。それでも捕虜たちはすばやく手錠の鍵をはずすのに成功した。あるグループは外した手錠をトイレ用のバケツに隠し、ドイツ兵はそれを知らずに中身を捨てた。別のグループは手錠をつけるのは列車が駅に停車しているときだけにしてもらいたいと交渉し、その要望をかなえた。このように動きが制限され、厳重に監視されていては、脱走の機会はほとんどないように思われた。唯一の開口部は、車輛の天井の隅にある、縦三〇センチ、横六〇センチの換気口だけだ。それをおおっている有刺鉄線を取り除くことができたら、あそこから抜け出せるとトミー・ウェダーバーンは思った。それに、彼は背嚢に予備の軍靴を隠しもっていた。

　日が暮れるまでには行動パターンが決まり、捕虜たちはときどき立ち上がっては手足を伸ばしたり、凝りをほぐしたりした。いちばん背の高い男が前に立つと、換気口がある薄暗い隅は警備兵には見づらくなる。何回かに分けて有刺鉄線を取り除き、小さな開口部は広げられ、いつでも抜け出せるようになっていた。ドイツ兵ひとりを除いて全員眠るまで待ち、やがてその当番も居眠りを始めた。数人の捕虜が身体を伸ばすために立ち上がり、そのほかの者は埃を払うかのように毛布をぱたぱたと振った。するとそのときトミーの身体が宙に浮き、四人の男に持ち上げられ、水平に足から先に開口部から出た。一瞬、彼の指がそこをつかんでいるのが見えた。そして、彼は出ていった。

　身分証も民間人の服もなく、土地の言語にも地理にも疎いトミーが遠くまで行けるわけがなかった。それに地元の人々の協力も期待できなかった。スリーコフとプラハでは助けられたアレスターでさえ、チェコの人々は容赦ない報復行為と無数の密告者に怯える生活を長年送っているうちに「手助けするのを怖がる」[8]ようになってしまったと感じていた。結局、トミーが自由でいられたのは二日間だけだった。プラハから東へわずか六五キロのところで捕まった彼は地元の留置所に三週間以上拘留され、それからゲシュタポがやってきて彼をパンクラーツに連れて行った。

彼がアレスターと同房になってまもなく、重武装したふたりの警備兵が彼らの監房に入ってきて、移動するので準備しろと言った。いよいよ射撃場へ招待されるときがきたかと覚悟したアレスターは、「どこへ?」と冷静に尋ねた。

「おまえの仲間がいる二〇六号室だ」とひとりが答えた。「あっちのほうがくつろげるだろう」。その答えを聞いてアレスターは安堵し、と同時に、警備兵の言う〝あっち〟とは部屋ではなく同房者を指していると思うとおかしかった。それでも、この数週間、ともに過ごした同房者と心を込めて抱き合った。幸運を祈る、もっと状況がよくなったときにまた会いたいと言って別れた。

新しい同房者、デズモンド・プランケットは背が低く、こそこそした男で、ゲシュタポと二ヶ月過ごしたせいで明らかに神経過敏になっていた。そのほとんどを独房で過ごし、彼から情報を引き出すためにときどきスパイが送り込まれた。最初、彼はトミーとアレスターも疑っていたが、ふたりがエディンバラで事務弁護士をしている彼の叔父を知っているとわかってからは打ち解けた。プランケット家に宛てて彼がプラハで生きていると暗号文の手紙で知らせたのもトミーだった。オランダ上空で撃墜された空軍パイロットの彼は「大脱走」として有名なあのトンネルから一三番目に外に出た捕虜だった。捕まったのも最後で、それが彼の命を救った。彼はずっとあとになるまで知らなかったのだが、彼と彼のチェコ人の仲間が逮捕されたときには、ヒトラーが命じた五〇名の処刑はすでに達成されていたのだ。

手入れの行き届いたカイゼル髭をたくわえ、愉快な印象のプランケットは、どんな捕虜映画にも欠かせない完璧な定番キャラクターだった。だらしなく、忘れっぽく、変人に近い彼は収容所では人気者だった。彼はドイツの収容所にいる連合国軍捕虜公演の常連でもあり、「ロイヤル・ラヴィオリ」というアクロバット・チームの一翼を担っていた。だが、そうした無秩序を一皮めくれば――しかも彼のベッドは「穴居人のねぐら」[9]と呼ばれていた――脱走のための主たる地図製作者となる、非常に腕のよい製図工がそこにいた。彼は赤十字の小包に入っていたゼラチンをインク代わりに使う独創的な謄写版を考案し、一〇人あまりの見習いを率いて四〇〇〇枚もの特製地図を用意した。[10]

トンネルに入るとき、プランケットが誰もが避けたがる一三番目を選んだのは、いかにも彼らしい選択だった。フレディ・ドボォジャークというチェコ人の戦闘機パイロットとともに、彼は列車と徒歩で旅して保護領に入り、そこを何度か行ったり来たりしたあとスイスへ向かうことにした。彼が携帯していた身分証は、休暇を与えられたシーメンス社の工員、セルゲイ・ブラノフとなっていた。身分証には、ばかでかいイギリス式の口髭が目を引く顔写真が添付されており、怪しさを醸し出していた。さらに彼は脱走間際に口髭をそり落としたため、身分証を提示する度に混乱を招いた。それでも、優秀な偽造屋たちのおかげで難を逃れ、チェコとオーストリアとドイツの国境が接するクラッタウまでたどりつけた。そして、脱走からまる二週間経った、四月八日、プランケットは警官に呼び止められた。彼の身分証を調べた警官たちは、今度は通行証の提示を求めた。彼らは聖なる文書に見入るふたりの聖職者のように眺めていたが、やがて顔をあげ、これは期限が切れていると言った。

呼び止められなかったドヴォジャークは、それまでにかなり先へ進んでいた。彼は充分ひとりでやっていけたが、仲間を助けるために何かできないかと、危険を顧みず戻った。彼は警官に、自分たちがクラッタウに来たのは、休暇で友人を訪ねるためだと説明した。警官たちは同情しているように見えたが、ひとまず署までご同行願おうと言って譲らなかった。形式的なもので、時間はかからないとも言った。プランケットはだまされなかった。これでおしまいだと思った。数時間のうちに彼らはゲシュタポに引き渡された。

アレスターとトミーは三週間近くプランケットと同房だった。自分たちが同じ部屋に入れられた理由はわからなかったが三人とも毎日、今日が最後かもしれないと思って過ごした。奇襲部隊員のトミーは、イタリアで銃殺を逃れたが、プランケットは大脱走で彼が果たした役割のため、まだ死刑宣告を受ける可能性があった。アレスターについては、今度脱走したら銃殺するという約束をゲシュタポが履行するのは時間の問題と思われた。収容所の別棟にいたフレディ・ドヴォジャークも、処刑人と会う日を決められていた。それでも最終的には、彼らは皆、絞首刑執行人からうまく逃れた。六月中旬、アレスターとトミーはそれぞれ体格が二倍近くある警備兵と手錠でつながれ、ブラウンシュヴァイクに向かう四人用特別列車に乗せられた。ドヴォジャークは一、二カ所寄り道してからコルディッツに到着し、そこで終戦を迎えた。

プランケットは独房に戻され、一二月初旬までパンクラーツ刑務所に拘留され、その後、フラディン軍事刑務所に移された。そして、ようやく一九四五年一月末、大脱走からちょうど一〇ヶ月経ったとき、彼は北ドイツにある適切な捕虜収容所に移された。海辺の街バルトの近くにある第一空軍基幹収容所は、ドイツ空軍が管理する撃墜された空軍兵のための収容所だった。プランケットはここに到着したとき、精神的に破壊された状態だった。何ヶ月も独房に拘禁され、その間ずっと人々が拷問されたり首をはねられたりする話を聞かされたため、神経質で心がもろくなっていた。バルトの収容所で多数派を占めるアメリカ人捕虜から見て、彼の振る舞いは常軌を逸し、何か隠しているように思えた。アメリカ人の多くは彼のことを収容所に送り込まれたスパイに違いないと思った。彼はここに来ていきなり味方から避けられた。

悪いことは続くもので、彼は一緒に脱走した仲間五〇人が殺されたことを知った。バルトに来るまで知らなかったこの事実に、すでにもろくなっていた彼の心はいまにも壊れそうになった。彼は抗いようのない罪の意識に囚われ、これまで何度も尋問を受けるあいだに、仲間に死をもたらすようなことをうっかり話してしまったのだと自分を責めた。そんな根拠はどこにもないが、彼は自殺寸前まで追い込まれ、やがて壊れた。収容所の病院から多少の支援は得られたが、回想録に三人称で記しているように、回復には長い時間がかかった。

彼を壊したのは、収容所での扱いではなく、おおぜいの親友や仲間の死という恐ろしい現実がそうさせたのだ。彼らの死は自分のせいだと責めるだけでなく、奇妙なことに、あんなにおおぜいが抹殺されたのに自分は生きているという罪の意識を感じた。これは彼の心にずっとあり、二五年以上もその破壊的結末に囚われていた。[11]

アレスターのほうもつらい目に遭っていた。体重が一三キロも減り、すっかり風貌が変わってしまった。彼と再会したジャック・プリングルも衝撃を受け、「以前の彼の幽霊のようだった。痩せて、目はうつろで、おどおどしていた……私は前々から彼のことはよく知っていたが、その彼が震えているのがわかった」[12]と述べている。なかには「彼は神経衰弱になりかけていた」[13]と見なした者もいた。それでも、彼が生きて戻ってきたのは奇跡だと誰もが思った。彼に何が起こったのかを正確に知る者がひとりもいなかったか、いてもごく少数だったため、彼らは想像をたくましくし、彼の話が語られる度に男爵伝説がふくらんでいったように思える。捕虜生活を作家の執筆休暇と瞑想リトリートを掛け合わせたものととらえていたビル・マレーは、男爵から聞いた話としてアレスターの物語を出版している。

ある朝、点呼のあと、アレスター・クラムとトミー・ウェダーバーンが収容所に戻ってきたと聞いた。驚いた私は早速彼らに会いに行った……クラムは私に経緯を話してくれた。ふたりは無事プラハにたどりつき、そこで何日もチェコの愛国主義組織と接触を図ろうとした。彼らはゲシュタポに売り渡され、そのとき民間人の服を着ていたのでスパイと決めつけられた。もしクラムがあの完璧なドイツ語で、自分たちは脱走したイギリス人捕虜だと明瞭に言い張ることができなかったら、そこで両名の命運は尽きていただろう。ゲシュタポはふたりをもっと徹底的に最終的に尋問するためにダッハウへ送った。

クラムはそこでも自分たちは脱走した捕虜だと強く主張した。ゲシュタポは、クラムのような語学の才能を有する者が、みすみす砂漠の戦闘なんぞに駆り出されるわけがないと考え、相変わらず疑っていた。彼は――そしてウェダーバーンも――秘密情報部か特殊作戦執行部の要員に違いない。まさかとは思うが好奇心から彼らは捕虜の氏名、軍隊番号、指紋を問い合わせのためにベルリンに送った。「これらは脱走したイギリス人捕虜のものか？」

その間、ダッハウに収容されていたふたりは、昼も夜もまぶしい照明のもとで尋問され、チェコの愛国主義者の集団に属する男たちの居所を吐かせようとチェコ人の女性が拷問されるところをむりやり見せられ、それから監房に戻されても隣の房でユダヤ人がゴムの棍棒で打たれて泣き叫ぶ声で眠ることもできなかった。棍棒をもった男たちは次にクラムとウェダーバーンの房にもやってきて、ひとしきり脅したあと、また尋問部屋へふたりを引っ立てるのだった。この地獄を四週間生き延びたあと、ベルリンから文書で指令が届いた。それには、クラムとウェダーバーンはたしかにイギリス人捕虜である、「ブラウンシュヴァイクの第七九将校捕虜収容所へ戻せ」とあった。この明確な指令には、ゲシュタポも従わざるを得なかった。

自由を求める我々の仲間でゲシュタポのもとから生還した者はほかにいなかった。彼は拘禁されていた場所が空襲に遭ったとき、もう一度脱走した。今度ばかりは彼はアメリカ軍の前線に到達した。彼と私は再び会うことはなかった。私は彼の思い出を謹んで受け取る。彼は不屈の人であった。[14]

マレーはなぜこのような真実とかけ離れた話を思いついたのだろうか。アレスターはダッハウに行ったことはないし、「ゲシュタポに売り渡された」こともない。それに、パンクラーツでトミー・ウェダーバーンと会ったのは事実だが、ふたりは別々に脱走していた。最後の脱走に関しては、まったく別の話になっている。だが、アレスターがそうした悪夢のような出来事をあまり語りたがらなかったため、最もひんぱんに引き合いに出されるのはマレーの書いた物語のほうだ。

その頃には、脱走を考えている捕虜はあまりいなかった。連合国軍のノルマンディ上陸以後、終戦は近いとの期待が高まったからだ。災いを予言する〝エレミヤ〟がほんの一握りいて、イタリアで収容所解放が実現しなかったことを思い出せと警告していた。その後、イギリス軍とカナダ軍がドイツへの近道としてオランダを抜けたあと、アーヘンで扉を閉ざされてしまった。二ヶ月後、ドイツ軍がベルギーのアルデンヌで大規模な反撃を開始したため、アメリカ軍も減速を強いられた。進攻はいきなり停止し、否定派が正しいことが証明された。ナチスを倒すにはもっと長い時間がかかるだろう。やがて、補給路にも影響が表れ、赤十字の小包がたまにしか届かなくなった。飢えが現実のものとなり、小包から得られていた脱走の元手がもう手に入らなくなった。
脱走の意欲をそぐ要因はほかにもあった。一九四四年三月初めに出された〝クーゲル・アーラス〟、「弾丸令」だ。ドイツの最高司令部がお墨付きを与えたとおり、脱走して再び捕まった捕虜はもうジュネーヴ条約で守られなくなった。即刻銃殺か、あるいはイギリスとアメリカの兵士の場合、その処遇を一任されたゲシュタポに引き渡されることになった。この新しい方針は、「非軍事的な形態のギャング戦争」[15]を始めたイギリスに責任があると記したポスターとともに発表された。第三空軍基幹収容所からトンネルを使って脱走した五〇名の捕虜が処刑されたあとでは、わざわざポスターを刷ってまで警告する必要はないように思える。
デイヴィッド・スターリングとジャック・プリングルでさえ、方向転換した。解放の日は近いとなると、彼らは脱走にエネルギーを使うのをやめ、日本と太平洋戦争に注意を向け始めた。特にデイヴィッドはSASを含め、自分たちの活躍の場を確保しておきたかった。そして、ある朝、地図に見入っていると、あの謎の男、ファン・ズーコ大尉が現れた。息を切らしながら少し混乱気味に、つい先ほど聞いたのだが、デイヴィッドとジャックが帝国の敵として欠席裁判にかけられたそうだと伝えた。有罪判決が出たと聞いても、誰も驚かなかった――それが彼らの仕事だ。しかし、死刑判決に彼らは動揺した。デイヴィッドはのちに告白している。「私はその知らせにすっかり怯え、その夜は懸命に神に祈った……あとにも先にも、生涯であれほどの恐怖を感じたことはない」[16]
八月、ふたりは移動命令を受け、いよいよその時が来たと覚悟した。静かな街道で停止、後頭部に銃弾一発、棺桶《かんおけ》に添付された「脱走中に銃殺」のメモ。ところが、移動計画に処刑は含まれておらず、彼らが安堵し、驚いたことに何事もなくコルディッツに到着し、ふたりはそこで終戦を迎えた。

ブラウンシュヴァイクに着いてからずっと隠れていた「幽霊たち」は姿を現すことにした。デイヴィッドはここに到着後すぐに、その手はずを整えていた。まず鉄条網を切断して穴を開け、あたかも誰かが脱走したように見せ掛け、そして、ふたりの男を収容所内のどこかに隠しておいた。実際に脱走があると、「幽霊」は点呼に現れて数を合わせ、脱走者のために貴重な時間を稼ぐのだ。アレスターによると、彼らはデイヴィッドとジャックの代わりになるはずだった。[17] だが、ふたりが収容所を出たいまとなっては、もう「幽霊」の出番はないように思えた。脱走はあまりにも危険になり、もうすぐ戦争が終わるというのにそれだけの危険を冒すのはばかばかしい。少なくとも、アレスターを除いてほとんどの捕虜はそう考えていたようだ。

メーリッシュ・トリュバウの日常を占めていたような大脱走産業がないため、ブラウンシュヴァイクでの生活はまったく異なるものとなった。ほとんどの捕虜は北アフリカ戦線以後か、あるいはその前から、ずっと収容所にいて、何の問題もなくすぐに通常の日課を再開した。カードをシャッフルし、何年も続けているゲームは中断したところから、また始めた。〈ラム・ポット〉は新装開店し、特製の密造酒をつくり始めた。『ああ、荒野!』や『悪口学校』の出演者募集が掲示され、四重奏団から交響楽団まで、バンドやオーケストラがリハーサルをする音が収容所の端から端まで聞こえた。スポーツ・チームは場所を取り合い、美術部の集まりのイーゼルを倒し、ピッチの端で日光浴を楽しんでいる男たちに迫った。屋内では、あらゆる科目の講義がまた始まっていた。収容所の上級牧師、ジェイムズ・チャッターは次のように述べている。「事実上の大学が設立され、ブラウンシュヴァイク収容所だけで四〇〇人の将校が外部試験を受けたと言われている。捕虜生活が最大に生かされたのはブラウンシュヴァイク収容所だった。それは主に知的で精神的な生活だった」[18]

チャッターは、レスリー・ヒルのことを言っていたのかもしれない。ヒルは、ドイツ人軍曹に変装して脱走してから六週間以上経ったとき、ブラウンシュヴァイクにやってきた。ピーター・ジョスリンとともに、彼はブルノまで行き、そこからひとりでプラハに行った。アレスター同様、彼も教えられた住所の通りも地区も存在しないことを知った。二日間、失望して過ごしたあと、彼はあきらめた。教えられた住所がでたらめであること、ボヘミアの人々の支援は当てにできないことを、なんとしてもデイヴィッド・スターリングに伝えなければと思った。プラハを出て東に向かい、古い炭鉱町クトナー・ホラに着くと、そこの警察署に出頭した。すぐにメーリッシュ・トリュバウに車で連れ戻されるだろうと思って自首したのだが、それは考えが甘かった。彼はコーリンにあるゲシュタポの刑務所に連行され、ほとんど独房で一ヶ月以上拘禁された。彼がブラウンシュヴァイクに着いた頃には、彼の情報はもう役に立たなかったので、デイヴィッドとジャックは彼の話は本当にそれだけかと疑った。

ヒルは一度の脱走で懲りた。何ヶ月も消耗を強いられた隠密活動から解放された彼は外国語学習という本来の趣味に戻った。瞑想も始め、ハーバート・バックやビル・マレーと一緒に行うだけでなく、経験豊富なインド人将校たちとも一緒に瞑想した。「私はよく屋根裏に行き、座禅を組んだ。自分の身体を包むように、意識を最初は手足の先、そして胴体、首、脳の前部へと順に集中していくと、やがて自分の身体が感じられなくなり、〝私〟というものが一切の執着をもたず、ただ無に浮かんでいる実体のない意識と感じられた」[19]

第七九将校捕虜収容所にはいつも平穏があったわけではなかった。ドイツ空軍の兵舎として建てられた美しい二階建てのレンガの建物は比較的新しかったが、四棟のみで、メーリッシュ・トリュバウから来た捕虜二〇〇〇人を収容できる広さではなかった。赤十字は「完全に不充分」[20]であるとし、敷地内にあるほかの建物も使用するよう要請した。だが、その多くは空襲の被害を受けており、過密状態に加え、空襲が収容所の主な問題だった。ブラウンシュヴァイク戦闘機飛行場とヘルマン・ゲーリング国家工場のあいだにあり、毎日のように上空を通過する連合国軍の飛行機の、格好の標的となっていた。捕虜収容所をこのように軍事施設の近くに置くのはジュネーヴ条約違反だと知らない者はいなかった。だが、ドイツ人は捕虜がいれば敵も爆撃を遠慮するだろうくらいにしか思っていなかった。それとも、あるお調子者が言ったように「ドイツ空軍は連合国軍による爆撃でブラウンシュヴァイクの兵舎があまりにも熱くなったので、我々に譲ってくれた」[21]のかもしれない。

ドイツがV-2ロケットを運用開始すると、爆撃は増えたように思えた。この弾道ミサイルは収容所に隣接する工場で強制労働により製造されていると噂されていた。イギリス空軍は夜間の爆撃を実施し、まず戦闘爆撃機モスキートが目標に印をつけ、それから四基のエンジンを搭載する大型爆撃機ランカスターが続いた。捕虜たちは、日中に飛来するアメリカ軍のB-17フライング・フォートレスに比べると狙いが正確なイギリス空軍を賞賛した。九六個の不発弾を処理してジョージ勲章を授与されたジェイムズ・ラトクリフは次のように記している。「イギリス空軍は収容所にいる我々にはできるだけ爆弾を落とすまいとしているように思えた。彼らの爆撃航程はじつに見事で、たまに逸れた爆弾が我々の柵の中に落下することもあったが、我々は興奮に沸きたっていた。いっぽう、アメリカ人はそんな気遣いはしなかった。彼らはただなんでもかんでも絨毯爆撃した」[22]

最悪の爆撃は八月二四日の朝にあった。ヘルマン・ゲーリング国家工場を狙った空襲が収容所にもおよんだ。三〇分のうちにすべての建物が燃えあがり、屋根のタイルは吹き飛ばされ、窓のガラスは砕け散った。捕虜たちも被災後の後始末に協力したが、水道と電気が完全に復旧するまで数週間かかった。それに犠牲者も出た。四人が死亡し、四〇人が重傷を負った。「ロンドン大空襲《ザ・ブリッツ》の衝撃」——ドイツ空軍の功績を称える勇ましい壁画が収容所のあちこちにあった——がブラウンシュヴァイクにも到来したのだ。

犠牲者はほかにもいた。六月末、ワディラヴ大佐が収容所所長に呼ばれた。所長の机の上には、小さな骨壺がふたつ置かれ、ワディ・ウェイドソンとタビー・マッケンジーの遺骨だと告げられた。そして、短い、気詰まりなやりとりがあり、そのなかで、もともと冷淡で知られていたストリーロ大佐が、ふたりは脱走を試みて撃たれたのだと報告した。ひとつ謎が解け、別の謎が浮上した。ふたりがどうなったかはこれでわかったが、彼らが死に至った話は誰も一瞬たりとも信じなかった。アレスターは、ふたりは手錠をかけられ、四六時中監視されていたに違いないと、その説明を一蹴した。「そんなときに脱走するなどあり得ない。いずれにせよ、ウェイドソンとマッケンジーの目的は脱走することではなく、収容所に戻って脱走委員会に自分たちは裏切られたと報告することだったはずだ」[23]

それよりありそうなシナリオは、ゲシュタポが密告によりふたりの使命を知り、彼らが滞在する予定だったセーフハウスで待ち伏せした、というものだ。捕まったふたりは、チェコの地下組織について知っていることを白状しろと、おそらく拷問された。そして、第三空軍基幹収容所から脱走した将校たちのように、車に押し込まれ、プラハとヴロツワフのあいだのどこかで外に連れ出され、銃殺された。その後、法医学的証拠を隠滅するために火葬された。

この知らせに収容所全体に悪寒が走り、メーリッシュ・トリュバウではあと少しで柵を突破するところだったことを誰もが思い出した。「第一便」のウェイドソンとマッケンジーは、不発に終わった集団脱走のために命を捧げたのだ。皆がふたりの勇気を称えるいっぽう、特に親しかった者は誰よりもその死を嘆いた。ジョン・マンセルはマッケンジーの死を知って次のように記した。「ヒューが死んだと聞いて私はひどく動揺した。彼は私のいちばんの親友だった」[24]。ウェイドソンについても同様の感情が吐露されている。ジョン・フォーズディックは、彼のことを「ゆっくりと話す、いつも空のパイプを吸っている、穏やかな性格の、いいやつだった」[25]と言い、ガーヴィ時代の友人は「あんなに親切で紳士的な男はほかにはいない」[26]と語った。

捕虜たちのあいだで募金をし、それぞれの家族に五〇ポンドを送った。そして、七月一日、駐屯地の墓地で葬儀が営まれた。その後、ワディラヴ大佐が、お悔やみの手紙を書き、経緯を説明した。

ウェイドソン夫人

私はこの将校捕虜収容所の先任将校として、収容所を代表し、また私自身からも、ご主人が亡くなられたことを心からお悔やみ申し上げます。ご主人は四四年四月二〇日に収容所を脱走しましたが、私に伝えられた情報によりますと、再び捕まったあと逃げようとして五月末に撃たれたということです。私はいま、彼の葬儀から戻ったところです。葬儀は彼の友人たちも参列し、ドイツのブラウンシュヴァイクにあるフリードホフ駐屯地墓地で、収容所の牧師によって執り行われました。墓碑を立てているところですので、もし墓の写真が撮れるようでしたら、写真をれました。薔薇にその他の花を織り込んだ大きな花輪がふたつ捧げらお送りします。このようなことをお伝えしなければならないのは非常に残念です。あなたの悲しみに心からお悔やみ申し上げます。

敬具

マルコム・ワディラヴ[27]

アレスターは、プラハで捕まったあと、まだこうして生きている自分はどれだけ運に恵まれていたのかと改めて思った。彼自身、あの街でウェイドソンとマッケンジーを探していたのに、同じ目に遭わなかったことは何年も彼を苦しめた。いまや彼はブラウンシュヴァイクに落ち着き、情報を収集する少数の集団に加わって活動していた。彼の仕事には、暗号文を書く二〇数名から集めた情報を評価することも含まれていた。また、収容所の警備兵や毎日やってくる労働者のなかに彼独自の情報源を発掘した。そのひとり、オーストリア人軍曹から、ドイツ側の重度傷病兵九〇〇人と交換するイギリス人の捕虜が足りないので、ドイツ兵の送還が滞っているという話を聞いた。そういうことは前にもあり、スイスの医療委員会は「頭数をそろえるために樽の底をこそげる」[28]ことまでした。アレスターが、次の脱走は心の病を装うことにしようと思いつくまでにあまり時間はかからなかった。

このように帰国の切符を手に入れるやり方には批判もある。倫理に反するし、本当に帰国が必要な兵士の本国送還の機会を奪うことになるかもしれない。それでも、これは簡単なことではなく、成功するには長い時間、たいへんな努力を続ける必要があった。たとえば、〝オリー〟・オリヴァーは第三空軍基幹収容所の病院に数ヶ月間入院しているあいだに、わざと嘔吐をひんぱんに繰り返し、ほとんど寝たきりの状態になった。トリニダード出身の銀行員だったユーモアのあるオリヴァーもかつてガーヴィで過ごし、アレスター同様、絶対に収容所から出てやると強い意志を持っていた。彼はレントゲン撮影をすると言われると、銀紙を丸めた小片をのみ込んだ。医療委員会はそれにだまされ、慢性胃潰瘍と診断して彼の本国送還を承認した。

最も有名なのは、一九四一年にオランダ上空で撃墜された空軍航空士、リチャード・ペイプの例だ。幾度か脱走に失敗したあと、彼は急性腎不全を装って医療委員会の承認を取り付けようと考えた。すべての真剣な脱走と同じく、彼の準備は周到だった。何週間も断食し、皮膚が不気味な緑色になるまで石鹼以外は口にしなかった。かかとを他人に打ってもらい、腎炎の症状に匹敵する太さになるまで腫らした。胸部レントゲン写真をポーランド人の結核患者のそれと取り替えた。だが彼の最高傑作は、採尿検査に他の患者の尿を持ちこむために用意した、作り物のペニスだ。彼の状態に衝撃を受けた委員会は、申請を承認するのに六分とかからなかった。

いっぽう、精神疾患で承認を得るのはそんなに簡単ではなかった。オリヴァーやペイプの病気のように、身体的証拠はいつでも捏造できるが、精神疾患の診断は専門医の所見次第でどうにでもなる。それに、捕虜になれば気が滅入るのは当たり前だ。自身も戦争で捕虜になったウィンストン・チャーチルは、それを「憂鬱な精神状態」[29]と呼んだ。ドイツ語にはそれを表す用語さえある。「ゲファンゲニーティス」あるいは「捕虜病」は、物憂げで無気力、怒りっぽく、ときどき怒りを爆発させる。第一次世界大戦中、それは「鉄条網病」と呼ばれ、両陣営ともこれを病気として認めていた。「鉄条網のなかに長いあいだ閉じ込められたのが原因で起こる、神経衰弱の一般的な症状」[30]と説明され、これを理由に本国送還を求めることもできたが、その結果はせいぜい中立国での抑留だった。第二次世界大戦では、そのような協定はなく、国に送還してもらおうと精神疾患を訴えても、それがかなうのは格段に難しくなっていた。それでも、可能性はゼロではなかった。

鬱病になったと訴えたアレスターは、これまでやってきた普段の活動の一切をやめた。ベッドにいる時間がだんだん長くなり、眠っていないときは、ただ空《くう》を見つめていた。あのミュラー体操さえやめてしまい、彼をよく知る者たちの不安を煽った。彼は食事も最小限に減らしたので体重も減り続けた。修道士的な沈黙に加え、こうした行動は彼以外の者には耐えられなかったかもしれない。だが、もともと内向的でストイックだったアレスターは、自分の身体と心をコントロールする方法を長年訓練してきた。鬱病患者の役を演じられる人物がいるとしたら、それは彼だった。また、彼はフロイトとユングの著作を読み、純粋に心理学に関心があったので、それが役に立った。

彼が収容所の仲間にこの計画を打ち明けたかどうかはわからない。同様の試みをした人々は、これは秘密にしておくことが重要だと断言している。たとえば、コルディッツに収容されていたフランク・フリンはそれに一年を費やしたが、その間の孤立と寂しさで本当に頭がおかしくなりそうだった。さらに、彼は自殺未遂を演出したり、ほかの捕虜に襲いかかったりして自分の訴えを補強した。本人も他人をも危険にさらす、このような社会秩序を乱す行動は、最終的に彼が本国送還になった主な要因だった。

アレスターはそのような戦略はとらなかったが、自分の精神状態はもろくなったと、まわりの捕虜たちに思わせようとしたらしい。たとえば、ビル・マレーは「ダッハウから戻ったクラムはもう捕虜生活に耐えられる状態ではなかった。数日後、ドイツ人の収容所所長が彼をブラウンシュヴァイクの精神病院へ入院させた」[31]と記している。マレーの回想はいささか混乱しており、彼はアレスターがパンクラーツから到着後すぐに移送されたと述べている。だが、実際にはそれは四ヶ月後の一〇月のことで、しかも行き先はハノーファーにほど近いケーテンヴァルトだった。そこで、前例のない措置だが、彼は民間施設の警備の厳重な精神病棟に入れられた。ドイツ人は、彼がまた何か企んでいると考えて用心したのだ。

ケーテンヴァルト精神病院、あるいは、創設者の親子の名前からヴァーレンドルフ病院とも呼ばれるこの病院は、広い平野に建てられた建物群のひとつを占めていた。ナチスの台頭とともに、ケーテンヴァルトも他の多くの精神障害者施設と同様、倫理を保つのに苦労していた。戦争が始まると、どの病院も患者の診断リストをまとめるように命じられ、さらにそれが難しくなった。これはT４作戦と呼ばれ、不治の病の患者から「非アーリア人」、てんかん症者、触法精神障害者など多くの人々が「生きる価値がない」として殺され、ホロコーストの発端となった。ケーテンヴァルトはハンス・ヴィリゲの指導のもと、協力を拒んだ数少ない病院のひとつだった。ヴィリゲはリストを提供するどころか、多くの人々が労働可能だと示す記録を捏造した。それでも考えを変えないベルリン中央政府は独自の委員会を派遣し、三〇〇人の患者と面談を行い、七〇人を連れ去った。そのとき、映画『シンドラーのリスト』の一場面のように、看護師長のマルティン・フィッシュバッハはレーゲンスブルクまで一行のあとをついていき、多くの患者を連れ帰るのに成功した。

アレスターがそこに到着した一九四四年には、病院はすでに大部分のスペースを軍に奪われていた。回復期の兵士のための施設が必要な政府は、残っている部屋までも接収しようとしていた。ヴァーレンドルフの義理の息子のひとりが危ない橋を渡って根回しし、なんとかこれを阻止した。それでも、多くの患者を移動する羽目になり、病院は過密状態だった。一〇月半ばには、病院の洞穴のような共用スペースでは誰もが神経過敏になっていた。そのとき、飛行機がやってきて建物が揺れ始めた。戦争中、この付近で最大の空襲だった。爆撃後、ブラウンシュヴァイクの街は三日間、燃え続けた。ケーテンヴァルトでは患者たちがパニックになり、鍵のかかったドアに殺到した。アレスターは危うく押し潰されるところだったが、地下室の採光用の空間に潜り込んで難を逃れた。死亡した三名のなかには、群衆を落ち着かせようとしていた看護師もいた。彼の頭は踏みつぶされ、飛び出した脳が床にいっぱいに広がっていた。

空襲後まもなく、ベルリンの委員会が戻ってきた。今度は男性九〇人、女性五三人が連れて行かれ、全員がそれきり帰ってこなかった。ヴィリゲ医師がアレスターに会いに来たのはその頃だ。彼の観察期間は終わった。ヴィリゲは同情的だったが、アレスターのは詐病で彼の精神には何の問題もないと断言した。医師が最も気がかりだったのは、ゲシュタポと交わした会話だった。ゲシュタポはアレスターは危険人物だ、厳しく監視する必要があると彼に警告していた。「気をつけて」とヴィルゲはアレスターに言った。「やつらはいつでもきみを消すことができる」

ブラウンシュヴァイクのゲートで彼を待っていたのは、あの鼻持ちならない気取り屋のハーバーハウアー中佐だった。背筋を伸ばして敬礼し、上機嫌で出迎えたその態度は、まるでアレスターの鬱病のふりをあざ笑っているかのようだった。対するアレスターは、ほとんど顔をあげず、のろのろと手を挙げて返礼した。第一ラウンドは負けかも知れないが、彼には自分の計画を放棄する気は微塵もなかった。ケーテンヴァルトで彼を鬱病と診断できる人間がいないなら、ほかで探すだけだ。聞くところによると、フルダ川沿いにある小さな収容所ローテンブルクの医師は本国送還を求める捕虜に非常に協力的だという。もちろん、戦争捕虜収容所はホテルではないので、施設の質に文句を言って簡単に移ることはできない。それでも、捕虜たちは、利益代表国が収容所の視察のために定期的に訪れる際、彼らと話す権利を与えられていた。次の視察は一二月初旬に予定されており、アレスターには演技に磨きをかける数週間の猶予があった。そのとき、彼が何をどのように訴えたかは知るよしもないが、とにかくそれは認められた。一九四五年一月末、彼は一一番目の捕虜収容所となる施設へ向かう列車に乗った。

第九A／Z将校捕虜収容所は、大学の本館を思わせるレンガ造りの壮麗な五階建ての建物を接収して設けられていた。もとはヤコブ・グリム女学校といい、レズビアンを匂わせるエロティックな場面で話題を呼んだ一九三一年の映画『制服の処女』の舞台はここだと思っている人も多い。それが、いまでは道沿いに数キロ離れたシュパンゲンベルクの第九A／H捕虜収容所の支所となり、そのため、支所収容所を意味するZweiglagerのZが付されていた。およそ四〇〇人の収容者の大半はガーヴィから移されてきた捕虜だった。貯水槽トンネルを掘ったふたりの南アフリカ人、チャズ・ウースとアレン・ポールもいた。小柄で痩せ形だが強靱な奇襲部隊員ゲーリー・ダリーも、前よりいっそう細くなってそこにいた。クリフトン准将もミュンヘン近くで列車から飛び降りて撃たれたあと、一時期ここにいた。

アレスターが会えていちばんうれしかったのは、アーネスト・ヴォーンだ。ボルツァーノの操車場でとっさに虫垂炎を装ったとき、その診断を下してくれたインド陸軍の医師だ。彼の助けがなければ、アレスターは列車から降りられなかっただろう。それに、ヴォーン医師がガーヴィに来る前に別の将校[32]に精神疾患のふりをするための助言をして、それが成功したこともアレスターは知っていた。ローテンブルクでは、ヴォーンは本国送還を申請する捕虜が本番に備えて予行演習できるように、異例の手間をかけて模擬医療委員会を開いていた。スイス人ふたり、ドイツ人ひとりに扮した三人からなる委員会を前に、捕虜は自分の病気についてあらゆる質問を受け、巨額報酬を得ている医師並みに堂々と対応できるようになるまで練習した。

まもなくヴォーン医師は今度こそうまくいくようにと願いながら、アレスターを別の病院に送り出す手はずを整えた。ドレスデンの郊外にあるその施設に、アレスターは二月の第二週には移る準備ができていた。ちょうどそのとき、イギリス空軍とアメリカ軍がドレスデン空襲を開始した。二日二晩にわたる爆撃機の波状攻撃で、火炎嵐が起こり、死者の数は二万五〇〇〇人を超えた。戦争捕虜が移動するのは危険になった。収容所所長は、怒り狂った市民が捕虜に襲いかかるのではないかと危惧し、逃亡しないと宣誓した捕虜に許可していた収容所の外への散歩をいったん取りやめた。アレスターはハムで列車を乗り換えるときに空襲に遭ったが、護送兵たちは彼をドイツ人で一杯の防空壕へ連れて行くのは危険だと判断した。その代わり、彼をプラットホームにあった小さな小屋に閉じ込めたのだが、アレスターはそこで死を覚悟した。空襲が終わり、惨状を目の当たりにした彼は「申し訳ない」と言った。[33]彼がそう言ったのはこのときだけだ。

ドレスデン空襲から三週間後、連合国軍はライン川を越えて最初の橋頭堡を確保した。レーマーゲンで渡河するのは、ドイツに総攻撃で進攻するには小さすぎるのだが、ローテンブルクの捕虜たちは、精魂込めた「ライン祭り」[34]を開いて祝った。結局、アレスターはもう気が触れたふりをせずに済みそうだった。とはいえ、彼は前にイタリアで似たようなことを経験していた。いまにも解放されると思ったとき、喜びに沸いていたのがひっくり返された。三月二二日と、二三日に実際にライン渡河が始まるまでに、ローテンブルクの多くの捕虜たちは、連合国軍の到着は果たして間に合うのだろうかと疑い始めていた。第三、第四空軍基幹収容所のように東部にある収容所はソヴィエト軍の侵攻に備えてすでに撤収していることも伝え聞いていた。気温氷点下の吹雪のなかを歩かされ、おおぜいが凍傷を負い、命を落とす者もいた。

ヒトラーは参謀からの疑義に耳を貸さず、イタリア休戦のときと同じように自分の資源について無頓着だった。ただ今回、戦争捕虜も強制労働の外国人も敵に引き渡してはならないとヒトラーが命じたとき、その数は前回よりはるかに膨大だった。多くの捕虜はこの決断にはもっと邪悪な意図が含まれていると考えた。イタリアで何度か脱走したイアン・リードは誰もが感じていた不安を次のように記している。

移動が決まったら、我々が直面する次の問題は「脱走すべきか、すべきでないか?」だった。戦争のこの段階に、命がけの行動は避けたかった。だが、我々は南東部にある、まだ士気が高い「バイエルンの要塞」に護送され、そこで戦争犯罪人の命と引き替えに人質にされるのではという不安が頭のどこかにあった。我々はナチスの切り札だ。だからこそ、これはどちらがましかという選択に思えた。[35]

一九四五年三月二八日、パットンの第三軍がカッセルに進撃し、アメリカ軍がわずか一八キロに迫ると、収容所に撤収命令が下った。粉末牛乳、ココア、ビスケットの備蓄が配られ、各人はそれぞれ取って置いたたばこや石鹸、チョコレートとともに荷物に詰めた。全員が収容所から出たのは翌日の午後二時だった。すでに脱走すると決心していたイアン・リードはその規律が乱れた様子を記している。

大儀そうにゆっくり進む隊列は長くなり、重い足取りでようやく鉄条網のゲートから出た。一〇メートルおきにライフルをもった兵士がいた。本国からたくさんの小包を受け取っていた「年老いた囚人」の将校のなかには大きな荷物をもっている者もいた。ジョージと私は荷物を最小限に減らしていた。私は自家製の袋に食糧――出発前に驚くほど大量の食糧が与えられたのだ――たばこ、替えの靴下一足、私の本の原稿を詰めていた。[36]

一行は初日、二〇キロ近く歩き、泊まる予定の農家に着いたときはもう暗かった。ローテンブルクの捕虜の多くは、比較的年齢が高く、四〇代、五〇代も多かった。なかには、ダンケルクやノルウェーの戦いで捕虜となり、もう五年も捕虜として過ごしてきた者もいた。それに加え、貧しい食事と運動不足のせいで、おおぜいがこの行軍を無理とまではいかないが、非常にきつく感じた。鬱病の診断をもらうためにほとんどベッドで寝て過ごし、日課の体操さえやめていたアレスターも一日目が終わったときには疲れ果てていた。

当初の目的地は、東へ七二キロのミュールハウゼンで、そこからバイエルン行きの列車に乗るはずだった。だが、同市がアメリカ軍に占領されたという知らせが入り、急遽行き先が変更された。彼らは進路を北に変え、ヴィンデベルク、ケウラ、ノーラ、ウートレーベン、ブーフホルツ、ディッティヘンローデといった名前の小さな村々に泊まった。主に納屋に泊まり、ときには民家に泊まった。村人には敵として憎まれているものと思っていたが、捕虜がいれば攻撃されないだろうと、たいていは受け入れてくれた。彼らが携帯していた物品も同様に歓迎された。たばこは当然のことながら、収容所支給の石鹸やチョコレートが大人気で、卵や牛乳だけでなく、ヨーグルトやソーセージとも交換された。何年もそのような栄養価の高い食品を味わっていなかった多くの捕虜は、俗に「スクイッター」[37]と呼ばれる激しい下痢に見舞われた。

最大の脅威は、攻撃的な親衛隊の集団に出くわすことだった。彼らは、武器を持たないイギリス人捕虜の隊列に自分たちの怒りをぶつけて何が悪いと思っていた。だが、のろのろと進む隊列にとっては、ひんぱんに現れるマスタング、サンダーボルト、タイフーンといった友軍の戦闘機による誤爆も恐ろしかった。ドイツ兵と間違えられ、機銃掃射で多くが命を落とした集団もあった。[38]これを防ぐため、捕虜たちは急いで白いシーツをつなげ、大きく〝PW〟〔戦争捕虜〕と書いたものを掲げて歩いた。上空からもはっきり見えたようで、ローテンブルクから避難した集団は一度も攻撃されなかった。

とはいえ、運に恵まれなかった人々の痕跡はそこらじゅうに残されていた。捕虜たちがとぼとぼと進む道路の両側には、戦争の悲惨さを物語る展示ケースのようだった。焼けてくすぶっている民家、放棄された乳母車、先端から地面に突っ込んでいる飛行機。燃え尽きた軍用車にはグロテスクな遺体の残骸が詰まっていて、腐敗した馬の死骸は膨張していまにも爆発しそうだった。毎日のように降り続ける霧雨に、これらの光景はいっそう陰惨に映った。

ローテンブルクを発ってからほぼ二週間、彼らは寒くて泥まみれで疲れ切っていた。決まった目的地を目指して始まった行軍は早い時期に、規律の乱れた世界を当てもなく漂う旅に落ちぶれていた。彼らが歩みをとめる度、アメリカ軍はもうすぐそこまで来ているように感じた。それでも収容所所長のルドルフ・ブリクスは降伏するのを拒んだ。兵士たちが夜のあいだにそっと抜け出し、連合国軍に投降するために森へ逃げても追わなかった。収容所では嫌われていたブリクスは、なにがなんでも捕虜は解放するなというヒトラーの命令にあくまでも忠実だった。選べる道は限られ、彼はハルツ山地へ向かった。

ヒトラーはつい最近、その広大な地域を最後のひとりになるまで徹底抗戦を続ける要塞地として指定していた。武装親衛隊から新しく編成された国民突撃隊まで、何千人もの兵士がすでにそこで配置についていたが、捕虜の隊列はそれよりはるか南にいたため、気づかれなかった。捕虜たちは麓にとどまり、山際を弧を描いて続く道をたどり、再び東へ向かった。

四月八日、彼らは強制収容所と秘密のロケット工場があるノルトハウゼンからわずか八キロのところに着いた。その夜、アレスターは民間人の服を見つけ、とっさに自分の背嚢に隠した。

翌日、ようやく太陽が顔を見せ、快晴の空のもと、ついに山々が見えた。そのときがきた。彼は暗くなるまで待つことにした。そのほうが逃げやすいし、ひとりで山に登っていても安全だ。彼はまだ隊列とともに進んでいたが、その目は決して山から離れなかった。彼は人物画のモデルを見る画家のように、その形や輪郭を観察し、どこから登るのがいいか戦略を練った。夜になると、彼はもう自分を抑えきれなくなっていた。そして、隊列がロスラの町の近くで小休止のためにとまったとき、アレスターはひそかに民間人の服に着替えて帽子を目深にかぶった。行軍再開の命令が発せられると、彼は静かに反対方向へ歩き始めた。どうやら、彼は隊列に近づきすぎていたらしく、警備兵があっちへ行けと怒鳴ったうえ、ライフルの銃床をあげて彼を追い払った。

暖かく、道も乾いていて登山にはもってこいの春の夜だった。彼は衰えた体力を試すようにゆっくりと登り始めた。頂上とその向こうに続く九十九折《つづら》りの細い道をたどるのは何年ぶりだろう。ここ数ヶ月は苛酷だった。ゲシュタポの尋問、パンクラーツ刑務所での日々、鬱病のふりをするための身体への負担。登っているうちに、それらのすべてを置いてきたように思えてきた。彼が脱走したのは、いま谷底にいる隊列からだけではない。失望、失敗、暴力と屈辱の日々からも脱出したのだ。高く登れば登るほど、それらが消えていくように思え、新しい楽観に取って代わった。アレスターが山に登るといつもそうなるように。

このようにして彼は二日間、登った。ときにはハイランドやケアンゴームの山を思い出させる場所もあったが、故郷の山ほど険しくもなく、圧倒的に木々が多かった。食糧はまだ充分にあり、天候が荒れなければ、誰かに助けを求める必要もなかった。それから、道を下っていくと突然開けた場所に出て、そこにかなり大きな小屋があった。小屋の前に男たちの一団が座り、しゃべったり、たばこを吸ったりしていた。そのひとりが、アレスターを手招きした。アレスターのことを脱走兵か、脱走捕虜と思ったのだろう。小屋からさらに人が出てきて、女性も数人混じっていた。ほとんどは外国人労働者だったが、捕虜ひとりと、どこの国から来たかわからない避難民も数人いた。皆、ただここで戦争が終わるのを待っているのだ。アレスターもそれまでここにいたほうがいいと強く勧められた。だが、なんのことはない、待つのは一日か二日で終わった。アメリカ軍第三機甲師団の先遣隊がやってきたのだ。先遣隊がそこを去るとき、アレスターは先頭のジープに乗っていた。これが彼の二一回目の脱走にあたり、家まではもうすぐだった。

第一〇章 戦争犯罪の追及

三年半ものあいだ、早くスコットランドに帰りたいとの一心であらゆる手を尽くしてきたアレスターだったが、彼の帰郷は長く夢見ていた祝い事とはほど遠いものだった。イタリアにいた一九四三年以降、彼は家族からの手紙を一通も受け取っておらず、帰国して初めて大好きだった父が三ヶ月前に亡くなっていたことを知った。彼はパースで父の仕事を引き継ぐつもりはなく、SASに入隊し、三六歳にしてパラシュート降下の訓練に励んだ。ブラウンシュヴァイク収容所でジャックとデイヴィッドに感化され、戦争が終わる前に極東で戦いたいと思っていたのだ。だが、それはかなわず、一九四五年一〇月、SASは解散した。[1] まもなく少佐に昇級するアレスターはドイツに戻り、ナチスの戦犯を探し出して告発する、連合国の戦争犯罪委員会に加わるよう命じられた。そして、「見事な粘り強さと独創性で繰り返し脱走を試みた」ことにより、戦功十字勲章を授与された。表彰状の長い文は「一八人の将校が彼の奮闘を称えて推した」という異例の言及で締めくくられていた。

彼がドイツに着いたのは、史上初の大規模な戦犯裁判[2]が進んでいたときだった。ベルゲン・ベルゼン強制収容所の四五人の看守と幹部が、イギリス軍事法廷で殺人罪およびその他の罪状により裁かれていた。一九四三年のモスクワ宣言に含まれたとおり、「主要《メジャー》」戦犯――あるいは「その犯罪行為が特定の地理的範囲に限られない」[3]者――のみが、イギリス、アメリカ、フランス、ソ連の判事が加わる国際軍事裁判で裁かれることになった。圧倒的多数を占めるこれ以外の裁判はすべて、場所――強制収容所、精神病院、ロマの野営地、村の広場、ポーランドとロシアの大量虐殺が行われた刑場――が特定できた。婉曲的に「軽《マイナー》」戦犯と呼ばれたその被告らは、占領地域もしくは犯罪行為が発生した国で開かれる軍事法廷で裁かれることになった。人口の多い北部にあるベルゲン・ベルゼンは、イギリスの管轄下に入った。また、一九四五年四月半ばにこの収容所を解放したのもイギリス軍だった。大衆が戦慄をもって注目するなか、収容所所長のヨーゼフ・クラーマーを含め一一名の被告が絞首刑となり、一八名は比較的軽い刑を言い渡され、一四名は無罪となった。批判の声は厳しかった――判決にはむらがあるし、寛大すぎる。同様に腹立たしかったのは、これ以外の多くの看守や親衛隊員がひとつも罪に問われなかったことだ。

この裁判が終わる頃、これとはまったく異なる法廷がかつての第三帝国の震源地、ニュルンベルクで始まろうとしていた。ナチス政権の中枢、二四名が一審制の国際軍事裁判の場に引き出された。一年におよんだその審理は、ヘルマン・ゲーリングはじめ他のナチス指導者たちがヘッドホンをいじりながら無関心とまでは言えないが尊大な態度で座る映像とともに、戦後裁判最大の象徴となった。とはいえ、このほかにも数百の「軽」戦犯裁判が、それぞれの占領地域やナチスに蹂躙《じゅうりん》された様々な土地で開かれていた。チャーチルは当初、これらの裁判手続きに反対し、それよりも、短時間の超法規的審理のあと速やかに刑を執行する「迅速な裁判」を提唱した。皮肉にも、これに反対したのはスターリンだった。裁判手続きを正当化し、なおかつ民衆にファシズムの悪を知らしめるためには、裁判という形式をとる必要があるとスターリンは主張し、ローズヴェルトの援護を受けチャーチルを説得した。結局、モスクワ宣言を起稿したのはチャーチルだったが、そのあまりにも独特の文面にスターリンもローズヴェルトもあえて手を加えようとはしなかった。それは、次のように力強い呪いの言葉で締めくくられていた。

これまで罪もないものの血に手を染めなかった人々が、罪人の仲間入りをすることがないように注意すべきである。必ずや、連合国三国が彼らを地の果てまで追いかけ、正義を行うために告発者の前に引っ立てるのだから。[4]

ナチスの指導者一一名を絞首台に送ったニュルンベルク裁判[5]がまだ終わってもいない頃、あらゆる戦犯裁判の手続きを停止するという騒ぎが起こった。占領には金がかかり、戦争で経済が疲弊したイギリスにとっては特に負担が大きいという声が出てきたのだ。厳しい配給制度はいまだ継続中で、その後も一〇年近く続けられることになる。チャーチルも退任に追い込まれたが、これは過去五年の苦しみから脱して先へ進みたいという国民の意志の現れだった。当然、ドイツ人も戦犯裁判は正義を行うというより報復行為だと訴え、すべての裁判終了を望んでいた。ナチの戦争犯罪人の追及継続をさまたげる最大の勢力は、ヨーロッパに生まれた新たな権力の方程式だった。ソヴィエト連邦とその従属国がドイツに代わって安定と平和を脅かす主勢力となっていた。冷戦が始まると、昨日の敵は明日の友となり、正義の希求が最初に犠牲になった。

戦争犯罪委員会は慢性的な人手不足と資源不足にもかかわらず精力的に任務をこなし、告発を逃れた犯罪人も多かったのは事実だが、それでも歴史学者ドナルド・ブロクサムが「象徴的な罰」[6]と呼ぶものを達成することができた。一九四九年の最後の裁判までに、三五七件の裁判で一〇〇〇人以上の男女が裁かれた。[7]そのうち、二四九人は死刑を言い渡され、三分の一は無罪となった。戦争犯罪委員会の行く手には多くの障害があったことを思えば素晴らしい成果であるが、これは主にトニー・ソマホフの優れた統率力によるものだ。オックスフォード出の弁護士で、一九二七年に空軍に入隊したソマホフは戦時中、中東で法務総監代理を務め、当時は空軍大佐となっていた。彼は丸い禿頭と素晴らしいユーモアのセンスをもった大きな熊のような男だった。暇があれば、釣りに行き、上等のワインの栓を抜き、話をするのが好きだった。カリスマ性と魅力のある彼は人を安心させる方法を知っていた。また、戦い方も知っており、したたかで恐ろしい知性ももっていた。特殊作戦執行部のヴェラ・アトキンスは「出会ったなかで最も頭の回転が速い男」[8]と評している。ふたつの前線で――ひとつは法廷で戦犯を相手に、もうひとつはイギリス政府の官僚を相手に――戦うことを余儀なくされる立場には、トニー・ソマホフをおいてほかに適任者はいなかった。彼の下で働くほとんどの者と同様、アレスターも彼を尊敬していた。

ソマホフのもとに配属された人員は哀れなくらい少なく、五〇人あまりの将校とその三倍の数の下士官だけだった。対照的に、ソ連に先を越される前にドイツのとりわけ優秀な科学者と工学者を見つけて勧誘する「ペーパークリップ作戦」には、三〇〇〇人が投入された。たとえ優秀な科学者であっても親衛隊などの犯罪者集団に属していた者は、合法的に連合国で就労できないことになっていたが、なぜか不問に付されたようだ。初期の親衛隊員で、強制労働者をよく使っていたヴェルナー・フォン・ブラウンはじめロケット科学者たちは、アメリカのミサイル開発や宇宙開発計画へすんなりと移った。こうした事情が伝えるメッセージは明確だった。「軽」戦犯裁判は、イギリス政府にとってあまり優先順位は高くない。あるひょうきん者が端的に言い表したように「戦争犯罪人を追及するグループには作戦のコード・ネームさえなかった」[9]。トニー・ソマホフにとっては、問題はもっと基本的なものだった。この任務についてすぐ、彼は戦争局に宛てて切羽詰まった手紙を送っている。「ここには何もありません。タイプライター一台ないのです」[10]新しいポストができても、それを埋めるのは簡単ではなかった。適任者の多くは、早く除隊して市民生活に戻りたいと思っていた。軍に残った者のあいだでも、戦犯追及という重苦しい仕事は敬遠された。ソマホフがすぐに見抜いたようにアレスターは例外で、必要なスキルをすべて兼ね備えた理想的な候補だった。SASの訓練を受けた経験ある弁護士というだけでなく、ドイツ語、フランス語、イタリア語、チェコ語ができ、誰よりもこの地域をよく知っていた。それに彼は人間がどこまで下劣になれるかをその目で見ていた。

アレスターはまたやりがいのある仕事につけて張り切っていたが、その仕事量は半端ではなかった。扱う案件があまりにも多く、それを準備する人員があまりにも少なかった。故郷への手紙で彼は打ち明けている。「現在、裁判でとても忙しく、手紙を書く暇もありません」[11]。起訴するための証拠をまとめ、法廷で陳述し、加害者や目撃者を探し出し、他の地域から犯罪者を引き取り、フランス人、ロシア人、チェコ人の支援を要請するなど、そのすべてが時間との闘いだった。起訴されなかった囚人が何千人も解放されるいっぽう、ロンドンでは政治家たちが戦犯裁判を取りやめる期日をすでに決めていた。それに加え、戦争犯罪委員会は裁判の数を二〇パーセント減らすよう命じられた[12]。

一九四五年六月に発行された特別な国王親署の命令に示されたように、今後、戦争犯罪委員会が行う告発はイギリス国民に対する犯罪、あるいはイギリス管轄内で起こっていた場合は連合国市民に対して行われた犯罪に限定されることになった。ユダヤ人やその他の標的にされたマイノリティーに対する残虐行為は戦争犯罪ではなく、国内の暴力行為と見なされた。彼らを裁くのはドイツ人の仕事となったが、それは人を愚弄する呆れた提案だった。とはいえ、それで強制収容所の犯罪行為がすべて不問に付されたわけではない。だが、被害を受けたのが、イギリス人か連合国出身者であったケースに限られた。エルザスのナッツヴァイラー＝ストリュートフ強制収容所の所長ほか五名に対する起訴では、イギリスから来てパラシュート降下で潜入した特殊作戦執行部の五人の女性工作員の殺害容疑に絞られた。そして、ラーフェンスブリュックの女性用強制収容所にいた四〇人近い職員、看守、その他が告発された裁判では、判決文に「そこに拘禁されていた連合国国民の虐待と殺害に関し」[13]と書かれた。

アレスターが起訴した案件のほとんどは、戦争捕虜や飛行機から緊急脱出後に襲われたイギリス空軍兵士に関するものだった。戦争末期、ドイツの都市は激しい空襲に見舞われ、多くの人が報復を求めるようになった。ゲッベルス宣伝大臣は、捕らえたパイロットは全員「狂犬」として殺すべきだと訴え、何人かの将軍はジュネーヴ条約を無視してこれを煽動した。ドイツ国民の怒りはすでに沸点に達しており、煽る必要はなかった。いわゆる「恐怖の飛行士」にとって、ドイツ空軍か国防軍に発見されれば、まだ生き延びるチャンスはあった。しかしながら、それでもパイロットの命は保証されなかった。

ひとつのおぞましい例は、一九四五年三月中旬、南部のプフォルツハイム近郊で捕まったイギリス空軍機の乗員たちがたどった運命だ。彼らはライプツィヒの石油貯蔵施設を爆撃して帰る途中、対空砲火を受けエンジン一基に火が付いた。同機はすでにライン川を越え、フランスの味方の領域に入っていたものと勘違いしたため、パイロットは緊急脱出の命令を下した。パイロットは着地後パラシュートから出て、それが破れ、火が消えているのを確認すると、ひとりで先を急ぎ、イギリスに帰還した。いっぽう、乗員の七名は陸軍の哨戒部隊に捕まり、翌日、ドイツ空軍に引き渡された。それからプフォルツハイムの市中を歩かされた。あるいは、三週間前の大空襲の残骸のなかを、と言ったほうが近いかもしれない。彼らを見つけるとたちまち群衆が石を投げ、罵倒し始めた。ドイツ兵が制止しなければ、もっとひどい目にあっていただろう。

彼らはプフォルツハイムから三キロ離れた小さな村へ行ったが、そこは空襲で焼け出された人々の多くが避難していた場所だった。村の学校のボイラー室に閉じ込められた航空兵たちは、何日も眠っていなかったのですぐにうとうとし始めた。すると武器をもった暴徒が「イギリスの豚野郎！」「女子供を殺したやつ！」[14]と叫びながら、部屋になだれ込んできた。年老いたドイツ空軍兵士は彼らをとめようとしたが、簡単に押しのけられた。航空兵らは蹴られ、ライフルの銃床で殴られながら地下室から外に出され、私的制裁を加えられようとしていた。その混乱に乗じ、三人が身を振りほどいて脱走した。残りの四人は村の墓地へ連れて行かれ、そこで暴力を振るわれた末に撃ち殺された。脱走した三人のうちふたりは、結局、軍の哨戒部隊に拾われ、助かった。三人目の、勲章をいくつも獲得しているインド系の四〇歳の航空機関士は、それほど幸運ではなかった。翌日、ふたたび捕まり、近くの村の警察署に連行された。そこへ一六歳のヒトラー青年隊を主体とした別の暴徒が押し寄せ、人種差別的な罵詈雑言を浴びせながら彼を表に引きずり出した。通りに着くとすぐに、誰かが彼を重い厚板で殴り始めた。彼が地面に倒れると、別のヒトラー青年隊が彼の後頭部を撃った。

その日から一七ヶ月後、二二名が五件の殺人罪で裁判にかけられた。被告らは、怒りにかられた市民が暴徒化したに過ぎないと主張したが、殺害は突撃隊とヒトラー青年隊の隊員が周到に計画したものだった。主犯格の三名が絞首刑となり、残りは実刑判決を受けた。二年のうちに、航空機関士を撃った者を含むヒトラー青年隊の六名は、犯行当時の年齢をかんがみて釈放された。

終戦までに、八〇〇名を超えるイギリス空軍兵士が殺害され、約七〇〇名のアメリカ空軍兵士が同様の目に遭ったと言われている。[15] どの殺害も戦争犯罪として扱われ、犯人は法の裁きを受けた。プフォルツハイムの殺害は共謀の程度も様々な、複数の加害者がいたが、その他の殺人は単独で行われ、目撃者もいなかった。同様に腹立たしいのは、証拠がそろっているのに容疑者の居所がわからないケースだった。「戦争犯罪人および治安上の容疑者登録所」が設立されたにもかかわらず、ある占領地域から別の地域へ戦争犯罪人や容疑者を引き渡すのは、そう簡単ではなかった。それは、キャロル・リード監督が映画『第三の男』で描いた幽霊と影の世界だった。そこでは登場人物たちが戦後ウィーンの暗く汚れた世界に引きずり込まれていった。アレスターも彼自身のハリー・ライム〔第三の男。主人公ホリー・マーチンスの友人で死んだと思われていた〕を探すうち、同じような世界を目にすることになる。

彼はこれまでドイツから逃げようとしてきたわけだが、いまその国に住んでいると、相反する感情が交じり合う不思議な思いが湧いてきた。多くの国民はいまだショック状態にあり、爆撃後の瓦礫のなかに座り込み、悲しみと喪失感を絵に描いたようにぼんやりと宙を見つめるばかりで、とぼとぼと歩く避難民の長い列が前を通り過ぎても、ほとんど目に入らないようだった。そして、法廷では過去一二年の残虐行為が次々に明らかになり、さらに恐ろしい現実を突きつけられた。これとは対照的に、王立温泉保養地バート・エーンハウゼンには整然としたイギリス人村がつくられた。ブラウンシュヴァイクの西、一三六キロにあるバート・エーンハウゼンは戦時中、一度も爆撃されなかった。多くの地元住民は、イギリス空軍が空からこの町を見て、占領軍にとって理想の土地だと思い、爆撃せずにとっておいたのだと信じていた。プロイセン王、フリードリヒ・ヴィルヘルム四世が多くの湯治場をまとめて創設したこの町は、長いあいだヨーロッパ貴族の保養地だった。そこがイギリス陸軍ライン軍団の五〇〇〇名の男女が駐留する町となっていた。多くのホテル、邸宅、巨大な役所の建物が手入れの行き届いた芝生に沿って建ち並び、申し分のない立地だった。スーツケース一個に荷物をまとめて家を明け渡すよう命じられた住民の多くは、ひと月もすれば家に戻れるだろうと考えていた。なかにはダイニングルームのテーブルに花を飾り、小さな贈りものを残していった住人もいた。だが、彼らが戻れるのは一〇年後で、そのときの記憶は現在も恨みを込めて語られる。

鉄条網と歩哨舎がさっそく設置されたが、それは人を閉じ込めるためではなく、人を中に入れないためのもので、かつてユダヤ人と「望ましくない人種」の立ち入りを禁じていた告知板は、ドイツ人の立ち入りを禁ずるものに変わった。商品を英語で表示する店やレストランは備蓄もたっぷりあり、劇場には最新の映画や芝居がかかっていた。柵の外の世界とは違い、娯楽も酒も豊富にあり、職種も様々な独身女性がおおぜいいた。アレスターは一時期、エドウィナ・インストーンという二四歳の少佐と交際していた。イギリス陸軍の女性部隊である王立婦人陸軍の参謀将校だったエドウィナはこの先、ジャーナリズム、ラジオ、児童書、テレビ、ファッションと華々しい職歴を積み、最終的に政界に進出した。結婚後の姓、カヴンの名前で彼女はロンドン市政府に三〇年勤めた。その間、彼女とアレスターは連絡を絶やさず、互いの生涯の友だった。

戦争犯罪委員会に加わって一年、アレスターは一時帰国の短い休暇を与えられた。早く山に行きたいと気が逸り、彼は母に顔を見せたあとすぐに自転車をひっつかみ、グレンコー行きの列車に乗った。グラスゴーとエディンバラからの道路が合流する谷間の東斜面には、〈ザ・クリアンラリッチ〉という、方々に広がった二階建てのヴィクトリア朝風のホテルがあった。スコットランドの特に素晴らしい山に登るのに便利な場所にあるので、彼は前にもそこに滞在したことがあった。彼が到着したときは夕暮れ時で、スタッフはストーヴに火をいれたり、ランプを調整したりで忙しかった。ロビーにはほかに客がひとりいるだけだった。天候に合った服装をした長身で赤毛の、二〇代半ばと思われるその人は日没間際の光に包まれていた。アレスターはなぜだか彼女が自分を待っていたように感じた。のちにふたりの出会いについて「彼女の髪は街が燃えているようだった」[16]と述べている。いっぽう、彼女のほうは、スタッフが「隊長が、隊長がと言いながら」一日中忙しくしている様子を見ていたので「隊長が到着したときは、まるで舞台に登場したようだった」と述べている。

アレスターが話しかけようと何か言う前に、彼女から先に、サリーから来た看護学生、イザベル・ニコルソンです、と自己紹介された。彼女は戦時中、救急看護奉仕隊で経験を積み、当時は植民地勤務に必要な産科の課目を履修するためにスコットランドに滞在していた。彼女は前日にエディンバラからヒッチハイクで着いたばかりで、おろしたての丈夫なブーツを履いてはいたが、何か計画があるわけではなかった。彼女は語る。「山に登れることさえ知りませんでした」[17]サリーには山はおろか、丘さえないんですから。あそこまで登っていけるのだと思うと……ええ、ぜひそうしたいと思いました」。イザベルは山に登ったことはなかったが、果樹や家畜に囲まれた農場で育ち、父は獣医だった。自然のなかにいてもくつろげるし、不便な生活も気にならなかった。アレスターと一緒に過ごすことを考える人にとっては不可欠な資質だ。

翌日、アレスターはイザベルを「谷《グレン》の羊飼い」を意味するブアチャイイール・エティーヴに連れて行った。一方にグレンコー、もう一方にエティーヴ峡谷が見える非常に眺めのいい場所だ。彼女にとってはこれが初めての登山だったが、すっかり好きになり、と同時にアレスターのことも好きになった。「ひとめ見たときから、この人だと思っていました。問題は彼にも、この人だと思ってもらうことでした」。彼がそれを認めようが認めまいが、バート・エーンハウゼンに戻る頃にはアレスターも夢中になっていた。ふたりとも相手のことが片時も頭から離れず、何度かふざけた手紙をやり取りしたあと、アレスターは、自分に惚れるなと彼女に警告している。

　私はいま、この場できみを幻滅させようと思う。私はそんなにいい人ではない。非常に多くの人々が私のことをあまりいい人だと思っていない。私は人に愛想よく、礼儀正しくすることもできるし、会話を続けるのに困らない読書家でもあるが、私の人生には話せば小妖精の尖った耳も丸くなるような出来事がある。
　言いにくいことだが、私の人生にはこれまでにも女性はいた。私はいい人ではない。私はあまりにも粗野だ。だから、幻想はもたないでほしい。さもないと、私がきみをどこかの人里離れた山におびき出したとき（あはは）、きみは生の現実に直面することになるだろう。私から言うべきことは以上だ。自然のまま、ありのまま。だから、もしきみが気立てのいいお嬢さんなら、もう私に手紙を書くのはやめなさい。[18]

二週間後、彼は同様に浮ついた手紙を送り、そこで不承不承、自分の気持ちを告白している。

　きみとは何か縁のようなものを感じるので手紙を書いている。私たちはグレンコーで出会う運命だったのだ。人は関係をもつためではなく、しばしばある特定の目的のため――経験――影響し合うため――間違った行動をしないなどのために、出会う運命にある。私がきみを好きなのは、きみがひとりで遠くまで行ける冒険家だから――それと、ただ単にきみがそこにいて、若くて（相当）、美人で（高水準）、足がきれいで（必須）、聡明で（役に立つが、なくてもいい資質）、美しい赤毛（ノックアウト）だからだと思う。[19]

いっぽう、戦争犯罪委員会に残された時間は限られていた。すでに一度ならず期限を延長していたイギリス政府は、一九四八年九月一日以降、新たに裁判を開始しないと決定した。その日以降に突然浮上した戦争犯罪人は、基本的に恩赦を与えられることになり、一部の人々は反対した。しかし、政府は「戦犯裁判の目的は報復ではなく抑止であり、これ以上裁判を増やすことはこの目標を推進しない」[20]と主張した。さらに、戦犯裁判は、次第に分極化するヨーロッパにおいて主な同盟国であるドイツの新政権から支持が得られそうになかった。「できるだけ早く過去を埋葬しよう」という呼びかけが繰り返し聞かれた。迅速かつ徹底的な裁判を最初に提唱したチャーチルでさえ、いまでは裁判の停止を要請した。

報復的な裁判はあらゆる政策のなかで最も有害である。今後、我々の方針は、過去の犯罪や惨事をぬぐい去り――つらいことだが――未来へ向けて、我々みなの救済を求めるものでなければならない。全ドイツ国民の積極的で忠実な支援がなければ、ヨーロッパの復興はありえない。[21]

公務秘密法により、アレスターは仕事の内容を明かせなかったが、特定の事件の解明を緊急な課題ととらえていたに違いない。それらは直接、彼や彼の友人に関連し、そのうちのいくつかは死者も出ていた。そのなかに、モスカテッリ大佐とマッツァ軍曹を捜査し、起訴の可能性を探るケースがあった。アレスターは協力を要請されたが、結局、地中海地域担当の別の戦争犯罪委員会が担当することになった。ジャックとデイヴィッドに加え、トミー・マクファーソン、マイケル・ポープ、オーブリー・ホイットビーが証言した。彼らのひとりひとりが、モスカテッリが親衛隊に協力したために、捕虜たちはドイツでさらに二〇ヶ月、収容されることになったと訴えた。しかし、誰も、彼が戦争犯罪人だとは訴えなかった。イギリス側はこの元収容所所長を可能な限り長く拘留し、最後には釈放せざるを得なかった。

いっぽう、マッツァ軍曹はいまだ逃走中だった。彼はとりわけ残虐な男だったが、その代表例は、脱走に失敗して連れ戻されたジャック・マントルを三日間、壁に鎖でつなぎとめ、殴打した件だ。アレスターの扱いも酷いもので、彼の骨折していた肋骨を何度も蹴り、三週間の入院を要する重傷を負わせた。今度もまた、誰もが「マッツァは徹頭徹尾不愉快な人物だった[22]」と訴えた。しかし、彼の行為はあれほど非常に悪質であっても、戦争犯罪のレベルに達しているとは言えなかった。最も被害を受けたアレスターでさえ、これはいつか片をつけたい個人的な問題だと考えていた。

捕虜であったとき、私は多くの悪い人間に遭遇したが、イギリス人捕虜をのたうちまわるような目に遭わせては邪悪な快感を得ていたという点から、マッツァは余裕でリストの筆頭にくる。彼は国家警察の同僚からも恐れられ、軽蔑されていた。彼の加虐嗜好はある種の精神病的抑圧によるものだと思う。彼には意識的、潜在意識的にイギリス人を憎悪するなんらかの理由があった。正常な人間にあのような振る舞いはできない……いずれにせよ、これはマッツァと私のあいだの個人的な問題だといつも思ってきた。[23]

アレスターはピーター・グリフィスのことも忘れてはいなかった。彼の最初の脱走に誘ってくれたのも、この物静かな南アフリカ人だった。ベンガジの収容所の炊事場で衛兵の隙をうかがいながら何時間も隠れていたが、残念ながら、そこから出ることはできなかった。いま、アレスターはシュミット軍曹を探していた。グリフィスがザーガン〔第三空軍基幹収容所の所在地〕行きの列車から飛び降りて命を落としたときの護送隊の責任者だ。頭の半分を引きちぎられたグリフィスを見たときのシュミットは、ただの怠慢、冷淡では済まされない対応をとった。医者を呼ぶことも、最低限の応急処置を施すことも拒否したのだ。それでも、彼を戦争犯罪で有罪にするのは難しいだろうし、もちろん、その前に彼を探し出せなければ話にならない。シュミットというありふれた名前の軍曹は数百人いるし、おまけに彼は終戦の数ヶ月前にロシア戦線へ送られていた。

ワディ・ウェイドソンおよびヒュー・マッケンジー殺害の容疑者を見つけるのは、さらに難しかった。遺体も目撃者もなしでは、実際に何が起こったのかを解明するのは不可能に近かった。だが、いまや追われる側から追うほうにまわったアレスターはそう簡単にはあきらめなかった。彼はなんとしてもこの犯罪だけは解明したかった。陸軍法務総監も、同様にこの件に熱心に取り組み、ふたりを殺した張本人は「大脱走」の将校五〇人の殺害にも関与していると考えていた。これらの犯人を追うのは、イギリス空軍の特別捜査隊の別の班に任された。イギリスの大衆はもう戦犯裁判全般にうんざりしていたが、空軍兵五〇人の悲劇だけは例外だった。彼らのむごい処刑については新聞も詳しく報じていた。この件はニュルンベルク裁判の罪状に含められただけでなく、戦犯裁判の停止が延期されたのも、もとはと言えば、この裁判で有罪判決が出るのが遅れたのが主な理由だった。[24] 陸軍法務総監は、いまやソマホフに空軍の捜査に協力するよう求めていた。一九四六年一〇月二二日付けの密書には、「大脱走」の殺人犯に対する待望の起訴を前に、ウェイドソンおよびマッケンジー殺害の犯人を起訴することは本番さながらのリハーサルの意味もあるとはっきり書かれている。

このふたりの将校は、第三空軍基幹収容所(の脱走捕虜)の処刑で用いられたのと同じ方法で銃殺されたと考えて間違いないと私は思っている。実行したのはおそらくプラハのゲシュタポ要員で、場所は自動車専用道路のプラハとブレスラウのあいだのどこか……第三空軍基幹収容所関連の最初の裁判がまもなく始まり、この二件が酷似している事実を考えると、この裁判でよい判決を得られたら、誠に喜ばしいことである。ふたりの将校はザーガンにおける殺害と同じく、ベルリンからの指令で銃殺されたのかどうか解明に努めるつもりだが、成功する見込みはあまり高くない。[25]

アレスターもすでに同じ結論に達していた。それに、彼はプラハを訪ねることは禁じられていたが、必要な証拠はそこにあるに違いないと思っていた。チェコ政府は何度もせっつかれたあと、ようやくゲシュタポの幹部数名を尋問したが、アレスターはその前に別の戦争犯罪委員会のメンバーから「言うまでもなく、当部署は現時点で名前がわからない被疑者の捜索を開始することはできない」[26]と冷ややかなメモを受け取っていた。結局、彼らが尋問した全員が記憶にないと言い、ウェイドソンもマッケンジーも聞いたことがないと主張した。アレスターはいまや一歩引いて、ふたりがどこで捕まったか突き止めようとした。彼とレスリー・ヒルは隠れ家《セーフハウス》の住所を教えられていたが、それはふたりも同様だった。住所のひとつは小さな村の居酒屋で、地下室のドアから入るように指示されていた。ウェイドソンはその立地が気に入り、そっちに向かうと言っていた。もうひとつの住所は存在しなかったことを考えると、居酒屋のほうが罠だった可能性が高い。アレスターがその場所を突き止めることができたら、殺人犯に近づく有力な手がかりになるだろう。残念ながら、村の名前も居酒屋のことも誰も憶えていなかった。もちろん、それを手配した本人、ファン・ズーコ大尉ひとりを除いて。

アレスター自身がプラハで実在しない通りや地区を探しまわる羽目になったことから、初対面でファン・ズーコに感じたことを確信した。つまり「彼は有能な、大嘘つき」[27]であり、おそらく二重スパイだ。アレスターは彼が易々とジャックやデイヴィッドを操った様子を思い出すといまでも感心した。ジャックたちはファン・ズーコがロンドンの拘留センターから助けを求めて電話してきたときも、まだ彼のことを信じていた。ファン・ズーコは一九四五年四月に国籍もなく身分証もなくイギリスに着いて以来そこにいた。八ヶ月後、彼がドイツに戻るまでには、彼の途方もない嘘がからまった網がほぐれ始め、少なくとも三ヵ国が彼を裁くために順番を待っていた。

結局、彼についてひとつ確実に言えるのは、ファン・ズーコは本名ではなく、彼は南アフリカ人でもなければ医者でもなかった、ということだ。ただ、短い期間とはいえ実際にベルリンで医学を学んでいたことがあり、学費不足と片親がユダヤ人だったせいで退学処分にされていた。その頃までに、彼はすでに複数の姓を名乗っていた。ときには父の姓であるサリンジャー、またあるときは彼の未婚の母の姓スコウ、あるいはスコフと名乗った。友人たちにとって彼はゲリーであり、身長一八〇センチ、ウェーヴのかかった黒髪と細い口髭の、抜け目のない若者だった。彼は電化製品を販売する仕事をしばらく続け、そのあと足治療医として様々な美容サロンで働いた。彼のその暮らしが突然終わり、彼はゲシュタポに逮捕されて刑務所に送られる。社会民主党に加わっていたからだと彼は主張するが、そうではなく彼がもっと重大な犯罪を犯したからだと考える人もいる。一七ヶ月後、彼は強制収容所に送られる途中に脱走した。戦争が始まる寸前で、彼はベルギーに逃れ、そこでユダヤ人社会の人々に助けられるが、のちに彼はその人々を裏切る。

ドイツのポーランド侵攻から二日後、彼はフランス外人部隊に医師として入隊し、やがて北アフリカに送られる。だが、ナチスがドイツ系ユダヤ人を探し始めると、脱走する。そして、ド・ゴールと自由フランス軍に加わろうと、アルジェリアのオランに行く。だが、そこで逮捕され、脱走罪で有罪となり、一年の実刑判決を受ける。一九四二年一一月にアメリカ軍が上陸する頃には、彼はすでに元の部隊に戻っていた。胃を負傷し、捕虜となり、最初彼はフランス人だと称していたが、イタリアに着いたとたん、ルクセンブルク人だと称した。イタリア休戦からまもなく、彼はドイツ側につき、親衛隊に入隊した。そして、ベルガモに派遣され、脱走捕虜になりすまし、花屋を隠れ蓑にしていたイタリアのパルチザンに潜入した。ファン・ズーコという架空の人物が生まれたのはそのときだ。

別の説によると——当然、彼自身の主張ではないが——ドイツ人は、ズデーテン地方に移送される囚人集団のなかに彼をスパイとして潜入させた。そして、メーリッシュ・トリュバウに着いたとき、彼は南アフリカ陸軍医療隊のジェラルド・ファン・ズーコ大尉となっていた。奇妙なことに、ドイツは彼の記録を紛失したらしく、第八F将校捕虜収容所の管理者たちは、彼のことを彼がなりすましている南アフリカ人の軍医だと思い込んでいた。その地位はかなり自由に動きまわれるので、彼はそれを利用してジャックとデイヴィッドに巧みに取り入った。彼らがチェコの地下組織と最初に連絡を取ろうとしたとき、ファン・ズーコはすでにかけがえのない人材として、真っ先に会合の手配を依頼する相手になっていた。当然、彼らはファン・ズーコがハーバーハウアーや収容所幹部に自分たちの計画を漏らしているとは思いもよらなかった。地下組織のメンバーとされていたコプリヴァを引き込んだのは彼らだ。アレスターはすでにあの脱走計画とは距離を置いていたが、コプリヴァはおそらくドイツ情報機関の二重スパイだろうとジャックたちに警告しておいた。だが、それは役に立たなかった。コプリヴァが提供した住所は、ウェイドソンとマッケンジーが捕まったと思われる居酒屋の住所をのぞき、彼自身と同じくにせものだった。

ファン・ズーコが完璧なドイツ語を話す密告屋であるという事実にもかかわらず、ハーバーハウアーも収容所所長も、彼のことを南アフリカ人だと思っていた。彼らにとって、ファン・ズーコは祖国を裏切ることも厭《いと》わないほどナチスに共感している数少ない捕虜のひとりであった。レイルトン・フリーマン、ウォルター・パーディー、セオドア・シュルヒといった、これらのナチス協力者の多くはオズワルド・モズレーの「イギリス・ファシスト同盟」の党員だった。彼らをイギリス自由軍団に勧誘するとか、ラジオでプロパガンダを英語で放送するよう説得するのは簡単だった。このほか、「チャールズワース卿」を名乗った自称貴族、ダグラス・バーナヴィル＝クレイのような抜け目のない山師もおり、彼はその盛大にふくらましたホラ話から、やがて「チャフ卿」と呼ばれるようになる。政治的というよりは妄想的、兵士というよりは詐欺師の彼は何度も警察ともめごとを起こし、士官になるために経歴を詐称した。彼は密偵としてはあまり有能ではなく、メーリッシュ・トリュバウでは誰もが彼を疑っていたようだ。身の安全のために別の収容所へ移された「チャフ卿」は終戦間際に再浮上し、今度は親衛隊将校の格好をしてイギリス自由軍団の残った隊員をかき集めていた。

ファン・ズーコと他のナチス協力者のあいだ――特にバーナヴィル＝クレイ――には多くの類似点があるが、ひとつ決定的な違いがある。ファン・ズーコはイギリス人ではなくドイツ人であり、つまり、国家反逆罪で彼を訴えることはできないのだ。皮肉にも、ファン・ズーコがあのように振る舞っていたのはパスポートが欲しかったからだとジャックは常々思っていた。一九四六年の宣誓陳述書[28]には「ファン・ズーコは戦前、ナンセン旅券しかもっていなかったので、イギリス国籍を得たいと切望していた。スターリング大佐なら、脱走組織への協力の見返りとして、彼に国籍を与えるべきと上層部に推薦してくれると思ったのだろう」と書かれている。

一九四四年四月下旬、ファン・ズーコはブラウンシュヴァイク収容所へ移され――主に、彼が提供した情報により――ドイツ国防軍情報部と接触した。「ブダペスト、シュトラスブルク、パリ、ブリュッセルの脱走者が使うセーフハウスの名前と住所を知りたくないですか？　なんならお知らせしましょう」。いっぽう、彼は自分の誠実さを示すためにふたつの脱走計画を密告した。これが功を奏し、ルドルフ・キールホルンという名の情報将校が面接のためにハノーファーからやってきた。もしキールホルンが最初は疑っていたとしても、きわめつきの詐欺師ファン・ズーコは「自分がこのような行動をとるのは、ドイツの理念に賛同しているからだ」と相手を納得させることができた。それから彼はふたりでブリュッセルに行こうと提案した。そこで彼は脱走捕虜に変装して、逃走中の捕虜とまだ捕虜になっていない連合国軍兵士の両方が現れる場所にキールホルンを案内するという。

ふたりは六月六日に出発した。アレスターがプラハに着く一週間前だ。途中のハノーファーで民間人の服に着替え、それからブリュッセルまで行き、ホテル・メトロポールにそれぞれ部屋をとった。翌日、ファン・ズーコは、キールホルンとほかにふたりのエージェントを従え、セーフハウスへ向かった。少なくとも彼はそう主張したが、そこは彼が一九三八年に下宿していた家だった。母の友人が営む下宿屋で、どの脱走ラインとも何の関係もなかった。それでも、ファン・ズーコは女主人とその娘と陰で話したあと、二日のうちに脱走者の集団が〈アルベルト一世テニス・クラブ〉に現れると告げた。それから彼は街へ行き、地元の軍情報部が家宅捜査の準備を整えた。しかし、いざ突入してみると、そこには撃墜されたパイロットもいなければ、ジャン・ギャバンのようにうろついているレジスタンスの指導者もいなかった。いたのは、白いウェアに身を包んだおおぜいの裕福な人々だった。彼らはラケットを持ったまま一カ所に集められ、トラックに乗せられて連れ去られた。

当然、ファン・ズーコは言い訳を用意していた。だが、キールホルンはそれに辟易し、もしかしたらこの男は有益な情報をひとつも持っていないのではと疑い始めた。あり得ない話を延々と聞かされるのに疲れ、キールホルンはついにハノーファーに帰ることに決めた。

> 四日後、私はブリュッセルを離れたが、ファン・ズーコはもう二週間そこに留まり、ブリュッセルの国防軍情報部が彼を綿密に監視した。彼は派手に金を使い、女友達を手に入れ、いわゆる「楽しいとき」を過ごしていた。彼は人生を楽しむためなら、そしてその金をドイツ人に出させるためなら、喜んでドイツ人に協力する小者の嘘つきという印象を残した。[29]

ファン・ズーコがブリュッセルで遊びまわっていた頃、ブラウンシュヴァイクの収容所所長は異例の問い合わせを受けた。国際赤十字経由でイギリスの陸軍省から届いたその手紙には、このファン・ズーコという人物は何者か、お知らせいただけたらありがたいとあった。イギリス側には彼の記録は一切ないのだが、彼の名前はあちこちで浮上していた。誰よりも驚いたキールホルン大尉が再び呼ばれた。いままでアレスター以外に誰も言わなかったことを彼が知るまでに時間はかからなかった。つまり、「ファン・ズーコ」はまったくの捏造であると。彼は医者でもなければ南アフリカ人でもなかった。じつは彼は一〇年ほど前にゲシュタポから逃れたユダヤ系ドイツ人だった。キールホルンがファイルいっぱいの証拠を彼に突きつけてもまだ、ファン・ズーコはそれを認めなかった。彼が故郷だというケープタウンを訪れたこともなく、彼の主張を裏付ける書類も証人も出せないのに、平然としていた。彼は自称通り「南アフリカ陸軍医療部隊のジェラルド・ファン・ズーコ大尉」以外の何者でもないとの主張をくずさなかった。

「この件のすべてに当惑し[30]」ていたキールホルンだが、その後もファン・ズーコを戦争捕虜として扱った。あるいは、二重スパイ、仲間として扱っていたのかもしれない。赤い記章のついた軍服を返却されたファン・ズーコは、ブレーメン近くにある海軍兵捕虜のための、商船隊および海軍北収容所へ送られた。そこで彼が密告屋をしていたかどうかはわからない。しかしながら、ブラウンシュヴァイク収容所が解放されるわずか三日前の、四月九日に彼が突然そこに移されたのは、非常に胡散臭い。二週間後、彼は適切な書類なしでイギリスに入国しようとして拘束され、再び留置されている。いくら手を尽くしても釈放されず、一九四五年のクリスマスの一週間前、ドイツに強制送還された。彼はただの国外追放だと思っていたが、ドイツの空港ではイギリス当局が彼を逮捕するために待っていた。戦争犯罪の容疑でハンブルク刑務所に五ヶ月収監されたのち、ファン・ズーコは脱獄して三日間だけ逃げ延びた。それから、かつての第七九将校捕虜収容所にほど近いミンデンの尋問センター本部に移された。コード・ネーム「トマト」で呼ばれるその場所は、起訴され、司法手続きが始まる前の最終停車場だった。

ファン・ズーコは一九三〇年代半ばから刑務所を出たり入ったりし、最初はドイツ、それからフランス、イタリア、再びドイツ、そしてイギリス当局に身柄を拘束された。終戦から二年近く経っていたが、彼はいまだに告訴もされず、ただ閉じ込められていた。起訴するかしないかはっきりしてくれという彼の訴えには彼の看守さえも同情し始めていた。だが、彼が法廷に立つ日が近づく気配はなかった。じつのところ、彼を起訴するのは難しいと考えていた戦争犯罪委員会は、それができそうな国に打診を開始していた。イタリアの戦争犯罪担当部署に宛てた手紙で次のように認めている。

サリンジャー（別名、ファン・ズーコ）は、尋問官ごとに違う話をしている……メーリッシュ・トリュバウの第八F将校捕虜収容所でも、移転したブラウンシュヴァイクの第七九将校捕虜収容所でも、サリンジャーはイギリス人将校の脱走計画をドイツ国防軍情報部に漏らした。この密告により、イギリス人将校二名とおそらくチェコ人数名がゲシュタポに殺害されたが、北イタリアで起こった可能性のある事件を除き、サリンジャー個人を戦争犯罪で起訴に持ちこむことも、あるいは（彼はドイツ人であるため）国家反逆罪に問うことも不可能に思える。[31]

ミンデンに収容されて数ヶ月経った頃、ファン・ズーコは胃痛を訴え始めた。一九四三年に北アフリカで負った傷が原因だという。すでに脱走の前科があるので彼はほかの収容者よりも厳重に監視され、病院に移してほしいという彼の最初の訴えは聞き入れられなかった。病院の警備は「トマト」よりもはるかに緩いため、彼が希望をかなえるまでには相当の時間がかかった。入院すると、彼はブルーノ・ヴェーバーという別の医師と親しくなった。最近の集中的ナチス狩りで捕まったヴェーバーは、アウシュヴィッツで武装親衛隊の衛生研究所長を務めていた。主たる収容所から数キロ離れたライスコにあるその研究所は、マラリアやチフスといった病気の研究から、水や血液の分析まであらゆることを行っていた。アメリカで医学博士号を取得したヴェーバーは尋問に向精神薬を使うことに興味があった。しかし、彼の主な仕事は、血液型とその適合性に関わるもので、そのため、囚人に輸血し、彼らを命の危険にさらした。こうした実験を行ったにもかかわらず、ヴェーバーは罪は犯していないと無実を訴えた。また、告発内容を否定し、ユダヤ人やその他の人々の誰をガス室に送るか毎日の選別作業に関わったことはないと主張した。本人は自分のことを、研究所で働く男女を守るためにナチスに逆らったシンドラーのような人物だと言った。少なくとも、逮捕直後に書かれた嘘くさい供述書で自身について次のように述べている。

私の研究所の最大の関心事は、囚人を死なせないために手を尽くすことであり、人を殺すことではない。私自身の裁量でアウシュヴィッツの囚人を助けようとするとき、常にベルリンの上層部の支援は得られた……ベルリン当局(親衛隊上層部)の支援および、私が直接介入し、交渉したことによって、私は一五〇人以上の囚人の命を救うことができた。私は彼らの一部をライスコに送ったり、研究所に関係のある偽の「労働部隊」に仕立てたりした。[32]

このふたりが脱走について相談を始めるのに時間はかからなかった。ふたりとも一刻も早く動き出したいと焦っていた。ヴェーバーには絞首刑は避けられないと考える理由がいくらでもあり、ファン・ズーコは逃げるなら病院にいるあいだがいちばんだと思っていた。それに、そこの医師のひとりで、ヴォルフガング・ズィットヴァラという名のヴェーバーの信奉者が彼らを助けると申し出ていた。伝言をやりとりして、ズィットヴァラは多くのヴェーバーの友人から支援の約束を取り付けた。彼はまた、ふたりの服を用意し、証拠はないがおそらく必要書類も提供した。昼日中に、ロングコートにブーツ姿で病院から歩いて出て行くためにはそれらが必要だ。それは一九四七年一月三一日の正午を少しまわった時間だった。

あまりにも多くの点で異なるふたりの男は、脱走したあとすぐに別行動を取ったと思われる。小柄でひ弱な感じのヴェーバーは昔から病気がちで、徴兵されたのも一九四二年だった。武装親衛隊配属になると知り、山のなかに逃げた、と彼は述べている。彼はいまや裁判のためにポーランドへ戻るくらいなら自ら命を絶つと脅していた。結局、彼は戻ることになった。再逮捕されてポーランドの人民に引き渡され、彼の主張をくつがえす証拠がいくらでもあったのに、ポーランドは彼に無罪を言い渡した。彼は一九五六年に四一歳で死去した。

ヴェーバーの再逮捕で、ファン・ズーコは再び注目を浴びることになった。扇情的な説明と複数の写真を載せた指名手配のポスターがヨーロッパじゅうに配られた。

> サリンジャー、ジェラルド・マルセル、別名スコウ、別名ファン・ズーコ大尉、あるいはドクトル・ファン・ズーコ……無資格だが医師と称しているかもしれない。[33]娼婦と付き合う。根っからのたかり屋でカネのためなら悪事を働く。すでにベルリンかハンブルクにいるか、あるいは彼を私生児として産んだ母、スコウ婦人を頼って、母がかつて住んでいたロストックかリュベックに行った可能性もある。重要な戦争犯罪人として緊急手配中。

捜査員のチームが各地に散らばり、彼の知り合いを見つけ次第、片っ端から訪ねた。その多くは、ロンドンかハンブルクでともに収監された連中だった。彼の母親もベルリン・テンペルホーフ空港からわずか数ブロックの小さなアパートに住んでいることが突き止められた。息子について訊かれると、一九三八年以来、会っていないと答えた。最近彼に会った者はひとりもいなかった。彼はただ姿を消した。そして、彼が脱走してから六ヶ月後の七月、ベルリンにいるという未確認情報がもたらされた。その頃にはドイツ警察も捜査に加わり、市内のすべての娼館、賭場、闇市場を対象に二晩続けて家宅捜索を行った。いくつかのどうでもいい手がかりと、無関係の犯罪での数名の逮捕以外に、捜査は開始したときから一歩も進んでいなかった。[34] そして、ブリュッセルから通報があった。ファン・ズーコの元恋人、マドモアゼル・メジャンカが七月一日に彼を見かけたという。彼の姿が目撃されたのはそれが最後だった。

イギリスは彼の起訴は無理かもしれないと考えていたが、それでも、冷戦で急成長しているスパイ市場でのファン・ズーコの価値には懸念を抱いていた。かつて彼は戦争犯罪人だったが、いまや「安全を脅かす危険な容疑者」になった。アレスターはこの点を陸軍法務総監室に宛てた手紙で指摘している。「(彼を見つけることが)重要なのは、サリンジャーが別の大国の情報機関にスパイとして自分を『売り込む』と思われるからです。これまでも彼はそれを〝生業〟としてきましたから」。[35] 彼がロシア人のもとへ走ったのか、あるいは別の偽名でアメリカに移住したのかはわからない。いずれにしろ、ウェイドソンとマッケンジー殺害事件の解明に必要な手がかりは彼とともに失われた。彼が姿を消してから一年後、事件の捜査は正式に打ち切られ、ファイルは「不明の手段による殺害」として片付けられた。

裁判停止の期限が間近に迫り、戦争犯罪委員会は解散の準備に取りかかった。一九四八年九月一日以降は新たな起訴手続きが開始できなくなり、たとえば第三空軍基幹収容所の最後の容疑者たちの裁判のように、期限前に急いで開かれ、それから数週間後に再開されるケースもあった。「トマト」も閉鎖に向けて囚人をよそへ移し、書類を整理して保管し、家具や電話機や車やその他のいらなくなったものを処分し、電灯を消すことに至るまで様々な仕事があった。コード・ネーム「ノミの櫛《フリーコーム》」を付されたこの作業は、トミー・ソマホフが監督し、彼はいつものユーモアでこれを「在庫の品定めをし、その大半をバーゲン価格で提供するスケールの大きな棚卸し作業」[36]と説明した。

　バート・エーンハウゼンにいた多くの人々はすでに離れ、市民生活に戻るか、あるいは軍の別のポストに就いた。一時期、アレスターは誕生したばかりのマラヤ連合（英領マラヤと海峡植民地）の植民地司法機関から仕事の誘いを受け、そこへ向かうつもりだったようだ。だが、直前になって彼はケニアの治安判事の職を引き受けた。ケニアには前々から登りたいと思っていた山がたくさんあり、イザベルが行きたがっていた国でもあったからだ。だが、彼の内面には葛藤もあり、手紙で次のように打ち明けている。「軍を去ると思うと私は胸がつぶれそうだ。そして、さらに問題があるとしたら、それは私が悲しくなることだ」[37]。二ヶ月後、彼はアフリカ行きの船に乗るためリヴァプールにいた。船旅は彼が八年前に〈スキタイ〉に乗って経験したときとだいたい同じだった。だが、今回彼は船に乗って戦争に行くのではなく、戦争から遠ざかるのだ。それに彼はヨーロッパもあとにし、それとともにこれまでいつも彼の人生を導いてきた反骨精神の一部もそこに置いてきた。彼の新天地には、家庭生活や特権、厳密な職業階層があり、それにともなう様々な虚飾に満ちあふれ、どの法服とかつらの着用が許されるかまで定められていた。こうしたことはスコットランドでは、耐えられなかっただろう。四〇歳になった彼にはこれから新たな責任も増える。それでも彼は自分のことをあまり深刻に考えようとはせず、自嘲的ないつもの調子で次のように記している。「私は帝国の辺境のこの地に赴任し、長槍を持った男たち、象、ライオン、ヴィクトリア湖――いまのところ――豪雨に囲まれている」[38]。もしかしたら、アレスターの誕生時にホロスコープを読んだ霊能者のミス・ペーガンが「彼の人生最高のときは中年から終わりにかけて」と断言したのは正しかったのかもしれない。

ケニアの高地の駐在治安判事として、アレスターは想像しうるあらゆるタイプの事件に耳を傾けた――密輸、すり、売春、偽証、毒殺、窃盗、詐欺。そして代行判事になると殺人事件も扱った。イザベルへの手紙で彼は打ち明けている。

治安判事をやるのもたいへんだ。徹底的に尊敬される人でなければならない。けんか騒ぎも飲酒も女性を口説くこともできないのに、そういうことをした男たちをうらやましいと思いながら毎日罰している。私はもう一度脱走するためだけに収容所に戻ってもいいような気がする。私は考える時間をとるために過ごしたあらゆる場所から脱走したのだと考えて、任期の残り数年を幸せに過ごそうと思う。[39]

いつものことながら、彼は山でストレスを解消した。現に、彼の手紙を読んだだけでは、彼は余暇に法廷に出るだけの登山家なのか、あるいは登山が唯一の趣味の判事なのか判断がつかないだろう。一九四九年四月のイザベルに宛てた手紙で熱に浮かされたような山行を説明している。

およそ一二日間で、私は四六〇〇メートルのメルー山とキボ峰(二度、二万六〇〇〇メートル)に登り、五三〇〇メートルのマウエンジ峰に三度、挑戦した。キボは完全に期待外れだった。三日間で六四キロ歩き、五〇〇〇メートル登ってみると、火口は掌のように不毛で、底に氷の山がいくつかあるだけだ。一方の端には厚さ三〇メートルの氷の上に高さ九メートルほどの氷の木々の森があり、そのまわりの地面は、巨大な氷河から三メートルほど蒸気を吹き上げている……だが、マウエンジ峰ほど難しい形の山はない。本当にこの山の登頂に成功した人がいるとは思えない。登山道は割と簡単そうに見えるルートが一本だけある。最初、腐った橋まで登り、そこから張り出した巨大な絶壁の上を水平に横移動《トラヴァース》し、最後にふたつの氷の滝のある氷だらけの岩溝《クローワール》を登る。その上には、もろい岩石でできた巨大な岩の塔がふたつある。クローワールには石が落ちてくる——私がそこにいたときは八個。私たちは標高五一五〇メートルの、二番目の滝の下であきらめた。私たちにはピッケルが一本しかなかったし、相棒はあまり経験豊富ではなかったからだ。山の反対側には私がこれまで見たなかで最も垂直に近い、高さ一二〇〇メートルの崖があった。ほかはどこも巨大な岩の塔と岩壁《バットレス》と尾根ばかりだった。不安定な岩の塔をひとつかふたつ登った。ひとつの鞍部《コル》で主な尾根のほうへ進んでいくと、高さ六〇〇メートルの切り立った細い尾根道になった。シャモニーでもこんなに恐ろしい場所は見たことがない。これまで誰も登ったことがないというのは魅力だ……問題は、途方もない体力を要することはすべて高度四八〇〇メートルで始まり、そこではもう難所に立ち向かう絶好調の状態ではないのだ。当然のことながら、私は悪態をついて悔しがり、歯を食いしばる獰猛な気分のまま飛行機で家に帰り、今度は縄ばしごにダイナマイト、弓矢を持って再挑戦するのだと誓うのだった。いま、雨が降り出し、来週ケニア山に登りたいと思っていた私の望みは消えた。[40]

グレンコーでふたりが出会ってから、イザベルも熱心な登山愛好家になっていたので、彼の手紙は細かい助言もいろいろ書かれていた。その頃、彼女は——単独か、あるいは彼女に好意を寄せる人々と一緒に——スコットランドの三〇〇〇フィート〔九一四・四メートル〕以上の山、二八二座の全制覇を目指す「マンロー・バギング」を開始していた。アレスターはたびたび単独登山に伴う危険について彼女に注意していたが、かといって大人数のパーティーに加わることには懐疑的だった。「私は、その共同登山とやらの話を聞いて残念に思う」[41]と彼は書いている。「それは公共のビアガーデンで下品な人々に囲まれたなかで、性行為をするようなものだ」。彼は慎み深いのでなかなか認めないが、イザベルが彼と一緒になるためにケニアに渡る準備を一向に進めないので苛立ちを募らせていたのだ。結局、プロポーズをさらに一回か二回して、二年がかりでようやく彼女はケニアにやってきた。それでも、アレスターがナイロビから北西へ三二〇キロ離れたエルドレットに赴任していたため、ふたりが一緒に暮らすまでにはさらに長くかかった。そして、ある週末、「ケニア山の棘だらけの岩溝《ガリー》を半分登ったところで」、アレスターは彼女に命綱のパートナーになってくれないかとプロポーズした。彼女は彼が言い終わる前にすでにそこに結びつけられていた。

ふたりは一九五一年六月一三日、ナイロビのハイランズ大聖堂で結婚式を挙げた。警察の撮影係が写真を撮り、トニー・ソマホフも出席していたが、新郎の付添人はケニア山岳クラブの会長が務めた。翌日、ふたりは四ヶ月の新婚旅行に出発し、そのほとんどをアルプスでハイキングしたり、キャンプをしたりして過ごした。ドロミテ・アルプスでの登山を含め、アレスターが戦時中に脱走したときの足跡をたどる登山もした。ガーヴィは多くの元捕虜やその妻たちが特別な思いで訪ねる巡礼地となっていたが、彼らもそこを訪れた。新婚の夫婦にとって、それは今後四〇年以上をともに楽しく過ごすことになる人生の序章だった。ふたりの冒険家が、子供に煩わされることもなく、地球上にある主な山脈――アルプス、アンデス、ピレネー、ヒマラヤ、オーストラリアの大分水嶺――を探検しながら自然のなかで不便な生活を楽しむ。ある旅では、ナイロビからインドまでロールス・ロイスのシルヴァー・ドーンで行き、帰りはそこからパキスタン、イラク、シリア、トルコを通ってロンドンまで行った。アレスターがヒマラヤの雪男を見たのはこの旅でのことで、新聞雑誌で大きく取り上げられた。ほとんど毎晩、星空のもと、屋外で眠った。ふたりだけ、ほかに誰もいない、互いに一途な魂の伴侶。

　再びケニアに戻ると、国の雰囲気が変わりつつあるのに気づいた。人々は歯を食いしばって不満に耐え、もうすぐ嵐になると身構えた。成長する反抗勢力の顔となっていたマウマウ団は、すでに二年前に非合法化されていた。だが、そんなことをしてもこの運動の主な支持者であるキクユ族の抱える怒りや疎外感が抑えられるはずもなかった。襲撃はエスカレートし、なかには白人入植者を襲う者もいたが、圧倒的大多数は政府に忠実なほかのキクユ族を攻撃した。一〇月、非常事態宣言が発令され、それとともに反テロ法がいくつも制定された。そのほとんどは、マウマウの誓いをする、あるいはそうした人と付き合う、または武器や爆発物を所持するといった行為を、死罪に相当する違法行為とみなすものだった。弾薬筒ひとつ、あるいは発禁のパンフレット一枚で絞首台に送られ、一家の財産が没収された。逮捕され拘禁された人の数[42]は最も多い数字で、およそ三六万。ほとんどは起訴されなかったが、死罪に相当するケースを取り扱うために特別緊急巡回裁判――一五〇〇人以上に有罪判決――が設置された。結局、マウマウに対する戦争は法廷でもそれ以外の場所のどこでも同様に起こった。

　アレスターとイザベルはその頃、保護領通り《プラテクトレト・ロード》に面した小さなコテージに住んでおり、両隣には聖公会の牧師と長老派教会員が住んでいた。通りの向かい側に樹木園があり、農民が作物を市場に運ぶために使う小径がついていた。それはマウマウの闘士がナイロビに入るときに使う主な道でもあった。ふたりとも脅威を感じるとか怖いとか思ったことはなかった。実際、イザベルが最も恐れていたのは、バッグに忍ばせている小型拳銃ベレッタを紛失することだった。そうなれば、五〇ポンドという高額な罰金を支払わなければならない。アレスターのほうは戦後ドイツで手に入れたルガーを気に入っていた。

非常事態宣言の直後から、アレスターはマウマウ関連の法廷に出る機会が増えた。植民地政府支持者のキクユ族の五家族が皆殺しにあったクリスマス・イヴの殺戮をはじめ、多くの事件は、血に飢えた野蛮なマウマウというイメージが定着するのに重要な役割を果たした。これらの出来事で最も象徴的なのは、一九五三年三月の夜半にあったラリの虐殺だ。数十人のマウマウが政府支持派の地元民で組織された治安部隊「ホームガード」をうまく避け、ラリ周辺の様々な集落を襲撃し、女性子供を含め一〇〇人ものキクユ族を焼き殺したり、めった切りにして殺害したのだ。直後に、さらに大規模な二番目の虐殺が起こり、武器を持った暴徒がおよそ四〇〇人を探し出し、殺害したが、そのなかには無実の人も含まれていた。焼け焦げた手足のない死体の鮮烈な映像が世界中に配信され、マウマウにとっては一時的な広報の大失敗では済まされなかった。歴史学者のデイヴィッド・アンダーソンが指摘するように「ラリの虐殺はマウマウの反乱で重要な転換点になった……ラリではマウマウは邪悪なものとなり、軽蔑し、忌み嫌う対象となった。それがマウマウのイメージとして定着した」[43]

最終的にはこの虐殺に関与したとして一三六人が有罪となり、うち七一名が絞首刑に処せられた。アレスターはそれらの裁判はひとつも担当しなかったが、主な捜査官のひとりとして、一連の事件をつなぎ合わせたり、誰を訴えるか決めたりするのを手伝った。彼は囚人からひとりずつ聞き取りを続けるうち、ほかの事件でもありそうだと疑っていたことが実際に起こっていると危惧するようになった。自白を引き出すための拷問だ。アンダーソンは次のように述べている。

クラムは、容疑者が拘束中に殴打されたか虐待されていたと自分の報告書で認めている。クラムはそのいつもの几帳面な誠実さで、彼がそのとき証明したその供述は自由に行われたと立証するのに最善を尽くした。だが、それは汚い仕事だった。[44]

アレスターの懸念は、非常事態宣言下でとりわけ重大な、物議を醸した事件により現実のものとなる。一九五四年七月半ば、ナイロビの北一三六キロにあるルタガティのホームガードの拠点がマウマウの襲撃に遭い、その結果、ふたりのマウマウ闘士が死亡したと、そのホームガードの指揮官であるムリウ・ワマイが報告した。最初は単純明快な正当防衛に見えた事件だったが、それとはまったく違う話を伝える匿名の手紙が警察に届き始め、殺人事件として取り扱われることになった。氏名不詳のふたりの犠牲者はマウマウの闘士でもなければ、ワマイが真相を隠すためにでっち上げたギャングの構成員でもなかった。他の多くの罪もないキクユ族と同じく、マセンゲ・ワンジャウとマラテ・ガチョヒはワマイが度々行っていた一斉検挙に引っかかった。ぎゅうぎゅう詰めの監房に投げ込まれ、マウマウに関わっていると自白を強要するために殴打され、拷問された。結局、罪を認めたか否かは重要ではなかった。ふたりはカラティナのアフリカ裁判所に連れて行かれ、そこで捏造された自白書が提出され、高額な罰金と刑期が言い渡された。アレスターはすぐに、これは何から何まで卑劣な「恐喝ビジネス」の一環だと見抜いた。さらに憂慮すべきなのは、つい最近になって「キクユ・ホームガード」と「アフリカ裁判所」を創設した植民地政府が彼らを擁護する側にまわっていることだ。しかも、ただの監督不行き届きでは済まされなかった。拘置所は強制収容所に変わり、キクユ族が互いを暴力で取り締まり、脅していた。ぞっとしたアレスターは「恐怖による支配がかなり進行している」[45]と書いている。二週間の裁判の終わり、彼は考え抜いて二部に分けた三三ページの判決文を読み上げた。前半は地元の司法制度を激しく非難し、後半はワマイと五人の共犯者に対する事件の検証について述べた。ニエリ地方裁判所への彼の批判は特に厳しかった。

> サー・ヘンリー・メインの比較法学をはじめ、ヨーロッパ大陸の分析的思考の法学者たち、あるいはサー・ジェイムズ・フレイザーが『金枝篇』で解説した風習を調べたらわかることだが、最も成熟したものから最も未熟なものまで、あらゆる法制度を貫く一本の黄金の糸があり、そして、人間の公正さを害することがないように正義が行われたとわかる仕組みがある。時を超えてほぼ例外なく誰もがこの普遍的な正義、公平さ、公正さを心に抱いていることは、人類のあらゆる資質のなかで特に希望が持てるものだ。この一年を通してカラティナのアフリカ裁判所が行ったことは、救いようがないほど堕落し、自然的正義の最も基本的な規準に反していると、私はいまここで厳粛な気持ちで宣言しなければならない。これは正義の茶番劇である。同じ意味で正義を口にすることさえ、あざけりだ。それはまさに正義でもなんでもなく、たんなる迫害である。

アレスターは同様にムリウ・ワマイのことも軽蔑し、「悪意に満ちた汚らわしい人間……ゲシュタポ要員と同類」と評している。ワマイは最初、無実を訴え、殺害されたふたりは襲撃があったとされる二日前に釈放されたと主張していた。証拠として、ぞんざいに改ざんした日誌を提出することまでした。だが、おおぜいの目撃者が彼が嘘をついていると証言し、そのなかには事件当夜、ワマイと五人の兵士がホームガードの拠点から犠牲者を連れ出したのを見た人間も複数いた。それから彼らは四発の銃声を聞き、続いて激しい発砲音を聞いたが、それは銃撃戦を装うためのものだった。数分後、この六名の被告はマセンゲもマラテも連れずに戻ってきた。

証人席について三日後、ワマイは突然それまでの主張をひるがえし、罪を認めた。「はい、ふたりを銃で撃ちました。二週間痛めつけてもまだ自白供述書に署名を拒んだからです」。ほかの兵士については、彼らはただ偽装のため、空に向かってライフル銃を発砲しただけだった。それからワマイは、人民をコントロールするために恐怖——その大部分は〝経済戦争〟というかたちで——が用いられている暗い現実を語った。マウマウを打ち負かすには、人々がそれに加わるどころか、怖くてその名前をささやくこともできないようにしなければならない。ルタガティはただの「日常的に残虐行為が行われている特別尋問収容所」ではなかった。そこは恐怖を植えつけ、潜在的な賛同者を怖じ気づかせるための、はるかに大きな戦略の一部を担っていた。ワマイによると、拷問と殺害は彼の一存で実行されたことではなかった。彼は何度も自白しようとしたが、警察と彼の上官に黙っていろと脅された。実際には、彼のヨーロッパ人の上官のうち、少なくとも五人が裁判で偽証していた。ワマイは「私のやったことはすべて、そう命じられたからであり、事実を隠蔽したのは、そういう命令を受けたからであります」と弁明した。彼の五人の共同被告人も同様のことを述べた。「命令に従わなかったら、撃ち殺されたでしょう」

戦後ドイツで同様の主張がマントラのように繰り返されるのを聞きながら二年を過ごしたアレ

スターは、だまされなかった。彼は「ただの無法の山賊どもが脅迫されたと抗弁するのを聞くのは吐き気がする」と記している。ほかにもドイツとの共通点があり、それが彼の強烈な判決を後押ししたのは間違いない。「ルタガティの拷問部屋」について書くとき、彼は戦争中に自身が虐待されたペチェク邸や他のゲシュタポ刑務所を思い出したことだろう。彼がルタガティを「ケニアのノルトハウゼン、あるいはマウトハウゼン」と呼んだのは意外でもなんでもない。思い出されたのは彼自身の体験だけではなかった。マセンゲとマラテは、ウェイドソンとマッケンジーだったかもしれない。何週間も拷問されたあげく、外に連れ出され、情け容赦なく殺された、罪もないふたりの男。ルタガティの被告たちに刑罰の軽減事由はなかった。アレスターはワマイに絞首刑を宣告し、彼の副官に七年の「重労働の」懲役刑を言い渡した。「恐怖による支配を補助した」残りの四人はそれぞれ五年の懲役刑に処せられた。

クリスマス直前に出たルタガティ判決は大きな不安を巻き起こした。繰り返される歴史的大事件――ヴェトナムのソンミ村、イラクのアブ・グレイブ――のように、この事件は占領する側を拡大鏡の下に置いたわけだが、そこで鮮明に見えたものは少しも美しくなかった。ほぼすべての人は――当然、暴力と腐敗した体制の餌食になっていた多くの無実の人々を除き――脅威を感じた。この時点まで告発を逃れてきたホームガードは特に動揺し、アレスターがただちに閉鎖したニエリ地区アフリカ裁判所も同じだった。ケニア総督ベアリングはダメージを最小限に抑えようと、この判決を検証するための調査委員会を発表した。非常に保守的な裁判官で、第一次世界大戦中はガリポリで戦い、エジプトで裁判官を務めたサー・ヒュー・ホームズが委員長を務めることになった。委員会の調査が済むまで、アレスターの判決は極秘とされた。あるいは、少なくともそういう計画だった。それが連邦独立党に漏洩し、「ケニアのベルゼン」のタイトルで広く周知された。ある大臣は不満げに、それが「政府への批判」[46]になったと述べた。

ホームズ調査報告書は予想通り、アレスターの判決に批判的だったが、そもそも調査するには驚くほど不適格だった。報告書はアレスターの主張の多くに疑問を投げかけるだけでなく、監督を強化するとはいえアフリカ裁判所の即時再開を求めた。報告書が提出されるとすぐに、ケニアの裁判長と東アフリカ控訴裁判所長がアレスターの味方についた。彼らの冷徹で詳細な批評は、ホームズ報告を「表面的で、誤りのある、誤解を招きかねないもの」[47]と断じ、「ほぼ法廷侮辱罪にあたる」とも糾弾していた。もし政府がこの報告書の一部でも公開したら、対抗措置として自分たちの反論を公表すると警告した。この件はそれで終わりではなかった。電報や手紙、調査報告がナイロビとロンドンのあいだを何ヶ月も行き来した。ある者は、アレスターの「『救いようがない堕落』とか『迫害』といった大仰で煽情的な文言」が不適切であると言い、またある者は彼が「この裁判を政治の領域に引きずり出した」として憤慨していた。だが、それは以前からずっと政治的問題だった。デイヴィッド・アンダーソンが指摘するように、アレスターは「事実上、違法な拘留、拷問、脅迫の共犯であると政府を批判したのだ」[48]。彼はケニアの汚い戦争を告発し、初めてイギリス政府とその政策を裁判にかけたのだ。

ホームガードとの関係悪化を案じていたケニア総督は、このまま行けば法廷で偽証したヨーロッパ人やその他の人々に行き着くのを同様に危惧していたに違いない。彼は是が非でもアレスターの判決をくつがえし、この件を葬り去ることにした。彼は、ワマイの五人の共犯者が法的解釈のおかげで釈放されたときは一安心したが、一味の頭目はまだ刑務所にいて処刑を待っていた。そして、ワマイ本人が有罪を認め、世論も一切同情を寄せていないのにもかかわらず、ベアリングは彼に恩赦を与えた。ちょうどその頃、まだドイツに拘留されていた戦犯の刑期をイギリス人が軽減していた。一九五七年までに、アレスターのいた戦争犯罪委員会が起訴した戦犯はひとり残らず釈放されていた。正義は行われなかったのだと思い、彼が怒っていたとしても、彼はそれについて話すことも、書き残すこともしなかった。またアレスターはルタガティを取り巻く議論についても何も語らなかった。もし彼が長生きして、五人の元マウマウ闘士がイギリス政府を相手取った裁判で、二〇一三年に勝訴したのをその目で見ることができていたら、間違いなく彼は報われたと思ったはずだ。イギリス政府はマウマウ闘士に拷問や虐待を行ったことを認め、五〇〇〇人の生存者に対して総額約二〇〇〇万ポンドの賠償金を支払うことに合意した。

一九五七年の半ばには、マウマウの反乱は収まり、収容所にはほとんど人がいなくなっていた。非常事態宣言が正式に解除されるのは三年後、独立まではさらにそれから三年かかった。それまでに、アレスターとイザベルはニヤサランド保護領に移っていた。一九六一年にアレスターがそこの高等裁判所の平裁判官に任命されたのだ。この地位は裁判長に次いで二番目に高かった。ほかの元植民地とは違い、のちにマラウイと呼ばれるこの国は自治へ移行するあいだもヨーロッパの役人たちがここに住み続けるのを歓迎した。アレスターたちは彼が引退するまでの七年間、マラウイで暮らした。それまでにふたりともアフリカが大好きになり、離れがたかった。ケープタウンに移住することも考えたが、結局そろそろスコットランドに戻ろうと決断した。ふたりはエディンバラのストックブリッジ地区に理想の家を見つけた。スコットランド人の著名な画家、サー・ヘンリー・レイバーンが建てた家で、ウォーター・オヴ・リースとセント・バーナードの井戸に面し、両方とも一階の洒落た居間の大きな窓から見えた。

ふたりで山登りに行くか、トレイラーで旅に出ていない限り、庭の手入れをしたり、市内を長時間散歩したりしているアレスターの姿が毎日のように見られた。彼が何者かを知る人はあまりおらず、彼が多くの偉業を成し遂げた人だと知る人はさらに少なかった。彼がプリンセス通りを闊歩していても誰も気にもとめず、健康のために歩いている老紳士ぐらいにしか思わなかった。彼は自分の冒険についてインタビューも受けず、寄稿もしなかったし、語ることさえなかった。アフリカで彼に出会った人々、あるいはのちにスコットランドで彼と知り合いになった人々は、一九九四年の彼の死去に際して出された死亡記事を読んで驚いた。戦争の英雄だったとかそれらしいことは聞いていたが、彼が何を成し遂げたにしろ、本人がそれについて語りたがらなかったことは知っていた。だが、彼らのうち誰ひとりとして、彼が「男爵」と呼ばれたこと、勇敢な脱走者であったこと、死ぬほどの目に遭いながら五回も六回もゲシュタポの手をすり抜けた戦争捕虜であったこと、罪人を見つけ出し報いを受けさせるためにドイツに戻った特務員であったこと、同胞が同じ振る舞いをすると堂々と批判し、糾弾した判事であったことはまるで知らなかった。これらはどれも、注目を浴びるのを嫌ったひとりの寡黙なスコットランド人がうちに秘めていたことだった。

ただ彼はイザベルには打ち明け、最初の頃の手紙には勇気とリーダーシップ、そしていまだに悪夢に出てくるそれらの出来事について記している。

私がくつろいでいるとき、きみは私が赤ん坊のように見えると言う。おそらくその通りだと思うし、きみが井戸の底をのぞいているのだとも思う。それが真実であると思うし、そうでなければ私はあのような出来事を無傷でくぐり抜けられなかっただろう。本能的にひるむようなことをしなければならないとき、冷静さと強さを探して自分の内面に深く潜らなければならないときが何度もあった。ずっと前、高い山で私がリーダーを務めていたとき、悪天候、悪条件、未熟なパーティー、厄介な事態を避けたり問題を解決したりするのに私に頼り切っているパーティーといった難事に見舞われ、不安な素振りを少しも見せずに決断を下して行動に移さなければならないことが数え切れないほどあった。戦闘でも偵察でも同じことが起こり、のちに捕虜となったとき、戦争が終わるのを待つのが合理的な状況であっても、私は安全よりも自由を優先しなければならなかった。私はこれらの試験に落ちなかったのだと思うと嬉しい……ベッドでひとりになったとき、あるいは暗い夜、ひとりでいるときにしか面と向かえない出来事もある。そういうときなら誰にも顔や顔のゆがみを見られない。生き延び、秘密を守るプレッシャーで針金のような細い線になるまですり減り、独房で過ごす長い長い夜もあれば、処刑を待つ夜もあり、そのような晩は長くもあり短くもあり、鞭打ち、銃殺用の壁、卑劣な約束があった。何日も何週間もふたつの顔をもって暮らし、あるいは追われているためにひどい罪を犯す生活を送り、そのせいでとうとう正常な自分の中心がすべて溶け、自分のことしか信じられず、自分の化身である動物になり、前線を横切って一晩に一六〇キロも歩き通し、偵察隊から銃火を浴び、雨露を避ける屋根と食べ物を渇望し、親衛隊保安部、秘密機関、あるいは人民内務委員会《NKVD》の邪悪な影から離れて……だが、それらは私の深部に触れてはいない。私はワーズワース的な感覚で言えば、「すべて忘れ去りもせず、露わな裸体でもなく、栄光の雲をたなびかせて生まれてきた」まだほんの小さな赤ん坊だ。[49]

アレスターが八四歳にして初めてパソコンを購入したのは執筆に取りかかる気持ちになったからかもしれない。それは三月半ばのことだった。季節が冬から春に移り変わる時期。彼は午前中を散歩で、午後は友人を迎えてお茶の時間を過ごした。夕食時、彼とイザベルは週の後半に何をするか、いくつか計画を立てた。それから彼は新しいパソコンを起ちあげ、横にマニュアルを広げ、一時間かそこらいじっていた。寝室に行くのに大きな螺旋階段をのぼるとき、彼はロープとフックを使って身体を確保《ビレー》する。それは、軽い卒中に加え、生涯にわたって落下と骨折を繰り返してきた彼なりの対策だった。彼は決して不平を言わなかったし、その晩、睡眠中に息を引き取ったときも静かに、安らかに逝った。

　葬儀では参列者が『戦いは終わった』を歌い、ハイランダーの正装をしたバクパイプ奏者が追悼の曲『ロハバーよ、さらば』を演奏した。葬儀のあとイザベルはバスに乗り、アレスターの遺灰を収めた壺を膝にのせてアヴィモアへ向かった。グレン・イーニックとケアンゴームの山に彼を連れて行くのだ。彼は一四歳のときからそこへひとりで登り始め、三年後にはそこで雪に埋もれた瀕死のトーマス・ベアードを見つけた。助けを呼びにコイランブリッジまで一〇キロ近い距離を走った。医者の車が雪の吹きだまりに突っ込んで動かなくなると、車を飛び出し、来た道をまた走って戻った。夜までに彼は五五キロを走破していた。ベアードは死亡し、彼の同行者の遺体は春まで発見されなかったが、新聞はアレスターを英雄と称えた。

　イザベルが猟場の番人、ジミー・ゴードンと車で山を登る途中、ベアードが最初に発見された、まさにその場所を通った。ふたりは湖をはるかに見おろせるところまで車を走らせた。それから、彼女はひとりで車を降り、ふさわしい場所を見つけるまで一キロ近く歩いた。ハイランド全体をどこまでも見渡せるようなアレスターお気に入りの〝魅惑の道[50]〟だ。彼はここに遺灰を撒いて欲しいと言っていた。彼女は適当な岩を見つけて座り、ケアンゴームの山々を眺めながら、ふたりで行った様々な山の旅を振り返った。しばらくそうしていてからようやく彼女は立ち上がり、誤って遺灰を浴びたりしないように風向きを確かめた。泣きながら蓋を開け、灰が飛んで行くのを見送った。なぜだか、そのごく一部が吹き戻され、彼女の頬に触れた。アレスターが別れのキスをしていったのだと彼女は思った。

謝辞

アレスター・クラムの物語として書き始めたものが、早い段階で数え切れないほど多くの人々についても語ることになった。これらの話を語るにはおおぜいの人の助けが不可欠であり、そのなかには北アフリカに始まりアレスターが最後に脱走したドイツのハルツ山地までの長い旅で出会った多くの元捕虜たちがいた。サー・トーマス・マクファーソン、アラン・ヨーマン、アラン・ハースト＝ブラウン、ノーマン・ブレア、ジェフリー・ラヴェノー、ミック・ワグナーがそこに含まれる。ガーヴィやパドゥーラでともに過ごした彼らの鮮明な記憶のおかげで物語が味わい深く、色彩豊かになり、この点については彼らに心から感謝したい。特に、九七歳にして素晴らしい記憶力と冒険心をもっているハンフリー・ムーンには感謝している。メーリッシュ・トリュバウから「第一便」の六番目に脱走したハンフリーは、これまで知られていなかった集団脱走計画の詳細について教えてくれた。

また、父や夫、叔父、祖父母がこの本に登場するご家族の方々にもたいへんお世話になった。日記や手紙、写真、その他の書類を快く見せてくれたその心意気は、捕虜だった彼らの親類が見せた信頼と無私無欲に通じるものがある。ガーヴィでアレスターと同房だったマイケル・ポープとダニエル・リディフォードの妻、スザンヌ・カイル＝ポープとオヴォンヌ・リディフォードには、貴重な古い文書を提供してくれたことに特に感謝したい。同様にお世話になった以下の方々に感謝する。コリン・アームストロングの子供たち、マイルズとゲーリー・ソーバーン、ノーマン・ブレアの娘、シャーリー、ジェイムズ・クレイグの娘と義理の息子、ロビンとテリー・マロイ、ジョン・フォーズディックの息子と義理の娘、チャールズとエリザベス、ゲイズ家のピーター、ペピ、ヤーリ、アレーナ、そしてもちろん、ヤルミラ、娘のドロシー・スコフィールド、ピーター・ジョスリンの甥、アンドルー・ジョスリン大佐、ガース・レジャードの息子、ニック、ボブ・パターソンの娘、アン・オーウェン、アレン・ポールの娘、ダイアナ・ダフ、ジャック・プリングルの娘と孫、アンジェラ・バンバーグとジョン・ポートマン、ジェイムズ・ラドクリフの息子、ジム、トーマス・ウェダーバーンの息子と孫、アレクサンダーとマーティン、オーブリー・ホイットビーの娘、エリザベス、チャールズ（チャズ）・ウースの息子、マイケル、アラン・ヨーマンの娘、ジュディ。彼らは皆、このプロジェクトを通していつも助けてくれたし、支援してくれた。

ロナルド・ハーバートの三人の息子―スティーヴ、テリー、パディーそして、レスリー・ヒルの妻、ジェーンには保管していた未発表の原稿を見せてくれたことに特に感謝したい。「ロナルド・ハーバートの戦争(Ronald Herbert's War)」とレスリー・ヒルの「ほんのアウトサイダー（A Bit of an Outsider, Really)」は細かな情報盛りだくさんで、これらを読む機会に恵まれたことは本当にありがたかった。また、ロバート・シモンズの息子ジェフリーのおかげで彼の日記が読めたこともありがたかった。メーリッシュ・トリュバウの従軍牧師だったシモンズは観察力に優れ、多くの貴重な見識を書き残してくれていた。

ティム・ウェイドソンなどそのほかの家族からも、かけがえのない貢献をしていただいた。父のロイがチェコスロヴァキアで行方不明になったとき、まだ七歳にもなっていなかったティムは、ほかの人々と同様、真相を知りたがり、彼にできることは何でもしてくれた。戦争墓地委員会に、何十年も粘り強く働きかけた結果、二〇一六年についにロイの埋葬地が突き止められ、ようやく墓石が設置されたときは本当にうれしかった。タビー・マッケンジーについても同様のことがなされた。オーストラリア人の俳優、ヒュー・キース・バーンは彼の甥にあたり、ヒューは叔父の通称にちなんで名付けられた。ヒューと彼の弟ショーンは捕虜となった叔父がドイツから家に送ってきた手紙をすべて大切に保管していた。それは素晴らしいコレクションであり、惜しみなく開示してくれたのはたいへんありがたかった。そこから、それまで知られていなかった叔母の発見につながり、それはヒューとショーンと同様、彼女にとっても驚きだった。のちの結婚で生まれた娘、ジョセフィン・マッケンジー・ゴーマンは多くの素晴らしい写真とともに、家族についてさらに情報を提供してくれた。

このプロジェクトに取りかかったとき、最初に会ったのが、ロニー・ファン・デル・ウェイド——彼の大叔父、バック・パームにそっくりの大柄の南アフリカ人だ。言うまでもなく、バックは家族のなかでも謎の人物で、ロニーは祖母からバックにまつわる話を聞いて育った。私たちのバックとガーヴィに関する興味はうまく重なり、私たちはいつも互いに発見したことを伝え合っていたが、やがてロニーは、一〇〇歳になるバックの寡婦ファーナンデがまだ元気でエジプトに暮らしていることを突き止めた。彼自身の熱意と大叔父ゆずりの愚直な頑固さに私は大いに助けられ、彼には深く感謝している。

これらの人々を見つけるのは毎回そう簡単ではなく、ときには偉大なベルギー人の私立探偵、エドゥアール・レニエの力を借りる必要があった。「成功の見込みが薄い試み」のもうひとりの守護神、アンデルー・デイヴィースにも、ガーヴィのニュージーランド人についての情報を探し出してくれたケイ・ステッドにも世話になった。ピーター・グリーンにも深く感謝したい。彼の素晴らしい著書『東へ進め、一九四五年——第九（A／HとA／Z）将校捕虜収容所最後の日々（The March East, 1945: The Final Days of Oflag IX A/H and A/Z）』が役に立ったのはもちろんのこと、アレスター最後の脱走の細部を確認するために進んで彼の資料を再読してくれたのはありがたかった。同様に重要な資料となったのは、キース・キルビーが創設した〈モンテ・サン・マルティノ財団〉の文書コレクションだ。同財団は一九四三年九月のイタリア休戦後、命がけで脱走捕虜を助けた多くのイタリア人の勇気に報いるために設立された。自身も戦争捕虜だったキースはいつも好意的に向かえてくれ、捕虜体験の幅広い知識を分け与えてくれた。キースはその作業のためにブライアン・レットの手を借りたが、彼にも同様に感謝したい。

妻のケイトとともに私はほとんどの訪問先で歓迎され、彼らのその広い心に感動した。パドゥーラでは、戦時中、その収容所に勤めていたルイージ・グリマルディの孫娘、マリア・テレサ・ダレッジオに案内してもらった。歴史小説家の彼女はサン・ロレンツォ修道院について知り尽くしていたし、もし彼女にわからないことがあっても、同僚のアルフォンソ・モナコが知っていた。彼らは私たちに、パドゥーラのカルトジオ会の世界について、その豊富な知識をもとに素晴らしい歴史の授業をしてくれた。

ガーヴィでは、長年管理人を務めた人の娘、グラツィエラ・ラビアに案内してもらった。彼女の父は休戦後、そこに収容されていたイタリア人の将軍を何人も助けたため、その地位を与えられた。彼女が生まれ育ったこの城は生涯、彼女の家でもあった。私たちの訪問は〈ガーヴィ要塞友の会〉の会員のおかげで非常に実り多きものとなった。アンドレア・スコットに率いられた彼らは城の見所だけでなく、城の周辺に広がる美しいピエモンテにも案内してくれた。

かつてメーリッシュ・トリュバウと呼ばれたモラヴスカー・トジェボヴァーにある軍事中等学校とカレッジでも同様の歓迎を受けた。ヨゼフ・クチェラとヤロスラフ・フリーガー、彼らのスタッフは、新しい見事な博物館の案内にはじまり、第八F将校捕虜収容所だった頃の多くの痕跡を見つけるのに尽力してくれた。プラハのゲシュタポ資料館では、エミル・クルファネク大佐が案内役を務め、ブリティッシュ・カウンシルのジリ・ベランが通訳を務めてくれた。クルファネク大佐は〈チェコ自由の闘士協会〉の会員で、一九四五年のナチスに対する蜂起に父とともに加わったときはまだ一四歳だった。

調査を手伝ってくれた人はほかにもおおぜいいて、それぞれがアレスターの信じがたい物語の一部を大切に保管していてくれた。カステルヴェトラーノでは、親切な国外居住者、アンドリュー・ブラウンフットが、アレスターがシチリアでどのように脱走したか、思い描くのを助けてくれたし、パドレ・クルトと〈ラカルムート相互扶助会〉の人々が、彼が捕まった場所を教えてくれた。ドクター・アンドレア・ホフマンは、アレスターが鬱病のふりをしたヴァーレンドーフ病院について、多くの情報を提供してくれた。そしてアレスターが二年以上住んだ歴史ある温泉の街バート・エーンハウゼンでは、ドリス・コッホのおかげでイギリス陸軍ライン軍団の存在を思い描くことができた。また、ステファニー・ヒルデブランドの尽力で街の公文書館を利用できた。ヘンドンにあるイギリス空軍博物館・資料館では、バック・パームに関する情報をはじめ、貴重な情報が得られた。

戦犯裁判の「主要《メジャー》」と「軽《マイナー》」の迷宮で私の案内役を務めてくれたのは、ローリー・チャールズワースだ。情け容赦なく、ユーモアのセンスがある彼女は必ず難しい質問をしてくれた。デイヴィッド・アンダーソンも同様に難しい質問をして、マウマウに対する司法の闘争を調べる上で私を導いてくれた。学者同士のよしみで、アンダーソンは私をオックスフォード大学に招き、彼が集めた膨大な裁判記録を見せてくれた。アレスターのアフリカ時代については、コリン・ベイカー、アンガス・マクドナルド、ピーター・スミスからさらに多くの話が聞けた。彼らはマラウイでともに過ごした日々を懐かしそうに語ってくれた。また、一九三〇年代のエディンバラでのアレスターを再現するのを手伝ってくれたイアン・バルフォーにも感謝したい。当時、アレスターはイアンの祖父が創設したフレデリック通りにある法律事務所、〈バルフォー・アンド・メイソン〉で見習いをしていた。アレスターのいとこたち、ジーンとロバート・クラムも当時のことに関して多くを教えてくれた。

本書の最初の一行を書いたのは、イタリアのボリアスコにあるリグリア人文科学研究センターに研究員として滞在していたときだ。ガーヴィからわずか六四キロのところにあり、執筆を開始するのに理想的な場所で、同センターが最初に支援してくれたことに感謝したい。また、アメリカ哲学協会にも感謝したい。そこのフランクリン研究補助金のおかげで、私は一夏の大部分を費やしてキューにあるイギリス公文書館で調査を続けることができた。私の勤め先であるタフツ大学も何度か私の旅費を負担し、二〇一四年には特別研究員に任命するなどして支援してくれた。一年後、私はスコットランドのノース・エスク川沿いにある、作家のためのホーウソーンデン・リトリートにフェローとして招かれた。城と周りの環境から得た着想のほかに、クラスメートのキア・コースロン、イアン・ホールディング、マリアンヌ・ユングマイヤー、ハミシュ・ロビンソン、ポールス・トゥトンギ、バリー・ウェブスターがインスピレーションを与えてくれた。マクミランのジョージーナ・モーレイといっしょに仕事ができたのは幸運だった。彼女はこのプロジェクトが始まったときから支えてくれた。素晴らしい脱走物語をいつも探していたジョージナは、その確かな手で本書が脇に逸れないようにやさしく誘導してくれた。私のエージェント、アンドリュー・ゴードンは同様に支えてくれただけでなく、素晴らしい批評家でもあり、彼のちょっとした提案が多くの点で本書をよりよいものに仕上げるのに役立った。

本書はある人々がいなければ決して書かれることはなかった。そのひとりが、スコットランド山岳クラブの文書保管係、ロビン・キャンベルだ。ロビンは手記の存在に最初に気づいた人で、私にはそれが解読できないだろうと思いながらも、わざわざそれをスキャンして私に送ってくれた。もちろん、不屈の人、アメリア・グレイがいなければ、ロビンの予測はあたっていたかもしれない。アメリアは才能ある短編小説家であることに加え、誰にも理解できなかったものを理解できる、天才的な暗号解読者でもあった。現在、アレスターの手記はエディンバラの国立図書館の写本／手稿コレクションに収められている。

ロビンはただアレスターの手記を読ませてくれただけではない。彼はスコットランドの登山の世界に関する無数の質問に答え、さらに重要なことに、イザベル・クラムを私に紹介してくれた。まもなくイザベルはこのプロジェクトにのめり込み、できる限りの貢献をしてくれた。私たちが最初に会ったとき、彼女はすでに八〇代半ばだったが、そんなことは少しも気にならなかった。常に前向きで、頭が切れ、ヒステリックなユーモアのセンスがあり、昔のことを正確に思い出す力を持っていた。いつも一緒にいたいと思うタイプの人だった。彼女は素晴らしい友人であり、もう会えないのがとてもさびしい。

ここに名前を挙げた人々は皆、アレスターの物語を語るために、どれだけ些細なことであろうが何らかの貢献をしたのは事実だが、私の妻、ケイト・ウィーラーほど多大な貢献をした人はいない。彼女自身が小説の執筆に追われ、ときには私の調査のために囚人同然になっていたにもかかわらず、彼女はいつものこのプロジェクトの成功を信じ、最初から最大の後援者だった。どの旅でも、いつも彼女が私の隣にいて通訳し、調べ、アレスターならどうしたか、どう感じたかを想像してくれた。彼女は彼の物語を自分のものとし、だからこそ、この本は彼女に捧げられている。彼女は最高の伴侶であり、逃げ出す必要を微塵も感じない理想のパートナーだ。

Case No. 240 of 1954.

(47) ホームズ報告書にある 1955 年 7 月 29 日付けの手紙。Commission of Inquiry into African Courts: CO822/787.

(48) Anderson 2005: 305.

(49) 1951 年 1 月 1 日付けのアレスターからイザベルへの手紙。

(50)「魅惑の道」とは、アレスターが 1928 年春のケアンゴーム山地への旅をまとめたコダック社のアルバムに記した題辞の一部。題辞の全文は、エドガー・ウォーレスの 1910 年の戯曲からとったと思われる。

「魅惑の道はかすかにきらめく
幸せな夢の森の奥深くで」
An enchanted road it softly gleams
In the depths of the forest of Happy Dreams.

Bevin, Jones 1998: 565.
(21) Winston Churchill, 28 October 1948, in Bower 1982: 239.
(22) 1946年10月24日付けの法務総監室に宛てた手紙。Ill-Treatment of PsW at PG 5 (Gavi) : TNA WO311/1200.
(23) 1946年9月17日付けのG. Barratt大佐に宛てた手紙。Ill-Treatment of PsW at PG 5 (Gavi) : TNA WO311/1200.
(24) Jones 1998: 564.
(25) 1946年10月22日付けの陸軍法務総監室からの手紙。Killing by Means Unknown: TNA WO309/244. 第3空軍捕虜収容所の殺害に関与した人物について長期間捜査が行われた末、ふたつの裁判が開かれ、最初は1947年の7月1日から9月3日まで、二番目は1948年8月28日から11月6まで行われた。最終的に、被告21名のうち13名が絞首刑に処せられた。Andrews 1976 and Jones 1998.
(26) 1947年11月4日付けのP. M. Priestly少佐からの手紙。Oflag VIIIF, Killing of Major Wadeson and Capt. Hugh McKenzie (sic) : TNA WO309/1270.
(27) Salinger, van Zouco: TNA WO309/731.
(28) 1946年11月23日のジャック・プリングルの宣誓供述書。同上。ナンセン旅券とは第1次世界大戦後に発生した国籍のない難民に国際連盟が発行した特別な旅券。
(29) 戦争捕虜ルドルフ・キールホルンへの尋問。Salinger, van Zouco: TNA WO309/731.
(30) ハンス・ヨアヒム・カームスの宣誓供述書、同上。
(31) A. E. リード少佐の2通の手紙をまとめたもの。最初の1947年1月8日付けの手紙は、イタリア戦争犯罪担当部署にイタリアは彼の引き渡しを望むか問い合わせたもの、1947年6月10日付けの二通目は、パリ駐在のイギリス軍・戦争犯罪担当連絡将校に宛てたもの。Killing by Means Unknown: TNA WO309/244.
(32) 1946年7月20日付けのブルーノ・ヴェーバー医師の談話。Dr Bruno Weber: TNA WO309/472.
(33) Salinger, van Zouco: TNA WO309/731.
(34) マドモアゼル・メジャンカは本名をエステル・グルンシュパンといい、1907年にドイツのマインツで生まれた。彼女は詐欺と売春の両方で告発され、戦前ファン・ズーコがブリュッセルに住んでいたときの情婦だった。
(35) 1947年5月1日付けのアレスター・クラムが陸軍法務総監、軍事部へ宛てた手紙。Salinger, van Zouco: TNA WO309/731.
(36) Group Captain Anthony Somerhough, 1 March 1947, in War Crimes Group (NWE) Rundown: TNA WO309/9.
(37) 1947年1月23日付けのアレスターからイザベルへの手紙。
(38) 1949年4月11日付けのアレスターからイザベルへの手紙。
(39) 同上。
(40) 同上。
(41) 1949年3月10日付けのアレスターからイザベルへの手紙。
(42) アンダーソンは「非常事態宣言のピーク時、イギリス政府は7万人を越えるキクユ族のマウマウ支持者を収容所に入れた」と推定しているが、結局のところ、その時代に15万人が収容所に入れられた。ハーバード大学の歴史学者キャロライン・エルキンズはその数を32万人としている。処刑された人の数については、1574名が有罪判決を受け、最終的に絞首刑に処せられたのは1090人だった。Anderson 2005: 5–7, Elkins 2005: xiii.
(43) Anderson 2005: 177.
(44) 同上.: 137.
(45) ルサガティ事件に関するものはすべて、以下を参照。The complete file of Her Majesty's Supreme Court of Kenya at Nyeri, Criminal Case No. 240 of 1954.
(46) Edward Windley, Minister for African Affairs, Reference (44) Her Majesty's Supreme Court of Kenya at Nyeri, Criminal

(26) Yeoman 1991: 171.
(27) ティム・ウェイドソンの許可を得て掲載。ウェイドソンとマッケンジーの遺灰は戦後70年間、無印のまま埋められていたが、それからハノーファーの墓地に移された。ロイ・ウェイドソンの息子、ティムが長年働きかけ続けた結果、戦争墓地委員会は2016年7月になってようやく適切な墓石を提供した。
(28) Oliver 1998: 139.
(29) Rollings 2007: 3.
(30) Yarnall 2011: 163.
(31) Murray 2002: 107.
(32) その将校とは、ジョン・リーミング空軍大尉だ。彼は1952年の著書、The Natives Are Friendly(地元の人々は友好的)で、ヴィンチアリータ要塞の「重篤な迫害狂」に悩まされた経験を語っている。
(33) イザベル・クラムとの会話。
(34) Green 2012: 45.
(35) Reid 1947: 282–3.
(36) 同上。
(37) Green 2012: 112.
(38) ヴィクター・ギャモンは、捕虜が連合国軍の飛行機に機銃掃射されたときのことを数多く記録している。最悪のケースのひとつはドイツ北部のグレッセで、1945年4月19日、イギリス空軍のタイフーン戦闘機6機が避難民の隊列を攻撃し、少なくとも37名の捕虜とドイツ兵6名が死亡し、多くが重傷を負った。Gammon 1996: 240–52.

第10章

(1) 相当な議論の末、SASはもう必要ないとされ、1945年10月8日に解散した。だが、その決定は取り消され、SASは1947年1月1日、第21SAS連隊として再生した。
(2) Harding 2013: 195.
(3) Bloxham 2003: 92.
(4) Jones 1998: 547.
(5) 裁判が開かれたとき、被告はたったの21名だった。絞首刑に処せられた者に加え、実刑に処せられのが7名、無罪になったのが3名だった。ニュルンベルクでは12の継続裁判が開かれ、184名の被告のうち、24名が死刑に処せられた。医師、実業家、その他の戦犯を裁くためのこれらの裁判は、国際軍事裁判ではなくアメリカ軍事法廷で行われた。
(6) Bloxham 2003: 118.
(7) Jones 1998: 544 and Charlesworth 2008. これらの数字はイギリスが裁いたものに限られる。アメリカは489の裁判を行い、有罪率ははるかに高く、1672名の被告のうち1416名が有罪になった。1946年1月までに、イギリスは3678件の立証済みの犯罪行為を報告していたが、多くは複数の容疑者が関わり、そのうち1281名は既に拘留されていた。(Tobia 2010: 127 and Bower 1982: 205–29). 西側占領地区全体では、被告は5000名、そのうち死刑になったのは800名。しかしながら、捜査はしたが証拠不充分や容疑者の所在不明で起訴できなかった件数はもっと多い。
(8) Charlesworth 2006: 38.
(9) Bascomb 2009: 16.
(10) Bower 1982: 117.
(11) 1947年5月19日、イザベル・クラムに宛てた手紙。
(12) War Crimes Group: TNA WO309/1673.
(13) Ravensbrück Case: TNA JAG No. 225.
(14) Norman James Bradley affidavit, Pforzheim: TNA WO309/125.
(15) Clutton-Brock 2003: 473.
(16) イザベル・クラムとの直接のやり取り。
(17) 同上。
(18) 1946年11月23日付けのアレスターがイザベルに宛てた手紙。
(19) 1946年12月16日付けのアレスターがイザベルに宛てた手紙。
(20) Paraphrasing the Foreign Secretary, Ernest

(54) Hoe 1992: 245.
(55) Pringle 1988: 133.
(56) Hill n.d.: 338.
(57) イギリス陸軍戦車連隊、ローレンス・ゴードン・ゲイズ。トブルクで捕虜となったゲイズは 1942 年の夏の 2 ヶ月をガーヴィで過ごした。イタリア休戦後にドイツへ移送される途中、少なくとも 2 回、列車から飛び降り、うち 1 回はメーリッシュ・トリュバウへ向かう途中だった。
(58) Killing by Means Unknown: TNA WO309/244.

第９章

(1) Killing by Means Unknown: TNA WO309/244.
(2) 刑務所の記録によるとギロチンが使われていた期間にこれで処刑された人の数は 1176 人。MacDonald and Kaplan 1995: 95–6, 100.
(3) Demetz 2008: 214, 216.
(4) 同上。
(5) 同上。
(6) Whipplesnaith 2007: 219–23.
(7) Herbert 1962: 50.
(8) Cram MI9 Report 8. 他の多くの人々同様、プランケットも自らの経験から同じような感想を持った。「チェコの人々はゲシュタポに脅されてきたので、ナチスに抵抗する気のある人は非常に少なく、誰もが自分の身だけでなく家族のことも心配して不安のなかで生きていた」Plunkett and Pletts 2000: 49.
(9) Walters 2013: 104.
(10) Gill 2002: 170.「大脱走（Great Escape）」という言葉が最初に使われたのは、戦後に刊行され、好評を博したポール・ブリックヒルの同名の著書。ロジャー・ブッシェルとその他の参加者はそれを、当初に計画していた脱走者の人数から「200 作戦（Operation 200）」と呼んでいた。
(11) Plunkett and Pletts 2000: 82. プランケットと組になって脱走したベドリッチ・〝フレディ〟・ドヴォジャークも生き延び、「大脱走」に加わった別のチェコ人、イヴォル・トンダーとともに第 1 空軍基幹捕虜収容所に送られた。彼らはそこに短期間滞在し、イギリス空軍所属のチェコ人が 17 名いたコルディッツへ移された。チェコスロヴァキアはドイツに併合されていたため、彼らは反逆者として扱われ、死刑を宣告された。幸いにも刑は執行されなかった。
(12) Pringle 1988: 136–7.
(13) Murray 2002: 105.
(14) この部分は、マレーとダットンのよく似た描写をひとつにまとめた。Murray 2002: 105–6 and Dutton 1995: 745–6.
(15) Bailey 1981: 75.
(16) Hoe 1992: 249.
(17) Killing by Means Unknown: TNA WO309/244 and Herbert 1962: 54. ふたりの「幽霊」とは、陸軍戦車連隊のティム・オライリー大尉と、ライフル旅団のアレック・リング中尉。ふたりともガーヴィの捕虜仲間だった。リングは「シディ・レゼグでの傑出した武勇と指揮能力により」戦功十字章を授与されている。
(18) Chutter 1954: 131.
(19) Hill n.d.: 391.
(20) Red Cross Report, Oflag VIIIF, later Oflag 79: TNA WO224/77.
(21) Horner 1948: n.p.
(22) Ratcliffe n.d.: 35.
(23) Killing by Means Unknown: TNA WO309/244.
(24) Beckwith, ed., 1977: 121.
(25) マイルズに宛てた 1998 年のジョン・フォーズディックの手紙。チャールズ。とエリザベス・フォーズディックの許可を得て掲載。

1943年10月にあった。跳馬を使うことで、トンネル掘りたちは掘る距離をかなり短縮できた。脱走した3人全員が無事にスウェーデンにたどりついた。Williams 1949.

(27) Pringle 1988: 114.

(28) 同.: 115–16.

(29) Killing by Means Unknown: TNA WO309/244.

(30) Pringle 1988: 124.

(31) ファン・ズーコが、脱走者が処刑されたことを聞いたのは、収容所の保安責任者、ハーバーハウアー中尉からだった。中尉はツヴィタウの病院に入院していた第8将校捕虜収容所所長に知らせるため、ツヴィタウへ行った。

(32) Bailey 1981: 75. 1944年3月4日にゲシュタポ長官が発した、脱走した捕虜の処刑を命じる秘密指令 Kugel Erlass あるいは「弾丸令」については、Walters 2013: 182.

(33) Pringle 1988: 125.

(34) Pringle 1988: 128.

(35) Hoe 1992: 247–8.

(36) 同.: 247.

(37) グリフィスとフォーズディックと一緒に行った3人目の将校は、ジェフ・ジョウェット中尉。ガーヴィにもいた奇襲部隊員で、自ら認める激しい性格で知られていた。ある同僚によると「ジェフ・ジョウェット、カナダ人、ずんぐりした体格、ほとんど禿頭だが口髭をたっぷりたくわえている。スコットランド人よりもスコットランド人っぽい。感情をすぐ表に出し、誰よりも攻撃的で血の気が多いのを誇りにしている」Deane-Drummond 1992: 13.

(38) Mastny 1971: 221.「最終的解決」の首謀者のひとり、親衛隊大将ラインハルト・ハイドリヒは、1942年5月、チェコの奇襲部隊に暗殺されたときはベーメン・メーレン保護領の副総督だった。ドイツの報復は迅速かつ残虐で、1331人が殺され、数百名が逮捕され、リディツェとレジャーキのふたつの村は完全に消滅した。同.: 220.

(39) Killing by Means Unknown: TNA WO309/244.

(40) 同上。

(41) イギリス陸軍戦車連隊のアーサー・H・レイン中尉は北アフリカで捕虜となり、キエーティの第21捕虜収容所にいたが、ドイツへ護送される前に脱走した。レインは戦後も軍に留まり、1971年に少佐の階級で退役した。

(42) モード・マッケンジーに宛てた1943年5月10日付けの手紙。ショーンとヒュー・キース・バーンの許可を得て掲載。

(43) モード・マッケンジーに宛てた1943年2月20日付けの手紙。ショーンとヒュー・キース・バーンの許可を得て掲載。

(44) Killing by Means Unknown: TNA WO309/244.

(45) Beckwith 1977: 98.

(46) モード・マッケンジーに宛てた1944年3月2日付けの手紙。ショーンとヒュー・キース・バーンの許可を得て掲載。「バブス」はマッケンジーの妹、ルースのあだ名。「ヴィー」はマッケンジー家に滞在しているヴァイオレット・ディック、「ローゼズ」はモードの求婚者のひとり。マッケンジー家の屋敷、クロフトン・ハーストは1941年のドイツの空爆で破壊され、彼らが新しい家探しについて語っているのはそのためだ。

(47) Humphrey Moon, personal communication, 27 December 2013.

(48) Hill n.d.: 347.

(49) ロバート・シモンズの日記。ジェフリー・シモンズの許可を得て掲載。

(50) Hurst-Brown n.d.: 69.

(51) Killing by Means Unknown: TNA WO309/244.

(52) Hurst-Brown n.d.: 70.

(53) Killing by Means Unknown: TNA WO309/244.

る。TNA WO224/77: 10.
(7) Crawley 1985: 5.
(8) Lloyd-Jones 2013: 96. マイケル・バーンが「精神的脱走者」と呼ぶものについては、Burn 1974, Morgan 1945: 130–31 and Newby 1972: 45–6.
(9) Murray 2002: 95.
(10) Lloyd-Jones 2013: 91.
(11) Pringle 1988: 98. デイヴィッド・スターリングも同様に悲観的だ。「ふたりとも、もうだめだとわかっていた。この先、道は険しくなるし、袋に必要な食べ物を詰められそうにない。だが、また広々とした野外にいるというだけで、この上なく素晴らしい気分だ。そして、我々はすぐに疲れてしまうが、たとえほんのいっときでも、誰も自由の喜びを奪えはしない」Hoe 1992: 239.
(12) デイヴィッドはアイヒシュテット(第7B将校捕虜収容所)を「最も始末に負えないところ、多くの点で非常に楽しかった——ドイツ人は規律をまったく維持できなかった」と記憶している。Hoe 1992: 240.
いっぽう、ロバート・シモンズはイタリアとドイツの捕虜文化の違いを記している。特に、メーリッシュ・トリュバウにある集団が到着してからについて。「1月にアイヒシュテットから移されてきた捕虜が70名ほどいる。彼らは我々ともドイツ人とも違うことに気づいた。我々ははるかに受動的で、手に負えないということはまったくなく、計画と整頓に気を配る。アイヒシュテットから来た捕虜はそこには反抗心がないと見る」ロバート・シモンズの日記。ジェフリー・シモンズの許可を得て掲載。
(13)「オリンピア作戦」とも呼ばれたこの脱走は、一般にこの第6B将校捕虜収容所があった町の名前で知られている。この脱走については、Arkwright 1948 and Walker 1984. が詳しい。
(14) Hoe 1992: 241.
(15) 同上。Colonel Malcolm Cyrus Waddilove, King George V's Own Light Infantry, Indian Army.
(16) Herbert 1962: 43. デイヴィッドの伝記作家アラン・ホーは「メーリッシュ・トリュバウ捕虜収容所で、スターリングは生涯で特に素晴らしい説得力と指導力を発揮した」と述べている。Hoe 1992: 240.
(17) 将校に加え、従兵を務めていた「その他の階級」が166名いた。Mason 1954: 367, fn 2 and Oflag VIIIF, later Oflag 79, TNA WO224/77.
(18) Walker 1984: 82.
(19) Hill n.d.: 65.
(20) 収容所には様々な時期に、合計26名の暗号文を書ける者がおり、全員、捕虜になる前に専門の訓練を受けていた。アレスターは暗号文で手紙を書いたことは一度もなかったが、戦争局へ送るべき情報の選別と、受け取った情報の拡散を担う情報将校に加えられていた。Secret Camp Histories Oflag 79 (VIIIF) Querum TNA WO208/3292. 捕虜の暗号文作成については、Green 1971.
(21) ロイ・ウェイドソンが息子のティムに宛てた、1943年8月18日付けの手紙。「キッド」とは彼の妻、ルース・ジーン・ウェイドソンのこと。ティム・ウェイドソンの許可を得て掲載。
(22) 交替の班長だった将校はロビー・メイソン。ガーヴィからの古参で、ミラーは彼について「弁護士。考え方も反応もすべて真面目で深淵な、どこまでも南アフリカ人らしい人物」と述べている。彼はドイツの建物を損壊したとして720ドイツマルクの罰金を科せられた。Millar 1946: 131 and Herbert 1962: 48.
(23) Hoe 1992: 24.
(24) Yeoman 1991: 169
(25) Hurst-Brown n.d.: 70.
(26) 第3空軍基幹捕虜収容所東棟からの、トンネルを使ったこの独創的な脱走は

の湖はエヒングの貯水池で、イザール川の広域水力発電システムの一翼を担っていた。

(7) ベーメン・メーレン保護領副総督だった親衛隊大将ラインハルト・ハイドリヒは、第2次世界大戦中に暗殺されたドイツ高官で最も位が高い。1942年5月27日、イギリスで訓練を受けたチェコ人の奇襲部隊に襲われ、数日後に死亡した。それを機にドイツは報復に出て、ふたつの村を壊滅し、数百人を殺害、逮捕した。暗殺計画の実行を決断したチェコ亡命政府ついては、現在もその是非を問う論争が続いている。

(8) シュピッタルの正式名称は、第18A/Z基幹捕虜収容所といい、東へ160キロのヴォルフスベルクにある、それよりはるかに大きい第18A基幹捕虜収容所の付属収容所だった。「その他の階級」と下士官のためにつくられた収容所で、様々な国の捕虜が周辺の山や畑で働かされた。

(9) 1941年6月下旬、ブレーメン上空で撃墜された25歳の爆撃機パイロット、マクスウィンは熱心な脱走者だった。何度か脱走に失敗したあと、監視のゆるい労働班に加わるため兵卒と入れ替わった。それも失敗し、最終的には1943年9月19日、ラムズドフの第8B基幹捕虜収容所からトンネルを使って脱走に成功した。パームとツーカス同様、彼もリュネヴィルを経由し、同じ憲兵隊長の力を借りた。

ふたりのカナダ人とは、1943年9月16日夜、搭乗していたハリファックス機が撃墜された、無線通信士のレン・マーティン軍曹、航空士のハリー・スミス少尉だ。山越えの途中で心臓に問題を抱えたのは身長193センチのスミスだった。

(10) Clutton-Brock 2009: 143. メアリー、ポーリーヌ、脱走者6名のほかトラックに乗っていたのは、運転手のアンリエット・レジャーンと、リュフェックの憲兵でたいへんな危険を冒して石油を提供したペロー中尉。

(11) Cooper 1997: 50.

(12) この決死の逃避行については次の資料が詳しい：Clutton-Brock 2009, Cooper 1997, McSweyn 1961, Wynne 1961 and the MI9 reports of Richard Carr, Ralph Buckley Palm, and George Tsoucas.

(13) イギリス自由軍団は、イギリスと英連邦の捕虜から募って編成された武装親衛隊の部隊だ。1943年秋に「共通の敵、ボリシェヴィキ」と戦う兵士を募る目的で設立されたが、人数は多いときでもせいぜい20数名で、任務は非戦闘的なものに限られていた。何人かはドイツのラジオ局から英語でプロパガンダ放送を続けた。イギリス自由軍団の創設者であるジョン・アメリーは戦後、国家反逆罪で有罪となり、絞首刑に処せられた。

(14) Alastair Cram, MI9 Report 7.

第8章

(1) Captain Ian Weston Smith in 'Ill-Treatment of Col. Kenyon at Luckenwalde'. TNA WO311/1021. シャーパーがアメリカ人を装っていたのには、さまざまな目的があったと思われる。あるときは国を裏切った尋問者のふりをし、別のときには仲間の捕虜から情報を引き出そうとする囮のふりをした。彼のことを真に受けた人がいたとして、何人ぐらいだまされたか知る術はない。

(2) Hill n.d.: 338.

(3) English and Moses 2006: 50.

(4) 2012年7月7日付けのアラン・ハースト＝ブラウンの私信。

(5) ロバート・シモンズの日記。ジェフリー・シモンズの許可を得て掲載。

(6) Murray 2002: 94. 1944年12月7日の赤十字の報告には「およそ45のテーマで講義が用意され、週135時間におよんだ。1回の講義には最大で150名参加」とあ

(23) Millar 1946: 160. アレスターがひと芝居うって列車から脱走したことは、そこに居合わせた誰もが書いている。しかしながら、場所については食い違っている。アレスターとジョージ・クリフトンはボルツァーノだと言い、あらゆる証拠はそれを支持している。戦後 50 年経ってからそれについて書いたジャック・プリングルは、ブレンナー峠手前の「メッツァ・コロンナ」だったと言う（1988: 91）。だが、メッツァ・コロンナはトレントの北わずか 15 キロで、峠の手前とは言いがたい。いっぽう、ジョージ・ミラーは、メッツァ・コロンナの一駅向こうの小さな村だったと述べている（1946: 160）。そして、マイケル・ポープは二カ所、別の場所を示している。1992 年の回想録ではアレスターが列車から降ろされたのはコロンナ（原文ママ）と書いている。ところが、それが起こった直後に書かれた彼の戦中日誌には「クラムはボルツァーノで病院に行った」と書いている（同 .: 96）。

(24) フュンフフィンガー・シュピッツェは、西ドロミテ・アルプスにある壮大な円形劇場のような形のラングコッフェル山群の一部で、アレスターが進んでいた方向の真北にあった。

(25) アレスターが戦後すぐに書いた脱走マニュアルには「日が暮れてすぐに歩き出してはならない。寒いし、気が逸るし、少しでも先に進みたい気持ちがあって待つのはつらいが、これは絶対守らなければならない」と強調している。

(26) Clifton 1952: 322. アレスターが地元の留置所に着いたときは、彼を捕まえた南チロル保安隊員に殴られて血まみれだったと、クリフトンは述べているが、アレスターが留置所に連行され、その直後に房にやってきて彼を殴ったのは泥酔したドイツ兵だと彼自身がはっきり述べている。 Alastair Lorimer Cram, MI9/S/PG (G) 2988: 5.

第 7 章

(1) 第 7A 基幹捕虜収容所（Stalag VIIA）の Stalag は「基幹収容所」を意味する Stammlager の略。基幹収容所には無数の労働収容所が付属していた。これら労働班（Arbeitskommando）は農場や軍需工場での労働に駆り出された。いっぽう、Oflag は「将校捕虜収容所」を意味する Offizierslager の略。ジュネーヴ条約で合意されたとおり、将校の労働は禁じられていた。各収容所についている数字は、収容所のある位置の防衛地区を示す。Gilbert（2006: 66）は、ドイツにあった捕虜収容所の数を 248 としている。

(2) Franz, ed., 1982: 14.

(3) 同 : 21. Charles Rollings（2007: 5）は、第 2 次世界大戦中に捕虜となった 570 万のソ連兵のうち、その 57%、つまり 330 万人が死亡したと述べている。

(4) この逸話には多くの変形がある。 Edy 2010: 116, Hill n.d.: 328, and Millar 1946: 169. アレスターもモースブルクのロシア人捕虜には敬意を払っていた。「ロシア人はこのうえなく大胆不敵だ。彼らは監視塔のドイツ兵に銃撃されながら、昼でも夜でも猫のように柵を乗り越えて我々の区画にやってくる。彼らが持ってくるのは薪や革製品、つきないユーモア。そして、詰め物をした上着のなかに缶詰を入れ、怒鳴り声や犬や銃弾をものともせず帰って行く」

(5) Millar 1946: 171. クリフトンもモースブルクでアレスターを見たときのことを同様に記している。「そいういうわけで、クラムは私たちと合流した。彼の頭は文字通り血だらけだったが、彼はいつになく意気揚々としていた。かつて、ロバート・ルイス・スティーヴンソンは『勇気と明るい性格、静かな心』を切望した――アレスターにはこれらすべての資質が充分に備わっていた」Clifton 1952: 322.

(6) アレスターは知らなかったのだが、こ

ドと合流し、連合国軍の防衛線まで1120キロの移動を成し遂げた。ピッチフォードも連合国軍にたどり着き、もとの部隊に復帰したが、その四ヶ月後、カッシーノで戦死した。

(5) Riddiford 2004: 88.

(6) リディフォードによると、「何をするにもいつも一緒だった」ふたりの南アフリカ人とは、南アフリカ空軍のハリー・カリン大尉と、トランスヴァール・スコティッシュ連隊のジョン・フォーズディック大尉。同 :93.

(7) 三人目のメンバーは、第21ニュージーランド歩兵大隊のアラン・ヨーマン大尉。ヨーマンはイタリアで捕まらず、ユーゴスラヴィアに到達した。しかし、パルチザンと二ヶ月過ごしたあと、再び捕まった。

(8) Macpherson 2010: 132.

(9) Armstrong 1947: 177.

(10) Clifton 1952: 311.

(11) Pringle 1988: 90.

(12) マイケル・ポープが戦争時の記録に同様のことを書き残している。「男たちは完全に無気力になり、どっちが勝つかただ見守るだけで、自分たちでドイツ人に立ち向かう気はさらさらない。女たちのほうが大胆で、ドイツ人に向かって思っていることをはっきり言っていた」Pope n.d.: 92.

(13) Millar 1946: 157.

(14) Pope 1992: 29.

(15) Herbert 1962: 19. 皆から「パーシー」と呼ばれていたパイクの本名は、デイヴィッド・アイヴァー・パイクだ。第113飛行中隊の大尉で、1949年6月29日、乗っていた軽爆撃機ブレニムがトブルク近くで撃墜されて捕虜となった。1942年1月にマイケル・ポープとE. ガーラッド・コールとともにスルモーナから脱走したが、5日後、アドリア海を目指して山を越えたところで捕まった。

(16) 死亡したのは、南アフリカ出身のP. H. ワッターズ中尉。最後に飛び降りたサマーセット軽歩兵のグレゴリー・フィリップス中尉は肩を怪我して、すぐに捕まった。

(17) Pringle 1988: 91.

(18) Pope 1992: 30. ピーター・メッドは著書“The Long Walk Home”に同様のことを書いている。Peter Medd (1951: 23)「即興で脱走するときに最大の障害となるのは、気力の欠如だ。最大のチャンスが訪れ、『いや、まだだ。もうすぐもっと良い機会が訪れるはずだ』と自分に言い聞かせる。あるいは、他人を危険に巻き込むのではと突然考え始め、考えてるあいだに時機を逃し、二度と好機に恵まれない。必ず脱走すると心に決めていても、最初の障害を越えるのは非常に難しい。即興で脱走するときの秘訣は、“考えるな。行け”だ」。アレスターはその逡巡を「致命的な過ち」と呼んでいた。

(19) Clifton 1952: 318. クリフトンは、第二陣の72人の捕虜のうち、最終目的地であるモースルブルクの第7A基幹捕虜収容所に着いたのは34人から39人だったと述べている。マイケル・ポープは彼の戦中日誌（n.d.: 96）に、到着した人数を40人としている。コリン・アームストロング（1947: 177）は、全体をまとめ、ふたつの集団の合計176人のうち少なくとも80人が、ドイツの収容所に着く前に、走行中の列車から、あるいは乗り継ぎの合間に、脱走したとしている。第二陣の輸送列車がインスブルックに一晩、停車しているあいだに多くの捕虜が脱走した。ジャック・プリングル、デイヴィッド・スターリング、バーティー・チェスター＝ウィリアムズ、イアン・ハウイー、ロイ・ウェイドソンもそこに含まれる。

(20) この歴史に詳細については、Steininger 2003

(21) 同 : 1, 50. 当時、南チロルには20万人のドイツ語話者がいた。

(22) Clifton 1952: 316.

(17) フォンタネッラートの収容所所長代理兼第一通訳は、マリオ・カミーノ大尉。母も妻もイギリス人、イギリスで事業も行っていたカミーノが親英派なのはよく知られていた。休戦後、彼は捕虜が周辺の農場に落ち着くのを支援したり、捕虜の集団をスイス国境へと案内したりし、デバー中佐と彼のふたりの部下もカミーノの支援を受けた。フォンタネッラートの捕虜の様々な経験談については：English, ed., 1997. Davies 1975, Graham 2000, Newby 1972, and Ross 1997.
(18) Absalom 1994: 11, 31–2. アブサロムはこれを「史上最大の集団脱走」と呼んでいる。同 11. Lamb 1993: 168 and Gilbert 2006: 287.
(19) English, ed., 1997: 44–5.
(20) Absalom 1994: 11.
(21) Clifton 1952: 293.
(22)「ワディおじさん」とも呼ばれていたウェイドソンは 1898 年 7 月 4 日生まれ。ウェイドソン・チームのほかのメンバーは「ハック・イン・ザ・ブッシュ」と呼ばれたエセックス義勇農騎兵連隊のブライアン・アプトン少佐と、「ドン・ジャーゴ」と呼ばれた艦隊航空隊のホン・デ・フェリク少佐だ。
(23) Clifton 1952: 296.
(24) Riddiford 2004: 84. 司祭を称える記述はほかに Oliver 1998: 79.
(25) TNA ADM 156/272 Proceedings and Findings Court Martial for Lieutenant Commander David A. Fraser, RN, Submarine H. M. 'Oswald'. Royal Naval Barracks, Portsmouth, April 17–18, 1946: 1193, 1207. クリフトンはトゥーズについて「根深い不安で半分正気を失っていた」と述べ、アレスターは彼のことを「少し精神不安定だった」と述べている。
(26) Clifton 1952: 298.
(27) 同上。
(28) Oliver 1998: 88:「大物捕虜である彼を残して出発するなど、ドイツ兵は命に代えてもそんなことはしないと我々は彼に言った。だが、彼がいなければほかの捕虜が法的な保護を失うことになるので彼らに加わって欲しいと説得すればするほど、彼は頑なになった。この突然の危機に瀕し、彼はたちまち臆病な小心者となり、記章がなければもう我らの先任将校ではなく、軽蔑の対象だった」
(29) 2007 年 8 月 21 日、サー・トミー・マクファーソンとのインタビュー。
(30) Armstrong 1947: 165.
(31) Clifton 1952: 301.
(32) Riddiford 2004: 85. 複数の捕虜がフォン・シュローダーを賞賛していた事実は、ジャン・ルノワール監督の映画『大いなる幻影』でファウフェンシュタイン大尉とド・ボアルデュー大尉の関係を彷彿とさせる。この映画は貴族のあいだでは階級は国籍よりも重視される様子が描かれる。
(33) Clifton 1952: 302.
(34) Clifton 1952: 304, Millar 1946: 150, and Riccomini 1943: 3. の記述を編集。薪の山から見つかった 4 人の将校は、ロイヤル・フュージリアー&コマンド連隊のダドリー・シュオフィールド中尉、騎馬砲兵隊および特殊作戦局のハリー・ウェイクリン中尉、装甲軍団のイアン・ハウイー大尉。
(35) Pope 1992: 29.
(36) Millar 1946: 149.

第 6 章

(1) Riccomini 1943: 4.
(2) Pope n.d.: 91.
(3) Clifton 1952: 305.
(4) ふたりの将校とは、ロイヤル・ウォリックシャー連隊のフランク・シムズ大尉と、ノーサンバーランド・フュージリアーズのオームズビー・ピッチフォード中尉だ。シムズはすぐにピーター・メッ

(39) 同 : 236. この海軍将校とは艦隊航空隊所属のウォルター・ブルーノ・ブラウン中佐。1940 年 7 月 20 日、乗っていたソードフィッシがトブルク上空で撃墜されたときピーター・メッドとともに捕虜になった。アビシニア陥落後、サウジアラビアに拘束されていたイタリア海軍将兵との 1943 年 3 月の捕虜交換に含まれた海軍将校のひとり。マイケル・ポープはそれに選ばれなかったことをひどく嘆き、「捕虜収容所暮らしで、最も打ちのめされた出来事」と語っている。 Pope n.d.: 79.
(40) Hoe 1992: 233.
(41) Pringle 1988: 72.
(42) 同 : 73.
(43) 同 : 84.
(44) Armstrong 1947: 153.

第 5 章

(1) イザベル・クラムの許可を得て掲載。
(2) ダン・リディフォードもドイツ兵の訪問に触れ、捕虜たちが皆、ドイツに移送されるかもしれないと心配していたことを次のように記している。「イタリア人が我々に語ったところによると、ガーヴィ――第 5 収容所――は戦略的に重要な地点にあり、ドイツ軍は将来、撤退するときのためにここを確保しておきたがっているということだ。だが、ドイツ人もイタリア人も、捕虜がドイツへ移送されるとはまったく考えていなかった」 Riddiford 2004: 79.
(3) 同 : 80.
(4) 同 : 78.
(5) Clifton 1952: 294.
(6) Millar 1946: 143.
(7) 同上。
(8) イタリア兵とドイツ兵の人数の対比については諸説あるが、どれも数的に圧倒的に有利だったイタリア軍の行動は信じがたいとしている。本書では、イタリア兵 230 人、ドイツ兵 30 人としたリディフォードの説を採用した。(Riddiford 2004: 81) . いっぽう、アームストロングは「480 人のイタリア兵が 100 人のドイツ兵に武器を渡したのは哀れだった」と語っている。 Armstrong 1947: 158.
(9) Millar 1946: 144.
(10) Yeoman 1991: 112.
(11) Lamb 1993: 133. イタリア降伏後に殺害された 5000 人に加え、1200 人が戦闘で死亡し、ギリシア本土に向かっていた 3 隻の船が魚雷で沈められてさらに多くの犠牲者が出た。
(12) 同 : 163. イタリア軍が各捕虜収容所の所長に、白人の捕虜に限り解放を命じた理由はわからない。ラム (Lamb) が強調するように、そのような命令は連合国の方針と矛盾するし、イギリス軍やアメリカ軍から発せられたものでもない。アフリカ系アメリカ人捕虜はおそらくほんの一握りであり、黒人の主な集団は、アフリカの植民地出身の捕虜と、1935 ~ 36 年の第 2 次エチオピア戦争で捕虜となったエチオピア人が占めていた。
(13) これに関して最も徹底的な調査を行ったアブサロムは、次のようにその内訳を示している。「イギリス人、4 万 2194 ／帝国出身者 (主に南アフリカ人)、2 万 6126 ／フランス人 (ドゴール支持者)、2000 ／アメリカ人、1310 ／その他のヨーロッパの連合国出身者、49 ／ギリシア人、1689 ／ユーゴスラヴィア人、6153 ／ロシア人、12」 Absalom 1994: 23.
(14) 同 : 27. この命令とその後の経緯については、Foot and Langley 1979: 156–70, Gilbert 2006: 279–96, and Lamb 1993: 160–73.
(15) Absalom 1994: 218. ギルバートは、この収容所に最後まで残っていた捕虜は 1300 人だったとしている。 Gilbert 2006: 286.
(16) 同 : 284, 286.

軍将校捕虜収容所で、雪の吹きだまりに向かって放り投げられた。残念ながら、彼はスイス国境で捕らえられた。Pope n.d.: 35.

(2) Farran 1948: 109.

(3) Arkwright, 1948.

(4) Armstrong 1947: 138.

(5) Millar 1946: 138.

(6) Clifton 1952: 290.

(7) 同上。

(8) Armstrong 1947: 149.

(9) Clifton 1952: 282.

(10) 同上。

(11) アレスター・クラムが、法務総監のG. バラット大佐に宛てた1946年9月17日付けの手紙。 In Ill-Treatment of PsW at PG 5 (Gavi) : TNA WO311/1200.

(12) Mason 1954: 60.

(13) James Craig papers, courtesy Robyn Molloy.

(14) Millar 1946: 136.

(15) Clifton 1952: 282.

(16) Riddiford 2004: 68.

(17) Clifton 1952: 282.

(18) Millar 1946: 136, 155.

(19) 貯水槽の正確な大きさについては諸説ある。タイムズ紙(1945年12月14日)、クラムの手記、パームのMI9報告はおおよそ同一で、本書はそのサイズを採用した。史料の調査はしたが、貯水槽の中に入ったことのないアルマンド・ディ・ライモンドは、それより幾分小さく、縦22メートル、横18メートル、高さ9メートルと見積もっている。Di Raimondo (2008: 156)

(20) Millar 1946: 137.

(21) バック・パームの部屋には6人の南アフリカ人がいたが、貯水槽トンネル掘削に参加したのは、パーム、パターソン、ポール、ウースの4人だけだった。ガーヴィに収容されていた南アフリカ人将校は23名で、イギリス人将校122名に次いで二番目に多かった。 International Red Cross Committee Report Number 5 on Prisoners of War in Camp No. 5, Inspected on September 8, 1943. Red Cross 34.

(22) 2011年12月11日、ダイアナ・ダフとの直接のやり取り。

(23) 同上。

(24) クラムが手記に書いているように「脱走に成功した捕虜のうち、高い割合を自治領や植民地出身の将兵が占めていたのは、主に彼らの生まれ育った環境が有利に働いたからだ。私が会った彼らの多くは、自分たちが備えている山や森で生きるための幅広い知識について無頓着だった。彼らはこのスキルを当たり前のこと、生活上の常識ととらえていた」Cram Journals.

(25) South African Military College Report on A. J. H. Pole, 23 October 1940.

(26) 1940年8月12日付けのアイヴィー・ポールからヤン・スマッツに宛てた手紙。ダイアナ・ダフの許可を得て掲載。

(27) 1940年9月9日付けの Colonel, O. C.: Voortrekkerhoogte & Transvaal Comd. からアイヴィー・ポールに宛てた手紙。ダイアナ・ダフの許可を得て掲載。

(28) Clifton 1952: 283.

(29) Macpherson 2010: 79.

(30) 要塞建築家の名前はピエトロ・モレッティーニ (Pietro Morettini)。1718年に火薬庫を設計した以外にも、ガーヴィでは数カ所の施設の設計を担当した。Di Raimondo 2008: 85.

(31) 1942年11月10日、ロンドン市長官邸マンション・ハウスでウィンストン・チャーチルが行った演説より。全文は翌日、ニューヨーク・タイムズ紙に掲載された。

(32) Armstrong 1947: 141.

(33) 同 : 142.

(34) Pringle 1988: 64.

(35) Millar 1946: 137.

(36) Hoe 1990.

(37) MacLean 1990.

(38) Hoe 1992: 223.

第2章

(1) キエーティでトンネルが見つかったとき、驚き、呆れた収容所所長は捕虜を集め「諸君、きみたちがなぜ脱走したがるのか、私には理解できない。ここにいればイタリアの太陽を浴びることができるのに！」と演説した。Horner 1948: np.
(2) Ross 1997: 78.
(3) Newby 1972: 44.
(4) Millar 1946: 94.
(5) The Times, 1 November 1916.
(6) The V.A.N., 9 March 1933.
(7) Millar 1946: 82.
(8) Hill n.d.: 320
(9) Millar 1946 81.
(10) Fisher 2009.
(11) Gilbert 2006: 274.
(12) Straker n.d., Pt 2: 22.
(13) Millar 1946: 77.
(14) 2007年12月11日、サー・トーマス・マクファーソンとの直接のやり取り。
(15) Pringle 1988: 42.
(16) 同 : 32.
(17) Pringle 1988: 42.
(18) この驚くほど低い数字は、イタリア戦争省が発表した1940年12月から1943年7月までの602件の脱走にもとづく。「イギリス帝国とイギリス連邦の捕虜人口が6万人を超えていたことを考えると、その数は絶望的に少ない」Absalom 1994: 28.
(19) Newby 1972: 30.
(20) Pringle 1988: 43.
(21) Millar 1946: 104.
(22) Pringle 1988: 50.

第3章

(1) 2007年8月21日、サー・トーマス・マクファーソンとのインタビュー。
(2) Riddiford 2004: 65.
(3) ギャンブルの蔓延は大きな問題となり、マイケル・ロスが記すように、一切を禁じた収容所もあった。「カードを延々と続けた末に、将校の給与をはるかに上まわる借金を背負った場合、本国の銀行に送金を依頼する手紙を書き、それで返済した。事態があまりにも手に負えなくなると、先任将校が介入し、そういうことをすべてやめさせた」1997: 85.
(4) Riddiford 2004: 63.
(5) 同 : 64.
(6) Pope n.d.: 75.
(7) Marshall 1975: 142.
(8) 同 : 141.
(9) Riddiford 2004: 15.
(10) 同 : 51.
(11) 同 : 47–48, 104.
(12) Hargest 1954: 100.
(13) Walker 1984: 122.
(14) Ash 2005: 170.
(15) (16) (17) Ash 2005: 172, 237, 112.
(18) Reid 1952: 17.
(19) Wilson 2000: 118.
(20) Millar 1946: 106.
(21) Ross 1997:100.
(22) Millar 1946: 101–102.
(23) Armstrong 1947: 134.
(24) (25) 同 : 143.
(26) Pope n.d.: 70.
(27) Riddiford 2004: 69.
(28) 同上。
(29) 同上。
(30) (31) Millar 1946: 129, 130.
(32) Chancellor 2001: 393.
(33) Pringle 1988: 141.
(34) Mackenzie 2004.
(35) Pringle 1988: 59.

第4章

(1) Chancellor 2001: 51–7. ブライアン・ジャクソンは1944年初春、ドイツにあった海

原注

注記を付した場合をのぞき、すべての引用は現在スコットランド国立図書館にまとめて保管されているアレスター・クラムの手記にもとづいている。手記はイザベル・クラムが整理して寄贈したもので、転載を許可してくれたご厚意に深く感謝する。

はじめに

(1) 劇作家で小説家のキア・コースロンとの直接のやり取り。21回の脱走という数字はアレスター自身が数えたものだが、ほかには最高で29回だったと言う人もいる。Alastair Lorimer Cram, MI9 report, および Stewart 2009: 1. 参照。
(2) 2006年10月13日付けのイザベル・クラムからの手紙。
(3) 同上。
(4) Reid 1974.
(5) イザベル・クラムとの会話より。
戦前の数年間はアレスターにとって揺れ動いた時期でもあり、彼は腰を落ち着けて弁護士業に専念できなかった。一時期、サマー・アイルズのタネラ・モルにあるフレイザー・ダーリングの実験共同体に加わって過ごしたこともある。環境保護の先駆者、ダーリングはすぐにアレスターが抱えている内面の葛藤に気づいた。

弁護士にしては、なんとあけっぴろげで無邪気な顔をしていることだろうと私は内心思ったが、その顔が彼本来の神秘主義的で理想家のそれになったかと思えば、次の瞬間には鋭敏で合理的な人の顔に変わるのを見た。二面性は彼の性格であり、同時に顔にも現れ、それらの二面の対立のせいで彼はここへやってきたわけだが、いまや神秘主義が優勢になっている。
Darling 1944: 73.

第1章

(1) クルセーダー作戦は1941年11月18日夜に開始。イギリスの第8軍がエジプトからリビアへ進撃した。戦闘はトブルクの西で12月末まで続いたが、ロンメルは4日には包囲部隊を撤収した。独伊を合わせた犠牲者は3万8800人で、英軍側は1万7700人だった。破壊された戦車の合計は1000輌を超えた。アレスターは捕虜になった日を1941年11月23日としているが、彼の指揮官、ガース・レジャード大尉は22日としている。Murphy 1961: 524.
(2) Hill, n.d.: 318.
(3) Palmer 1981: 266.
(4) Ross 1997: 60.
(5) Alastair Cram, 'Notes on How To's of Climbing'. Unpublished paper. Courtesy Isobel Cram.
(6) 例として Howell 1947. 参照。

【編集部より】
本書 THE 21 ESCAPES の参考文献 Bibliography をご希望のかたに、PDF データを無料でお送りします。メール（best@harashobo.co.jp）にてご連絡ください。データを添付して返信いたします。

【表紙写真提供】Collection Christophel ／ PPS 通信社

【著者】
デイヴィッド・M・ガス（David M. Guss）
タフツ大学名誉教授。カリフォルニア大学ロサンゼルス校で博士号。作家、人類学者として多くの著作がある。アメリカとヨーロッパのさまざまな地域で暮らす。

【訳者】
花田知恵（はなだ・ちえ）
愛知県生まれ。英米翻訳家。主な訳書にフリューシュトゥック『不安な兵士たち　ニッポン自衛隊研究』、ハーディング『ドイツ・アメリカ連合作戦』、ホフマン『最高機密エージェント』、ゴールデン『盗まれる大学』などがある。

THE 21 ESCAPES OF LT ALASTAIR CRAM
by David M. Guss

脱走王《だっそうおう》と呼《よ》ばれた男《おとこ》

第二次世界大戦中《だいにじせかいたいせんちゅう》21回脱走《かいだっそう》した捕虜《ほりょ》の半生《はんせい》

2019年3月28日　第1刷

著者…………デイヴィッド・M・ガス

訳者…………花田知恵《はなだちえ》

装幀…………岡孝治

発行者…………成瀬雅人
発行所…………株式会社原書房

〒160-0022 東京都新宿区新宿 1-25-13
電話・代表 03（3354）0685
http://www.harashobo.co.jp
振替・00150-6-151594

印刷…………新灯印刷株式会社
製本…………東京美術紙工協業組合

ISBN978-4-562-05642-2, Printed in Japan